Un troublant sauveur

Des retrouvailles inattendues

CARLA CASSIDY

Un troublant sauveur

BLACK *ROSE*

éditions HARLEQUIN

Collection : BLACK ROSE

Titre original : SCENE OF THE CRIME : DEADMAN'S BLUFF

Traduction française de CATHERINE VALLEROY

Photos de couverture

Homme : © GETTY IMAGES / TETRA IMAGES / ROYALTY FREE
Paysage : © JOHN LUND / CORBIS

Réalisation graphique couverture : E. COURTECUISSE (Harlequin SA)

83-85, boulevard Vincent-Auriol, 75646 PARIS CEDEX 13.

Service Lectrices — Tél. : 01 45 82 47 47
www.harlequin.fr

ISBN 978-2-2802-8087-7 — ISSN 1950-2753

1

Le sable des dunes était presque aveuglant dans le soleil de la fin juin. Mais cela ne diminua pas l'excitation qui courait dans les veines de Seth Hawkins quand il coupa le moteur de son pick-up.

Les dunes de Deadman. Cela faisait presque un an qu'il n'était pas revenu à Amber Lake, Oklahoma, pour revoir sa sœur et sa nièce, mais aussi pour le plaisir de conquérir les dunes.

Il prit sa paire de lunettes de moto et sortit de voiture. Situées seulement à dix kilomètres de la ville, les ondulations de sable se dressaient à perte de vue, en une sorte de paysage extraterrestre.

Au loin, il entendit le rugissement de quads et d'engins tout-terrain, et comprit qu'il n'aurait pas les dunes pour lui tout seul. Ça n'avait pas d'importance, car il y avait assez d'espace pour tout le monde.

Il avait quitté Kansas City tôt dans la matinée, et avait eu tout le temps de déjeuner avec Linda et Samantha en arrivant.

Mais il était impatient de venir dans les dunes, où rien d'autre ne comptait que la poignée des gaz et le défi primaire de l'homme contre la nature.

Il ne lui fallut que quelques minutes pour faire descendre sa moto-cross du plateau du pick-up. Tout en bouclant sa combinaison et en mettant son casque, il respira à fond l'air pur et tiède.

Pendant la semaine qui s'annonçait, il ne serait plus l'agent spécial du FBI Seth Hawkins, mais seulement Seth en vacances, qui rendait visite à sa famille et profitait d'un repos bien mérité.

Il enfourcha la moto et la fit démarrer. Le ronronnement du moteur le remplit d'un plaisir adolescent.

Il avait l'impression de n'avoir fait que travailler ces deux dernières années, affrontant le meurtre et le chaos. Il avait besoin de ces vacances, et il avait l'intention d'en passer chaque minute à se détendre et s'amuser.

Cette pensée à l'esprit, il relâcha l'embrayage et s'élança. Le sable gicla sous ses pneus à l'approche de la première pente. Au-delà, les dunes ondulaient sur des kilomètres, jusqu'à l'énorme butte de Deadman's Bluff.

Un virage en épingle au sommet de cette butte requérait une manœuvre précise. Autrement, on décollait de la falaise pour atterrir cinq mètres plus bas.

Plus d'un motard avait goûté au sable au pied de Deadman's Bluff, mais Seth lui-même n'avait jamais fait cette expérience déplaisante.

En se lançant à l'assaut de la première dune, il se sentit envahi par l'euphorie. Il aurait souri jusqu'aux oreilles s'il n'avait su que cela lui vaudrait une bouchée de sable.

Il vit les traces de ceux qui l'avaient précédé et, au loin, un groupe de quadeurs.

Seth n'était pas venu assez fréquemment à Amber Lake pour connaître les gens du coin. Il essayait de rendre visite à sa sœur tous les six mois à peu près, surtout depuis son divorce cinq ans auparavant, mais, la plupart du temps, il ne restait qu'une nuit.

Cependant il était là, à présent, pour une semaine de rêve.

Il roulait depuis environ une demi-heure quand il repéra trois quadeurs, tous descendus de leurs véhicules, dans une zone qu'on appelait le Panier à salade, à cause des plis du terrain si serrés qu'ils faisaient vibrer la moelle épinière.

Les jeunes gens avaient l'air hors d'eux. Deux d'entre eux faisaient des bonds dans tous les sens, tandis que le troisième restait pétrifié, aussi immobile qu'une statue.

Etait-il blessé ? Avait-il fait une chute qui l'avait mis en état de choc ? Seth fit pivoter sa moto dans leur direction. Leurs cris lui parvinrent très vite, par-dessus le rugissement de l'engin.

Seth s'arrêta, coupa le moteur et retira son casque et ses lunettes.

— … dans le sable…

Un des jeunes hurlait quelque chose.

— Il y a une femme morte dans le sable !

Quoi ? Seth laissa tomber son casque par terre, se demandant s'il s'agissait d'un mauvais tour qu'ils lui jouaient. Puis il se dirigea vers celui qui était immobile, les yeux fixés devant lui.

Seth suivit son regard et hoqueta de surprise.

Un visage pâle affleurait dans le sable, celui d'une femme — les yeux fermés. Visiblement morte, conclut-il, une fois le choc passé.

— L'un de vous a-t-il un portable ? demanda-t-il, car il avait laissé le sien dans son pick-up.

— C'est dingue, s'exclama le blond en faisant les cent pas dans le sable. Bon sang, qui a pu faire un truc pareil ?

— Un téléphone ! aboya Seth. Quelqu'un a un téléphone ?

Le grand, toujours pétrifié, fit quelques pas trébuchants et tira un téléphone de sa poche.

— Appelez les secours, ordonna Seth en s'avançant vers le corps. Et reculez jusqu'à ma moto. Tous les trois.

La dernière chose qu'il voulait c'était qu'on piétine ce qui était manifestement une scène de crime.

Qui que soit cette femme, elle ne s'était pas enterrée toute seule dans le sable.

Et il voulait s'assurer qu'elle était vraiment morte, en dépit des apparences.

— Le shérif est en route, annonça l'un des jeunes gens.

Vaguement conscient de la conversation des trois jeunes, où perçait une note d'hystérie, Seth s'approcha de la femme.

On ne pouvait nier que la scène était déconcertante. Il n'y avait aucun signe du corps sous le sable, juste le visage affleurant à la surface, pareil à la sculpture d'un artiste fou.

Veillant à ne pas marcher là où devait se trouver son corps, Seth s'agenouilla à côté du visage et déblaya un peu le sable qui lui recouvrait les yeux.

Il n'avait jamais rien vu de pareil durant toutes ses années au FBI, et il avait pourtant vu un tas de vilaines choses.

Il épousseta encore un peu de sable, et se figea en voyant l'une des paupières tressaillir.

Un reflet du soleil ? Il toucha sa peau. Tiède… Réchauffée par la chaleur ou par le sang qui courait toujours dans ses veines ?

Rapidement, il se mit à creuser autour de son cou, cherchant un endroit où il pourrait sentir le pouls. Il ne lui fallut que quelques secondes pour le trouver et y poser les doigts. Il faillit pousser un cri de surprise en sentant des pulsations.

— Elle est vivante, cria-t-il. Venez m'aider ! Il faut la dégager.

Deux des jeunes se précipitèrent pour aider Seth. Tandis qu'il s'activait à dégager le torse, ils s'occupèrent des jambes. Le grand avait toujours l'air en état de choc, et se tenait comme un automate devant la moto de Seth.

— Hé ! Rappelez le shérif et dites-lui qu'on a besoin d'une ambulance, lui ordonna Seth. Dites-lui de faire vite.

— C'est dingue… C'est complètement dingue, fit le brun en découvrant une jambe recouverte d'un jean.

— Vous êtes sûr qu'elle est vivante ? demanda l'autre en finissant de dégager l'autre jambe.

Seth avait l'impression de vivre un mauvais rêve. Quand

la femme fut complètement dégagée, il enregistra les détails de sa tenue.

Elle portait un blue-jean usé et un T-shirt bleu. Un de ses pieds était chaussé d'une sandale dorée, l'autre nu. Les cheveux étaient bruns, mais si chargés de sable qu'il était difficile d'en discerner la couleur exacte.

— Le shérif Atkins vient d'arriver, déclara l'un des jeunes avec soulagement.

Seth ne détachait pas les yeux de la femme. De nouveau, il chercha le pouls, pour s'assurer qu'elle respirait encore. A cet instant précis, ses yeux s'ouvrirent.

D'un bleu brillant, ils se fixèrent sur Seth plusieurs secondes. Avant que celui-ci puisse réagir, la femme entra en mouvement à la façon d'un crabe, les yeux dilatés par une terreur abjecte.

— Tout va bien. Vous êtes en sécurité, lui dit-il.

Mais elle n'arrêta pas son geste et promena autour d'elle un regard sauvage, en quête de refuge. Ce faisant, elle émit un son qu'aucun être humain n'aurait dû produire, un cri exprimant une terreur au-delà des mots.

S'éloignant d'un mètre, elle poussa un gémissement audible et perdit de nouveau conscience.

Le shérif les rejoignit à ce moment-là.

— Agent du FBI Seth Hawkins, se présenta vivement Seth. Nous avons demandé une ambulance, poursuivit-il. Il y a ici une scène de crime et une victime qui a besoin de soins immédiats.

— Nous n'avons que deux ambulances dans la région, et toutes deux ont été appelées sur une collision à l'autre bout de la ville, avoua le shérif en plongeant les doigts dans ses cheveux poivre et sel.

Seth comprit tout de suite que l'homme ne savait comment gérer la situation.

— Il faut immédiatement l'emmener à l'hôpital, déclara-t-il en prenant la direction des opérations. Hé ! interpella-t-il le jeune homme brun qui l'avait aidé à déterrer la victime. Vous savez où vivent Linda et Samantha Willoughby ?

L'interpellé fit un geste de dénégation, mais le grand blond hocha la tête.

— Moi, je sais.

Seth lui lança les clés de son pick-up.

— Chargez ma moto et reconduisez-la chez elles. Mettez les clés sous le paillasson.

Puis il se tourna vers le shérif.

— On va la mettre à l'arrière de votre voiture, et vous allez nous conduire aux urgences aussi vite que possible. Vous feriez bien de contacter aussi vos hommes, pour sécuriser la scène de crime et éviter toute contamination.

Il n'attendit pas de voir si chacun suivait ses instructions et s'approcha de la femme évanouie.

Il était conscient qu'en la transportant, il pouvait lui faire plus de mal que de bien. Mais le pouls qu'il avait senti était faible et filant, et il ne voulait pas attendre une ambulance qui ne viendrait peut-être jamais.

Aucune blessure visible sur elle, aucune trace de sang qui aurait indiqué une blessure au couteau ou par balle. Il s'agenouilla à côté d'elle, la prit dans ses bras et se remit debout.

Elle était mince et menue, et bien qu'elle pesât de tout son poids dans ses bras, il n'eut aucun mal à la transporter jusqu'à la voiture du shérif.

Le policier se précipita devant lui et lui ouvrit la portière. Une fois Seth et la femme à l'arrière, le gros homme se hâta de prendre place sur le siège du conducteur et démarra.

C'est seulement quand ils s'éloignèrent des dunes que le shérif indiqua sa position par radio, et donna l'instruction à un dénommé Raymond de prendre deux hommes avec lui pour délimiter aussi vite que possible la scène de crime.

Tandis qu'il parlait, Seth fixa la femme dans ses bras.

Que lui était-il arrivé ? Comment s'était-elle retrouvée enterrée dans les dunes ?

Malgré le sable qui la recouvrait, elle était très jolie, avec ses longs cils bruns, ses pommettes légèrement accentuées et ses lèvres pleines qui, en cet instant, étaient entrouvertes.

Il songea qu'il n'oublierait jamais l'instant où elle avait ouvert les yeux et fixé son regard sur lui. Il s'était senti électrisé, comme si ses yeux contenaient un appel auquel il se devait de répondre.

Cela n'avait duré qu'une fraction de seconde, avant que la terreur ne la prive de toute humanité, la faisant réagir comme un animal sauvage qui cherche à se libérer.

— A propos, je suis le shérif Tom Atkins, dit l'homme sur le siège avant. Que fait donc un agent du FBI dans cette ville ?

— Je suis venu passer des vacances chez ma sœur et ma nièce, Linda et Samantha Willoughby. Je suis arrivé ce matin.

— Fichue manière d'entamer des vacances, remarqua Atkins.

— Pour elle, la journée est encore bien pire, répliqua Seth. Vous la connaissez ?

— Je ne la reconnais pas. Pourtant c'est une petite ville, et la plupart des visages me sont familiers.

Seth regarda de nouveau la femme inconsciente dans ses bras.

— Espérons qu'elle pourra nous dire qui elle est et comment elle a été enterrée quand elle se réveillera. Je suppose que vous allez interroger les garçons en détail. Ce ne sont pas seulement des témoins, mais aussi des suspects potentiels.

— On les convoquera pour interrogatoire.

Ce furent les dernières paroles d'Atkins avant qu'ils n'arrivent aux urgences.

Seth sortit de voiture, la femme toujours dans les bras, et

la transporta à l'intérieur, où un infirmier avec une civière le soulagea de son fardeau.

En quelques secondes, elle fut poussée dans un couloir et les portes se refermèrent devant Seth.

Le shérif Atkins avait disparu, sans doute pour retourner sur la scène de crime.

Seth s'effondra sur une des chaises en plastique de la salle d'attente et prit plusieurs inspirations pour se calmer. Il avait l'impression d'avoir fonctionné à l'adrénaline depuis le moment où il avait vu ce visage dans le sable.

Levant les yeux, il vit sa sœur approcher rapidement dans sa blouse bleue immaculée.

Infirmière de métier, Linda avait pris sa garde à l'hôpital à peu près au moment où Seth était parti pour les dunes.

— Salut ! dit-elle.

— Salut à toi, répondit-il avec un sourire.

Agée de trente-huit ans, Linda avait trois ans de moins que lui. Mais ils étaient inhabituellement proches l'un de l'autre, surtout depuis que Linda avait entrepris de divorcer de Mark, un mari dominateur et verbalement agressif.

Elle s'assit près de lui.

— J'ai entendu une histoire très étrange en salle de repos, il y a quelques minutes. On raconte que tu es allé faire de la moto dans les dunes, et que tu es arrivé ici avec une femme qu'on a déterrée du sable ?

Il hocha la tête.

— C'est étrange, mais vrai.

— Il y a quelques mois, on a trouvé une autre jeune femme morte dans les dunes, remarqua Linda.

Se redressant sur son siège, Seth jeta un regard interrogateur à sa sœur.

— Apparemment, des adolescents de la ville avaient décidé de faire une fête là-bas. D'après ce que j'ai entendu dire, il y a eu beaucoup d'alcool et de drogue. Quand on a découvert la femme, le shérif Atkins a pensé qu'il s'agissait d'un accident lié à la fête.

Seth fronça les sourcils.

— L'histoire d'aujourd'hui n'est certainement pas un accident.

Il plissa le front en réfléchissant.

— Elle ne pouvait pas être là depuis très longtemps, quand je suis arrivé. Elle était sur le point d'être complètement enterrée, mais quelque chose ou quelqu'un a chassé le meurtrier avant qu'il ne finisse son travail.

Il se demanda si les trois jeunes gens présents avant lui dans les dunes avaient interrompu l'homme, ou s'ils avaient eux-mêmes enseveli la femme.

Linda lui tapota la main.

— Rentre à la maison, Seth. Ce crime n'est pas pour toi. Souviens-toi que tu es en vacances.

Elle se leva.

— Et moi, je ne le suis pas, alors il vaut mieux que je retourne travailler. Je te verrai à la maison, tard ce soir.

Il hocha la tête d'un air absent et la regarda disparaître dans le couloir. Sa sœur avait raison. Ce n'était pas son travail. Il avait fait ce qu'il y avait à faire, et rien ne l'empêchait de s'en aller.

Sauf ces étonnants yeux bleus et le contact qu'il avait établi avec leur propriétaire avant qu'elle ne s'évanouisse. Il ne pouvait se contenter de tout oublier.

En outre, pensa-t-il avec une pointe d'humour, il n'avait aucun moyen de retourner chez sa sœur.

Il ne doutait pas que les adolescents avaient veillé à reconduire son pick-up et sa moto intacts chez Linda. C'était une petite ville et, s'ils les avaient volés, ils n'auraient pu se cacher nulle part.

Pourtant Seth n'avait pas envie de s'éloigner avant d'avoir eu des réponses à ses questions. Il voulait savoir comment la femme allait et s'assurer qu'elle était hors de danger. Il voulait connaître son nom et apprendre ce qui lui était arrivé.

Son portable se mit à sonner et il sauta sur ses pieds. L'écran lui apprit qu'il s'agissait de son patron, qui appelait de Kansas City. Il sortit du bâtiment dans le crépuscule pour prendre l'appel.

— J'espère que vous avez bien profité de vos premières heures de vacances, parce qu'elles sont officiellement terminées, déclara Forbes. Je viens de recevoir un appel du shérif Atkins qui requiert votre assistance dans l'enquête sur un tueur en série. Vous en faites déjà partie, apparemment.

— Un tueur en série ?

Seth eut l'impression d'avoir manqué un épisode. Linda avait seulement parlé d'une mort accidentelle.

— Le shérif a réussi à garder secrets les détails de deux autres meurtres. La femme que vous avez trouvée est apparemment la troisième victime en autant de mois. Comme vous êtes déjà sur place, Atkins aimerait que vous secondiez son équipe. Trois femmes enterrées dans le sable, c'est le genre d'affaire qui dépasse la police locale. Votre aide leur sera précieuse.

— Bien sûr, monsieur, répondit Seth, en luttant contre une vague d'irritation grandissante à l'idée que le shérif s'était adressé directement à son patron au lieu de lui en parler.

De plus, il avait négligé de lui dire que ce n'était pas la première femme qu'on trouvait dans les dunes.

Une fois la conversation terminée, Seth observa avec désolation que le vent se levait. Une simple brise sur le sable allait détruire tout espoir de relever les indices qui pouvaient s'y trouver.

Il retourna dans la salle d'attente et, au bout d'une demi-heure, le shérif Atkins refit son apparition.

— Du nouveau sur la victime ? interrogea-t-il.

— Rien jusqu'ici. Le seul événement, c'était un appel

de mon patron m'indiquant que je suis maintenant sur l'affaire. Pourquoi ne m'avez-vous pas dit que c'est la troisième femme qu'on retrouve dans les dunes ?

Le shérif fit la grimace et, une fraction de seconde, les rides de son visage semblèrent se creuser.

— Je ne savais pas à quoi j'avais affaire jusqu'à ce que vous trouviez cette femme aujourd'hui. C'est devenu trop gros pour moi. Il y a visiblement un tueur en série à l'œuvre et, en tant qu'agent du FBI, vous avez plus d'expérience de ce genre de choses.

Le reste de ses paroles fut interrompu par l'arrivée du médecin.

— Tom, dit-il en saluant le shérif avec un signe de tête.

— Voici l'agent spécial Seth Hawkins, fit ce dernier. Dr William Kane. Comment va-t-elle ?

— En dehors d'une légère déshydratation et de petites brûlures dues à l'abrasion du sable, elle est dans une forme physique étonnante. Ses constantes sont stables. Nous lui donnons des fluides, et nous lui avons fait une prise de sang pour rechercher des substances toxiques.

— Est-elle consciente ? demanda Seth. A-t-elle parlé ?

— Elle est consciente et nous l'avons transférée dans une chambre particulière, mais elle était tellement agitée que nous avons dû lui administrer un sédatif. Elle est plus calme à présent, mais jusqu'ici elle n'a pas dit un mot à quiconque, répondit le Dr Kane.

— Pouvons-nous la voir ? questionna Seth.

Le médecin hésita une seconde, puis hocha finalement la tête.

— D'accord. Mais je dois vous avertir que son état émotionnel est très fragile. Je ne veux pas qu'elle soit bouleversée. Je comprends que vous vouliez la questionner, mais je me préoccupe avant tout de sa santé et son bien-être.

— Compris, approuva le shérif.

— Chambre 223.

Seth prit la tête le long du couloir qui menait à la chambre, songeant que son impatience à voir cette femme et lui parler venait du fait qu'elle représentait maintenant son affaire. C'était devenu un cas officiel.

La chambre 223 était plongée dans une semi-obscurité. Les rideaux tirés occultaient les derniers rayons du soleil, et seule une veilleuse éclairait la zone du chevet.

Seth vit avec surprise sa sœur se lever d'un fauteuil placé à côté du lit.

— Nous avons fait de notre mieux pour la nettoyer, mais elle a toujours des tonnes de sable dans les cheveux, murmura-t-elle. Je crois qu'elle dort maintenant, mais c'est difficile à dire. Elle n'a pas émis un seul son depuis que tu l'as amenée.

Linda s'éloigna du lit tandis que Seth s'en approchait. Le shérif resta sur le seuil, préférant manifestement laisser le premier rôle à Seth.

Celui-ci regarda la femme dans le lit et releva les yeux.

— Vous êtes sûr qu'elle n'est pas d'ici ? demanda-t-il au shérif à voix basse.

— Presque certain, répondit Atkins.

Seth s'assit dans le fauteuil laissé vacant par Linda, dans l'intention d'attendre que l'inconnue se réveille. Il ignorait combien de temps le shérif allait demeurer debout sur le seuil, mais quant à lui, il était prêt à rester toute la nuit s'il le fallait.

Ce ne fut pas nécessaire. Ils patientaient depuis quinze minutes quand elle prit une profonde inspiration et ouvrit les yeux. Presque instantanément, l'atmosphère, dans la petite pièce, changea du tout au tout.

La femme se redressa à demi sur le lit, l'air farouche. Puis ses yeux se posèrent sur Seth et elle parut se détendre légèrement, au point de se renverser contre l'oreiller.

— Vous êtes en sécurité maintenant, dit-il doucement. Vous êtes à l'hôpital, et personne ne va vous faire de mal.

Il remarqua que ses iris n'étaient pas seulement bleus, mais cernés d'éclats argentés qui leur donnaient une profondeur attirante.

— Vous pouvez nous dire votre nom ? questionna le shérif en s'avançant au pied du lit.

Elle le dévisagea, puis tourna de nouveau le regard vers Seth, et ses yeux se remplirent de larmes. Elle agrippa le drap qui la recouvrait, et Seth remarqua qu'elle portait les ongles mi-longs et vernis d'un joli rose qui avait perdu de son brillant, sans doute à cause du frottement du sable.

Cependant, elle n'avait ni ongle cassé, ni blessure de défense, ni aucune autre blessure. Alors que s'était-il passé et qui avait tenté de l'ensevelir dans le sable ?

— Vous pouvez nous dire comment vous vous appelez ? répéta-t-il gentiment, conscient du tremblement qui s'était emparé des épaules de la jeune femme.

Elle secoua lentement la tête et referma les yeux, comme pour se réfugier dans le sommeil. Seth et le shérif restèrent un quart d'heure de plus, puis sortirent de la chambre quand Linda revint prendre sa garde.

— Nous n'avons rien trouvé sur la scène de crime, expliqua le shérif à Seth tandis qu'ils parcouraient le couloir. Le vent s'est mis à souffler là-bas, et le sable vole dans tous les sens.

Il laissa échapper un soupir audible.

— J'espérais pouvoir obtenir des réponses.

— Cette femme est manifestement toujours traumatisée. Nous en saurons plus demain matin. Elle a besoin de repos pour le moment.

Seth était aussi frustré que le shérif, mais il n'y avait rien à faire jusqu'au lendemain.

— J'aimerais voir les dossiers des deux crimes liés à celui-ci.

— Vous séjournez chez votre sœur ?

Seth acquiesça.

— Et on dirait que je vais y rester jusqu'à ce que nous ayons résolu cette affaire.

— Je demanderai à un de mes hommes de vous apporter les dossiers ce soir.

— Autre chose, j'aimerais les noms des jeunes qui étaient dans les dunes quand nous avons découvert notre mystérieuse inconnue, ajouta-t-il.

— Le petit brun s'appelle Jerome Walker. Il a dix-neuf ans et il est rentré de l'université pour l'été. Le blond est Ernie Simpson. Il a également dix-neuf ans, et il travaille au magasin de bricolage.

— Et le grand ? demanda Seth en pensant au jeune qui était resté figé tandis que les autres s'activaient.

— C'est Sam Clemmons, vingt et un ans. Il passe ses soirées à travailler comme barman à la taverne de Main Street, et la plupart de ses journées à se balader dans les dunes.

Seth prit mentalement note des trois noms, dans l'intention de se renseigner sur ces jeunes. Le fait qu'ils l'aient aidé ne signifiait pas qu'ils n'avaient rien à voir avec l'ensevelissement de la femme. Il était possible qu'ils l'aient enterrée et se soient interrompus en prétendant l'avoir découverte quand Seth s'était montré. A ce stade, tous les habitants d'Amber Lake étaient potentiellement suspects.

— Je suis content de vous avoir à bord, déclara le shérif Atkins, alors qu'ils sortaient dans la lumière mourante du jour. Pour la première femme, j'ai supposé qu'il s'agissait d'un incident insolite durant une fête. Quand on a découvert la deuxième, il y a un mois, j'ai eu un mauvais pressentiment. Et maintenant, celle-ci…

Il laissa sa phrase en suspens, puis reprit :

— Je suis content que votre patron vous ait autorisé à vous joindre à moi sur cette affaire.

— Je passerai vous prendre demain à 7 heures à votre bureau, et nous reviendrons ici pour voir si l'inconnue peut nous éclairer. S'il s'agit d'un tueur en série, elle pourra peut-être nous donner une description, des informations qui mèneront à son arrestation.

Le shérif se passa une main dans les cheveux.

— Je l'espère. Vous voulez que je vous ramène chez votre sœur ?

— Non, merci. Ce n'est pas bien loin, je peux marcher.

La maison de Linda ne se trouvait qu'à trois rues de là, et Seth avait besoin de dépenser un peu de l'adrénaline qui courait toujours en lui. La marche lui ferait du bien.

— Alors je vous verrai demain matin.

Seth regarda le shérif monter dans sa voiture de patrouille et sortir du parking. Une fois le véhicule hors de vue, il se mit en route vers chez Linda.

Ce n'était qu'une affaire, se dit-il, comme tant d'autres sur lesquelles il avait travaillé durant sa carrière. Mais au fond de lui, il savait que c'était davantage que cela.

Quelque chose s'était produit durant la fraction de seconde où il avait croisé le regard de la femme, quelque chose qui l'avait décidé à aller jusqu'au fond de cette histoire, bien avant que l'affaire ne lui soit assignée.

2

Elle s'éveilla par degrés, d'abord consciente d'une puissante odeur d'antiseptique, puis de la sensation d'un matelas dur sous elle. Un hôpital. La conscience totale lui revint comme une gifle en pleine figure, apportant des souvenirs éparpillés, trop étranges pour qu'elle puisse les faire siens.

Le sable… le soleil… et une terreur si grande qu'elle avait fait voler en éclats tout ce qu'elle avait vécu auparavant.

En sécurité. Elle était en sécurité, à présent. Son cœur s'emplit de la vision d'un bel homme brun aux doux yeux gris. Il lui avait affirmé qu'elle était en sécurité et elle avait cru sa voix grave et calme, l'assurance sans faille de son regard.

Elle entendit les grincements d'un chariot dans le couloir, sentit l'odeur du café et du bacon, et réalisa qu'elle était affamée.

Elle était occupée à relever la tête de son lit grâce à la manette quand une infirmière fit son apparition.

— Ah, c'est bien ! Vous êtes réveillée ! fit joyeusement cette dernière. Juste à temps pour apprécier la cuisine du Memorial Hospital d'Amber Lake.

Avec des mouvements efficaces, l'infirmière déplia une table roulante, la centra au-dessus du lit, et y posa un plateau.

L'inconnue regarda ses cheveux courts et frisés, ses yeux bleu-gris, et se souvint de l'avoir vue la veille au soir. Elle avait fait preuve de douceur avec elle.

— Je m'appelle Linda, fit cette dernière en retirant le couvercle du plateau.

Il y avait là une assiette de bacon, d'œufs et de toasts, une tasse de café, une brique de jus d'orange, et même un petit pot de compote de fruits.

Linda lui sourit de nouveau.

— C'est mon frère, Seth, qui vous a trouvée hier.

Donc Yeux Gris avait un prénom. Seth. Le simple fait de l'entendre diminua un peu le nœud d'angoisse qui lui comprimait la poitrine.

— Je ne sais pas si vous vous en souvenez, mais nous vous avons retiré la perfusion au milieu de la nuit. Vos constantes sont bonnes, et le médecin viendra vous voir plus tard dans la matinée. Je sais que Seth et le shérif vont bientôt passer, alors vous feriez mieux de manger tranquillement avant qu'ils ne commencent à vous embêter avec leurs questions.

Le sourire de Linda se fondit dans une expression soucieuse.

— Puis-je faire autre chose pour vous ?

Dites-moi que c'est un rêve, pensa-t-elle. *Dites-moi que je vais bientôt me réveiller, et que tout ça est un horrible cauchemar.*

Elle secoua la tête pour dire que tout allait bien et s'empara de sa fourchette. Comme elle commençait à manger, Linda hésita un instant à la porte.

— Vous pouvez me dire comment vous vous appelez ?

Sa main trembla légèrement, tandis qu'elle faisait un signe de dénégation. Linda lui adressa un sourire rassurant.

— Ça ne fait rien… Peut-être plus tard.

Elle quitta la pièce.

Les œufs brouillés étaient parfaitement cuits et le bacon croustillant. Le café était un peu fort, mais il la réchauffa. Or elle avait besoin de chaleur, car elle avait l'impression qu'une main glacée lui enserrait le cœur.

Elle se concentra sur le repas, refusant de fouiller son propre esprit avant d'avoir compris certaines choses. Quand elle eut tout englouti, elle repoussa la table : elle avait besoin d'aller aux toilettes.

Elle fit pendre ses jambes au bord du lit et s'assit, s'assurant qu'elle n'avait pas le vertige.

Se mettant debout, elle se réjouit de découvrir que ses forces étaient revenues. Elle se hâta vers la salle de bains, son corps menu flottant dans sa blouse d'hôpital parsemée de petites fleurs vertes.

Le reflet qui l'accueillit dans le miroir était celui d'une étrangère. L'angoisse qui s'était momentanément atténuée monta de nouveau dans sa poitrine.

Elle ne reconnaissait pas cette femme, avec ses yeux élargis et ses cheveux bruns qui pendaient en mèches sales sur ses épaules. Elle leva la main pour se gratter le crâne et sentit de petits grains de sable s'accumuler sous ses ongles.

Du sable… partout… qui s'empilait sur elle, qui la faisait suffoquer. Elle ne pouvait plus bouger. Elle entendait le raclement d'une pelle et sentait le poids du sable qui la recouvrait. Ces étranges souvenirs firent battre son cœur à se rompre.

Elle se détourna du miroir, puis sortit rapidement de la salle de bains et se remit au lit.

En sécurité, tu es en sécurité maintenant.

Les mots résonnaient dans sa tête. Les battements de son cœur reprirent un rythme normal, et le tremblement qui l'avait saisie se calma.

Elle n'était au lit que depuis quelques minutes quand une aide-soignante entra. Celle-ci gazouilla un bonjour et retira le plateau du petit déjeuner avant de disparaître.

Puis Linda revint dans la chambre, portant un pantalon de jogging bleu, un T-shirt assorti et des sous-vêtements.

— Vous vous sentez capable de prendre une douche ?

Elle hocha vigoureusement la tête. Rien ne pourrait lui

faire plus plaisir que de se laver la tête de tout ce sable accumulé, et de se sentir de nouveau propre. De plus, une douche la préparerait à ce qui allait suivre.

Bien qu'elle n'eût pas besoin d'aide, Linda lui offrit son bras, et elles se dirigèrent vers la salle de bains. Cette fois, elle évita volontairement de se regarder dans le miroir, et s'adossa au mur tandis que Linda ouvrait le robinet dans la petite cabine.

— Je vous ai apporté des vêtements, dit Linda. En fait, ils appartiennent à ma fille, Samantha, qui a seize ans. Vous avez l'air d'avoir la même taille. Du shampoing, du savon… Tout est là. Prenez votre temps, je reviendrai vous voir dans quelques minutes.

Un instant plus tard, elle était sous le jet d'eau chaude, mélangeant le shampoing dans ses cheveux. Il lui fallut trois rinçages pour se débarrasser de tout le sable et le gravier.

Elle aurait voulu remercier Linda pour les vêtements et pour sa gentillesse, mais elle avait peur de parler. Le son de sa propre voix aurait rendu tout ça terriblement réel. Et elle ne voulait pas que ce soit réel.

Il y avait une brosse à dents, du dentifrice, une brosse et un peigne sur le lavabo. Elle se servit de tout avant de quitter la salle de bains. Elle avait presque l'impression d'être de nouveau humaine… Presque.

Tandis qu'elle revenait vers le lit et s'asseyait au bord du matelas, une vague d'angoisse la reprit, lui coupant le souffle.

Le Memorial Hospital d'Amber Lake. Le nom était inscrit partout. Mais où se trouvait exactement Amber Lake, et comment était-elle arrivée là ?

A cet instant, le shérif et Seth pénétrèrent dans la chambre. Linda entra aussi, et s'adossa au mur un peu à l'écart.

L'inconnue croisa immédiatement le regard de Seth, et y chercha le même genre de calme qu'elle y avait trouvé la veille au soir. Elle ne fut pas déçue.

— Eh bien, vous avez l'air bien mieux ce matin qu'hier soir, s'exclama le shérif avec une gaieté forcée. Comment vous sentez-vous ?

Elle savait qu'on attendait d'elle une réponse, mais sa bouche ne voulait pas former les mots, et son diaphragme refusait de se contracter.

Le shérif fronça les sourcils.

— Vous sentez-vous capable de répondre à quelques questions ?

Elle hésita une seconde puis acquiesça.

— Comment vous appelez-vous ? demanda-t-il.

Des larmes brûlantes s'accumulèrent dans ses yeux. Le sable... Il y en avait partout, l'empêchant de respirer, remplissant sa bouche, lui interdisant de parler, de bouger.

— Madame ? Vous pouvez nous dire qui vous êtes ? insista le shérif.

Elle prit conscience que des larmes sillonnaient ses joues. Elle se souvenait du poids du sable sur son corps, du bruit de la pelle qui en ajoutait encore... encore du sable qui s'accumulait sur elle.

Elle semblait ne pas pouvoir dépasser ces instants de pure terreur. Elle ne retrouvait aucune autre information. Elle était piégée dans cet instant, la bouche et le cerveau remplis de sable, incapable de surmonter cette expérience.

Seth s'approcha, une expression de douceur sur ses traits finement sculptés.

— Vous savez que vous êtes en sécurité maintenant ?

Après un instant, elle approuva d'un geste.

— Vous pouvez parler ?

Elle fit une autre pause, puis secoua négativement la tête, sentant les larmes couler plus vite sur son visage.

— Peut-être devrions-nous réessayer plus tard dans la journée, intervint Linda, dont le souci pour sa patiente était évident.

Le regard de Seth ne la quitta pas tandis qu'il lui tendait

la main. Elle hésita encore, puis glissa sa main froide dans la sienne, qui était chaude. Il la pressa légèrement.

— Vous nous parlerez plus tard ?

Elle aurait voulu faire plaisir à cet homme qui l'avait sauvée. Elle aurait voulu lui dire ce que le shérif et lui avaient besoin de savoir, mais elle ne le pouvait pas. Lentement, elle secoua encore la tête.

— Elle a besoin de temps, déclara Linda. Elle est visiblement traumatisée.

Seth relâcha sa main et resta immobile, le front plissé.

— Nous avons croisé le Dr Kane en venant ici. Il m'a donné le nom d'un psychologue à voir en cas de besoin, et m'a informé qu'il avait l'intention de la laisser sortir aujourd'hui.

— La laisser sortir pour aller où ? interrogea le shérif.

De nouveau, le cœur de la jeune femme se mit à battre à un rythme étourdissant. Où pouvait-elle aller ? Qu'allait-il lui arriver à présent ? Au moins, ici à l'hôpital, elle savait où elle était, elle savait qu'elle était en sécurité. Mais en sécurité par rapport à quoi ? Par rapport à qui ? Qui avait essayé de la tuer en l'enterrant dans le sable ? Pourquoi lui avait-on fait ça ?

Elle repoussa cette question terrifiante au fond de son esprit, et se concentra sur la conversation entre le shérif et Seth.

— C'est une petite ville ici. Nous n'avons nulle part où l'héberger en attendant qu'elle nous réponde, disait le shérif.

— Elle viendra chez moi, proposa doucement Linda. Seth est là, elle sera en sécurité et je pourrai veiller sur elle quand je serai à la maison.

— Tu es sûre ? questionna Seth.

— Tout à fait. Tu pourras dormir sur le sofa, je lui donnerai la chambre d'amis.

Linda lui sourit.

— Ça vous irait ? Séjourner chez moi et prendre un peu de temps pour vous ?

L'inconnue approuva de la tête. Elle n'avait aucune raison de se méfier de cette gentille infirmière et de l'homme qui l'avait secourue. De toute façon, elle était terrifiée par toute autre alternative.

— Si vous pouviez seulement nous dire votre nom, nous pourrions trouver où vous vivez, appeler des parents pour leur faire savoir que vous êtes ici.

Le shérif avança d'un pas, affichant une frustration visible.

— Juste votre nom. Vous pouvez me donner votre nom ?

Elle aurait aimé le faire, mais le problème était qu'elle ne s'en souvenait pas. Elle ne savait ni qui elle était, ni où elle vivait. C'était comme si le sable lui avait donné naissance. Elle n'avait absolument aucun souvenir avant cela, et c'était ce vide épouvantable qui l'empêchait de parler.

Elle n'avait rien à dire qui pût les aider, et elle préférait qu'ils la croient muette plutôt que d'avouer qu'elle n'avait aucune idée de son identité.

Il était un peu plus de 14 heures quand Seth revint à l'hôpital pour emmener l'inconnue chez Linda. Depuis leur visite de la matinée, le shérif Atkins avait pris ses empreintes, afin de voir si quelque chose émergeait de la base de données, qui aurait pu servir à l'identifier.

Ses adjoints avaient également fouillé la zone en quête d'une voiture, et avaient ratissé les dunes dans l'espoir de trouver un sac, un portefeuille, qui leur aurait donné un nom. Mais, pour le moment, elle restait non identifiée.

Seth espérait qu'avec un peu de temps, elle leur ferait assez confiance pour leur dire qui elle était et ce qui lui était arrivé.

Il avait passé la plus grande partie de la nuit sur les

dossiers des deux derniers crimes. L'adjoint Raymond Michaels les avait déposés la veille vers 19 heures.

Il avait compris pourquoi le shérif s'était convaincu que la première jeune femme, Rebecca Cook, âgée de dix-neuf ans, avait été victime d'un accident.

Il y avait eu une fête dans les dunes, et selon les dires des témoins, les choses avaient mal tourné. Rebecca était venue à la fête, mais c'était le jour suivant que quelques motards avaient découvert son corps enterré dans le sable, alors que seule la pointe de ses chaussures dépassait.

La seconde victime, Vicki Smith, était une nouvelle venue dans la ville. Elle avait trente ans au moment de sa mort, et on l'avait trouvée un mois presque jour pour jour après Rebecca, ensevelie dans une autre partie des dunes. Il n'y avait aucun moyen de qualifier sa mort autrement que comme un meurtre.

Et voilà que presque un mois après le dernier meurtre, ils se retrouvaient avec une autre victime, qui avait survécu par pure chance. Trois mois… trois femmes. Seth était conscient que si le tueur conservait le même rythme, l'heure tournait pour la prochaine victime.

Le temps. C'était le plus gros obstacle quand il s'agissait de résoudre un crime. Plus le temps passait, plus le tueur avait de chances d'effacer ses traces et de se forger un alibi. Et plus le temps passait, plus le moment se rapprochait où il ressentirait le besoin de trouver une nouvelle cible.

Il fallait espérer que le shérif Atkins trouve quelque chose avec les empreintes de la femme, et qu'ils apprennent bientôt son nom. Avec cette information, ils pourraient tenter de retracer ses mouvements avant qu'elle ne se retrouve ensevelie dans le sable, et obtenir des précisions qui mèneraient à l'arrestation de l'assassin.

Il espérait que le shérif avait déjà interrogé les trois jeunes qui se trouvaient sur place quand on avait découvert l'inconnue, car ils étaient tous trois potentiellement suspects.

En garant son pick-up dans le parking de l'hôpital, Seth songea qu'il était ridicule d'être aussi impatient de revoir la jeune femme. Il était incontestable que quelque chose chez elle l'attirait. C'était peut-être l'impuissance et le besoin qu'il lisait dans ses yeux quand elle le regardait.

En général, il allait plutôt vers des femmes fortes et indépendantes qui l'invitaient dans leur vie et leur lit, non parce qu'elles avaient besoin de lui mais parce qu'elles le désiraient. Bien sûr, cela faisait plus d'un an qu'il n'avait pas eu de liaison. Trop de travail et pas assez de plaisir, fallait-il s'étonner que ce petit brin de femme aux brillants yeux bleus déclenche chez lui un afflux de testostérone ?

Quand il était entré dans sa chambre, le matin même, il avait été stupéfié par sa transformation. Ses cheveux pendaient sur ses épaules en un rideau sombre et soyeux, et ses yeux n'étaient plus seulement remplis de peur, mais aussi d'une intelligence qui l'avait ensorcelé.

Malheureusement, quelque chose l'empêchait de communiquer. Il valait mieux faire confiance à Linda, et espérer que ce n'était qu'une question de temps. Il se rappela qu'il l'avait déterrée à peine vingt-quatre heures plus tôt.

Son incapacité à parler relevait peut-être d'une sorte d'instinct de conservation, qui la poussait à se taire jusqu'à ce qu'elle ait assimilé pleinement ce qui lui était arrivé. Il savait qu'elle était au moins capable de produire des sons… Il avait entendu ce cri inhumain quand elle était sortie de son trou et avait tenté de fuir. Il savait qu'il devait se montrer patient, même si c'était difficile.

Linda l'arrêta dans le couloir, devant la porte de l'inconnue.

— Elle est prête. Elle a l'air d'être d'accord pour séjourner un moment chez moi. Je ne veux pas que tu la harcèles avec tes questions, Seth. Elle est fragile. Nous ne savons pas ce qui lui est arrivé, avant qu'on la trouve dans le sable. Le fait qu'elle ne parle pas atteste la profondeur du traumatisme qu'elle a subi.

Seth sourit affectueusement à sa sœur.

— Hé, frangine ! Ce n'est pas mon premier rodéo. C'est comme ça que je gagne ma vie.

— Tu pourchasses les criminels pour gagner ta vie, riposta Linda. Je ne veux pas que tu te focalises sur le dénouement au point d'oublier que tu as une victime en vie devant toi.

— Je te promets d'être gentil avec elle, répondit-il.

— Promis, juré ? demanda-t-elle en levant la main.

Seth se mit à rire et enroula le petit doigt autour du sien.

— Promis, juré, répéta-t-il.

— Samantha est au courant, et m'a promis de faire tout son possible pour l'aider.

— Alors je n'ai rien d'autre à faire que de l'emmener chez toi et bâtir une relation de confiance qui l'amènera à parler dès que possible.

Car, même si Seth avait promis d'être gentil avec elle, il ne perdait pas de vue qu'ils avaient besoin d'elle. Elle faisait partie intégrante d'un puzzle qui comprenait deux morts et ce qui ressemblait fort à un tueur en série.

Quand il entra dans la chambre, elle se tenait dos à la porte, près de la fenêtre qui déversait la lumière de cet après-midi ensoleillé de juin. Malgré sa petite taille et sa minceur, elle avait une silhouette gracieuse et un joli derrière.

Il secoua la tête pour dissiper cette pensée typiquement masculine.

— Jane.

Elle se retourna pour le regarder.

— Puisque nous ne connaissons pas votre vrai nom, nous vous appellerons Jane, ça vous va ?

Elle hocha la tête et lui adressa un petit sourire. Ce simple geste déclencha une onde de chaleur dans le ventre de Seth. C'était une mission, se rappela-t-il. Cette femme était un outil dont il devait se servir pour mener à bien un travail, rien d'autre. Pour ce qu'il en savait, il y avait un mari ou une famille qui l'attendait quelque part, même si elle ne portait pas d'alliance.

Il était hors de question qu'il s'implique avec elle sur le plan personnel, malgré la beauté de son sourire et ses yeux chatoyants d'émotion.

— Donc vous êtes au courant ? Je vous emmène chez ma sœur, où vous resterez jusqu'à ce que nous ayons une meilleure idée de ce qui se passe.

Une fois encore, elle hocha la tête et s'approcha de lui, assez près pour qu'il sente son odeur de shampoing et de savon.

— Vous êtes à Amber Lake, Oklahoma. Cela vous dit quelque chose ?

Elle fronça les sourcils et secoua la tête.

— Allons-y alors, lui proposa-t-il.

Ils quittèrent tous deux l'hôpital, et il la guida vers son véhicule. Il ouvrit la portière côté passager, et elle monta en voiture.

En se glissant derrière le volant, Seth se demanda comment tout cela allait se passer. Il n'avait jamais été en compagnie d'une femme qui ne pouvait pas ou ne voulait pas parler. En général, il se plaignait du problème opposé… Les femmes qu'il rencontrait ne le laissaient souvent pas placer un mot.

Il était plutôt du genre fort et silencieux, mais ça n'allait visiblement pas fonctionner dans cette situation.

La bonne nouvelle, c'était que Samantha, un vrai moulin à paroles typique de son âge, serait sans doute à la maison, et que Linda rentrerait à 17 heures pour prêter main-forte à ce qui ressemblait soudain au baby-sitting d'une victime traumatisée.

Néanmoins, cette femme l'intriguait plus que quiconque ne l'avait fait depuis très longtemps.

C'est juste une affaire, se rappela-t-il en s'arrêtant devant la maison de style ranch de sa sœur.

Atkins l'avait informé, plus tôt dans la journée, qu'il avait fait poster des panneaux interdisant l'accès aux dunes jusqu'à nouvel ordre. Mais il savait que le shérif et son équipe ne pourraient les surveiller nuit et jour afin d'éviter un autre ensevelissement.

Il lança un regard à la femme assise à côté de lui. C'était elle qui détenait la clé de l'arrestation du tueur. Il espérait qu'elle pourrait leur donner des informations avant qu'une autre femme ne meure.

— Et voilà, annonça-t-il.

Il se rendit compte aussitôt qu'il n'avait pas prononcé un mot durant le court trajet depuis l'hôpital.

Elle se tourna vers lui et le regarda. L'expression de gratitude de ses beaux yeux fit surgir en lui un sentiment inattendu de protection.

— Tout ira bien, dit-il doucement. Vous allez très bien vous en sortir.

Le regard de Jane s'assombrit. Cependant, juste à cet instant, Samantha sortit comme un beau diable de la maison, secouant ses courtes boucles brunes, un sourire de bienvenue sur le visage. Elle fit halte au bord de l'allée, tandis que Seth et Jane sortaient de voiture.

— Salut, oncle Seth, lança-t-elle en se dirigeant vers Jane. Bonjour, je m'appelle Samantha, et je suis ravie que tu sois là. Maman m'a expliqué que tu ne parles pas pour le moment, mais ça ne fait rien, je parle assez pour deux. N'hésite pas à m'emprunter des vêtements. Des vêtements, du maquillage : tout ce dont tu as besoin.

Seth sentit presque la tension quitter Jane tandis que le bavardage amical de Samantha emplissait l'air. Il supposait que l'inconnue avait moins de trente ans, sans doute dix de plus que Samantha, mais sa nièce avait un don pour charmer les gens quand elle n'était pas dans une de ces phases typiquement hormonales de l'adolescence.

Il la regarda s'emparer de la main de Jane.

— Viens, je vais te montrer ta chambre, et ensuite, si tu veux, tu pourras m'aider à préparer le dîner. J'espère que ce sera prêt quand maman rentrera, pour que je puisse la convaincre d'acheter un chien.

— Bonne chance, remarqua Seth d'un ton pince-sans-rire, tout en les suivant à l'intérieur de la maison.

— Je lui en parle depuis un mois. Je crois que je l'ai presque persuadée. Tu devrais m'aider, oncle Seth. Avoir un chien m'apprendrait à être responsable, tu sais, et à me tenir à l'écart des fêtes et de la drogue.

— Tu n'as pas besoin d'un chien pour éviter la drogue, riposta Seth. Si jamais le problème se présente, tu auras affaire à moi.

Samantha sourit à Jane.

— Ne t'inquiète pas, il prend des airs de dur, mais c'est un vrai sucre d'orge.

Puis elle la guida dans le couloir, et toutes deux disparurent dans la chambre d'amis. Persuadé que Jane était entre de bonnes mains, Seth entra dans la cuisine et prit un soda dans le réfrigérateur.

S'il s'était agi d'une affaire classique, il se serait enfermé dans le bureau du shérif pour mener l'enquête, non seulement sur ce dernier crime, mais aussi sur les meurtres précédents.

Il aurait réinterrogé les acteurs de l'affaire, vérifié et revérifié leurs alibis, et organisé un détachement spécial pour travailler sur l'enquête. Mais ce n'était pas une affaire classique, et il se força à sourire quand l'élément le plus important de celle-ci entra dans la cuisine avec Samantha.

— Je prépare un pain de viande et de la purée de pommes de terre pour le dîner. Le pain de viande est déjà en train de cuire, mais je dois éplucher les pommes de terre et les mettre à bouillir, annonça Samantha.

Jane se désigna du doigt, indiquant par là qu'elle allait éplucher celles-ci.

En quelques minutes, elle se mit au travail devant l'évier, tandis que Samantha sortait du réfrigérateur des ingrédients pour une salade, et commentait les événements de la journée.

Jane semblait parfaitement à son aise, répondant à l'adolescente avec des sourires et des hochements de tête.

L'exubérance naturelle de sa nièce était peut-être exactement ce dont ils avaient besoin pour permettre à Jane de s'ouvrir, songea Seth.

Il s'assit à la table de la cuisine et les regarda s'activer côte à côte pour achever le dîner.

Le Dr Kane avait examiné la gorge de Jane, et n'avait trouvé aucune raison physique au fait qu'elle ne parlait pas. Seth savait qu'elle en était capable. Il ne pourrait oublier, pour le restant de ses jours, les sons qui étaient sortis de sa gorge quand elle s'était débattue…

C'était par choix qu'elle refusait de parler. Ses paroles étaient sans doute piégées à l'intérieur d'elle et devaient pouvoir sortir.

Vers 18 heures, Linda arriva à la maison. Elle se réjouit de voir que sa fille avait préparé le dîner et que Jane semblait parfaitement s'acclimater.

— Maman, même oncle Seth pense qu'un chiot serait une bonne idée, déclara Samantha, une fois qu'ils furent tous assis à table.

— Wouah ! Ne me mêle pas à cette discussion.

Seth leva les mains en l'air. Samantha lui jeta un regard noir et Jane se mit à rire.

Un ange passa tandis que s'élevait ce son grave et agréable. Jane ouvrit tout grand les yeux, puis baissa le nez sur son assiette, tandis que Linda et Samantha reprenaient leur conversation sur le chien.

Seth entendait à peine les allers-retours de la discussion. Il était concentré sur Jane, et sur le rire adorable qui venait de lui échapper.

Ce n'était pas grand-chose, mais c'était un début. Il fallait espérer qu'avant la fin de la soirée, elle pourrait leur en donner plus… en particulier son nom.

3

L'amnésie était quelque chose de terrible, pensa Jane en prenant sa douche le matin suivant. Elle n'avait aucun souvenir sur lequel se reposer, aucun endroit dans sa tête où se réfugier. Elle n'avait même pas de nom.

Et pourtant, quelqu'un avait essayé de la tuer. Quelqu'un avait tenté de l'ensevelir dans une dune de sable, et elle y était restée jusqu'à ce que des quadeurs découvrent son corps. *Pourquoi et qui ?* hurlait son cerveau.

Comment était-elle arrivée ici, à Amber Lake, en Oklahoma, et comment avait-elle rencontré le tueur ? Qui était-il pour lui vouloir du mal et pourquoi ? Elle avait tant de questions sans réponses !

Sous le jet d'eau chaude, elle repensa à la veille au soir. Aussi beau et sexy que soit Seth, elle avait eu l'impression toute la soirée qu'il était une sorte d'insecte prêt à lui sauter dessus au moindre signe de faiblesse de sa part.

Elle savait qu'il voulait son aide, qu'il avait désespérément besoin qu'elle parle de ce qui lui était arrivé, mais elle n'avait rien à lui offrir. Elle ne savait rien à propos d'elle-même, ni des événements qui l'avaient conduite dans cette dune. Sa mémoire n'affichait qu'un vide terrifiant.

Une fois sa douche terminée, elle sortit de la cabine et prit l'épaisse serviette moelleuse qui l'attendait. Elle était reconnaissante à Linda d'être une hôtesse si aimable, et Samantha était absolument adorable. Il était évident que Seth les aimait beaucoup toutes les deux.

Seth. Si elle avait pu parler, elle avait l'intuition qu'elle aurait perdu sa langue devant lui. Ses larges épaules, ses hanches minces et ses longues jambes lui donnaient tout à la fois un sentiment de sécurité et de léger danger.

Un danger qui n'avait rien à voir avec le physique, mais plutôt avec les émotions. Elle était très attirée par lui, mais elle savait qu'il aurait été idiot de se laisser aller à entretenir des pensées de relation avec lui.

Et bien qu'elle ne se souvienne pas de son propre nom, elle savait qu'elle n'était pas idiote. Seth était un agent du FBI qui recherchait un tueur, et c'était par hasard qu'elle se trouvait être sa meilleure chance de le découvrir. En outre, elle ne savait pas s'il n'y avait pas un homme dans sa propre vie, si quelqu'un ne la cherchait pas frénétiquement en ce moment même.

Elle enfila un short en jean et un T-shirt que Samantha lui avait prêtés. L'adolescente avait gagné la cause du chien. Linda était en congé ce jour-là, et tous quatre allaient se rendre au refuge animalier pour y choisir un chiot.

Jane attendait cette sortie avec impatience. Elle espérait que quelque chose, dans la petite ville, réveillerait un flot de souvenirs qui répondrait non seulement à ses questions sur elle-même, mais donnerait aussi à Seth ce dont il avait besoin pour arrêter le criminel.

Il lui avait brièvement parlé la veille des deux meurtres, et, quand elle était allée au lit, la pensée de ces deux mortes pesait lourdement sur sa conscience.

Se souvenir. Elle devait se souvenir, et pourtant, plus elle essayait, plus ses souvenirs lui échappaient. C'était comme d'avoir un nom au bout de la langue. Plus elle essayait de l'extraire de sa mémoire, plus il se cachait dans ses profondeurs.

Elle passa rapidement la brosse dans ses longs cheveux et se déclara prête à affronter la journée. En quittant la salle de bains, elle croisa Samantha dans le couloir. Celle-ci s'empara de ses mains et la fit tourbillonner.

— C'est aujourd'hui ! s'exclama-t-elle d'un ton plein d'excitation. Je vais avoir un chiot.

Jane sourit jusqu'aux oreilles, incapable de réprimer le flot d'énergie positive qui l'envahissait face à la joie de Samantha. Ensemble, elles parcoururent le couloir, et entrèrent dans la cuisine où les attendaient Seth et Linda, une tasse de café à la main.

— Servez-vous, proposa Seth en désignant la cafetière sur le comptoir.

Jane hocha la tête, s'efforçant d'ignorer son allure sexy. Sanglé dans un jean et un T-shirt bleu marine, il était très beau, avec le soleil matinal brillant dans ses épais cheveux bruns.

— J'espère que vous avez bien dormi, dit Linda à Jane quand elle s'assit avec eux.

Jane fit signe que oui.

— J'imagine qu'aujourd'hui nous allons au refuge d'Amber Lake choisir un chiot.

L'enthousiasme de Linda était sans conteste moins évident que celui de sa fille.

Amber Lake. Bien que le nom de la ville lui semble vaguement familier, Jane n'imaginait pas les raisons qui l'avaient conduite ici… Amber Lake, Oklahoma. Cet endroit ne déclenchait aucune réaction en elle. Il était évident qu'elle n'y habitait pas, car personne ne l'avait reconnue.

On ne parla que du chien durant le petit déjeuner. Samantha et sa mère discutaient de ce qu'elles devaient acheter pour le nouveau membre de la famille. Seth resta silencieux, mais posa sur Jane de longs regards qui l'embarrassèrent.

Quand le moment vint de partir pour le refuge, elle était heureuse de sortir. L'air frais et le soleil lui donneraient un peu moins l'impression d'être un spécimen de laboratoire, et soulageraient la tension que le regard de Seth imprimait en elle.

En outre, l'excitation de Samantha était contagieuse, et l'aidait à repousser l'anxiété qui montait en elle chaque fois qu'elle réfléchissait un peu trop à tout ce qu'elle ignorait.

Ils quittèrent la maison juste après 9 heures. Le soleil était déjà chaud au-dessus de leurs têtes. Seth et Jane montèrent dans le pick-up, tandis que Linda et Samantha prenaient la voiture de Linda. Elles projetaient de s'arrêter dans un magasin pour animaux, sur le trajet du retour, et d'y acheter quelques articles. Quant à Seth, il avait l'intention de faire un tour en ville avec Jane, dans le but de stimuler sa mémoire défaillante.

Jane trouvait tout à fait irréel d'avoir été ensevelie dans le sable deux jours auparavant, et d'être maintenant en route pour adopter un chiot.

A sa grande surprise, Seth alimenta de manière continue la conversation, tandis qu'ils traversaient la petite ville.

— Linda et moi, nous nous entendions bien durant notre enfance, mais depuis que nos parents sont morts et qu'elle a divorcé, nous sommes devenus très proches, lui expliqua-t-il. Vous avez des frères et sœurs ?

Elle haussa les épaules, souhaitant connaître la réponse à cette question, souhaitant pouvoir répondre quelque chose, n'importe quoi.

— Samantha est un sacré numéro, vous ne trouvez pas ?

Sa voix était remplie d'affection, et Jane sourit en approuvant de la tête.

— Linda a vécu des moments difficiles depuis son divorce avec Mark. C'est un vrai tyran, et bien sûr, à cause de Samantha, il est toujours mêlé à sa vie.

Tandis qu'il parlait, Jane regardait par la fenêtre, essayant de repérer un immeuble, une portion de trottoir qui stimulerait ses souvenirs. Mais il n'y avait rien, et quand ils s'arrêtèrent devant le grand bâtiment plat qui, dans les faubourgs, abritait le refuge animalier et la fourrière d'Amber Lake, elle luttait contre le découragement.

Linda et Samantha se garèrent près d'eux. Ils sortirent tous de voiture au moment où un jeune homme en uniforme kaki émergeait du bâtiment. Il avait un visage ouvert, des yeux bleus tout ronds, et des cheveux châtain clair coupés court. Il leur parut méfiant, sur ses gardes, comme si sa vie dépendait de la protection des animaux placés sous sa garde.

— Bonjour Steven, le salua Samantha. Nous sommes venus adopter un chiot.

Il lança un coup d'œil vif à Seth et Jane, puis reposa les yeux sur l'adolescente.

— Le refuge est presque plein, alors tu vas avoir le choix.

— Steven, voici mon frère Seth, et son amie Jane, dit Linda. Et voici Steven Bradley, l'homme qui s'occupe des animaux errants à Amber Lake.

— Ravi de vous rencontrer, répondit Steven.

Il se détendit de façon visible et leur sourit à tous.

— En général, je ne laisse pas les gens entrer avant d'avoir nettoyé les cages, mais vous pouvez y aller. Je dois vous dire cependant que l'air conditionné ne marche plus depuis hier. La mairie est censée m'envoyer quelqu'un pour le réparer, et s'il n'arrive pas très vite, ça va devenir insupportable là-dedans.

Steven tourna les talons et les conduisit dans le bâtiment, où l'odeur de chien et de chat était effectivement accablante, dans la chaleur qui montait.

L'espace était rempli de cages serrées les unes contre les autres, et les aboiements étaient presque assourdissants.

— Du calme ! hurla Steven, et immédiatement les chiens cessèrent d'aboyer pour ne faire entendre que de petits gémissements.

— Stupéfiant, commenta Seth dans le silence relatif qui suivit.

Steven ouvrit la porte d'une cage proche, où un petit terrier se roula immédiatement sur le dos pour montrer son ventre.

— Les chiens ont besoin de quatre choses : discipline constante, abri, nourriture, et beaucoup d'amour.

Il gratta le ventre du terrier, et referma la porte de la cage.

— Je pourrais vous raconter des histoires vraiment horribles sur les conditions dans lesquelles vivaient certains de ces animaux, poursuivit-il tandis qu'ils se frayaient un passage dans l'allée étroite. Les gens font l'autruche quand il s'agit de maltraitances animales. Ils ne veulent pas en entendre parler et ils ne les signalent même pas quand ils en voient.

Il secoua la tête et sourit à Samantha.

— Je pense que j'ai ce qu'il te faut, au fond… Une portée de petits caniches bâtards juste assez vieux pour être adoptables.

Jane écoutait tout cela d'un air absent, luttant contre le désir écrasant de fuir le bâtiment. L'air était oppressant, suffocant, comme le sable où elle avait été ensevelie. L'odeur animale était trop puissante, et elle avait du mal à respirer.

Elle continua d'avancer, désireuse de voir les chiots, mais son angoisse grandissait à chaque pas. Elle ne pouvait plus respirer. Sa poitrine lui faisait mal. C'était exactement comme dans le sable : elle avait l'impression d'être en train de mourir.

Sortir, il fallait qu'elle sorte.

Elle se retourna, se heurtant à la large poitrine de Seth. Elle le contourna et courut en direction de la sortie.

Dehors, l'air frais lui fit du bien et elle l'avala à longues goulées.

Remarquant un banc à proximité, elle s'en approcha d'un pas instable et s'assit, la tête basse, espérant que cette sensation de mort allait passer aussi vite qu'elle était venue.

Le sable, la suffocation, l'ensevelissement… Sa poitrine se serra au souvenir de son impuissance.

— Jane ?

La voix douce de Seth interrompit sa vague de panique. Il s'assit sur le banc à côté d'elle.

— Ça va ?

Un moment de clarté intense se fit soudain dans l'esprit de Jane. Elle leva la tête et le regarda.

— Je m'appelle Tamara. Tamara Jennings.

Son cœur s'emplit de la certitude de son affirmation.

De surprise, Seth s'adossa au banc.

— Pourquoi ne l'avez-vous pas dit plus tôt ?

— Parce que je ne le savais pas. Je ne me souvenais pas de mon nom jusqu'à cette minute, et c'est tout ce que je sais. Je m'appelle Tamara Jennings, mais je ne sais ni où je vis, ni ce qui m'est arrivé. Je ne sais rien de moi-même, sauf mon nom.

Puis elle se mit à sangloter.

Seth attendit qu'elle reprenne le contrôle de ses émotions, en luttant contre l'envie de l'enlacer. Les pensées se livraient bataille en lui. D'un côté, il aimait le son de sa voix grave et sexy, et de l'autre, il réalisait que le traumatisme qu'elle avait enduré allait beaucoup plus loin qu'aucun d'eux ne l'avait imaginé.

— Alors, depuis que je vous ai tirée des dunes, vous souffrez d'une amnésie totale ? questionna-t-il, une fois qu'elle eut cessé de pleurer et se fut redressée pour affronter son regard.

Elle acquiesça.

— J'étais tellement terrifiée ! C'était pour ça que je ne parlais pas. Je n'avais rien à dire, et quelque part, je sentais que si je disais quelque chose, cela donnerait de la réalité à cet horrible cauchemar. Mais c'est réel, n'est-ce pas ?

— J'en ai peur, répondit-il. La bonne nouvelle, c'est qu'avec un nom, nous allons pouvoir chercher dans le fichier des immatriculations et trouver d'où vous venez. Enfin, si vous avez un permis de conduire en cours de validité.

Elle fronça les sourcils.

— Mais la mauvaise, c'est que je ne peux pas vous aider.

— Peut-être pas pour le moment, mais j'espère qu'avec un peu de temps et de stimulation, vous pourrez retrouver le reste de vos souvenirs. Et dans ces souvenirs, il y a les informations dont nous avons besoin pour arrêter le meurtrier.

Elle laissa échapper un soupir tremblant.

— Un peu de stimulation ? Est-ce que cela inclut des électrochocs ?

Il fallut un moment à Seth pour comprendre qu'elle plaisantait.

— Ici, en Oklahoma, nous préférons l'aiguillon à bétail, répondit-il d'un ton pince-sans-rire, ravi de sa capacité à plaisanter dans ces circonstances.

— Amber Lake, Oklahoma.

Elle fronça les sourcils.

— Ça me semble vaguement familier, mais pas d'une manière réelle ou significative.

— Peut-être devrions-nous aller voir ce psychologue que le Dr Kane a recommandé, suggéra-t-il.

— Pas encore. J'espère être bientôt tout à fait remise.

A cet instant, Linda sortit.

— Tout va bien ? demanda-t-elle d'un air soucieux.

— Tout va bien, la rassura Seth. Jane a retrouvé sa voix, et son nom est Tamara.

Il se leva et tendit la main à la jeune femme.

— Je la ramène à la maison. On se retrouvera quand vous en aurez fini avec cette histoire de chiot.

Il fit signe à sa sœur de retourner dans le bâtiment, peu désireux que les deux femmes perdent du temps à bavarder.

Il devait prendre contact avec le shérif Atkins pour lui dire que Jane avait un nom. Car, grâce à cette information, la véritable enquête pouvait commencer.

Quelques minutes plus tard, ils se trouvaient dans son pick-up, lui toujours plongé dans ses pensées. A partir de son nom, ils pourraient découvrir où elle vivait et retracer les déplacements qui l'avaient conduite à Amber Lake.

Les gens pensaient normalement qu'ils vivaient leur vie dans l'anonymat, mais de nos jours, ce n'était plus exact. Quand on utilisait un distributeur, on était filmé. Les caméras de sécurité étaient présentes dans les parkings et les supermarchés. Il y en avait aussi à tous les carrefours. Les gens étaient constamment pris en photo sans qu'ils s'en aperçoivent… Une bonne chose pour les victimes et les policiers, mais pas aussi bonne pour le criminel moyen.

Malheureusement, Seth soupçonnait que l'homme qu'il recherchait n'avait rien de moyen.

Il lança un coup d'œil à Tamara, qui regardait par la fenêtre comme pour chercher des repères.

— Demain, nous irons faire un tour en ville pour voir si quelque chose vous revient.

Elle se tourna pour le regarder.

— Je suis désolée. Je sais que vous espériez qu'une fois que je parlerais, vous auriez toutes les réponses dont vous avez besoin.

— Ne vous excusez pas. Pour le moment, votre esprit vous protège de ce qui vous est arrivé aux dunes de Deadman. Une fois que vous serez convaincue d'être en sécurité, vos souvenirs vous reviendront en cascade.

— Je l'espère. C'est terrible de ne rien savoir de soi-même. Je ne sais ni où je vis, ni quel âge j'ai. Je veux dire, est-ce que j'ai pris un car ? Est-ce que j'ai conduit jusqu'ici ? Et si oui, où est ma voiture ?

Les questions se précipitaient dans sa bouche.

— Nous savons que vous n'avez pas pris un bus, car

il n'y en a pas ici en ville. Et avant la fin de la soirée, je serai capable de répondre à la plupart de vos questions. Le FBI dispose de nombreuses ressources pour obtenir des informations, maintenant que nous connaissons votre nom.

Elle lui adressa un sourire attristé.

— La plupart des gens n'ont aucune envie que le FBI fouine dans leur vie privée.

— C'est vrai, concéda-t-il. Mais la plupart des gens connaissent leur propre vie.

Une fois encore, elle détourna les yeux vers la fenêtre. Elle avait l'air fragile.

Elle n'avait pas formulé les questions dont il savait qu'elles devaient encombrer son esprit…

Qui avait tenté de la tuer et pourquoi ? Quelqu'un l'avait-il conduite en ville et emmenée dans les dunes de sable ? Etait-ce la raison pour laquelle ils n'avaient pas trouvé de véhicule ?

Seth plissa le front.

Ça manquait de logique, si on considérait les deux femmes mortes avant elle, toutes deux originaires de la ville.

Il lutta de nouveau contre le besoin de la toucher, d'effacer l'expression torturée de ses yeux pour les voir se remplir de rire et de lumière.

Au lieu de cela, il se concentra sur les choses qu'il voulait faire, les gens qu'il voulait contacter une fois revenu chez Linda.

Avec les informations qu'il allait obtenir, il serait temps de se mettre au travail. Il avait passé les dernières vingt-quatre heures avec Tamara, espérant qu'elle parlerait, qu'elle leur donnerait une piste de départ.

A présent, il en avait une, et il devait voir Atkins, discuter avec lui de leur plan d'action pour capturer le tueur.

Ce qu'il ne devait pas faire, c'était penser combien les cheveux bruns de Tamara avaient l'air soyeux, et combien ses seins, soulignés par son T-shirt, étaient plantureux.

C'était bien sa chance que la seule femme qui éveillât son intérêt, dont la proximité provoquait une réponse physique chez lui, ait été la victime d'un crime odieux !

Se lier avec une victime, c'était comme d'essayer de trouver l'amour dans une émission de téléréalité… Il existait très peu de chances d'y parvenir.

Ce que Tamara et lui avaient en commun n'avait rien à voir avec la vie réelle. Tous les sentiments qui pourraient naître entre eux seraient fondés sur un excès d'émotions de toutes sortes… Le besoin et la peur pour elle, et pour lui, le désir de faire son travail.

Il avait vu d'autres agents s'amouracher de victimes ou de témoins, et cela ne marchait jamais. En outre, se rappela-t-il, il ne recherchait rien de romantique dans sa vie.

Le mariage lugubre de Linda et son divorce subséquemment acrimonieux avaient suffi à Seth pour confirmer son intention de rester un loup solitaire.

Il était 10 heures passées de quelques minutes quand ils arrivèrent chez Linda, et Seth se mit immédiatement en devoir de puiser dans les ressources dont il disposait.

Il s'assit à la table de la cuisine avec son ordinateur portable et son téléphone, et Tamara prit place sur le sofa. Le plan ouvert de la maison lui permettait de la voir tandis qu'il passait ses appels.

Cela devait être terrifiant de ne rien savoir à propos de soi-même, de n'avoir aucun souvenir, aucune image du passé pour identifier celui ou celle qu'on était.

Il lui fallut presque une heure pour mettre en mouvement les gens et les programmes qui leur donneraient toutes les informations nécessaires au sujet de Tamara Jennings.

Quand il eut passé ses appels et décidé d'une réunion avec le shérif Atkins plus tard dans la journée, il se leva et vint rejoindre Tamara sur le sofa.

Il s'assit à quelque distance d'elle, mais put tout de même sentir son parfum frais et propre.

— Comment ça va ?

— Aussi bien que possible, je suppose, si on considère que vous m'avez déterrée.

Elle sourit, et releva un peu le menton.

— Au moins, maintenant, je connais mon nom, et j'espère qu'avant d'aller au lit ce soir, je retrouverai des souvenirs.

Son sourire s'évanouit.

— Dites-m'en plus au sujet des deux autres victimes.

Il lui narra ce qu'il savait de la jeune Rebecca Cook, découverte après une fête dans les dunes, et de Vicki Smith, récemment installée en ville, et qui travaillait comme serveuse dans l'un des restaurants.

Il regarda jouer les émotions sur son visage. La sympathie, l'horreur et le soulagement de ne pas être la troisième victime trouvée morte se succédaient sur ses traits.

Il y avait aussi une touche de culpabilité, la culpabilité du survivant, et celle de n'avoir pu les aider à identifier le meurtrier.

Elle coinça une longue mèche de ses cheveux soyeux derrière une oreille et le regarda pensivement.

— Alors vous, les gens du FBI, vous n'élaborez pas une sorte de profil du tueur ?

Seth acquiesça.

— Si, et nous dressons aussi le profil des victimes. Mais un profil ne vaut pas plus que les éléments des crimes, et dans ces affaires, nous avons très peu de faits sur lesquels nous baser. Malheureusement, quand on a découvert Rebecca Cook il y a deux mois, le shérif Atkins a fait une erreur de jugement en classant l'affaire comme une mort accidentelle au lieu d'un homicide. Un mois plus tard, on a trouvé Vicki Smith, et il a compris qu'il y avait un tueur en série à l'œuvre en ville.

— A-t-il des suspects ? demanda-t-elle.

Elle changea de position, et, une fois encore, il aspira une bouffée de son odeur fraîche.

— Quelques-uns, mais personne ne ressort clairement de cette liste plutôt pathétique, avoua-t-il. J'ai l'intention de revoir tous les suspects et d'interroger tous ceux qui ont fait partie de l'enquête préliminaire. Avec un peu de chance, je remarquerai quelque chose que le shérif et ses hommes ont manqué.

— Est-ce que j'ai été droguée ? C'est peut-être pour cela que je ne me souviens de rien ? Au moins, cela expliquerait comment je me suis retrouvée dans le sable, sans pouvoir lutter contre mon agresseur.

— Peut-être, mais j'en doute. Les analyses toxicologiques des deux premières victimes ne montraient aucune trace de drogue. Celles de Rebecca comportaient un peu d'alcool, mais pas assez pour l'affecter physiquement ou mentalement. Le Dr Kane aura vos résultats aujourd'hui, mais s'ils sont comme les autres, il n'y aura rien d'anormal.

Le regard de Tamara resta fixé sur le sien, et il comprit qu'elle s'efforçait d'assimiler ses paroles. Le bleu de ses yeux s'était assombri, et les éclats argentés autour de ses pupilles ressortaient d'autant plus.

— Donc, le corps de Rebecca Cook a été trouvé dans les dunes en avril. Presque un mois après, on a trouvé Vicki Smith, et trente jours après, vous m'avez trouvée moi. On dirait que le tueur agit selon une chronologie de trente jours, réfléchit-elle tout haut. Puisque j'ai survécu, cela signifie-t-il qu'il est déjà à la recherche d'une autre victime, ou va-t-il attendre un mois pour agir de nouveau ?

Seth soupira.

— Je ne peux pas vous répondre. Je n'ai pas assez d'éléments pour savoir ce qu'il va faire.

Pis encore, il ignorait si le tueur se contenterait de choisir une autre victime, ou s'il allait essayer de terminer ce qu'il avait commencé avec Tamara.

4

Le shérif Atkins arriva chez Linda juste après 18 heures. Cette dernière était partie prendre sa garde à l'hôpital une heure auparavant et Samantha était dans sa chambre avec le nouveau chiot, Scooter. Tamara, Seth et le shérif s'assirent à la table de cuisine.

Cela avait été un après-midi étrange. Une fois Linda et Samantha rentrées, Tamara avait passé la plus grande partie du temps à jouer avec la petite boule de fourrure noire en compagnie de Samantha.

Seth avait emporté son téléphone, les dossiers d'Atkins et son ordinateur dans la chambre d'amis, et avait travaillé tout l'après-midi. Il s'efforçait de ne pas se laisser distraire par la vue du lit où Tamara avait dormi, ni par son odeur légère qui flottait dans l'air.

Il avait pensé qu'en travaillant dans une autre pièce, il pourrait mieux se concentrer, mais il s'était trompé. La pensée de ses longs cheveux bruns répandus sur la taie d'oreiller blanche le troublait. Il ne voulait pas se figurer la douceur et la chaleur de son corps contre le sien, sous les draps.

Il voulait seulement comprendre ce qui lui était arrivé et lui rendre sa vie. Il ne voulait pas se représenter ses lèvres sensuelles, le son sexy de sa voix, le désir qu'elle provoquait en lui et qu'il n'avait pas ressenti depuis très longtemps.

A présent elle le regardait, de l'autre côté de la table, visiblement impatiente de connaître les informations qu'il avait rassemblées durant l'après-midi, des informations dont il espérait qu'elles stimuleraient sa mémoire et les conduiraient au tueur.

Atkins semblait fatigué, mais également anxieux d'entendre ce qu'il avait à dire. Seth avait un bloc-notes devant lui, et une fois qu'il eut offert une tasse de café au shérif, il commença.

— Tamara Jennings, trente-deux ans, vous vivez seule dans un appartement d'Amarillo, au Texas. Vous avez été brièvement mariée, mais vous avez divorcé il y a deux ans. Il a été facile de vous retrouver grâce à votre permis de conduire. La photo était assez bonne pour pouvoir vous identifier formellement.

Il fit une pause et leva les yeux vers elle, attendant une sorte d'acquiescement ou d'exclamation.

Ses cheveux brillaient comme de la soie sombre dans le crépuscule qui filtrait par la fenêtre. Elle haussa les épaules, le front plissé.

— Ça ne me dit rien du tout. Vous pourriez être en train de parler de quelqu'un d'autre.

Ses yeux devinrent légèrement vitreux, comme si elle retenait ses larmes, mais elle lui fit signe de continuer.

Seth reposa les yeux sur ses notes.

— Aucun délit dans votre passé, pas même une amende pour excès de vitesse. Je n'ai pu trouver aucun parent en vie. Selon vos voisins, vous ne fréquentez personne en particulier. Vous êtes aimable, mais vous gardez votre quant-à-soi. Aucun de ceux à qui j'ai parlé n'a pu me donner le nom d'un petit ami, ou même d'une amie proche. Vous possédez une petite affaire de conception et maintenance de sites Web, et vous travaillez chez vous.

Une fois encore, Seth la regarda, espérant voir quelque chose dans ses yeux qui indiquerait une lueur de souvenir, mais il n'y avait rien d'autre dans leurs profondeurs bleues que des larmes.

A la grande surprise de Seth, ce fut Atkins qui lui tapota la main.

— Tout va bien. Ça vous reviendra tôt ou tard. C'est un moment difficile à traverser, c'est tout.

Tamara lui lança un regard reconnaissant, et Seth souhaita soudain avoir été celui qui avait tendu la main et celui à qui s'était adressé ce sourire.

Il crispa la mâchoire et revint à ses notes.

— Selon le fichier des immatriculations, vous possédez une Ford Focus bleue. Elle n'est pas garée près de votre immeuble à Amarillo.

— Alors je l'ai sans doute prise pour venir à Amber Lake.

Le shérif et Seth hochèrent tous deux la tête.

— J'ai demandé à mes adjoints de la rechercher, mais pour l'instant on ne l'a pas trouvée, précisa Tom.

— J'ai aussi fait des recherches sur votre ex-mari, reprit Seth. C'est un agent immobilier qui a déménagé en Californie, quelques mois après votre divorce.

Il avait cherché ces détails sur son ex par simple curiosité, mais il n'allait l'admettre à voix haute.

— Il n'a pas quitté la région de San Diego depuis que vous êtes partie de votre appartement. Je l'ai écarté, car nous savons tous que le tueur se trouve ici, à Amber Lake.

Il tourna son attention vers Tom.

— Je ne veux marcher sur les plates-bandes de personne, ici, mais j'aimerais recommencer l'enquête sur les meurtres de Rebecca Cook et Vicki Smith.

— Vous ne marchez pas sur mes plates-bandes, répondit Tom. Votre aide est la bienvenue, et vous savez que mon équipe est à votre disposition. Faites-moi simplement savoir de quoi vous avez besoin, et nous ferons en sorte de vous le procurer.

— La première chose que j'aimerais que vous me donniez, c'est votre sentiment, reprit Seth. Y a-t-il quelqu'un sur lequel vous avez enquêté qui a déclenché une alarme dans votre tête ? Quelqu'un dont vous avez pensé qu'il pourrait être coupable, même si vous n'aviez aucune preuve ?

Tom fronça les sourcils et fit un geste de dénégation.

— J'aimerais pouvoir vous fournir un nom, mais je n'arrive pas à imaginer quelqu'un dans cette ville qui puisse faire ce qu'on a fait à ces femmes.

Seth lança un regard à Tamara, qui semblait perdue dans ses pensées, un pli délicat gravé sur le front.

— Tamara, nous n'avons aucune raison de vous retenir ici. Si vous voulez retourner à Amarillo, vous le pouvez. Cependant, j'aimerais que vous restiez. Quelque chose ou quelqu'un en ville vous aidera peut-être à retrouver la mémoire. Actuellement, vous restez notre meilleure piste pour capturer ce type.

Elle tourna vers lui des yeux brillants.

— Je vais rester. Ce que vous venez de me raconter, la vie de cette femme à Amarillo, ne semble avoir rien de commun avec moi. Je dois retrouver la mémoire, non seulement pour vous aider, vous et le shérif Atkins, mais aussi pour reprendre le cours de ma vie. Et je crois que la clé de mon amnésie se trouve ici, à Amber Lake.

Seth n'essaya pas d'analyser pourquoi sa décision le rendait heureux.

— Alors, quel est le plan ? questionna Tom.

— J'ai l'intention d'emmener Tamara en ville, dès demain matin, pour voir si quelque chose provoque un écho chez elle. Je veux aussi réinterroger tous ceux qui ont quelque chose à voir avec les deux premières victimes.

Tom approuva d'un signe de tête.

— Il y a beaucoup de hangars et de bâtiments abandonnés dans la région. Nous allons les fouiller pour essayer de retrouver sa voiture. Elle est forcément quelque part, peut-être nous livrera-t-elle des indices. Et je suis prêt à convoquer tous ceux auxquels vous voudrez parler.

— Je vous en suis reconnaissant, le remercia Seth.

Il regarda de nouveau Tamara, qui fixait la fenêtre. La lumière commençait à prendre la teinte dorée qui précède le crépuscule.

Il aurait aimé connaître assez la jeune femme pour pouvoir deviner ce qu'elle pensait. Cependant, il ne fallait pas être sorcier pour comprendre qu'elle devait se sentir perdue et isolée.

Une demi-heure plus tard, il raccompagna le shérif Atkins, puis retourna dans la cuisine, où Tamara était toujours dans la même position, contemplant le jardin de Linda.

Elle se tourna vers lui en l'entendant se diriger vers la cafetière posée sur le comptoir.

— Vous en voulez ? demanda-t-il.

— Volontiers.

Il leur en versa à chacun une tasse et se rassit face à elle. Tamara entoura sa tasse de ses mains, comme pour se réchauffer.

Avant qu'ils ne disent quoi que ce soit, Samantha apparut sur le seuil, son chiot dans les bras.

— Scooter et moi, on va voir ma copine Amy une heure ou deux. Ne vous inquiétez pas, j'ai demandé à maman, et elle est d'accord. Je reviendrai vers 10 heures.

Elle fila par la porte de derrière sans attendre leur réponse.

— J'ai l'impression de déranger tout le monde, ici, remarqua Tamara, une fois que Samantha eut quitté la maison. Vous dormez sur le sofa, et j'abuse de la générosité de votre sœur.

— C'est ridicule, répliqua Seth. Premièrement, j'ai souvent dormi sur des sofas, et celui de Linda est très confortable. Et deuxièmement, vous ne dérangez personne. Vous êtes une invitée dans cette maison.

— Et je ne vous sers à rien dans votre recherche du tueur, s'exclama-t-elle avec une frustration évidente.

— Peut-être pas pour le moment, concéda-t-il, mais vous ne savez pas quand votre mémoire reviendra. Le moment venu, vous reconnaîtrez un visage ou vous vous rappellerez un détail qui nous donnera ce dont nous avons besoin.

Elle leva la tasse à ses lèvres, prit une gorgée de café et la reposa sur la table.

— Tout ce que je me rappelle, c'est le sable… Du sable partout, et le raclement de la pelle.

— Le raclement de la pelle ?

Il la regardait avec une surprise non feinte. Elle n'avait pas parlé de cela auparavant.

— Vous étiez assez consciente pour entendre le bruit de la pelle pendant qu'on vous ensevelissait ?

— Je crois.

Ses yeux prirent une teinte bleu foncé.

— C'est mon seul souvenir, le sable qui me recouvrait, et le bruit de la pelle qui creusait à proximité. Je ne pouvais pas bouger, mais j'étais consciente.

Un frisson la traversa et elle se leva.

Seth se leva aussi, saisi du désir de dissiper les ténèbres et l'horreur qui flottaient dans les yeux de Tamara. Sans plus réfléchir, il la prit dans ses bras.

Elle se blottit contre lui en tremblant et nicha le sommet de sa tête sous son menton. Seth referma étroitement les bras autour elle, comme pour absorber l'angoisse qui la secouait.

Elle ne pleura pas et ses frissons se calmèrent peu à peu. Mais elle resta dans ses bras, comme s'il était une bouée de sauvetage.

Et n'était-ce pas exactement ce qu'il était pour elle ? songea-t-il. Mais c'était bon de la tenir et de sentir ses courbes féminines contre lui.

Il s'efforçait de garder son objectivité et de ne voir en elle qu'une victime à réconforter. Mais c'était en homme qu'il réagissait au parfum de ses cheveux et au contact de ses seins contre son torse. De crainte de se ridiculiser totalement, il la relâcha et mit un peu de distance entre eux.

Quelle que soit la douceur de Tamara, quel que soit le désir qu'il éprouvait pour elle, il avait besoin plus encore de ce que recelait sa mémoire verrouillée. D'une manière ou d'une autre, il fallait qu'il y entre par effraction aussi vite que possible, avant qu'on ne trouve un autre corps enseveli dans le sable.

Ils revinrent à la table, où elle reprit sa tasse en évitant le regard de Seth.

— Je suis désolée de ne pas pouvoir vous aider, dit-elle doucement.

Elle leva enfin les yeux, et il y vit de nouveau une angoisse obsédante.

— Je le voudrais, mais une part de moi a peur de se souvenir. J'ai l'impression que si je me rappelle celui qui m'a mise dans le sable, je vais devenir folle. Je suis terrifiée à l'idée que les souvenirs me fassent perdre la raison.

C'était peut-être aujourd'hui qu'elle allait affronter celui qui avait essayé de la tuer en l'enterrant dans les dunes, pensa Tamara. Elle jeta un coup d'œil à son reflet dans le miroir, et fut reconnaissante à Samantha de lui avoir généreusement prêté sa garde-robe. Elle avait revêtu un jean et un T-shirt jaune vif, espérant se calmer les nerfs avec la couleur du soleil. Mais jusque-là, ce n'était d'aucune efficacité.

Elle se détourna du miroir, consciente que Seth l'attendait dans le salon. Ils avaient tous pris le petit déjeuner, une heure auparavant, puis Samantha était partie chez des amies, et Linda était allée se coucher, après sa nuit de garde. A présent, il était temps de quitter la sécurité de la maison et de s'aventurer dans une sorte de chasse au trésor de ses souvenirs.

Elle tendit la main vers la poignée de porte de la salle de bains puis suspendit son geste. Le bref et merveilleux moment qu'elle avait passé, la veille, entre les bras de Seth, lui revint à la mémoire.

Elle avait été mariée, lui avait-il dit, mais elle ne se souvenait pas de s'être jamais sentie autant en sécurité entre des bras masculins. En fait, chaque fois qu'elle pensait à son mariage, un nœud d'anxiété se formait en elle.

Quel genre d'homme avait-elle épousé ? Pourquoi avaient-ils divorcé ? Et pourquoi cette pensée la rendait-elle si anxieuse et agitée ? Elle haussa les épaules et quitta la salle de bains. Il était inutile de se laisser aller aux spéculations tant qu'elle ne se souviendrait pas de son passé. Tout ce qu'elle savait d'elle-même, c'était ce que Seth avait réussi à découvrir.

Il se leva du sofa à son entrée dans le salon. Comme toujours, elle eut le souffle coupé en le voyant. Il était si beau ! Tandis qu'il la détaillait de la tête aux pieds, elle se souvint avec quelle rapidité il s'était éloigné d'elle, la veille, mais pas avant qu'elle n'ait remarqué son excitation.

— Le jaune est incontestablement votre couleur, observa-t-il. Vous avez l'air rayonnante.

— Alors mon déguisement fonctionne, répliqua-t-elle un peu sèchement.

— Nerveuse ?

Elle hocha la tête.

— Je veux retrouver la mémoire mais, quand je repense à ces minutes où j'ai failli mourir, j'ai l'impression de suffoquer.

— Faites-moi confiance, vous ne suffoquerez pas tant que je serai avec vous.

Seth prit ses clés de voiture.

— Prête pour le tour de la ville ?

— J'aimerais bien pouvoir vous dire que je ressens de l'impatience à cette idée.

Il fronça les sourcils.

— Mais vous avez besoin de connaître votre passé, de

savoir qui vous êtes, et en quoi consistait votre vie avant tout cela. Sans passé, il est difficile d'avoir un avenir.

— Vous avez raison, bien sûr, approuva-t-elle, en franchissant la porte. J'espère seulement que quand je recouvrerai la mémoire, je ne m'apercevrai pas que j'étais une voleuse ou quelque chose de plus terrible encore.

Il lui ouvrit la portière avec un grand sourire.

— Tamara, si vous étiez une criminelle, nous le saurions. Ce serait apparu dans mes recherches. Et si vous étiez méchante et détestable, votre véritable personnalité aurait déjà filtré.

Elle monta en voiture et le regarda faire le tour du véhicule pour rejoindre la place d u conducteur. Elle ignorait quel vent mauvais l'avait poussée vers cette mort atroce dans les dunes, mais la destinée lui avait incontestablement souri quand Seth l'avait découverte.

Qui sait où elle aurait été, à cet instant, si elle n'était pas tombée sur Seth et sa famille ? Le fait qu'ils prenaient un risque, en l'invitant dans leur vie sans rien savoir d'elle, ne lui échappait pas.

— Contentez-vous de vous détendre, lui conseilla Seth en démarrant. J'ai le sentiment que plus vous réfléchirez, moins vous aurez de résultats.

Il lui adressa un autre de ses sourires dévastateurs.

— Le soleil brille, vous êtes saine et sauve, et par-dessus tout, vous êtes avec moi.

Un rire lui échappa devant cette pointe de vanité simulée, mais son rire s'évanouit rapidement.

— Samantha m'a expliqué hier, pendant que vous étiez au téléphone, que vous étiez venu passer vos vacances ici. J'imagine que je les ai gâchées.

— On surestime beaucoup les vacances, répondit-il avec aisance, en reculant dans l'allée. J'aime mon travail. C'est pour venir voir Linda et Samantha que j'avais décidé de prendre des congés.

— Elles sont adorables. Comment vos parents sont-ils morts ?

— Dans un accident de voiture, il y a huit ans.

— Je suis désolée, dit-elle, tout en se demandant quand ses propres parents étaient morts et si elle avait eu beaucoup de chagrin.

Le fait que Seth n'ait pas obtenu le nom d'un seul ami en parlant à ses voisins la remplissait de tristesse.

— J'avais sûrement un téléphone portable. Est-ce qu'on ne peut pas le localiser ?

— Si vous aviez un portable, ce devait être un portable à carte, et sans numéro de téléphone, on ne peut malheureusement pas le repérer, répondit-il.

Comme il tournait dans ce qui était visiblement la rue principale de la petite ville, Tamara fixa son attention sur l'extérieur et s'efforça de se détendre.

Amber Lake était un bourg pittoresque, affichant çà et là des touches de fierté. On avait planté des arbres à intervalles réguliers le long des trottoirs, et ceux-ci procuraient aux acheteurs une ombre bienvenue dans la chaleur du jour.

Elle vit les boutiques habituelles, droguerie, épicerie, un magasin d'appareils ménagers, un magasin de vêtements, quelques fast-foods, un café, et un restaurant élégant appelé The Golden Daffodil.

Oui, c'était une jolie petite ville, mais rien ne lui semblait familier, rien ne lui rafraîchissait la mémoire.

— Je ne vois rien, conclut-elle d'un air abattu, après quelques minutes.

— Ne soyez pas si impatiente, répliqua Seth avec légèreté.

— J'essaie de ne pas l'être, mais j'espérais voir quelque chose qui ferait remonter mes souvenirs.

Elle soupira de frustration.

Seth s'arrêta sur une place de parking à l'extrémité sud de la rue principale.

— Pourquoi n'allons-nous pas faire un tour à pied ?

C'est une belle matinée. Vous verrez peut-être une vitrine ou quelqu'un que vous reconnaîtrez.

— Ça me paraît une bonne idée, approuva-t-elle.

Quelques minutes plus tard, ils remontaient tous deux la rue principale, ayant décidé de la redescendre sur le trottoir d'en face.

Tandis qu'ils avançaient d'un pas lent, en bavardant du temps, de Samantha et du dernier membre de la famille, Tamara examinait les vitrines et les gens, qui les croisaient avec un sourire et un hochement de tête.

— Je suppose que vous n'êtes pas marié ? questionna-t-elle après qu'ils eurent marché plusieurs minutes.

— Touché, répondit-il.

— Et vous avez une petite amie ?

— Non, personne. Ces dernières années, ma vie n'a été faite que de travail. En outre, après avoir été témoin de ce que Linda a traversé durant son divorce, j'ai décidé de ne jamais me marier.

— Un divorce difficile ?

— Terrible, renchérit-il. Je n'aimais déjà pas son mari, Mark, quand ils se sont mariés, mais je le détestais quand ils ont fini par obtenir le divorce.

— Vit-il ici, en ville ? questionna-t-elle.

— A deux rues de chez Linda.

Il poussa un gros soupir.

— Cependant, même si je le trouve arrogant et tyrannique, je dois reconnaître que c'est un bon père pour Samantha. Elle passe la plupart de ses week-ends chez lui, et elle l'adore.

— C'est important. Les filles ont besoin d'un père dans leur vie.

Elle fronça les sourcils.

— Mais vous ne devriez pas laisser l'expérience de votre sœur vous empêcher de fonder une famille. J'ai vu comment vous vous comportiez avec Samantha, vous feriez un père génial.

Il laissa échapper un rire grave et profond qui souleva une agréable vague de chaleur en elle.

— C'est facile d'être un tonton, mais je ne suis pas sûr d'avoir l'étoffe d'un père. De toute façon, cela n'a pas d'importance, car je n'ai pas l'intention de me marier.

— Je me demande pourquoi j'ai divorcé, s'interrogea tout haut Tamara, bien qu'elle sache qu'il n'avait pas de réponse à cela.

Il lui était difficile de s'imaginer en femme mariée. De toute manière, il lui était impossible de savoir quel genre de femme elle était, avant que Seth ne la sauve.

— Il faut espérer que vous le saurez bientôt, répondit Seth.

Malgré la légèreté de son ton, Tamara sentit qu'il la pressait de se souvenir, de l'aider à trouver l'homme qui, à tout moment, pouvait choisir une autre victime.

— Que diriez-vous de déjeuner tôt ? suggéra Seth, quand ils atteignirent le Amber Lake Café.

— Volontiers, approuva-t-elle.

Comme ils franchissaient la porte du restaurant, un carillon se fit entendre. Tamara eut soudain une sensation de déjà-vu.

Sans rien dire, elle suivit Seth jusqu'à un box et se glissa sur le siège face à lui. Ce carillon lui avait semblé familier, mais elle ne voulait pas donner de faux espoirs à Seth, ni en tirer des conclusions hâtives. Elle avait peut-être entendu les mêmes notes autre part. Peut-être possédait-elle un carillon dans son appartement à Amarillo. Un son isolé ne suffisait pas à lui donner la certitude d'être déjà venue dans cet endroit.

— Bonjour, les salua une serveuse blonde, dont le nom, Lucy, était brodé sur son tablier.

Elle leur donna deux menus en proposant :

— Puis-je vous apporter une boisson pour commencer ?

— Je voudrais un soda, demanda Tamara.

— Un verre de thé glacé pour moi, répondit Seth.

— J'en ai pour une seconde, fit Lucy en quittant le box.

Tamara ouvrit le menu et fit son choix avant de regarder Seth. Une pensée venait de lui traverser l'esprit.

— Puisqu'on sait qui je suis et où je vis, serait-il possible d'accéder à mon compte en banque et de retirer un peu d'argent ?

— Je ne vois pas comment on pourrait le faire sans expliquer la situation à votre banque. Vous n'avez pas de carte bancaire, et je suppose que vous ne vous rappelez pas votre code. Vous avez besoin de quelque chose ?

— Un prêt ? hasarda-t-elle.

Elle sentit le feu lui monter aux joues.

— J'aimerais acheter quelques vêtements pour ne pas avoir à emprunter continuellement ceux de Samantha. Je me sentirais mieux si j'avais quelques affaires à moi.

— J'aurais dû comprendre combien c'est difficile pour vous.

Seth lui sourit.

— Dites-moi simplement de combien vous avez besoin, et je retirerai de l'argent quand nous passerons devant la banque.

— Une centaine de dollars, peut-être ? hasarda-t-elle.

— Disons deux cents, et si vous avez besoin de plus, je veux que vous me le disiez.

Il se pencha en travers de la table, une expression apaisante dans ses yeux de brume.

— Et ce n'est pas un prêt. Je considère que ce sont les frais généraux d'un témoin crucial dans une enquête de meurtre.

— Un témoin crucial qui ne se rappelle rien, remarqua Tamara d'un air malheureux.

A cet instant, la serveuse revint avec leurs boissons, et ils passèrent commande.

— J'imagine que si nous bavardons pendant le déjeuner, il va falloir que je parle de moi, reprit Seth d'un air taquin.

— Eh bien, le sujet m'intéresse, répliqua-t-elle sur le même ton. Vous pouvez me parler de votre travail au FBI, et de votre vie à Kansas City.

— Je n'ai pas de vie à Kansas City, fit-il un peu sèchement, mais j'adore parler de mon travail.

Et il le fit. Tandis qu'elle mangeait un sandwich club et que lui-même engloutissait un cheeseburger, il lui narra les affaires sur lesquelles il avait travaillé, et les individus terribles qu'il avait affrontés en tant que profiler.

Tamara était passionnée par tout ce qui le concernait, depuis son métier jusqu'à la manière dont le coin de sa bouche se relevait quand il esquissait un de ses sourires sexy. Elle trouvait fascinante la manière dont ses yeux étincelaient quand il parlait de ce qu'il aimait ou, au contraire, de ce qu'il n'aimait pas.

Il aurait été facile d'avoir le béguin pour l'agent spécial du FBI Seth Hawkins, mais cela aurait été stupide.

Quelque part au Texas, il y avait peut-être un homme qui se mourait d'inquiétude pour elle, un homme qui l'aimait et qu'elle aimait à en perdre la raison.

Mais si un tel homme existait, pourquoi ne s'en souvenait-elle pas ? Et pourquoi ne la cherchait-il pas ? Elle aurait certainement eu le sentiment d'aimer… d'être aimée.

Pourquoi une sensation d'anxiété lui nouait-elle l'estomac, quand elle essayait de se souvenir de sa vie avant Amber Lake ? Quelle tristesse, quelle épreuve avait-elle fuies en quittant son appartement d'Amarillo ?

Dans les yeux de Seth, elle voyait non seulement le désir d'un homme, mais aussi l'exigence d'un agent du FBI… L'exigence de réponses qu'elle ne possédait pas encore.

Tandis qu'ils finissaient leur repas, elle jeta de nouveau un regard autour d'elle. L'endroit était similaire à des centaines de cafés dans la région, confortable et chaleureux, rempli de gens qui avaient grandi ensemble, d'amis et de voisins qui s'y rassemblaient régulièrement.

Derrière le comptoir était suspendue une photo d'une part de tarte avec la légende : « Faites-vous plaisir avec la célèbre tarte au caramel de l'Amber Lake Café. »

Une étincelle s'alluma dans son esprit. Elle se souvenait de ce panneau. Elle avait mangé un morceau de cette tarte. Sa bouche s'emplit de la sensation de la pâte sablée et de la douceur collante du caramel.

— Je suis déjà venue ici.

Le chuchotement s'échappa de sa bouche, tandis qu'elle fixait Seth.

— Je suis venue manger ici, s'écria-t-elle, submergée par une vague d'excitation.

— Vous en êtes sûre ?

Seth se redressa sur son siège, soutenant fermement son regard. Elle s'adossa à la banquette et fixa de nouveau la publicité. Des bribes de souvenirs se faufilèrent dans sa mémoire.

— Une serveuse rondelette, un sandwich au poulet, le crépuscule qui filtrait par la vitrine, une part de tarte au caramel et un café, énuméra-t-elle doucement. Je suis venue ici, c'est certain.

— Le crépuscule, cela veut dire que vous êtes venue dîner.

La voix de Seth la tira d'un kaléidoscope de souvenirs.

— La serveuse était rousse, répondit-elle en regardant autour d'elle.

Elle pointa du doigt une femme qui s'activait à l'autre bout du café.

— Je crois que c'est elle.

Seth sauta sur ses pieds et alla voir la serveuse en question. Devant l'énergie qui se dégageait de lui, Tamara sentit son sang bouillonner dans ses veines. Se souvenir d'avoir mangé une part de tarte ne représentait pas grand-chose, mais cela lui redonnait espoir.

Seth revint avec la serveuse, dont le prénom était Annie. Elle sourit à Tamara en repoussant une mèche de cheveux écarlate derrière son oreille.

— Bien sûr que je me souviens d'elle, affirma-t-elle. Elle est venue dîner lundi soir, et c'est moi qui l'ai servie.

— Etait-elle seule ? questionna Seth.

— Oui, elle a mangé seule et elle est partie de même, répondit la serveuse.

— Est-ce que j'ai parlé de ma destination, de ce que je faisais en ville ? demanda Tamara.

— Je vais être honnête avec vous, chérie, je ne me souviens pas d'avoir bavardé avec vous. Vous avez commandé, je vous ai apporté votre dîner, c'est tout. Désolée de ne pouvoir vous aider, mais il faut que je retourne à mes clients.

Avec un sourire d'excuse, elle retourna en hâte à ses tables.

Seth se laissa tomber sur la banquette, les yeux brillants d'espoir.

— C'est une bonne chose, une très bonne chose. Sans doute le signe que votre mémoire commence à se délier. A présent, nous savons que vous avez dîné ici lundi soir, et qu'on vous a trouvée dans les dunes mardi. C'est le début de la solution du puzzle, Tamara.

Il s'empara de sa main, et elle s'y cramponna étroitement en soutenant son regard.

Si ce n'était que le début, il lui faudrait sans doute traverser l'enfer, avant que la mémoire ne lui revienne complètement.

5

L'aube était encore loin quand Seth s'installa avec une tasse de café et les dossiers des meurtres à la table de cuisine. Le sommeil le fuyant, il avait renoncé à essayer de se rendormir.

Il y avait tant de choses dans ces affaires qui le contrariaient, à commencer par son témoin numéro un ! Malgré sa joie devant le petit progrès accompli durant le déjeuner de la veille, Tamara n'avait pas retrouvé d'autres souvenirs.

Après avoir arpenté plusieurs fois la rue principale, ils étaient rentrés à la maison à l'heure du dîner. Une fois le repas avalé, Tamara avait prétexté un mal de tête et s'était retirée dans sa chambre.

Seth lui était presque reconnaissant de l'avoir privé de sa présence. Toute la journée, il avait été bien trop conscient de son parfum et du jeu des émotions sur ses traits magnifiques. Il avait dû combattre le bouillant désir qu'il ressentait pour elle et n'avait pu reprendre son souffle que quand elle était allée se coucher.

Il fallait qu'il la regarde non comme une femme désirable, mais comme une victime.

Il prit une gorgée de son café et étudia le dossier renfermant les éléments du meurtre de Rebecca Cook. Il était évident que l'enquête avait donné du fil à retordre au shérif Atkins et à son équipe, car la plupart des jeunes de la ville étaient à la fête dans les dunes.

Il y avait des monceaux de pages d'interrogatoires. Seth

les parcourut toutes, peu surpris de découvrir que les trois garçons qui s'étaient trouvés avec lui dans les dunes étaient également présents le jour de la fête.

Tandis qu'il lisait les notes, les interrogatoires et les rapports officiels concernant Vicki Smith, deux choses attirèrent son attention. La première était que Sam Clemmons, le jeune homme pétrifié, était présent à chacune des macabres découvertes. Quelles étaient les probabilités pour qu'il se trouve là par hasard chaque fois qu'on découvrait un corps ? Seth savait que le shérif avait interrogé les garçons, mais il n'avait pas encore lu la transcription des entretiens.

Vicki Smith, une jolie brune de trente ans, travaillait comme serveuse au Golden Daffodil. Au moment de sa mort, elle sortait avec le propriétaire du restaurant, Henry Todd. Todd avait été interrogé, mais malgré sa relation intime avec la victime, les autorités n'avaient pu faire le lien avec son meurtre, ni avec celui de Rebecca.

La seule chose que les trois victimes avaient en commun était la couleur de leurs cheveux. Les deux premières jeunes femmes étaient originaires d'Amber Lake, tandis que Tamara n'avait fait qu'y passer, semblait-il.

Que lui était-il arrivé entre l'heure où elle avait dîné au café et le moment où on l'avait retrouvée dans les dunes ? De quelle épouvante son amnésie tentait-elle de la protéger ?

La veille au soir, Linda lui avait un peu parlé du stress post-traumatique de Tamara, et de ce que cela impliquait pour elle.

Elle avait même suggéré qu'il pourrait lui être bénéfique de rencontrer le professionnel que le médecin avait recommandé, pour discuter de son amnésie et de ce qu'elle éprouvait. Seth avait l'intention de redemander à Tamara si elle souhaitait voir un psychologue, même si elle avait décliné l'offre jusque-là.

Dans l'intervalle, il voulait examiner en détail les rapports des deux meurtres et faire une liste des gens qu'il allait réinterroger personnellement.

Il existait deux entrées officielles aux dunes de Deadman, pourvues chacune d'un petit parking. Le jour où Seth était arrivé, il s'était garé à l'entrée principale, du côté nord. L'autre accès était situé du côté ouest.

On avait découvert Rebecca pratiquement au centre des dunes, dans une zone où les motards testaient leur vitesse avant de s'attaquer aux buttes de sable.

Le corps de Vicki, quant à lui, avait été trouvé près de l'entrée ouest, et Tamara du côté est. Peu importait que cela ne dise rien à Seth. Ce qu'il voulait découvrir, c'était ce que ces dunes signifiaient pour le tueur.

A 6 heures et demie, il se leva, prit quelques vêtements dans le placard du couloir où il les avait rangés, et alla dans la salle de bains se doucher et s'habiller.

Quelques minutes plus tard, sous la douche, il se remit à penser à Tamara. C'était étrange : il ne savait rien des expériences qui avaient fait d'elle ce qu'elle était, et pourtant, après les heures qu'ils avaient passées ensemble, il avait l'impression de la connaître parfaitement.

Ses opinions politiques s'accordaient aux siennes, elle possédait un malicieux sens de l'humour et une douceur qui lui donnait envie de faire preuve de force pour elle.

Il aimait la façon dont elle repoussait ses cheveux derrière son oreille quand elle était nerveuse, la manière dont ses yeux s'illuminaient juste avant qu'un sourire ne s'épanouisse sur ses lèvres.

Ils avaient passé une partie de la journée de la veille dans un supermarché, où elle avait acheté les vêtements et les articles de toilette dont elle avait besoin. Si on pouvait prédire la personnalité d'une femme à travers ses achats, alors Tamara était sans conteste du type peu dépensier.

Seth avait payé le tout, et elle avait insisté pour le

rembourser quand elle aurait de nouveau accès à son compte en banque.

Peu importait qu'elle lui rende cet argent. La facture n'était pas bien importante, et le plaisir évident qu'avait pris Tamara à choisir des affaires valait chaque penny dépensé.

Seth sortit de la douche et s'empara de la serviette. Tout en se séchant, il se félicita d'avoir pensé à emporter un pantalon et une chemisette habillés. Aujourd'hui, il n'était plus Seth Hawkins en vacances, en jean et en T-shirt, mais l'agent spécial Seth Hawkins, vêtu comme il convenait pour se rendre au travail. Il l'avait déjà fait savoir au shérif, en l'appelant la veille au soir pour fixer une réunion avec son équipe.

Séché et habillé, il fixa son insigne à la ceinture, ajusta son holster avec son arme, puis enfila une veste légère. Il voulait non seulement que les autorités locales sachent qu'il était prêt à se mettre au travail, mais aussi que tous ceux qu'il interrogerait ce jour-là prennent conscience qu'ils avaient affaire à un professionnel.

Il faillit crier de surprise en ouvrant la porte de salle de bains et en manquant de heurter Tamara. L'attrapant par les épaules pour la stabiliser, il l'entraîna vers la cuisine, où ils ne risqueraient pas de déranger Linda et Samantha qui dormaient encore.

— Vous vous êtes levée tôt, commenta-t-il, en remarquant son corsage bleu qui soulignait à la fois la couleur de ses yeux et sa taille mince.

Plus bas, un short blanc moulait ses cuisses fuselées. Seth sentit son bas-ventre s'embraser.

— Rien d'étonnant à ça, répondit-elle en s'approchant de la cafetière. Je me suis couchée avec le soleil, hier soir.

— Vous avez bien dormi ?

Elle finit de se verser une demi-tasse de café et se retourna pour lui faire face.

— J'aimerais pouvoir vous dire que l'afflux de souvenirs

m'a fait me tourner et me retourner dans mon lit, mais la vérité, c'est que j'ai dormi comme un loir, sans aucun rêve. Du moins, pas que je me souvienne.

Elle prit une gorgée de café et lui coula un regard par-dessus le bord de sa tasse.

— Vous avez l'air très officiel, ce matin, observa-t-elle.

— Je vais passer la journée au bureau d'Atkins, rencontrer son équipe et réaliser quelques interrogatoires.

— Dois-je être là ?

Il secoua la tête.

— Pas aujourd'hui. Ça ne vous fait rien de rester avec Linda et Samantha ? C'est le jour de congé de Linda, ainsi vous ne serez pas toute seule.

— Tout ira bien, lui assura-t-elle.

— Linda a mon numéro de portable. Vous m'appellerez si vous pensez à quelque chose de nouveau ?

— Vous voulez dire le nom et l'adresse du tueur ? lança-t-elle d'un ton ironique. Je vous promets que vous serez le premier à le savoir.

Il lui adressa un grand sourire.

— Bon. Et j'aimerais vous inviter officiellement au Golden Daffodil, ce soir.

— Est-ce un endroit où j'aurais pu aller ? demanda-t-elle.

— Oui. Vous auriez pu y rencontrer quelqu'un, peut-être.

Voyant l'appréhension s'étaler sur ses traits, il se hâta d'ajouter :

— Mais il ne s'agit pas seulement de travail. La nourriture est censée être excellente, et j'aimerais que vous soyez ma partenaire pour la soirée.

Sur son visage, l'inquiétude fit place à une ravissante ardeur.

— J'adorerais être votre partenaire pour la soirée, assura-t-elle, les joues légèrement colorées. A quelle heure dois-je me tenir prête ?

— Disons, autour de 18 h 30.

Il franchit la porte de la cuisine.

— Et maintenant, il faut que j'y aille. Je vous appellerai plus tard.

Il s'échappa de la maison dans l'air frais du matin, se demandant ce que diable il venait de faire en l'invitant à sortir avec lui. Et pourquoi l'idée de cette sortie le remplissait-elle du même genre d'ardeur mélancolique qu'il venait de lire dans ses yeux ?

Mettant le contact dans son pick-up, il empoigna le volant avec détermination. Durant ces derniers jours, il avait davantage eu l'impression d'être un baby-sitter qu'un enquêteur. Même s'il aimait passer du temps avec Tamara, et s'il espérait qu'elle allait retrouver la mémoire, il ne pouvait se contenter d'attendre sans rien faire que cela se produise.

Il était temps de se mettre au travail… un travail fastidieux et fatigant, mais qui permettait en général de résoudre les crimes. Ils ne pouvaient se reposer sur Tamara une minute de plus. Il fallait qu'ils essaient de trouver le tueur à leur manière, jusqu'à ce que Tamara soit en mesure de les aider.

S'il se rendait compte que l'équipe d'Atkins n'était pas à la hauteur et qu'elle ne pouvait se charger de cette enquête, il contacterait son patron et demanderait des hommes pour former un détachement. Il espérait pouvoir travailler avec les policiers locaux, mais n'hésiterait pas à faire appel à des renforts si nécessaire.

Pénétrant dans le bâtiment qui servait de quartier général au shérif, il sourit à la femme de la réception. La voix de Tom Atkins lui parvint en même temps, venant d'une pièce à l'arrière. Le shérif n'avait pas l'air content.

— Allez-y, dit la réceptionniste, comme Seth lui montrait son insigne. Ils vous attendent dans la salle de réunion. Dernière porte à gauche.

En parcourant le long couloir, il comprit que Tom Atkins était en train de piquer une vraie crise de colère.

Il ouvrit la porte de la salle de réunion et une dizaine de paires d'yeux se tournèrent vers lui. Les adjoints étaient assis autour de la longue table, tandis qu'Atkins se tenait debout au bout de celle-ci, le visage rouge de colère.

— Agent Hawkins, le salua-t-il. Asseyez-vous, je vous en prie.

Seth se glissa sur une chaise près de l'adjoint Raymond Michaels, l'homme qui lui avait apporté les dossiers, deux jours auparavant.

— Vous avez lu le journal ce matin ? lui demanda Tom.

Seth secoua la tête. Linda ne recevait pas le journal local, et Seth ne s'était pas aventuré dehors pour en trouver un.

Un journal gisait devant lui sur la table.

Il fixa avec irritation la une qui proclamait : *Le Marchand de sable ensevelit une autre femme*. Il y avait une mauvaise photo de Tamara, sortant de sa tombe de sable avec l'aide de Seth.

Il parcourut l'article, et son irritation s'accrut quand il comprit qu'on nommait non seulement Tamara, mais aussi lui-même, en précisant qu'il rendait visite à Linda. L'article avait été écrit par un reporter nommé Jeff Armando.

Il posa les yeux sur Tom.

— On dirait que vous avez une taupe, ici.

— Et il n'y a rien que je déteste plus que les taupes, répondit Atkins en fixant ses hommes. Si je découvre celui qui a parlé à Jeff, j'aurai sa peau.

— Vous avez interrogé Armando pour savoir comment il a eu l'information ? questionna Seth.

Atkins fronça davantage les sourcils.

— Il a plaidé le droit de protéger ses sources, et toutes ces conneries du Premier Amendement. Mettons-nous au travail, mais ne croyez pas que je laisse tomber la question. J'aurai le fin mot de cette histoire un jour ou l'autre. Maintenant, au rapport !

Un jeune homme aux cheveux d'un blond cendré prit la parole :

— L'adjoint Aims et moi-même avons passé toute la journée d'hier à vérifier les motels pour savoir si Tamara avait passé la nuit de lundi en ville. Elle n'était enregistrée nulle part.

— Donc, elle avait seulement l'intention de traverser la ville, ou de louer une chambre sans l'avoir réservée, dit Atkins.

Un autre adjoint se mit à parler :

— Jack et moi, on a fouillé tous les bâtiments abandonnés, les granges et les cabanes au nord de la ville, en quête de la voiture disparue. Nous ne l'avons pas trouvée. On va faire de même au sud aujourd'hui.

Tom hocha la tête et regarda Seth.

— Vous m'avez dit hier soir que Tamara s'est souvenue d'avoir mangé au café. Elle s'est rappelé autre chose ?

— Non, mais j'ai réfléchi à la chronologie de ses mouvements. Nous savons qu'elle a dîné au café, puis qu'elle a été retrouvée dans les dunes l'après-midi suivant. Il faut essayer de déterminer si on l'a vue en ville durant ces heures-là.

Il jeta un coup d'œil à l'adjoint blond qui avait fait son rapport.

— Nous savons maintenant qu'elle n'avait pas fait de réservation dans un motel. Nous pouvons donc supposer qu'elle avait l'intention de quitter la ville après dîner. Mais si quelqu'un l'a kidnappée immédiatement après le dîner, alors ça signifie que ce quelqu'un l'a gardée vivante quelque part, jusqu'au moment où il l'a emmenée dans les dunes l'après-midi suivant.

Seth ne voulait même pas s'interroger sur ce qui avait pu se passer durant ces heures.

— Donc, il faut faire des recherches pour savoir si quelqu'un l'a vue après le café, intervint Raymond. On ne pourrait pas avoir des copies de la photo de son permis de conduire ?

Atkins hocha la tête.

— C'est fait. J'ai des photos pour tous, que vous garderez durant toute l'enquête.

L'admiration de Seth pour Tom augmenta sensiblement. A l'origine, il avait craint que le shérif ne soit qu'un fonctionnaire inefficace, typique d'une petite ville, mais Tom lui avait prouvé qu'il se trompait. Jusqu'ici, il était impressionné à la fois par le shérif et par son équipe.

Seth écouta Tom répartir les tâches de la journée entre ses hommes, puis la pièce se vida, les laissant seuls. Le policier quitta le bout de la table pour s'asseoir en face de Seth.

— Vous saviez certainement que vous ne pourriez pas garder deux meurtres plus une tentative de meurtre secrets très longtemps, lui dit Seth.

Tom passa une main dans ses cheveux clairsemés.

— Hum… Je savais que ça deviendrait public un jour ou l'autre. Mais ça me défrise qu'un de mes hommes ait parlé. L'article avait trop de détails maison, il mentionne même l'amnésie de Tamara.

Seth baissa les yeux sur le journal.

— Quelqu'un de l'hôpital a pu laisser filtrer cette information. La photo a l'air d'avoir été prise avec un portable. Vous avez parlé aux trois types qui étaient là quand on l'a trouvée ?

— J'ai mené un interrogatoire préalable avec chacun d'eux, mais je leur ai fixé rendez-vous pour qu'ils viennent vous voir aujourd'hui. Je me suis dit que vous voudriez les interroger. Ernie Simpson vient à 9 heures, Jerome Walker autour de midi, et Sam Clemmons vers 15 heures. J'ai aussi convoqué d'autres suspects potentiels demain.

Seth s'adossa à son siège et fronça les sourcils.

— Le Marchand de sable. Je déteste quand les médias

donnent un surnom au tueur. Ça lui donne un sentiment d'importance et de puissance.

— Je déteste tout dans cette affaire, répliqua Tom.

— Selon le rapport, Rebecca Cook n'était morte que depuis quatre à six heures quand on a découvert son corps, au cours de l'après-midi qui a suivi la fête. On ne sait donc pas avec précision quand elle a disparu de la fête ?

Tom acquiesça.

— Elle vivait avec deux colocataires. Celles-ci ont déclaré qu'il était habituel pour Rebecca de brancher quelqu'un et de ne pas rentrer de la nuit. Alors elles ne se sont pas inquiétées quand elle n'est pas revenue de la fête.

— Et on ne sait pas non plus depuis combien de temps Vicki Smith avait disparu quand on l'a trouvée dans les dunes.

C'était davantage une affirmation qu'une question. Tom hocha de nouveau la tête.

— C'est vrai. Elle vivait seule. Elle travaillait le samedi soir et son jour de congé était le dimanche. Personne ne l'a vue dimanche et son corps a été découvert le lundi, tôt dans la matinée. Le légiste a fixé l'heure de sa mort à la nuit de dimanche.

— Alors il est possible que le tueur l'ait séquestrée quelque part un moment avant de l'emmener dans les dunes, dit pensivement Seth. Tamara aussi a dû l'être avant d'atterrir dans les dunes. Il faudrait découvrir où elles ont pu être retenues sans que personne n'en sache rien. Par ailleurs, Tamara se rappelle avoir entendu le raclement de la pelle dans le sable. Elle se souvient du bruit que cela faisait d'être enterrée vivante.

Le cœur de Seth se serra à la pensée de ce qu'elle avait enduré.

Tom haussa les sourcils de surprise.

— Ah, Seigneur ! C'est horrible. Est-ce qu'elle se rappelle pourquoi elle ne pouvait pas lutter ? Pourquoi aucune des victimes n'avait-elle de blessures de défense ? Je veux dire, comment un homme peut-il persuader une femme de s'allonger dans le sable et de se laisser enterrer ?

— Je ne sais pas. Il a dû se servir d'une drogue quelconque, comme la succinylcholine, ou quelque chose comme ça, répondit Seth.

— La succinylcholine ? questionna Tom, les sourcils froncés.

— C'est une drogue qui paralyse les muscles. La victime est consciente et mentalement alerte, mais incapable de bouger. Le corps l'assimile rapidement et ce n'est pas évident de la détecter dans les analyses de sang. Malheureusement, c'est aussi une drogue qui arrête le cœur au bout de quelques minutes, alors ce n'est pas ce dont il s'est servi. Ces femmes étaient paralysées, mais leur cœur battait toujours.

— Il va falloir ajouter tous ceux qui travaillent à l'hôpital et dans le secteur médical à notre liste de suspects potentiels, dit Tom, visiblement las.

— Pas nécessairement, objecta Seth. On peut logiquement penser que le tueur a quelques connaissances médicales. Mais on peut aussi apprendre presque n'importe quoi sur internet, de nos jours.

— J'espère que Tamara retrouvera bientôt la mémoire. Autrement, je vous le dis franchement, je ne suis pas sûr de pouvoir résoudre les meurtres avant qu'il ne frappe de nouveau, dit Tom.

— On dirait bien, en effet, qu'il opère tous les trente jours, approuva Seth.

— Et nous ne savons pas si sa tentative manquée avec Tamara le fera réagir rapidement, ou si nous avons encore un délai de trois semaines avant de trouver un autre corps.

La voix grave de l'adjoint Raymond Michaels flotta dans le couloir.

— Dépêche-toi, espèce de petit voyou !

— Arrêtez de me pousser, se plaignit une voix juvénile. Je n'ai rien fait de mal, alors ne me touchez pas !

Tom se leva.

— On dirait que votre premier rendez-vous est arrivé. Vous savez, à l'occasion de leurs interrogatoires, on a fait des tests aux trois garçons, mais on n'a rien trouvé d'inhabituel chez eux.

— Je sais. J'espère que vous ne vous offensez pas du fait que je veuille les réinterroger, dans le cadre de ma propre enquête.

— Aucune offense, répondit Atkins.

Seth se leva à son tour, déterminé à obtenir des réponses qui l'aideraient à identifier le tueur et libéreraient Tamara de son amnésie, ce qui leur permettrait à tous de reprendre leur propre vie.

Il n'essaya pas d'éclaircir pourquoi cette pensée lui causait un vague sentiment d'insatisfaction. Pour lui, agent du FBI, ce n'était qu'une nouvelle mission, et Tamara n'était rien de plus qu'un élément de l'affaire à résoudre.

Quand, à 6 h 45, Seth et Tamara arrivèrent au Golden Daffodil, ils furent accueillis par des lumières tamisées et une jolie serveuse blonde.

— Une table pour deux ? demanda-t-elle avec un sourire lisse et entendu.

Seth hocha la tête. Prenant deux menus derrière le comptoir, elle leur fit signe de la suivre.

Samantha avait insisté pour que Tamara lui emprunte une petite robe noire et une paire de sandales à talons pour la soirée.

Devant le décor sophistiqué et les tenues des serveuses, elle se félicita de s'être habillée.

Elle était consciente que les autres clients la regardaient

avec intérêt, tandis qu'ils se frayaient un passage vers leur table.

Seth était rentré juste à temps pour se doucher et changer de vêtements avant de ressortir. Ils n'avaient donc pas eu le temps de parler, et Tamara était avide d'entendre ce qu'il avait découvert durant la journée.

Leur hôtesse les guida vers une table à dessus de verre fumé, sur lequel était posé un solitaire contenant une jonquille.

— Votre serveuse va venir tout de suite, leur dit-elle en leur tendant à chacun un menu.

— Vous êtes très élégante, dit Seth une fois qu'ils furent seuls.

— Vous êtes vous-même très bien habillé, répondit Tamara.

Seth portait un pantalon noir et une chemisette grise qui faisait paraître ses yeux presque argentés.

Ce fut tout ce qu'ils se dirent avant que la serveuse ne s'approche de leur table.

— Bonsoir, dit-elle avec un grand sourire. Je m'appelle Kelly et je suis votre serveuse ce soir. Puis-je vous proposer des hors-d'œuvre ?

— Non merci, mais nous prendrions bien un verre de vin maison, dit Seth en consultant Tamara du regard. Rouge ou blanc ?

Elle préféra le blanc.

Une fois la serveuse repartie, Tamara ouvrit son menu tout en gardant les yeux fixés sur Seth.

— La journée a été longue, on dirait.

— En effet. Commandons le repas, et je vous raconterai tout.

Quinze minutes plus tard, une fois la commande passée et le vin sur la table, Tamara lança un regard d'expectative à Seth.

— Parlons d'abord de votre journée, déclara-t-il. J'ai

besoin de décompresser quelques minutes avant de vous parler de la mienne.

Elle prit une gorgée de vin et reposa son verre sur la table.

— C'était plutôt tranquille. Linda et moi avons gentiment déjeuné ensemble, puis elle m'a montré un album de photos de famille. Vous étiez un très joli petit garçon. J'ai joué avec Scooter et Samantha une bonne partie de la journée. Votre nièce est adorable, et ce chiot est mignon au-delà de toute description. La seule chose extraordinaire de la journée, c'était la visite de Steven Bradley.

Seth fronça les sourcils.

— Steven Bradley ?

— Vous vous rappelez le jeune qui s'occupe de la fourrière animale à Amber Lake ? fit-elle avec un sourire. Il a déclaré qu'il voulait savoir comment Scooter s'adaptait à son nouveau foyer, mais j'ai eu la sensation qu'il s'intéresse un peu à votre nièce.

Le froncement de sourcils de Seth s'accentua.

— Il a plus de vingt ans. Il ferait mieux de ne pas s'enticher de Samantha.

Tamara sourit devant ce réflexe de protection.

— Je ne crois pas que vous ayez à vous faire de souci, Samantha n'a pas du tout l'air intéressée. Si elle l'était, alors vous auriez de quoi vous inquiéter. De toute façon, il n'est resté que quelques minutes. Il a joué avec Scooter, il a interrogé Samantha sur son appétit, a posé d'autres questions canines, puis il est reparti.

— Vous avez vu le journal ce matin ? demanda-t-il.

— Je l'ai vu. Ce n'est pas mon meilleur profil.

Elle jeta un coup d'œil autour d'elle, puis revint à Seth.

— Je crois que la plupart des gens l'ont lu. J'ai un peu l'impression d'être exposée.

Seth serra les dents.

— Oui, Tom n'était pas content de toutes les informations que contenait l'article. Il pense qu'il y a eu une fuite dans son service.

— A en juger par ce que j'ai lu, je pense qu'il a raison.

C'était étrange, ce matin-là, quand la voisine de Linda avait apporté le journal. Voir sa propre photo en première page l'avait incontestablement troublée.

— Le Marchand de sable.

Elle secoua la tête.

— Ainsi le monstre a un nom. Malheureusement, l'événement le plus important de ma journée est un non-événement… Aucun autre souvenir ne m'est revenu.

— S'il ne tenait qu'à moi, vous n'auriez jamais à vous souvenir de ce qui vous est arrivé, dit doucement Seth. Nous résoudrions le crime sans vous, vous retrouveriez la mémoire, sauf ces horribles souvenirs, et la vie continuerait. Et vous n'auriez plus jamais à repenser ni au sable, ni aux dunes, ni à Amber Lake.

A ces mots, le cœur de Tamara se serra et, durant un instant, un nœud à la gorge l'empêcha de parler.

Il y avait tant d'affection dans ce que Seth venait d'exprimer ! Cette douceur inattendue lui allait droit au cœur.

— Merci, réussit-elle enfin à dire, mais je doute que cela se passe de cette façon, à moins que vous n'ayez obtenu un tas d'indices aujourd'hui.

A en juger par l'expression de son visage, elle comprit que ce n'était pas le cas.

Mais avant qu'il puisse répondre, leurs plats arrivèrent, apportés par un bel homme brun qui se présenta comme le propriétaire du restaurant, Henry Todd.

— Je n'ai pas pu m'empêcher de venir vous parler, dit-il à Tamara en posant une assiette devant elle. Je voulais vous saluer et vous dire combien je suis désolé de tout ce que vous avez subi. Notre ville ne s'est pas montrée accueillante pour vous.

Tamara résista à l'impulsion de gigoter sous l'intensité de son regard.

Il se tenait trop près, envahissant son espace personnel, et elle fut soulagée quand il se détourna pour poser son attention sur Seth.

— Et je crois comprendre que j'ai rendez-vous avec vous, demain matin, à 10 heures, pour discuter de certaines choses.

— C'est exact, répondit Seth.

Tamara remarqua qu'il avait légèrement plissé les yeux, et que ceux-ci étaient devenus couleur d'ardoise.

— Mais, dans l'intervalle, nous sommes tous deux affamés, et j'ai entendu dire que votre cuisine est excellente.

Henry sourit avec un plaisir évident.

— Je supervise moi-même le menu et tout ce qui sort de la cuisine. Nous sommes peut-être dans une petite ville, mais mes clients méritent le meilleur de ce que la gastronomie peut offrir.

Il recula encore d'un pas.

— Et maintenant, bon appétit. Votre repas vous est offert par la maison, ce soir.

— Ce ne sera pas nécessaire, répondit froidement Seth.

Henry sourit à Tamara.

— J'insiste, en l'honneur de cette belle dame.

Tamara le regarda s'éloigner en flânant, et faire halte pour poser un bras sur les épaules de leur serveuse. Il lui murmura quelque chose, puis disparut dans la cuisine.

Elle sentit le regard de Seth posé sur elle, et se retourna pour lui faire face.

— C'est un vrai charmeur, dit-elle sèchement. Je me demande s'il donne à toutes les femmes l'envie d'aller se laver les mains !

— Ce n'est pas votre type ? demanda-t-il en prenant son couteau et sa fourchette pour découper le steak dans son assiette.

— Je préfère les hommes qui se pavanent moins et qui ont un peu plus de substance.

Il haussa un sourcil noir.

— Vous déduisez de cette brève rencontre qu'il est arrogant et superficiel ?

Tamara s'empara de ses propres couverts, et entama son plat.

— Ça doit être un truc de femme, répondit-elle. Il me rappelle mon ex-mari, Jason.

Les couverts claquèrent sur la table, tandis qu'elle fixait Seth.

— Oh ! mon Dieu, Seth ! Je me souviens de Jason.

Elle fit une pause, laissant libre cours à sa mémoire.

— Je me souviens d'épisodes de mon mariage.

Elle s'adossa à son siège et ferma les yeux, le cerveau envahi par un flot de souvenirs si rapide et intense qu'elle en eut la nausée.

Le Marchand de sable. Il aimait le nom qu'on lui avait donné. Cela avait une consonance mystérieuse et terriblement effrayante.

On aurait dit un cauchemar d'enfant, sauf qu'aucun gosse d'Amber Lake n'avait à avoir peur de lui.

En fait, il aimait bien les enfants, contrairement à son père qui les haïssait… Qui le haïssait lui.

Il entendait encore le bruit des bottes de son père sur les marches de devant, quand il rentrait du travail. Rien qu'au poids de ses pas, il savait si ce serait une bonne soirée ou non…

Et la plupart des soirées étaient mauvaises.

La moindre infraction aux innombrables règles de son père finissait en coups.

Il était rare qu'ils terminent un repas sans que son père le frappe pour une chose ou une autre.

C'était drôle, quand il avait enfin grandi et quitté la maison, il avait compris qu'il détestait son père, mais qu'il haïssait plus encore sa mère.

Les mères étaient censées aimer et protéger leurs enfants, et la sienne n'avait rien fait pour le protéger. Elle avait ignoré ces violences, le laissant apeuré et impuissant durant toute son enfance.

Mais à présent, il avait le pouvoir. Il était le Marchand de sable, et personne ne pouvait l'atteindre.

Quand il avait vu Rebecca Cook pour la première fois, il avait compris qu'il devait la tuer. Quelque chose en elle lui avait rappelé sa mère quand elle était jeune, et la rage qu'il avait réprimée toute sa vie était soudain parvenue à maturité.

Rebecca avait été la première, puis il y avait eu Vicki Smith.

Il ne connaissait pas le nom de la beauté brune qu'il avait rencontrée sur l'aire de repos à la sortie d'Amber Lake, mais, dès qu'il l'avait vue, il avait su qu'elle serait sa troisième victime.

Il aurait dû l'emmener directement dans les dunes, ce soir-là, mais il ne l'avait pas fait. Il avait attendu le milieu de l'après-midi pour s'occuper d'elle, et cela avait été sa première erreur…

Une erreur qu'il ne referait pas, mais qui avait permis à la fille de survivre.

Tamara Jennings.

Il ne connaissait pas son nom quand il l'avait ensevelie dans le sable, mais il le savait, à présent. Il savait aussi qu'elle était amnésique.

C'était un dilemme intéressant… Il ne pouvait être sûr de ce qu'elle avait vu ou entendu durant ces moments avec lui. Il ne savait pas si elle pouvait l'identifier.

Cela n'avait pas vraiment d'importance. Il avait l'intention de l'enterrer de nouveau, dès que l'occasion se présenterait. Il ne voulait pas lui donner le temps de se souvenir.

C'était elle qu'il avait choisie comme troisième victime, la fille aux cheveux bruns et au je-ne-sais-quoi qui avait rallumé le souvenir de sa mère.

Oui, c'était elle son élue, et rien ne le ferait changer d'avis.

6

— C'est une bonne chose, n'est-ce pas ? souligna Tamara en reprenant sa fourchette et son couteau. Chaque fois que je me souviens de quelque chose, je mets en place un morceau du puzzle. Et un jour, j'aurai l'image complète.

Ses yeux brillaient.

Seth aurait voulu partager son excitation, mais il ne pouvait s'empêcher d'avoir peur pour elle, peur qu'une fois le puzzle terminé, elle ne retrouve jamais le sourire et ne surmonte jamais le traumatisme d'avoir été enterrée dans les dunes.

Il avait des sentiments ambivalents par rapport à ses souvenirs.

Il voulait qu'elle se rappelle chaque détail qui pourrait l'aider à mettre le tueur derrière les barreaux, et en même temps, il était conscient qu'une fois le puzzle complété, il serait temps pour elle de reprendre sa vie.

Et il était surpris de découvrir qu'il n'était pas encore prêt à lui dire adieu.

— Seth ?

Elle le regardait d'un air interrogateur, et il comprit qu'il ne lui avait pas répondu.

— Oui, je suppose qu'il est bon que votre mémoire revienne, approuva-t-il. Donc, vous vous souvenez de votre ex-mari et de votre mariage ?

Sans savoir pourquoi, il avait envie de savoir quel genre

d'homme elle avait épousé et pourquoi son mariage n'avait pas fonctionné.

— Oui.

Elle prit le sel et le poivre, et en saupoudra sa pomme de terre au four.

— Jason Jennings, investisseur immobilier à succès et coureur de jupons invétéré.

— Est-ce la raison pour laquelle votre ménage s'est brisé ? Il vous trompait ? questionna Seth.

Il ne pouvait imaginer un homme assez stupide pour tromper une femme comme Tamara.

— Ça, entre autres choses, répondit-elle. Dès le départ, nous n'étions pas faits l'un pour l'autre, Jason et moi. Il aimait les gens et les fêtes, et je préférais les soirées tranquilles à la maison. Il aimait les voitures voyantes et les grandes maisons, et je m'en fichais. Tout ce que je voulais, c'était des enfants et un mari aimant. Nous étions mariés depuis un an quand j'ai compris qu'il aimait aussi les autres femmes.

Elle prit une gorgée de vin et fronça les sourcils.

— C'est tout ce dont je me souviens, dit-elle d'un ton un peu sec.

Mais ses yeux avaient pris la teinte foncée des pensées désagréables, de souvenirs déplaisants qu'elle n'était visiblement pas prête à partager avec lui.

— Pour être honnête, le divorce a été un soulagement pour nous deux, et nous nous sommes séparés bons amis, continua-t-elle enfin. C'est drôle, je me souviens de ma brève union avec Jason, mais je n'arrive pas à me rappeler ce qui nous a séparés pour de bon, ni de quoi avaient l'air mon père et ma mère. Je ne sais pas comment est mon appartement, ni pourquoi je l'ai quitté pour venir ici.

— Tout vous reviendra en temps voulu, affirma Seth. Et si ce n'est pas le cas, il y a toujours ce thérapeute que vous pourrez aller voir.

Elle secoua la tête.

— Je n'y suis pas encore prête. Mes souvenirs reviennent de leur propre chef. Je pense qu'il ne se passera pas longtemps avant que je les retrouve tous.

Leur conversation fut interrompue par l'apparition de l'adjoint Raymond Michaels, une femme mince et nerveuse à ses côtés.

— Agent Hawkins, madame Jennings, les salua-t-il avec un sourire. Je vois que vous connaissez la meilleure adresse pour manger, ici.

Il passa un bras autour de la brune qui se tenait près de lui.

— Voici ma femme, Sue. Nous sommes venus fêter notre cinquième anniversaire de mariage.

— Félicitations ! dirent en même temps Seth et Tamara.

Michaels serra sa femme contre lui.

— Merci. Profitez bien du repas, et à demain au bureau, dit-il à Seth.

Ce dernier regarda le couple s'éloigner en direction de leur table, guidé par l'hôtesse.

— Vous ne l'aimez pas, dit Tamara.

Il la regarda avec surprise.

— Qu'est-ce qui vous fait penser ça ?

— Vos yeux sont devenus mornes, et j'ai senti une tension émaner de vous.

Il lui adressa un large sourire.

— Vous feriez un bon flic.

Elle lui retourna son sourire.

— Non, c'est seulement que je vous ai côtoyé assez longtemps pour reconnaître certains de vos signaux. Pourquoi ne l'aimez-vous pas ?

— J'ai interrogé les trois jeunes qui se trouvaient dans les dunes quand on vous a découverte, et tous trois se sont plaints de la brutalité de Michaels.

Seth trouvait déconcertant, mais pas désagréable, qu'elle ait pu si facilement lire en lui.

— Il me semble être le type d'homme qui se pavane en ville durant la journée, puis rentre chez lui et bat sa femme, ses enfants et son chien pour se distraire.

Tamara jeta un regard au couple.

— Elle a l'air d'une femme qui ne sait pas s'exprimer ou qui a peur de le faire.

— Je parierais pour la deuxième hypothèse.

Elle prit un morceau de pain tout frais et le tartina de beurre.

— Est-ce que les gens que vous avez interrogés aujourd'hui vous ont donné des informations que vous n'aviez pas encore ?

— Rien sur le crime, mais un peu sur leur vie privée. Jerome Walker m'a semblé un jeune très bien, venant d'une bonne famille. Il est rentré de l'université pour les vacances. Il veut passer un diplôme d'affaires. Ernie Simpson travaille au magasin de bricolage et, bien qu'il ne l'ait pas mentionné, Tom m'a dit que son père est le poivrot de la ville.

— Et l'autre jeune homme ?

— Sam Clemmons.

Seth fronça les sourcils en pensant à lui.

— Il déteste ses parents et vit seul dans une cabane qu'il loue aux abords de la ville. Il a l'air de ne rien faire d'autre dans la vie que de sillonner les dunes à moto.

Il avait trouvé Sam difficile à déchiffrer.

— Sam était présent chaque fois qu'on a découvert une des femmes.

Tamara ouvrit de grands yeux.

— Alors, il est suspect des meurtres ?

— Je me contenterai de dire qu'il présente un certain intérêt à ce stade.

Tamara avait de si beaux yeux, songea Seth. S'il regardait trop longtemps dans leurs profondeurs azurées, il avait envie de s'y perdre. Il se demanda de quoi ils avaient l'air une fois assombris par la passion ou la satisfaction sexuelle.

Il prit un morceau de pain, irrité par ces pensées vagabondes.

— De toute façon, poursuivit-il, demain j'interroge Henry Todd, qui sortait avec Vicki Smith au moment de son meurtre, et quelques jeunes présents à la fête où se trouvait Rebecca Cook avant sa mort.

Tamara s'adossa à sa chaise et le regarda pensivement.

— Ça doit être pénible de s'occuper toute la journée de crimes, puis de rentrer chez soi et de n'avoir personne à qui parler, personne avec qui partager sa journée.

— La plupart des femmes avec qui je suis sorti ne voulaient pas entendre parler de mon travail, répondit-il.

— Alors vous ne sortez pas avec les femmes qu'il faut, répliqua-t-elle. Moi, je trouve ça fascinant.

Il soutint son regard et, pendant un long moment, leur attirance mutuelle fut palpable dans l'air. Les paroles de Tamara forcèrent Seth à penser à ses soirées solitaires, aux heures où il souhaitait plus que tout avoir quelqu'un à qui parler, quelqu'un qui soit sa partenaire dans la vie.

Quelque chose chez Tamara évoquait le repos à la fin d'une journée difficile. Aucune femme ne lui avait fait cet effet auparavant.

Heureusement, tandis qu'ils s'attardaient devant un café, la conversation devint plus légère et se porta sur des sujets comme la chaleur de l'été qui s'annonçait et les bêtises de l'adorable Scooter.

Il était presque 22 heures quand ils rentrèrent chez Linda. Une note sur la table indiquait qu'elle était allée se coucher, et que Samantha passait la nuit chez une amie.

La maison était silencieuse, et même si c'était la fin de la soirée, Seth répugnait à dire bonsoir à Tamara.

— Un dernier verre ? proposa-t-il, tout en se demandant comment il avait fait pour se tenir si près d'elle.

Il sentait son parfum floral et la chaleur de son corps qui rayonnait dans sa direction, comme pour l'attirer plus près encore.

— Je ne crois pas. Cela a été une dure journée, dit-elle.

Mais elle ne s'éloigna pas de lui et ne prit pas la direction de sa chambre.

— Merci pour ce délicieux repas, et pour votre compagnie.

— Tout le plaisir était pour moi, répondit-il.

Il aurait sans doute dû lui dire qu'il ne s'agissait que de travail, qu'il voulait qu'on la voie en ville, et qu'il avait voulu se faire une première impression de Henry Todd. Il n'aurait pas dû lui laisser entendre qu'il avait aimé cette soirée avec elle.

— Vous pensez que le tueur m'a vue ce soir ? demanda-t-elle, comme si elle venait de saisir ses pensées.

Elle fit un pas vers lui. Il ignorait si c'était parce que cette idée l'effrayait, ou parce qu'elle sentait l'électricité croître dans l'air.

Il ne voulait pas ressentir cette tension, mais se sentait incapable de la contrôler.

— Je ne sais pas… Peut-être, hasarda-t-il.

Tout ce qu'il aurait pu dire d'autre lui resta dans la gorge car elle fit un autre pas dans sa direction.

— Je ne sais pas ce que je ferais sans vous, Seth.

Elle s'était approchée à tel point que son corps n'était plus qu'à quelques centimètres du sien. Ses joues rosirent légèrement tandis qu'elle continuait à le regarder.

— Je sais que ce n'est sans doute pas une bonne idée, mais j'aimerais vous embrasser… J'ai vraiment besoin que vous m'embrassiez.

— Ce n'est pas une bonne idée, en effet, déclara-t-il tout en ouvrant les bras pour la serrer contre lui.

Elle se blottit contre lui, toute de courbes chaudes et de douceur parfumée.

— En fait, c'est probablement la pire chose à faire, ajouta-t-il, tandis que ses lèvres effleuraient les siennes.

Ce simple contact lui fit comprendre qu'il était dans les ennuis jusqu'au cou.

Elle se serra contre lui et lui passa les bras autour du cou, tout en ouvrant la bouche. Il répondit à son invite et enroula sa langue autour de la sienne, ce qui alluma un nouveau brasier en lui. Il était en train d'abuser de sa vulnérabilité, se dit-il, mais il ne trouva pas le courage de s'arrêter.

Au lieu de cela, il emmêla ses doigts dans ses longs cheveux soyeux, et se perdit momentanément dans la chaleur de sa bouche, dans le plaisir de l'intimité du moment.

Il mourait d'envie de la transporter dans la chambre d'amis et de lui faire l'amour. Il voulait la voir nue sous les draps, et recouvrir son corps du sien.

Mais ce serait une terrible erreur.

C'était une terrible erreur.

Bien qu'il n'ait aucune envie d'arrêter, il interrompit leur baiser à contrecœur et recula, le cœur battant.

Tamara le dévisageait avec des yeux légèrement voilés. Le simple fait de la regarder fit de nouveau croître son désir, et sa résolution faiblit.

Elle leva la main et repoussa une mèche de cheveux derrière son oreille. Il ne put s'empêcher de remarquer que sa main tremblait. Elle le désirait.

Et il la désirait. Mais la situation dans laquelle ils se trouvaient ne pouvait pas être plus éloignée de la vraie vie.

— Je ne vais pas vous mentir, Tamara.

Il fourra les mains dans ses poches, par crainte de ce qu'elles pourraient faire de leur propre volonté.

— Je vous trouve terriblement attirante, et je n'aimerais rien tant que vous faire l'amour toute la nuit. Mais ce ne serait pas juste pour nous. Quand tout ceci sera fini, nous reprendrons chacun notre vie, et je ne veux pas que l'un de nous soit blessé.

— Je comprends votre logique, fit-elle d'une voix rauque qui trahissait des émotions difficilement réprimées. Mais sur le plan émotionnel et physique, je vous veux, Seth.

Bien que ce fût l'une des choses les plus difficiles qu'il ait jamais faite, il s'approcha d'elle, l'embrassa sur le front et la prit par les épaules pour la faire pivoter en direction du couloir.

— Allez vous coucher, Tamara. Je crois que c'est la meilleure chose à faire : aller nous coucher, seuls, et prendre une bonne nuit de repos.

Les magnifiques yeux de Tamara étaient remplis d'un désir qu'il ressentait lui-même jusqu'au tréfonds de son âme. Il garda une expression impassible, refusant de céder, à elle ou à lui-même.

— Bonne nuit, Tamara.

Elle laissa échapper un petit soupir de frustration.

— Bonne nuit, Seth.

Il la relâcha, et elle se dirigea vers sa chambre.

Elle fit halte à la porte, et le regarda encore. Il lutta contre l'impulsion de courir vers elle. Au lieu de cela, il lui tourna le dos, et s'approcha du placard de l'entrée où étaient rangés les draps et l'oreiller dont il se servait pour dormir sur le sofa.

Le temps qu'il fasse son lit, elle avait disparu, et la porte de sa chambre s'était refermée.

Il en fut soulagé, car s'il avait dû la regarder une minute de plus dans cette petite robe moulante, s'il avait pensé une seconde de plus à la chaleur de sa bouche, toutes ses bonnes résolutions se seraient envolées.

En quelques minutes, il se coucha, son revolver posé sur la petite table, à portée de main.

Des pensées chaotiques lui traversaient l'esprit, promettant de ne pas le laisser dormir de sitôt.

Il s'efforça de se concentrer sur les trois jeunes qu'il avait interrogés ce jour-là. Ce n'étaient encore que des gamins, incertains de la direction à prendre dans la vie. Mais cela ne signifiait pas que l'un deux n'était pas le tueur.

Malgré ce qu'il en avait dit à Tamara, tous trois étaient au sommet de sa liste de suspects, et l'avaient été dès le moment où il l'avait découverte.

Il était évident, au moins à ce stade de l'enquête, que le seul lien entre les victimes était la couleur de leurs cheveux. Cela signifiait que le tueur mettait probablement en scène sa colère contre une femme brune ayant eu un impact négatif sur sa vie.

Cela pouvait être sa mère, une sœur, une amie d'enfances une ex-petite amie, ou bien encore une femme qui l'avait repoussé d'une manière offensante. Il n'y avait aucun moyen de le savoir, en l'état actuel des choses.

Il ferma les yeux et repensa aux crimes. Mais les yeux de Tamara étincelant dans la lumière tamisée du restaurant, le naturel qu'il avait ressenti à être avec elle, ne cessaient de se présenter à son esprit.

Ce sentiment l'accompagnait chaque fois qu'ils étaient ensemble. Malgré le peu de souvenirs qu'elle avait, ils n'étaient jamais à court de sujets de conversation. Il avait l'impression de pouvoir tout lui dire, sans la moindre difficulté.

Etait-ce ainsi quand Linda et Mark s'étaient rencontrés ? Avaient-ils le cœur battant chaque fois qu'ils se voyaient ?

Se demandaient-ils ce que l'autre pensait et ressentait quand ils n'étaient pas ensemble ?

Comment un couple pouvait-il sembler si amoureux au moment de se marier, pour en venir ensuite à se haïr au bout de dix ans ?

Seth avait vu trop de divorces dans sa vie pour croire encore à la pérennité de l'amour. De toute façon, même s'il changeait d'avis, ce n'était ni la bonne personne, ni le bon moment.

Il dériva dans le sommeil et rêva des dunes se dressant sous le clair de lune. Il n'était pas sur sa moto, mais à pied.

Devant lui, il vit Tamara, allongée dans le sable. Une silhouette obscure pelletait du sable sur son corps.

Elle hurla son nom, d'une voix remplie de terreur. Il tenta de courir plus vite, mais le sol se dérobait sous ses pieds, comme des sables mouvants, l'aspirant à chaque pas.

Il se réveilla en sursaut, le cœur battant, persuadé que son cri de peur et de frustration l'avait tiré de son cauchemar.

Puis Tamara hurla.

S'emparant de son revolver, Seth piqua un sprint dans le couloir. Il ouvrit la porte et alluma la lumière d'un seul geste. La scène s'offrit à lui en une fraction de seconde… La moustiquaire disparue, la fenêtre ouverte et Tamara dans le lit.

— La fenêtre ! réussit à bredouiller celle-ci.

Elle agrippait le drap comme s'il recelait un pouvoir magique, à même de la protéger du danger.

— Allez dans le salon, dit-il avec brusquerie.

Il se retourna et heurta Linda dans le couloir.

— Emmène-la dans le salon, et restez-y.

Il n'attendit pas sa réponse, et fila vers la porte d'entrée, espérant qu'il n'était pas trop tard pour rattraper celui qui avait essayé de pénétrer dans la chambre de Tamara.

L'air nocturne était tiède, et l'herbe, sous ses pieds nus, humide de rosée. Il se dirigea instinctivement vers l'arrière de la maison, sachant que l'homme avait sans doute pris la fuite par là, plutôt que par la rue bien éclairée.

Le jardin de Linda n'était pas clôturé, pas plus que celui de ses voisins, ce qui lui laissait une demi-douzaine d'options quant à la direction à prendre.

Il courut à la limite du terrain et s'arrêta, cherchant le bruit d'une course, la sensation d'une présence dissimulée.

Rien.

Les yeux plissés, il scruta l'obscurité et comprit que l'homme était parti depuis longtemps. Il s'était probablement enfui quand Tamara avait hurlé.

Bon sang ! Ce hurlement, combiné à son cauchemar, lui avait causé une belle frayeur.

Il resta aussi immobile qu'une statue durant de longues minutes, puis, convaincu que le danger était passé, revint à la fenêtre examiner les dégâts, tout en restant assez loin pour ne pas contaminer les indices.

L'écran-moustiquaire était sur le sol, et la fenêtre grande ouverte. Une minute de plus et l'homme aurait été dans la chambre.

Il lui aurait été facile de maîtriser Tamara, peut-être de la droguer, puis de la traîner par la fenêtre dans la nuit.

Seth se maudit à voix haute.

Il s'était montré stupide. Les détails du rapt de Tamara et de son amnésie dans les médias, joints au fait qu'il l'avait exhibée en ville la veille, avaient indiqué exactement au tueur où la trouver.

Et ce n'était pas seulement Tamara que son imprudence avait mise en danger, mais également Linda et Samantha, toutes deux brunes et correspondant au profil du meurtrier.

Comme rien d'autre ne s'était produit, il avait cru que l'intérêt de l'homme s'était déplacé sur quelqu'un d'autre, mais cet incident était la preuve qu'il visait quelqu'un dans la maison.

On avait évité la tragédie, mais les choses devaient changer, et immédiatement.

La première chose qu'il devait faire, c'était s'assurer que Tamara allait bien.

La deuxième était d'appeler Tom pour qu'il envoie quelqu'un relever les empreintes sur la fenêtre et rechercher de possibles indices.

Il espérait que cette tentative manquée leur fournirait une piste.

La première pensée de Tamara quand Seth franchit la porte d'entrée fut qu'il était à tomber à la renverse dans son caleçon, les muscles tendus et le revolver à la main.

— Ça va, toutes les deux ? questionna-t-il en regardant tour à tour Linda et elle, assises côte à côte sur le sofa.

— Un peu secouée, avoua-t-elle. Dieu merci, je me suis réveillée à temps.

Elle réprima un frisson en repensant au moment où elle avait vu la silhouette sombre de l'homme à la fenêtre.

Seth s'approcha de la table du salon et prit son portable.

Tamara et Linda restèrent silencieuses tandis qu'il appelait le shérif Atkins.

— J'imagine que vous ne l'avez pas vu dehors, dit Tamara.

— Je ne savais même pas dans quelle direction le poursuivre, répondit-il. Restez ici toutes les deux, et n'ouvrez la porte à personne, sauf à Tom. Je vais m'habiller et aller dans la chambre examiner la fenêtre.

Tandis qu'il disparaissait dans le couloir, Tamara sentit le frisson qu'elle réprimait depuis plusieurs minutes la parcourir. Linda se pencha vers elle et lui tapota la main.

— Que diriez-vous d'une tasse de thé bien chaud ? Ça vous réchaufferait.

Tamara hocha la tête d'un air absent, les pensées éparpillées.

Elle savait qu'elle aurait dû être terrifiée… Et elle l'était, mais elle avait aussi l'impression d'être piégée dans un mauvais rêve, où rien ne semblait réel.

Elle était prise d'un engourdissement depuis quelques minutes, un engourdissement qui l'empêchait de hurler de terreur.

Seth revint dans le salon, vêtu cette fois d'un jean et d'un T-shirt.

En la voyant, il fronça les sourcils d'inquiétude.

— Vous êtes sûre que ça va ? Il ne vous a pas blessée, n'est-ce pas ?

Elle secoua la tête.

— Il n'est même pas entré dans la pièce. Je ne sais pas ce qui m'a réveillée, mais quand j'ai ouvert les yeux, il était à la fenêtre, et j'ai hurlé.

A cet instant, un coup à la porte annonça l'arrivée des autorités. Seth ouvrit pour laisser entrer le shérif Atkins et Raymond Michaels.

Tandis qu'il les conduisait dans la chambre, Linda pressa Tamara de la rejoindre dans la cuisine pour boire son thé.

— Vous avez besoin d'autre chose ? demanda-t-elle d'un ton plein de sympathie, tandis que Tamara s'asseyait face à elle et se réchauffait les mains autour de la tasse. Vous avez l'air en état de choc.

Tamara lui adressa un sourire forcé et jeta un coup d'œil à l'horloge au mur.

Il était 2 heures passées de quelques minutes.

— Vous ne ressentez pas la même chose ? Je suis sûre que la dernière chose à laquelle vous vous attendiez, c'est qu'un homme essaie de s'introduire dans votre maison au milieu de la nuit. Je crois que la meilleure chose à faire pour moi est de rentrer à Amarillo dès demain matin.

— Attendons de voir ce que Seth et le shérif ont en tête, dit Linda, apparemment imperturbable au milieu de ce chaos nocturne. Ce n'est jamais bon de prendre une décision à chaud.

Tamara sirota son thé, l'esprit en déroute.

Quelqu'un avait essayé de l'enlever.

Seth l'avait embrassée.

La pensée de son mariage provoquait en elle une anxiété sans aucun sens.

Le baiser et cette tension étrange l'avaient longtemps tenue éveillée après qu'elle se fut couchée.

Il était facile de comprendre pourquoi le baiser l'avait empêchée de dormir. Les lèvres de Seth avaient allumé un brasier en elle et, en dépit de son amnésie, elle était certaine de n'avoir jamais ressenti cela auparavant.

Elle savait qu'il avait raison, que faire l'amour n'aurait servi qu'à compliquer une situation déjà embrouillée, mais elle avait désespérément eu envie de la chaleur de son corps.

Elle avait eu envie de quitter cet endroit avec le souvenir d'avoir fait l'amour avec Seth.

Elle fronça les sourcils et prit une gorgée de thé brûlant, les pensées fixées sur Seth et ce qui aurait pu se passer entre eux, plutôt que sur ce qui s'était passé…

Quelqu'un avait essayé de s'emparer d'elle. Sans doute la même personne qui l'avait ensevelie dans les dunes.

Le Marchand de sable.

Inutile d'être un brillant scientifique pour en déduire que le tueur en série voulait finir le travail qu'il avait commencé.

Même la chaleur du thé ne put combattre le frisson d'horreur qui la parcourut. Une horreur partiellement soulagée, cependant, quand Seth entra dans la pièce, suivi de Tom et Raymond.

— Qui que ce soit, il portait des gants, disait Tom. Raymond a passé de la poudre sur le rebord de la fenêtre et la moustiquaire, et n'a pas trouvé d'empreintes. Une chance que vous vous soyez réveillée à temps. Une minute de plus, et il aurait été sur vous.

Tamara hocha la tête, la gorge serrée. Son angoisse était telle qu'elle se désintéressa de la conversation.

Les trois policiers passèrent dans le salon, et le bruit de leurs voix se fondit dans le raclement de pelle qui remplissait sa mémoire.

Si elle ne s'était pas réveillée… Les mots résonnaient dans son cerveau. Si elle ne s'était pas réveillée, elle serait maintenant dans les dunes, ensevelie, sans que personne ne sache qu'elle avait été emportée dans l'obscurité.

Elle lança un regard vide à Linda. Elle avait fait entrer le danger chez cette femme et sa fille, qui s'étaient montrées si gentilles avec elle.

Il fallait qu'elle s'en aille.

Peu importait qu'elle n'ait pas retrouvé la mémoire. Il fallait qu'elle retourne à cette vie qu'elle ne connaissait pas et qu'elle en recolle les morceaux. Elle devait le faire, pour protéger ces personnes, pour qui elle en était venue à éprouver tant d'affection.

Seth revint seul dans la cuisine, s'assit sur une chaise entre Tamara et sa sœur et leur prit les mains. Tamara s'y cramponna, avec le sentiment qu'il l'extirpait de nouveau du poids suffocant du sable.

— Bon, il faut prendre des mesures de sécurité, dit-il d'une voix calme qui contrastait avec le chaos qui régnait dans l'esprit de Tamara.

Il tourna vers sa sœur des yeux d'un gris métallique.

— Nous ne pouvons pas rester ici, et vous mettre en danger, toi et Samantha.

Il fronça les sourcils, soupesant les possibilités.

— En fait, j'ai une idée, dit Linda. La semaine prochaine, Samantha avait l'intention de passer quelque temps avec son père. Elle fait ça tous les étés. Je peux appeler Mark pour lui demander qu'elle y aille dès demain. Et, en ce qui me concerne, j'ai une amie à Oklahoma City qui me harcèle depuis six mois pour que j'aille la voir. J'ai un tas de congés qui s'annoncent, et je pourrais partir demain. Ainsi, vous deux, vous pourrez rester ici et débrouiller l'affaire.

Tamara retira sa main de celle de Seth.

— Certainement pas. Je ne peux pas accepter que vous fuyiez votre propre maison à cause de moi, protesta-t-elle.

Elle avait envie de sangloter tant elle se sentait impuissante.

— Ce n'est pas vous qui me chassez, répliqua Linda. C'est moi qui choisis de partir.

Elle reporta les yeux sur son frère.

— C'est la chose la plus logique à faire. En outre, si vous déménagez ailleurs, il finira par vous retrouver. Au moins, vous connaissez les lieux ici. Seth pourra mieux vous protéger dans cette maison que nulle part ailleurs en ville.

Seth se frotta le front de la main, comme pour repousser un mal de tête. Il avait les sourcils si froncés qu'ils se rejoignaient presque au-dessus de ses yeux. Il regarda d'abord sa sœur, puis Tamara.

Pour la première fois depuis qu'elle le connaissait, il semblait à court de paroles.

— Je devrais rentrer chez moi, murmura-t-elle, bien qu'elle ait le sentiment que quelque chose ou quelqu'un l'attendait là-bas également.

— Ce n'est pas une solution. Amarillo est le dernier endroit où vous devriez aller, grommela Seth. Au moins, ici, le shérif et moi veillons sur vous. A Amarillo, vous seriez toute seule jusqu'à ce que la mémoire vous revienne.

Il se tourna vers Linda.

— Tu peux te débrouiller pour mettre tout ça en branle demain ?

Elle hocha la tête d'un air résolu.

— Sans aucun problème.

— Je veux seulement que vous soyez en sécurité Samantha et toi. Tamara et moi, nous resterons ici. Il sait qu'elle est ici, et j'ai le sentiment qu'il reviendra. Je préfère que ça se passe dans cette maison, où j'ai les choses en main.

Linda acquiesça et se leva de table.

— J'organiserai tout demain. Samantha et moi serons parties avant midi. Et maintenant que la fête est finie, je vais me coucher.

Avec un geste las de la main, elle sortit de la cuisine.

Tamara la regarda s'éloigner. La situation lui échappait, et elle ne savait que faire.

Elle détestait l'idée de forcer deux personnes à partir de chez elles, tout ça parce qu'elle était tombée par hasard sur un fou criminel.

— C'était peut-être une simple tentative de cambriolage, dit-elle avec espoir. Je veux dire, dans des circonstances normales, cette chambre est vide. Un cambrioleur a peut-être supposé qu'elle l'était toujours et a décidé d'y entrer par effraction.

Seth secoua la tête.

— Non, c'était lui, j'en suis sûr.

— Comment le savez-vous ?

Il hésita assez longtemps pour que le nœud d'angoisse augmente d'intensité dans sa poitrine.

— Parce qu'il a laissé une dune miniature à côté de la fenêtre, sur le sol.

Il se passa une main dans les cheveux.

— S'il avait réussi et que nous ayons constaté votre disparition au matin, il voulait que nous sachions ce qui vous était arrivé et qui vous avait emmenée.

— Le Marchand de sable, chuchota-t-elle.

Un nouveau frisson d'horreur la traversa à l'idée que, la prochaine fois, ce psychopathe pourrait réussir à s'emparer d'elle.

Il avait envie de pleurer. Il était si proche… si douloureusement proche d'elle.

Quelques pas de plus, une rapide piqûre, et il n'avait plus qu'à la faire passer par la fenêtre et disparaître.

Il était si fier de son plan, si certain qu'ils ne le croiraient jamais assez audacieux pour attaquer là, juste sous le nez d'un agent du FBI !

Et il avait presque réussi.

Si la garce avait continué à dormir quelques minutes de plus, il l'aurait neutralisée et emportée dans les dunes… là où elle était à sa place.

Ce n'était pas fini, loin de là. Il avait pris deux faux départs, mais il connaissait le dicton…

« Jamais deux sans trois. »

7

Seth passa le reste de la nuit en état d'alerte maximale. Il insista pour que Tamara dorme dans la chambre de Samantha, puis somnola à moitié dans un fauteuil du salon, incapable de s'abandonner totalement au sommeil.

Le monticule de sable qu'il avait trouvé au pied de la fenêtre lui apprenait deux choses... Que le tueur s'était approprié le surnom donné par les journaux, et qu'il gagnait en audace. Cela pouvait jouer en leur faveur ou, au contraire, rendre plus difficile la capture de l'homme.

Au matin, il prépara une cafetière pleine pour lutter contre son épuisement. Il avait incontestablement besoin d'une dose massive de caféine pour faire face aux interrogatoires prévus ce jour-là.

Et quoi qu'il fasse, où qu'il aille, Tamara l'accompagnerait. Il n'y avait pas d'autre solution.

Le café venait juste de finir de filtrer quand Linda entra dans la cuisine et s'assit à la table.

Les cheveux ébouriffés, sans maquillage et vêtue d'un pyjama rose, elle avait l'air d'avoir dix ans de moins.

— Tu sais, tu n'as pas besoin de faire ça, lui dit-il en posant une tasse de café devant elle. Je peux faire les bagages de Tamara et l'emmener dans un motel jusqu'à la fin de l'enquête.

Linda secoua la tête.

— Elle en a assez vu. Je ne crois pas que ce serait bon pour elle de déménager, à ce stade de sa convalescence.

En outre, je n'avais besoin que d'un prétexte pour prendre des congés et rendre visite à Hélène. Quant à Samantha, séjourner chez son père n'a rien d'extraordinaire. Je crois qu'ils ont prévu de partir camper la semaine prochaine. Tout ira bien pour elle, et pour moi aussi.

Seth sentit monter en lui un élan d'affection pour sa sœur.

— T'es la meilleure, frangine.

Il prit son café et la rejoignit à table.

En buvant une gorgée, elle l'observa par-dessus le rebord de sa tasse.

— Je vois la manière dont elle te regarde, tu sais, dit-elle en reposant sa tasse sur la table. Et je vois la manière dont tu la regardes.

— Je ne sais pas de quoi tu parles.

Il fixait son café, incapable de l'affronter.

— Mais oui, bien sûr, fit-elle d'un ton pince-sans-rire. Tu sais combien j'aimerais que tu tombes amoureux et que tu fondes une famille, mais tu dois être prudent avec Tamara. Elle ne sait plus où elle en est, et pour ce que nous en savons, il y a peut-être quelqu'un qui attend son retour. Je ne veux pas qu'elle ait mal et, plus important encore, je ne veux pas que *tu* aies mal.

— Ne t'inquiète pas pour moi. Tout ce que je veux, c'est capturer ce monstre et retourner à ma vie à Kansas City, dit Seth.

Linda haussa un sourcil.

— Quelle vie ?

Seth laissa échapper un rire sans humour. Sa sœur était persuadée qu'il n'avait aucune vie en dehors de son travail, ce qui, bien sûr, était vrai.

— Je suis seulement en train de te dire d'y aller doucement. L'attirance entre vous est palpable, mais tu dois te souvenir des circonstances qui l'ont amenée ici, et du fait qu'elle sera bientôt partie.

— C'est noté, répliqua-t-il.

Malgré le baiser de la veille, un baiser qui avait ébranlé sa confiance, il n'avait aucunement l'intention de laisser les choses aller plus loin avec Tamara.

Vers 9 heures, Linda s'était mise en route pour Oklahoma City, Samantha avait préparé deux énormes valises pour son séjour chez son père, et Seth avait condamné la fenêtre de la chambre d'amis avec des planches de contreplaqué qu'il avait trouvées dans le garage.

Tamara et lui prirent le chemin des bureaux du shérif.

— Il y a une salle de repos au fond du bâtiment, vous pourrez y rester pendant que je m'occupe des interrogatoires, expliqua Seth. Nous demanderons à quelqu'un d'aller vous chercher des magazines, et il y a une télévision dans la pièce, alors vous ne devriez pas trop vous ennuyer.

— Tout ira bien, répondit-elle. Mais je suis sûre que tout irait bien aussi à la maison. Si cette ordure est à la hauteur de son surnom, alors c'est la nuit qu'il opère. Le Marchand de sable ne rend pas visite aux gens durant la journée.

— Je croyais que le Marchand de sable était censé répandre de beaux rêves dans la tête des enfants.

Seth s'arrêta devant le bureau, coupa le moteur, et se tourna pour la regarder.

— Pas ce Marchand de sable là, apparemment, répondit-elle.

En dépit de sa courte nuit, elle était très jolie avec ses longs cheveux attachés sur la nuque. Elle portait un jean et un corsage blanc, souligné d'une bordure bleue, qui rehaussait la couleur de ses yeux.

— Manifestement, convint-il. Et que ça nous plaise ou non, il est focalisé sur vous, aussi est-il hors de question que je vous laisse seule où que ce soit pour le moment.

Ils sortirent tous deux du pick-up. La chaleur de la fin juin pesait déjà sur leurs épaules, mais Seth avait le sentiment que les choses allaient prendre une tournure encore plus brûlante pour les gens qu'il allait interroger.

Il devait s'acquitter de ce travail, et le plus tôt serait le mieux. Car Linda avait raison : Tamara lui faisait de l'effet, et tout ce qui se passerait entre eux aurait pour résultat de blesser l'un d'entre eux.

Après avoir installé Tamara dans la petite salle de repos, Seth prit place dans la salle d'interrogatoire avec Tom. Le shérif semblait épuisé. Des rides de fatigue couraient des deux côtés de son visage.

Seth était persuadé d'avoir les mêmes sur le sien.

— Henry Todd sera là dans quelques minutes, et cet après-midi, j'ai demandé à Casey Minter de venir. C'était une amie de Rebecca, et bien qu'elle ne m'ait pas dit grand-chose, j'espère qu'elle se montrera plus ouverte avec vous.

— Pourquoi ne vous a-t-elle rien dit ? demanda Seth avec curiosité.

— Sans doute parce que j'ai arrêté son père une dizaine de fois pour ébriété en public. Je ne suis pas en odeur de sainteté chez les Minter.

— J'ai rencontré Henry Todd hier soir. Tamara et moi, nous avons mangé au Golden Daffodil, et il est venu nous trouver, dit Seth.

— Un vrai frimeur, non ?

Seth sourit.

— Je crois que Tamara a utilisé le mot *visqueux* après l'avoir rencontré.

Le sourire de Tom ne dura qu'un instant.

— Vous avez prévu quelque chose pour son hébergement ?

— Non, elle et moi allons rester dans la maison. C'est Linda et Samantha qui partent pour une semaine.

Tom l'observa longuement.

— Vous espérez qu'il essaiera de nouveau de la kidnapper dans la maison, n'est-ce pas ?

— Vous voulez dire que j'espère avoir la peau de ce salopard avant la fin de la journée, rétorqua Seth.

Tom se leva.

— Je vais voir si Tamara a ce qu'il lui faut, pour que vous puissiez vous concentrer sur les interrogatoires. Je n'ai pas besoin de vous dire à quel point j'ai envie de mettre ce type en prison.

— Croyez-moi, j'en ai envie tout autant que vous, répondit Seth.

Quand Tom eut quitté la pièce, Seth ouvrit le dossier qu'il avait apporté avec lui. Il contenait non seulement les copies des interrogatoires initiaux, mais aussi des notes sur les nouvelles questions qu'il voulait poser.

En attendant l'arrivée de Henry, il ne put s'empêcher de repenser à Tamara et au baiser qu'ils avaient échangé la veille au soir. Il avait eu envie de pousser les choses plus loin. Il avait eu envie de la porter dans la chambre et de lui faire l'amour.

Dieu merci, il n'avait pas écouté son désir. Sa conversation avec Linda, le matin même, l'avait conforté dans son opinion, à savoir que se rapprocher de Tamara serait une grosse erreur pour eux deux.

Il repoussa ces pensées à l'entrée de Henry Todd, introduit par Raymond Michaels. Seth se leva et désigna d'un geste la chaise en face de lui. Il offrit du café que le bel homme déclina, puis ils échangèrent quelques banalités pour briser la glace. Enfin Seth entra dans le vif du sujet :

— D'après les notes que j'ai lues, je crois comprendre que Vicki Smith et vous étiez en couple avant le meurtre, dit-il.

Henry sourit avec une légère condescendance.

— C'est Vicki qui voulait que nous formions un couple, mais je ne suis sorti avec elle que quelques fois. C'est uniquement dans son esprit que notre liaison avait pris ces proportions. Il n'y avait pas de véritable relation. En outre, je lui avais fait clairement comprendre, presque un mois avant sa mort, que c'était fini.

— Je suppose qu'elle n'a pas été très heureuse d'entendre ça, commenta Seth.

— Pour être honnête, elle s'est montrée très pénible par la suite. Elle travaillait toujours au restaurant, mais elle disait du mal de moi à toute l'équipe, et je soupçonne qu'elle ait rayé volontairement ma voiture, bien que je n'en aie pas la preuve. Je vous raconte tout cela parce que vous allez en entendre parler de toute façon, mais je n'ai rien à voir avec son meurtre.

Il sourit.

— Vous imaginez ce que ce sable ferait à une paire de mocassins italiens hors de prix ?

Cela n'amusa pas Seth.

La conversation se poursuivit trente minutes de plus, durant lesquelles Seth lui mit la pression, s'efforçant de démonter son fragile alibi, et d'agacer suffisamment Henry pour qu'il commette une erreur significative. Mais le restaurateur demeura calme, posé et ferme dans ses réponses.

Seth lui signifia finalement qu'il pouvait partir. Henry franchit le seuil de la pièce et se retourna pour regarder Seth.

— Vous avez parlé à votre beau-frère ? demanda-t-il.

— Mon beau-frère ?

Seth le fixa d'un regard vide.

— Mark Willoughby. J'ai entendu dire que Vicki et lui sortaient ensemble dans les jours qui ont précédé le meurtre. Ils sont même venus dîner au Golden Daffodil juste avant la mort de Vicki.

Seth eut l'impression d'avoir reçu un direct dans l'estomac. Nulle part, dans les dossiers, Mark n'était lié à Vicki Smith. Il n'avait même pas été interrogé durant l'enquête initiale.

Il s'adossa à sa chaise, l'estomac noué par l'anxiété, et l'esprit rempli de pensées troublantes.

On ne pouvait nier que Mark haïssait son ex-femme, et Linda avait des cheveux bruns, comme les autres victimes. Seth croyait son ex-beau-frère capable de beaucoup de choses, mais il ne l'avait jamais suspecté de meurtre… jusque-là.

Il ne pouvait écarter Mark simplement parce qu'il avait été marié à sa sœur durant dix ans. D'autre part, il ne pouvait laisser son dégoût personnel de l'homme teinter l'enquête d'une manière ou d'une autre.

Il demanda à Tom de donner rendez-vous à Mark dans l'après-midi et passa le reste de la matinée à parler aux adolescents présents à la fête dans les dunes, la nuit où Rebecca Cook avait été tuée.

Casey Minter avait révélé que Rebecca avait travaillé deux jours au Golden Daffodil, puis qu'elle en était partie car son patron excessivement collant la mettait mal à l'aise. Selon Casey, Rebecca avait pensé que Todd était un vieux pervers qui ne pouvait s'empêcher de tripoter ses jeunes serveuses.

En ce qui concernait Seth, cette information s'ajoutait à ce qu'il avait déjà contre Henry. Cela faisait-il de lui un tueur ? Difficile à dire. Cela faisait-il de lui un type répugnant ? Sans aucun doute.

Midi venait de sonner quand il se rendit dans la salle de repos mais il n'y trouva pas Tamara. Un magazine people était ouvert sur la table, et la télévision branchée sur une chaîne féminine.

Il jeta un coup d'œil aux toilettes. La porte était ouverte et la pièce vide. Où était Tamara ? Il lui avait dit de ne pas sortir jusqu'à ce qu'il vienne la chercher.

Son cœur manqua un battement tandis qu'il s'intimait l'ordre ne pas paniquer. Mais ce fut de la peur à l'état brut qui l'envahit. Où diable était-elle passée ?

Etait-il possible qu'un adjoint soit impliqué dans les crimes ? Avait-il manqué quelque chose… ? Avait-il involontairement mis Tamara en danger, en l'amenant là où elle aurait dû être en sécurité ?

*
* *

Tamara faisait la queue avec l'adjoint Raymond Michaels au fast-food. Il était entré dans la salle de repos quelques minutes plus tôt, et lui avait demandé si elle voulait se dégourdir les jambes en allant acheter un sandwich avec lui.

Persuadée que c'était Seth qui l'avait envoyé, et avide de rompre la monotonie de cette longue matinée, elle avait immédiatement accepté.

Elle était restée seule la plus grande partie des heures précédentes, sans rien d'autre pour s'occuper que la télévision et quelques magazines qu'un adjoint avait apportés plus tôt.

Elle avait eu tout le temps du monde, en tête à tête avec ses pensées, pour tenter de comprendre ce qui lui était arrivé et ce qu'elle ressentait pour Seth. Chaque fois qu'elle s'appliquait à rechercher les souvenirs de son ancienne vie, elle était contrariée d'éprouver un nœud d'anxiété et une vague de chagrin qui n'avaient aucun sens.

Elle était certaine que ce chagrin n'avait rien à voir avec ce qui lui était arrivé à Amber Lake, mais qu'il prenait plutôt racine dans des événements qu'elle ne parvenait pas à retrouver.

Sans savoir quoi penser au juste de l'adjoint Michaels, elle lui était reconnaissante de lui avoir permis de sortir quelques minutes de cette petite pièce qui sentait le café froid et la sueur masculine.

— Alors, toujours rien de ce côté ? demanda Raymond en se touchant le front.

— Rien d'important, avoua-t-elle. Juste des bribes qui n'ont aucune utilité pour votre enquête.

— Mais vous commencez à vous rappeler certaines choses ? insista-t-il.

Elle acquiesça.

— Quelques-unes, mais rien qui ait une incidence sur l'affaire.

— Qui sait, peut-être que tout vous reviendra en un clin d'œil.

Ses yeux marron foncé soutinrent les siens assez longtemps pour qu'elle soit soulagée que ce soit leur tour au comptoir.

Elle prit un cheeseburger, des frites et un Coca light, tandis que Raymond commandait une formule comprenant un sandwich assez grand pour contenir un bœuf entier. Elle protesta quand il voulut payer pour le sien, mais il insista en disant que ce n'était pas lui qui régalait, mais les services du shérif d'Amber Lake.

— Vous savez, vous êtes notre meilleure chance de faire une percée dans cette affaire, lui dit-il tandis qu'ils poussaient la porte pour retourner au bureau. Jusqu'ici, nous n'avons rien.

— Rien ne dit que, quand je retrouverai mes souvenirs, j'aurai les informations dont vous avez besoin pour procéder à une arrestation, objecta-t-elle. Je n'ai peut-être pas vu le visage de celui qui m'a agressée.

— Mais il est possible que vous l'ayez vu, répliqua-t-il. Vous devez nous faire savoir quand la mémoire vous reviendra. Tout ce dont vous vous souvenez peut constituer un indice. Nous avons besoin de savoir ce qui se trouve dans votre tête.

A cet instant, elle vit Seth s'avancer vers eux sur le parking. Il marchait à longues enjambées, ses beaux traits raidis dans une colère qu'elle ne lui avait jamais vue. Avant même qu'il ne les rejoigne, elle sentit la rage émaner de lui.

— Qu'est-ce qui se passe ? demanda Raymond.

— A quoi est-ce que vous jouez ? aboya Seth en s'adressant à l'adjoint.

Il lança à peine un coup d'œil à Tamara, et posa un regard noir sur Raymond.

— De quoi ça a l'air ? Nous sommes allés chercher à déjeuner.

Raymond redressa les épaules, visiblement mécontent du ton agressif de Seth.

— Il était midi passé, et elle n'avait rien mangé.

— Adjoint Michaels, ceci est mon affaire, et c'est mon témoin. Vous ne lui adressez pas la parole sans ma permission. Vous ne la regardez pas sans ma permission, et vous ne la faites pas sortir d'un abri sûr pour aller chercher à déjeuner sans ma permission.

— Décompressez un coup, Mister Fédé, riposta Raymond avec une note franchement belligérante. Je me suis juste dit que *votre* témoin aimerait bien manger et faire quelques pas. J'avais la situation bien en main. Je n'aurais laissé personne lui faire de mal.

Il n'attendit pas la réponse de Seth et, avec un soupir de dégoût, fila vers le bureau. Seth tourna immédiatement vers Tamara des yeux couleur de glace.

— Ça va ?

— J'ai mon cheeseburger et mes frites, je suis vernie, dit-elle en tentant d'alléger l'atmosphère.

Il se passa une main dans les cheveux, et lui fit signe de suivre Raymond.

— Je suis allé vous chercher et vous n'étiez pas là. J'ai… j'ai eu peur. J'ai cru que…

Il laissa sa phrase en suspens, en poussant un profond soupir.

Elle comprit qu'il avait vraiment paniqué en ne la voyant pas, et son cœur se serra.

— Je suis désolée, Seth. Je ne voulais pas vous inquiéter. J'ai supposé que vous étiez au courant, quand Michaels m'a invitée à me rendre avec lui au fast-food.

— Ça ne fait rien, fit-il tandis qu'ils se mettaient en marche. Je crois que je n'avais pas réalisé à quel point j'étais nerveux avant de pénétrer dans la salle de repos et de la trouver vide.

Il gardait le regard fixé sur le bâtiment devant eux.

— Je n'avais pas réalisé à quel point vous êtes importante pour moi… dans cette affaire, ajouta-t-il rapidement, comme après coup.

Un dangereux tourbillon de désir monta en elle tandis qu'elle respirait son odeur familière et contemplait ses traits figés.

Trop proches. Ils étaient incontestablement en train de devenir trop proches émotionnellement, et Tamara comprit que c'était une erreur. Mais elle ne savait pas comment l'empêcher de se produire.

Elle était en train de tomber amoureuse de Seth, et cela l'effrayait presque autant que les souvenirs qu'elle refoulait.

Une fois arrivés au bureau, ils allèrent dans la salle de repos. Raymond avait apparemment décidé de manger à son bureau, car ils eurent la pièce pour eux tout seuls.

— Vous voulez un peu de mes frites ? proposa-t-elle en s'installant à table.

— Non, merci.

Il s'approcha du distributeur placé dans un coin et s'acheta un soda et un sandwich emballé, avant de s'asseoir face à elle.

— Raymond vous a-t-il ennuyée ? questionna-t-il.

— Pas du tout. Il m'a posé un tas de questions sur ma mémoire, mais je crois qu'il était seulement curieux. Pourquoi ?

Elle l'observa de près et remarqua que ses traits étaient toujours tirés.

— Il y a quelque chose chez lui qui me déplaît.

Seth déballa son sandwich et la regarda pensivement.

— Je n'arrête pas de me demander ce qui aurait pu conduire une femme à s'allonger dans le sable sans même lutter, en dehors du fait d'être droguée ? Peut-être un shérif ou un adjoint avec une arme ?

Tamara en resta bouche bée.

— Vous êtes en train de me dire que vous vous méfiez des gens avec lesquels vous travaillez ?

Son froncement de sourcils s'accentua et, pour la première fois, il croisa son regard. Froids et lointains, chargés d'intelligence, ses yeux gris la fixèrent un long moment avant qu'il ne réponde :

— Je suis en train de vous dire qu'en ce moment, il n'y a que deux personnes en qui j'ai confiance : vous et moi, c'est tout. Tous les autres, dans ce patelin, sont sur ma liste de suspects potentiels.

Tamara prit une frite, mais s'aperçut soudain qu'elle avait perdu l'appétit. Si elle devait en croire Seth, elle n'avait personne à ses côtés, personne à qui faire confiance en dehors de lui, et cela ne faisait que renforcer leur lien émotionnel.

Une chose était certaine. D'une manière ou d'une autre, elle avait l'impression que quand le moment viendrait de quitter Amber Lake, elle en souffrirait. Et seul le temps dirait si cette souffrance viendrait de ce qu'elle avait enduré, ou de son amour pour Seth.

8

Mark Willoughby était un homme brun à la carrure imposante, qui relevait le menton comme s'il s'attendait à tout moment à un combat. Il s'installa sur une chaise face à Seth et, même s'il affichait un sourire, il était visible, à l'expression bouillante de ses yeux, qu'il était inquiet.

— Tu n'as pas l'air très content de me voir, remarqua Seth en s'adossant à son siège.

— Ce n'est pas exactement une heureuse réunion de famille, rétorqua Mark. Alors trêve de balivernes, dis-moi pourquoi je suis ici.

— Vicki Smith.

Seth observa attentivement la réaction de son ex-beau-frère à ce nom. Mais Mark se contenta de plisser légèrement ses yeux verts.

— De quoi s'agit-il ?

— Je crois savoir que tu la voyais au moment de sa mort.

De nouveau, Seth guetta un signe subtil qui aurait pu trahir Mark sans qu'il s'en aperçoive.

— Ta phrase donne l'impression de quelque chose de plus sérieux que ce qui se passait. Vicki et moi avons dîné ensemble quelques fois avant qu'elle ne soit tuée. Rien de plus, quelques dîners sans conséquence. Elle était toujours accro à Todd. Nous étions simplement amis, c'est tout.

Il s'était étalé assez longtemps pour donner l'impression d'être sur la défensive.

— Tu l'as frappée comme tu as frappé ma sœur ? demanda Seth.

Mark bondit de sa chaise, le menton pointé en avant et les poings pressés sur la table.

— Tu dépasses les bornes, Seth ! Je n'ai jamais levé la main sur ta sœur, jamais.

Il desserra les poings, et se rassit sur son siège.

— Je ne nie pas avoir commis beaucoup d'erreurs durant mon mariage avec Linda, et je les regrette chaque jour, mais je n'ai jamais été violent avec elle.

— Mais tu la détestais quand vous avez divorcé, insista Seth.

— Je ne voulais pas divorcer. Tout ce que je voulais, c'était que ma famille reste unie. Je ne me suis jamais remis de cette séparation.

— Et c'est pour ça que tu assassines des femmes brunes qui te rappellent Linda ?

— Ne sois pas ridicule, s'esclaffa Mark. Je sais que tu ne m'as jamais aimé et que tu ne m'as jamais trouvé assez bien pour ta sœur. J'étais peut-être tyrannique quand j'étais marié avec elle, mais je ne suis pas un meurtrier. Bon sang, Seth, comment peux-tu penser des choses comme ça et me laisser ma fille la moitié du temps ?

— Quand as-tu vu Vicki Smith pour la dernière fois ? demanda Seth, s'efforçant de donner un tour moins personnel à la conversation.

— Deux soirs avant le meurtre. Nous avons dîné ensemble. Bien sûr, elle a insisté pour que nous mangions au Golden Daffodil. Il était évident qu'elle voulait que Todd la voie avec moi, peut-être pour lui faire comprendre ce qu'il avait manqué.

— Et après le dîner ?

— Je l'ai ramenée chez elle, saine et sauve. J'ignore ce qui lui est arrivé après ça. Tout ce que je sais avec certitude, c'est que je n'ai rien à voir avec son meurtre. En plus, d'après ce que j'ai entendu, le meurtre de Vicki est lié à la mort de Rebecca Cook. Je ne la connaissais pas, et je n'ai rien à voir avec Tamara Jennings.

Seth lui posa encore quelques questions, puis le libéra. Après le départ de Mark, il resta assis à la table, l'esprit en proie à des pensées chaotiques.

Etait-il possible que Mark cache une telle haine pour Linda qu'il ait imaginé un plan élaboré pour commettre ces meurtres ? Tuer trois femmes brunes innocentes par ruse, puis attaquer le véritable objet de sa rage, jetant ainsi les enquêteurs dans la confusion ?

D'une certaine manière, il n'était pas convaincu que Mark soit assez intelligent ou assez habile pour élaborer un scénario aussi compliqué.

En outre, Linda et lui avaient divorcé depuis un moment déjà. Si c'était lui, pourquoi aurait-il explosé seulement maintenant ? Pour autant qu'il sache, il n'y avait eu aucun déclencheur, rien qui sorte de l'ordinaire et qui ait pu l'amener soudain à tuer des femmes. Linda et lui semblaient avoir fait la paix.

Et comme si sa confusion vis-à-vis de ces crimes ne suffisait pas, Seth devait encore affronter ses émotions conflictuelles envers Tamara. Son cœur tressauta de nouveau dans sa poitrine quand il repensa au moment où il ne l'avait pas trouvée dans le bâtiment.

C'était une terreur brute qui l'avait envahi, pas la terreur d'un agent ayant perdu son témoin-clé, mais celle d'un homme pour la femme qu'il aime.

Il n'avait pas envie de penser à cela. Il ne voulait pas prendre conscience des émotions qu'elle déclenchait en lui. C'était un suicide affectif que de penser qu'il pouvait y avoir quelque chose de réel et durable entre eux.

Elle avait une vie ailleurs, une vie qui n'avait rien à voir avec lui avant que quelqu'un l'ensevelisse dans le sable.

Seth leva la main et se frotta la tempe, là où un mal de tête menaçait de prendre racine.

Il avait encore deux interrogatoires, cet après-midi-là, puis il pourrait fermer boutique. Il n'attendait rien de nouveau de la meilleure amie de Rebecca, ni de la collègue de Vicki, mais il avait l'intention d'aller jusqu'au bout de cette tâche.

Il avait même envisagé l'idée que le tueur soit une femme, puisqu'il ne semblait pas y avoir de motivation sexuelle aux crimes. Mais il avait écarté cette possibilité presque aussi vite qu'elle était venue.

Si les femmes étaient inconscientes quand on les avait emmenées dans les dunes, il avait fallu la force d'un homme pour les transporter du parking jusqu'à l'emplacement de leurs tombes.

C'était forcément un homme. Mais qui ? Et pourquoi ?

Tamara retrouverait-elle les souvenirs qui pouvaient résoudre l'affaire ?

Il y avait bien sûr quelques hommes qui ressortaient de sa liste de suspects.

Henry Todd était un suspect possible pour la mort de Vicki. Manifestement, cette dernière l'avait harcelé quand il avait voulu tourner la page. Elle s'était peut-être montrée si pénible que Henry avait décidé de se débarrasser définitivement d'elle. Mais cela n'expliquait pas pourquoi il aurait tué Rebecca Cook.

Juste après 18 heures, il décida de s'en tenir là pour la journée. Il alla chercher Tamara dans la salle de repos. Un grand sourire s'afficha sur le visage de cette dernière. Mais il ignorait si c'était parce qu'elle était enchantée de le voir ou simplement soulagée que son ennui prenne fin.

Cela n'avait pas d'importance. Son sourire le réchauffa comme le soleil après une journée grise et nuageuse.

— Vous êtes prête à sortir d'ici ?

Elle bondit de son fauteuil.

— Et comment !

— J'ai pensé que nous pourrions nous arrêter à la pizzéria en chemin.

— Très bonne idée, approuva-t-elle.

Ils restèrent silencieux jusqu'à la pizzéria. Quand ils arrivèrent, ils commandèrent une grande pizza à emporter et des sodas à boire pendant qu'ils attendaient.

— Juste pour que vous le sachiez, je vais sans doute manger la plupart des morceaux de pepperoni, dit-elle enfin, rompant un long silence.

— Juste pour que vous le sachiez, je vais sans doute manger la plupart des olives, répliqua-t-il.

— Ça fait de nous de bons partenaires de pizza.

Il lui sourit, conscient qu'elle était avide d'entendre ce qu'il avait appris durant la journée, mais aussi du fait qu'elle lui donnait le temps de décompresser.

Elle ferait une parfaite partenaire de vie. Elle semblait instinctivement savoir ce dont il avait besoin, avant qu'il ne le sache lui-même. Elle comprenait son travail, et c'était une grande partie de sa vie.

Il prit une gorgée de son soda et regarda autour de lui, dans le restaurant, désireux d'écarter ces pensées étranges. Pendant des années, il s'était répété qu'il était content d'être seul.

Mais Tamara le faisait penser à des dîners à deux, à des conversations qui rempliraient ses longues soirées.

Elle le faisait penser à faire l'amour avant de fermer les yeux, à se réveiller le matin pour partager un café dans la cuisine.

Il fut soulagé quand le jeune homme derrière le comptoir annonça que leur pizza était prête. Il prit le carton, et Tamara et lui retournèrent à la voiture.

— Nous allons d'abord manger, puis nous parlerons de notre journée, déclara-t-il tandis qu'ils s'éloignaient du restaurant.

— Cela signifie-t-il que vous ne voulez pas que j'ouvre

la bouche tant qu'elle sera pleine de fils de mozzarella ? demanda-t-elle d'un ton taquin.

Il lui adressa un sourire rapide.

— Non, ça veut dire que nous parlerons seulement de choses agréables en mangeant.

— Marché conclu.

Quinze minutes plus tard, ils étaient assis dans la cuisine de Linda, la boîte de pizza ouverte entre eux, et une bière à portée de main.

— Il n'y a rien de meilleur qu'une pizza bien chaude avec une bière bien froide, dit-elle en prenant une part.

— Vous avez tout à fait raison.

Il sourit avec amusement en la voyant sélectionner tous les morceaux de pepperoni et les engloutir.

Il prit aussi une part. En mangeant, ils parlèrent de Linda, de Samantha, de Kansas City et du fait qu'il aimait tellement y vivre.

— Le mieux, c'est qu'en un quart d'heure à partir du centre-ville, on peut être dans la prairie. C'est un mélange idéal de grande ville et de petit bourg.

— Ça a l'air super.

Il hocha la tête.

— Je ne me vois pas vivre ailleurs. Vous êtes née à Amarillo ?

— J'y suis née et j'y ai grandi, répondit-elle automatiquement, avant de lui jeter un regard stupéfait. Ah ça, c'était sournois ! Vous m'avez forcée à me souvenir.

— Je ne voulais pas être sournois, protesta-t-il. Je vous ai juste posé une question.

Il l'observa mâcher un morceau de pizza, le front plissé par la concentration.

— Je me souviens d'Amarillo, dit-elle enfin. Et je me souviens de mon appartement. Mais ce que je ne comprends pas, c'est pourquoi, quand j'y pense, mon cœur se remplit de chagrin. Pourquoi est-ce que je n'ai pas envie d'y retourner ?

— Vous le devrez tôt ou tard, lui rappela Seth. Cette période à Amber Lake ne représente qu'un moment parmi des millions d'autres moments qui constituent votre vraie vie.

— Mais cela paraît si réel, dit-elle doucement.

— Cela finira par ressembler à un rêve.

La conversation se poursuivit avec des sujets plus légers, tandis qu'ils finissaient leur repas.

Ils nettoyèrent la cuisine, puis s'installèrent dans le salon où ils se racontèrent leurs activités de la journée, assis chacun à un bout du canapé.

— J'ai appris l'importance de la vitamine B en lisant *The Doctors*, et j'ai regardé quelques rediffusions de *Everybody Loves Raymond*, dit-elle. C'étaient les points forts de ma journée.

— Vous êtes prête à recommencer demain ? lui demanda-t-il.

— D'autres interrogatoires ?

Il acquiesça et lui raconta ce qu'il avait appris des entretiens qu'il avait menés ce jour-là.

— Donc Henry Todd s'avère être lié aux deux mortes, dit-elle pensivement en se débarrassant d'un coup de pied de ses sandales et en repliant ses pieds nus sous elle. Je vous ai dit qu'il me faisait mauvaise impression.

— Mais votre mauvaise impression vient-elle du fait que vous l'avez vu en tueur, ou de celui que vous le trouvez répugnant ?

Elle laissa échapper un soupir.

— Je ne sais pas. Le soir où j'ai apparemment « disparu », j'ai mangé au café. Je ne crois pas que j'aurais pu rencontrer Henry ailleurs.

— Pourtant, nous ne savons pas où vous êtes allée après le café, lui rappela-t-il. Et nous ne pouvons être sûrs que Todd passe chacune de ses minutes enfermé dans son restaurant.

Elle secoua ses cheveux de la main. A la vue de ces

longues mèches, Seth sentit ses doigts le démanger d'envie de les toucher.

— C'est bizarre que l'ici et maintenant me paraisse plus réel que mon ancienne vie. Un tueur en série s'échine à m'enterrer dans une dune de sable : la meilleure chose à faire pour moi serait de quitter la ville, mais je ne suis pas prête à retourner à cette vie dont je ne me souviens qu'à moitié.

— Et je ne suis pas prêt à vous laisser partir, dit Seth, qui ajouta en hâte : Du moins pas tant que vous n'avez pas retrouvé la mémoire et que vous ne savez pas exactement qui vous êtes.

Elle le troublait de nouveau, avec son air doux et accueillant, forçant ses pensées à s'égarer dans des chemins où elles n'avaient que faire.

— Et si je ne me souviens jamais de cette nuit-là ? questionna-t-elle, le ramenant au crime.

— Avec ou sans vos souvenirs, nous allons retrouver ce type. Il finira par commettre une erreur, ou nous finirons par trouver un indice. Je ne quitterai pas Amber Lake tant que le tueur ne sera pas emprisonné ou tué.

Une vague de tension lui emplit la poitrine tandis qu'il pensait à l'homme qu'il recherchait.

C'était manifestement un homme capable de planification, organisé et intelligent.

Combien de femmes mourraient avant qu'il ne fasse une erreur ? Combien de corps déterrerait-on dans les dunes avant qu'ils ne fassent enfin une percée ?

Soudainement, il se sentit épuisé.

La pensée des meurtres pesait lourdement sur lui, aussi lourdement que l'idée de laisser Tamara partir.

Il valait peut-être mieux qu'elle rentre à Amarillo, elle avait raison. Si on se fiait à la nuit précédente, le tueur cherchait à finir ce qu'il avait commencé.

Elle serait bien plus en sécurité chez elle, même sans ses souvenirs.

Il la regarda un long moment, buvant des yeux ses traits adorables, ses longs cheveux brillants, et comprit qu'il était plus qu'un peu amoureux d'elle.

— Peut-être est-il temps que vous rentriez à Amarillo, après tout, suggéra-t-il enfin d'un ton hésitant, bien que ce fût là la dernière chose qu'il eût envie de dire.

Elle ouvrit les yeux tout grands.

— Mais je ne suis pas prête, protesta-t-elle, d'une voix rendue plus aiguë par une touche de panique. Je n'ai pas assez de souvenirs. En plus, nous savons que le tueur me cherche. Autrement il s'en serait pris à une autre femme, au lieu d'essayer d'entrer par la fenêtre de la chambre où je dormais.

Sa lèvre inférieure se mit à trembler, et ses yeux s'emplirent de larmes.

— Vous avez tous dit qu'il est intelligent et qu'il sait sans doute que je vis à Amarillo. Qu'est-ce qui l'empêcherait de me suivre jusque là-bas ? Qui dit qu'il se contente d'enterrer des femmes dans les dunes de Deadman ? Et s'il me tuait et m'enterrait quelque part près d'Amarillo ?

Les larmes coulèrent sur ses joues.

— Ne me renvoyez pas chez moi, Seth.

Ses pleurs redoublèrent, les pleurs d'une femme terrifiée, incapable d'affronter un avenir incertain dans un endroit dont elle se souvenait à peine.

Seth ne put le supporter. Sans réfléchir, il lui tendit les bras, et elle s'y jeta.

Il sentit ses larmes mouiller sa chemise et son cœur battre contre le sien.

— Je vous en prie, Seth. Ne me renvoyez pas chez moi.

Ses mots étaient entrecoupés de sanglots.

Il lui caressa les cheveux et la serra contre lui, s'efforçant de se représenter la peur qui parasitait son esprit, l'anxiété qui lui brûlait l'âme.

Tout ce qu'elle connaissait, c'était cette maison et lui. Fallait-il s'étonner que l'idée de repartir la bouleverse ?

De plus, elle avait raison à propos du tueur. S'il avait entendu les rumeurs en ville, alors il savait qu'elle vivait à Amarillo.

La dernière chose que Seth voulait, c'était éloigner Tamara de cet endroit pour l'envoyer droit vers la mort.

Et s'il était tout à fait honnête avec lui-même, il devait admettre que la dernière chose qu'il voulait, c'était l'éloigner de lui.

— Je ne vous enverrai nulle part où vous n'êtes pas prête à aller, murmura-t-il contre ses cheveux.

Il la tint de longues minutes contre lui, conscient d'une seule chose : la chaleur de son corps entre ses bras.

Puis il la relâcha, car il avait besoin de mettre de la distance entre elle et lui pour pouvoir respirer.

— Vous savez que, tôt ou tard, vous devrez retourner chez vous.

— Je sais.

Se reculant à l'autre bout du canapé, elle s'enveloppa de ses bras, comme pour se protéger.

— Mais chaque fois que j'y pense, je suis envahie par le chagrin et l'anxiété, sans savoir pourquoi.

— Il vous faudra l'affronter tôt ou tard. C'est votre vie, Tamara, et je suis sûr que plein de bonnes choses et de bonnes gens vous y attendent.

Du moins c'était ce qu'il lui souhaitait.

— Alors où sont toutes ces bonnes gens ? Pourquoi personne ne me cherche ? Vous n'avez pas pu trouver qui que ce soit qui me connaisse un peu.

C'était vrai. Tom et ses hommes avaient essayé de trouver quelqu'un qui se soucie d'elle, mais visiblement elle vivait dans l'isolement.

En dehors de ses voisins qui ne la connaissaient que superficiellement, et de ses clients, qui ne la connaissaient que professionnellement, personne ne s'était manifesté.

Aucun petit ami éperdument soulagé de l'avoir retrouvée.

Seth ne voulait pas se demander pourquoi il en était perversement satisfait.

— Je ne sais pas, avoua-t-il, le cœur serré pour elle.

Il jeta un coup d'œil à l'horloge posée sur le manteau de la cheminée.

— Nous devrions aller nous coucher. Ce sera encore une longue journée, demain.

Elle hocha la tête et se leva.

En la voyant regarder le long couloir qui menait à la chambre d'amis, il comprit que son cœur était toujours assombri par la peur.

— Vous n'avez rien à craindre, dit-il doucement. J'ai condamné la fenêtre ce matin. Personne ne pourrait passer à travers sans une tronçonneuse.

— Alors je vais vous dire bonne nuit, répondit-elle.

Elle tourna les talons. Il la regarda s'avancer doucement dans le couloir, en songeant qu'elle lui brisait le cœur.

Elle fit halte à la porte de la chambre et se retourna pour le regarder.

— Seth, si ce n'est qu'un moment dans une infinité de moments, je voudrais le passer avec vous. Je voudrais faire l'amour avec vous et emporter ce souvenir avec moi. Je ne veux pas que le souvenir d'avoir été enterrée dans le sable soit le plus important de mon séjour à Amber Lake.

Il la dévisagea et eut l'impression que son désir flottait vers lui, le long du corridor.

Alors même que son cerveau passait en revue toutes les bonnes raisons pour lesquelles ils ne devraient pas passer la nuit ensemble, son esprit était piégé par une vision d'elle nue sur le lit, par la sensation de sa peau douce contre la sienne, par la chaleur de son baiser sur ses lèvres.

Il aurait dû résister, mais il se leva.

Il aurait dû repousser la tentation, mais ses pieds se mirent en marche vers elle.

Son esprit s'y refusait, jusqu'à ce qu'il soit devant elle et qu'elle lui prenne la main. Alors il s'abandonna à son désir et à son besoin de Tamara.

9

A l'instant où la main de Seth se glissa dans la sienne, Tamara ressentit la justesse de ce moment avec lui. Elle l'attira dans la chambre, et leurs bouches se trouvèrent instantanément, dans un baiser brûlant d'ardeur.

Elle ne se posa pas de questions. Elle acceptait simplement le fait qu'elle avait besoin de lui, qu'elle ne pouvait se passer de lui… pas plus que de nourriture ou d'air.

Sa bouche assaillit la sienne avec une chaleur qui lui remplit le corps et l'âme. Il l'enveloppa de ses bras, et la serra contre lui si fort qu'elle sentit son excitation. Ce seul fait la rendit certaine que ce qui se passait entre eux était juste et authentique.

Elle savait très bien que ce ne serait pas éternel. Ils pouvaient capturer le tueur le lendemain, et alors elle retournerait à sa vie à Amarillo.

Mais elle avait besoin de cette nuit dans ses bras, d'un souvenir qui brûlerait dans sa mémoire avec tant de force qu'elle ne l'oublierait jamais.

Sans interrompre leur baiser, Seth la poussa en direction du lit. Il retira son holster et son revolver, et les posa sur la table de chevet.

Ses lèvres quittèrent sa bouche seulement pour dessiner une traînée brûlante le long de son cou, et il emmêla sa main dans ses cheveux, tout en la pressant contre lui.

Elle s'imprégna de l'odeur de Seth, un mélange d'après-rasage et de senteur masculine, et comprit que ce parfum véhiculerait toujours pour elle une sensation d'excitation et de sécurité.

— Tu es si belle, lui murmura-t-il à l'oreille.

Elle pencha la tête en arrière, permettant à sa bouche de se poser au creux de son cou. A cet instant, si elle avait pu se rappeler quoi que ce soit de son passé, le contact de cette bouche l'aurait chassé.

Elle ne voulait pas d'une soudaine explosion de souvenirs, seulement de ce moment magique avec l'homme sexy qui lui avait sauvé la vie.

Tandis qu'il glissait des mains chaudes sous son T-shirt, pour caresser la peau nue de son dos, elle songea qu'elle ne se rassasierait jamais de lui.

Ce serait sans doute son unique nuit avec lui, mais elle savait au fond de son cœur qu'elle en voudrait davantage avant même que le jour ne se lève.

Avec impatience, il agrippa le bord de son T-shirt, et elle leva les bras pour l'aider, se félicitant d'avoir acheté un soutien-gorge en dentelle.

Seth retira ensuite son propre T-shirt, révélant sa poitrine musclée, et le jeta sur le plancher derrière lui.

A quelques centimètres l'un de l'autre, ils se regardèrent. Tamara sentait son cœur battre rapidement, et était un peu essoufflée. Quant à lui, il respirait par la bouche, comme s'il manquait d'air.

— Tu es magnifique.

Sa voix était grave et rauque, ses yeux la balayaient des pieds à la tête.

Elle lui posa une main sur la poitrine.

— Toi aussi.

Sans qu'elle sache qui avait bougé le premier, ils furent soudain sur le lit, enlacés. La bouche de Seth chercha de nouveau la sienne et sa langue s'introduisit entre ses lèvres, leur faisant escalader un nouveau pic de désir.

Elle adorait la sensation de ses longues jambes solides

enroulées autour des siennes, de sa poitrine musclée contre ses seins. Elle ne se lassait pas de son goût, de son contact.

Toute pensée concernant le tueur ou sa mémoire défaillante s'était envolée. Il n'y avait plus rien d'autre que Seth, et le désir dévorant qui la consumait.

— Je ne peux pas te dire à quel point je te désirais, souffla-t-il dans son cou, déclenchant chez elle des frissons de délice.

Avait-elle déjà ressenti la même chose avec un autre homme ? Elle n'avait pas de souvenir qui lui permette de comparer. Mais il n'était pas possible que quiconque lui ait fait ressentir ce qu'elle vivait dans les bras de Seth, se dit-elle, en s'abandonnant à ses lèvres qui traçaient des cercles paresseux dans son cou et glissaient vers le bout de ses seins.

Ce tiraillement érotique se répercuta en elle, lui coupant le souffle, et ses mamelons se dressèrent. Encore, elle en voulait encore, pensa-t-elle en le repoussant un peu pour détacher son soutien-gorge.

Quand la bouche de Seth se posa sur sa poitrine nue, elle plongea les doigts dans ses cheveux et se demanda comment elle avait fait pour vivre jusqu'ici sans ce contact.

Le reste de leurs vêtements disparurent, rejetés frénétiquement.

Elle recourba les doigts autour de sa virilité, s'émerveillant de cette peau de velours qui recouvrait un membre dur. Elle ne l'avait caressé qu'une ou deux fois quand il chuchota :

— Stop… C'est trop.

Il lissa ses cheveux derrière son oreille. Ses yeux avaient une expression sauvage.

— Je veux prendre mon temps avec toi. Je veux t'entendre crier de plaisir.

Un nouveau frisson la secoua devant cette promesse d'extase. Il se remit à explorer son corps, caressant, taquinant, s'approchant de plus en plus près de son intimité. Elle gigota et arqua le dos pour tenter de capter ses caresses au plus profond d'elle.

L'entendant gémir de frustration, il laissa échappa un rire grave et sexy.

— La patience est une vertu, dit-il.

— Et la torture un délit fédéral, répliqua-t-elle.

Il rit de nouveau, mais son rire mourut quand ses doigts trouvèrent son sexe. Elle se cabra de nouveau, et prit une grande inspiration, sentant venir un orgasme. Une sensation frémissante se répandit dans tout son corps, jusqu'au bout de ses doigts et ses orteils.

Elle balbutia son nom et, avant qu'elle puisse reprendre son souffle, il se plaça entre ses cuisses et la pénétra d'un seul mouvement.

Ses traits devinrent de marbre tandis qu'il la regardait. L'éclat vitreux de ses yeux et les muscles raidis de son cou montraient à l'évidence qu'il luttait pour se contrôler.

Enfin, il bougea, s'enfonçant en elle, et elle ferma les yeux, avec la sensation d'être enfin comblée.

Elle s'absorba dans les sensations de son corps, tandis qu'ils bougeaient ensemble au rythme de l'amour. Il allait et venait, lentement d'abord, puis à une allure plus rapide, qui la fit haleter et presque sombrer.

Des larmes lui vinrent aux yeux quand il grogna son nom, et elle bascula dans un autre orgasme, plus intense que le premier. En même temps, elle le sentit se tendre, haleter et s'abandonner enfin à son propre plaisir.

Le temps parut s'arrêter tandis qu'ils restaient enlacés. Se redressant sur un coude, Seth la regarda et sourit.

— Ça, c'est des vacances.

Elle rit, mais le sourire de Seth s'évanouit et il secoua la tête.

— On aurait dit un couple d'adolescents en rut, qui ne pensent même pas à se protéger. On mériterait d'être fusillés.

— Tu peux attendre que je revienne sur terre avant de me fusiller ? demanda-t-elle.

Il lui sourit de nouveau.

— Tu rayonnes littéralement. Tu es resplendissante.

— C'est l'air d'une femme rassasiée.

— J'aime ça.

Il roula sur le côté.

— Mais nous aurions dû penser à nous protéger.

— Je suis sûre que tout ira bien.

Elle ne voulait pas penser à un accident à cet instant. Rien n'aurait pu lui faire regretter une grossesse, et pourtant cette idée l'emplit d'une anxiété inexplicable. Quel genre de femme était-elle pour que la pensée d'être enceinte lui cause de l'angoisse ?

Elle roula sur lui pour sortir du lit.

— Je reviens tout de suite, dit-elle.

Elle entra dans la salle de bains adjacente, et fixa son reflet dans le miroir, au-dessus du lavabo.

Qui était-elle ? Elle ne possédait que des fragments épars d'elle-même, pas assez pour former un tout cohérent, révélateur de son parcours et de son expérience.

Tout ce qu'elle savait, après cette dernière demi-heure, c'était qu'elle était amoureuse de Seth. Mais elle n'avait pas le droit de l'être : comme il le lui avait rappelé un peu plus tôt, cet intermède entre eux n'avait rien à voir avec la vraie vie. Peu importaient ses sentiments envers lui, peu importait son désir d'elle, ils devaient retourner à leurs vies personnelles.

La seule chose qu'elle devait garder à l'esprit, c'était que Seth était l'agent du FBI chargé de cette affaire et qu'elle était un témoin-clé. Et qu'un tueur était toujours déterminé à l'ensevelir dans les dunes de Deadman.

*
* *

Seth s'éveilla bien avant l'aurore, son corps nu épousant celui de Tamara. C'était une position parfaite, comme deux cuillères imbriquées l'une dans l'autre.

Il n'était pas pressé de sortir du lit, de quitter le confort de la chaleur de Tamara, de son odeur parfumée, du souvenir de lui avoir fait l'amour. Il n'était pas impatient de commencer une autre journée de frustration, où il pourchasserait en vain le tueur.

Il était peut-être temps de faire appel à des renforts. Peut-être devait-il contacter son patron et demander quelques agents pour l'aider dans cette affaire. Bien qu'il détestât l'idée d'admettre sa défaite, il n'était pas assez orgueilleux pour refuser de demander une aide justifiée.

Le problème, c'était qu'il n'était pas sûr de ce que d'autres agents pourraient faire qui n'ait pas déjà été fait par Tom, ses hommes et lui. Il avait une liste de suspects potentiels, mais personne n'en ressortait excepté, peut-être, Sam Clemmons, qu'on pouvait mettre à part parce qu'il était présent sur les trois scènes de crime. Cependant, Seth répugnait à sauter aux conclusions. Il y avait trop de participants en jeu.

Un restaurateur coureur de jupons, un adjoint réputé brutal, un ex-beau-frère et une bande de jeunes motards… Ce n'était pas exactement avec ce genre de personnages qu'on écrivait les thrillers. Et pourtant quelqu'un, peut-être l'un d'entre eux, enterrait les brunes dans les dunes de sable.

Quelqu'un voulait faire de Tamara la troisième victime, et le voulait assez fort pour prendre l'initiative audacieuse de l'enlever sous le nez de Seth. Dieu merci, le hurlement de Tamara avait déjoué les intentions du Marchand de sable. Mais Seth savait, au fond de lui-même, que cette tentative manquée n'avait fait que renforcer la détermination du tueur à s'emparer d'elle.

A contrecœur, il sortit du lit. Il était plus facile de

réfléchir au meurtre et aux suspects que d'analyser ses sentiments pour Tamara.

Toujours nu, il sortit de la chambre d'amis et parcourut le couloir jusqu'à la salle de bains, où il prit une douche brûlante.

On ne pouvait nier que cette nuit avait été une erreur, mais quelle merveilleuse erreur c'était ! Encore maintenant, il sentait la peau de Tamara, la chaleur de son corps contre le sien, il entendait l'écho des cris qu'elle avait poussés dans la nuit.

Lui faire l'amour une fois était une erreur, mais il l'avait répétée en lui faisant l'amour une deuxième fois avant de dormir. Cette fois, ils avaient pris leur temps, explorant leurs corps avec la familiarité des vieux amants et, en même temps, l'excitation brûlante de la nouveauté.

La plus grande erreur de toutes était d'être tombé amoureux d'elle, de s'être laissé aller à des sentiments qu'il s'était juré de ne jamais ressentir. Ce serait difficile pour eux deux, quand le moment viendrait pour elle de retourner chez elle, à sa vie.

Il était un peu étrange qu'elle ait quitté Amarillo depuis plus d'une semaine et que personne n'ait signalé sa disparition. Les informations qu'il avait obtenues la décrivaient comme une solitaire, mais il y avait sûrement quelqu'un, quelque part, qui avait remarqué sa disparition et se faisait du souci ! L'idée qu'il n'y ait personne n'aurait pas dû l'affecter à ce point, songea Seth.

Il devait mettre une distance entre eux, et reprendre leur relation d'enquêteur et de victime potentielle, pas seulement pour le bien de Tamara, mais aussi pour le sien propre.

Aujourd'hui, les choses devraient être relativement faciles. Il serait enfermé dans la salle d'interrogatoire toute la journée, et Tamara resterait dans la salle de repos. Puis ils dîneraient le soir, à la maison, à la suite de quoi il installerait son ordinateur sur la table de cuisine pour lui signifier de manière plus ou moins subtile qu'il avait l'intention de continuer à travailler.

Une fois habillé, il quitta la salle de bains et se dirigea vers la cuisine pour y préparer du café. Il écarta consciencieusement toute pensée de Tamara et de la nuit précédente. Il lui fallait se concentrer sur la probabilité de mettre le plus tôt possible ce dingue en prison.

Quelques minutes plus tard, il était debout devant la fenêtre, regardant le soleil pointer au-dessus de l'horizon, en sirotant son café. Une fois encore, il passait en revue dans sa tête la liste des suspects.

Les hommes de Tom vérifiaient les alibis pour les meurtres, de même que pour la nuit et la journée qui avaient précédé l'ensevelissement de Tamara. Mais les mémoires défaillantes rendaient les alibis difficiles à établir de manière définitive.

Dans le cas de Rebecca Cook, c'était particulièrement compliqué, car, à l'origine, sa mort avait été classée comme un accident. Tous les jeunes de la ville savaient où ils étaient cette nuit-là… à la fête dans les dunes. Mais où était Henry Todd ? Où Raymond Michaels avait-il passé la soirée ? Et Mark… Où se trouvait son beau-frère à ce moment-là ?

Bon sang, Seth lui-même ne pouvait fournir un alibi irréprochable pour une soirée remontant à deux mois. Les journées passaient sans incident particulier, et le soir il était chez lui, seul.

Il était certain que la femme de Raymond lui fournirait un alibi pour n'importe quel moment, mais Todd et Mark vivaient seuls. Cependant, aucun d'eux n'habitait une zone assez isolée pour pouvoir séquestrer une femme pendant des heures avant de l'emmener dans les dunes.

En repensant au moment où il avait vu le visage de Tamara dans le sable, il sentit la rage lui mordre les entrailles. Et en réfléchissant à ce qu'avaient subi Rebecca et Vicki durant les derniers instants de leur vie, il eut envie d'écraser son poing quelque part… De préférence dans la figure du tueur.

Il en était à sa deuxième tasse de café quand Tamara entra dans la cuisine. Elle s'était douchée et habillée d'un jean moulant et d'un débardeur turquoise. Ses cheveux étaient attachés en une haute queue-de-cheval, soulignant à la perfection ses traits délicats.

A sa vue, il se retint de la prendre dans ses bras et de l'embrasser sur les lèvres pour lui dire bonjour.

— 'Jour, éructa-t-il, dans un simple grognement plutôt qu'un véritable salut.

— Bonjour, répondit-elle joyeusement en se dirigeant tout droit vers la cafetière.

Elle se versa une tasse, puis se tourna vers lui.

— Ton visage affiche toutes sortes de regrets matinaux.

— Quelques-uns peut-être, avoua-t-il.

Il prit une gorgée de café et la regarda par-dessus le bord de la tasse. Son sourire joyeux se fana lentement et son menton se releva imperceptiblement, comme pour anticiper une lutte.

— Je n'ai absolument aucun regret, et tu n'as pas besoin de t'inquiéter des répercussions de la nuit dernière. Je suis une grande fille, Seth. Je connais la musique. Je sais qu'il n'y a pas d'avenir pour nous deux, et je n'espère pas qu'il y en ait jamais. Pourtant, il n'y aucune raison de regretter ce qui était une belle et merveilleuse nuit.

Emportant sa tasse, elle s'assit à la table.

— Et maintenant, parle-moi du programme d'aujourd'hui.

C'est ainsi que la nuit fut laissée derrière eux et qu'un nouveau jour commença.

Ils arrivèrent aux bureaux du shérif vers 8 heures et, un quart d'heure plus tard, Tamara était dans la salle de repos, tandis que Seth interrogeait une autre amie de Rebecca.

La matinée se passa dans un défilé de personnes interrogées, sans qu'aucune réponse ne se profile.

Il s'arrêta à midi et commanda à déjeuner pour Tamara et lui, dans un restaurant chinois du quartier. Quand le repas arriva, il l'emporta dans la salle de repos où, étendue dans un fauteuil, Tamara fixait la télévision d'un œil vide.

Elle se redressa lorsqu'il entra et examina d'un air affamé le sac blanc qu'il transportait.

— Je craignais de devoir encore implorer l'adjoint Michaels de me nourrir.

Seth se rembrunit, et posa le sac au centre de la petite table ovale.

— Je ne veux pas que tu t'approches de lui, dit-il en sortant les boîtes de nourriture.

Elle le rejoignit à table.

— Tu ne crois pas sérieusement qu'il a quelque chose à voir avec les meurtres, remarqua-t-elle à voix basse.

— Je ne sais que croire à propos de qui que ce soit, répondit-il.

Ils ne parlèrent plus avant de s'asseoir à table avec un échantillon de tous les plats sur leurs assiettes en carton.

— Ces meurtres ont un rapport avec le pouvoir, dit-il enfin. Et je sais par les rumeurs qui courent en ville que Michaels apprécie fortement d'en avoir. Ça ne me plaît pas, de même que ne me revient pas le fait qu'il t'ait posé tant de questions sur ton amnésie hier.

Elle piqua un morceau de poulet aigre-doux.

— En parlant de ça, j'ai retrouvé d'autres souvenirs. Malheureusement, aucun d'eux ne t'aidera. Je me suis rappelé que mes parents sont morts, et que mon travail solitaire de webmestre est presque toute ma vie.

Elle enfourna le poulet dans sa bouche et mâcha pensivement. Quand elle eut fini, elle le dévisagea, manifestement troublée.

— Je me demande si certains souvenirs m'échappent parce que au fond je ne veux pas retourner à mon ancienne vie.

Elle prononça lentement ces paroles, comme si elles constituaient un aveu douloureux.

— Je ne crois pas, répondit-il. Tes souvenirs reviennent dans le bon ordre, les choses anodines en premier. Les plus douloureuses restent refoulées pour le moment, mais je ne peux pas croire que tu refuses inconsciemment de te souvenir d'un tueur qui va tuer encore, uniquement parce que tu ne veux pas retourner à ta vie solitaire.

— Espérons que tu ne te trompes pas.

Elle prit un autre morceau de poulet.

— Je veux me souvenir de ce jour-là dans les dunes. Je veux croire que je peux t'aider à neutraliser ce monstre avant qu'il ne frappe encore.

Leur conversation prit un tour plus anodin quand quelques adjoints pénétrèrent dans la pièce pour y déjeuner. L'humeur parmi eux n'était pas au beau fixe.

— Je continue à penser que nous devrions emprisonner Clemmons et le mettre en accusation, déclara l'un des jeunes adjoints.

— Nous n'avons pas assez d'éléments pour l'inculper, répondit Seth. Nous n'avons trouvé aucun endroit où il aurait pu détenir les femmes avant de les enterrer. Il parcourt les dunes toute la journée et la moitié de la nuit. C'est peut-être son terrain de jeu, mais ça ne fait pas de lui un tueur. Un avocat ne ferait qu'une bouchée de l'affaire. Nous avons besoin de plus, conclut-il avec frustration.

Chaque jour, ils s'attendaient à ce qu'un nouveau corps apparaisse, se basant sur l'hypothèse que si le tueur ne pouvait s'emparer de Tamara, il s'en prendrait certainement à quelqu'un d'autre.

Bien qu'on patrouillât dans les dunes autant que possible, ils savaient tous qu'il était impossible d'empêcher quelqu'un de résolu de trouver un endroit discret, où le corps ne serait retrouvé qu'au hasard du parcours d'un motard.

Le déjeuner terminé, Seth retourna à ses tâches, laissant de nouveau Tamara seule.

L'après-midi s'écoula dans la chaleur étouffante de l'été, la transpiration nerveuse des interrogés et la frustration grandissante de Seth.

Il devait reconnaître cela à Tom. Grâce à la coordination du policier, les interrogatoires se passaient relativement bien, même s'ils ne donnaient aucun des résultats concrets que Seth espérait.

Quand il décida enfin de mettre un terme à la journée, il était d'une humeur noire.

Quelque part, il entendait le tic-tac d'une bombe à retardement qui, pouvant exploser à tout moment, aboutirait à la mort affreuse d'une autre femme. Malheureusement, il n'était pas plus près de découvrir le coupable qu'il ne l'était le jour où il avait déterré Tamara.

Celle-ci dut déchiffrer son état d'esprit, car le trajet du bureau à la maison se fit en silence.

Seth était certain que les meurtres avaient un rapport avec le besoin de pouvoir et de contrôle. Les victimes avaient les cheveux bruns.

Il devait y avoir une raison au fait que le tueur les ensevelissait dans le sable.

Ce sable était l'élément-clé. Mais que signifiait-il ?

Il faisait partie d'un rituel. Capturer une femme, la priver de mouvement d'une manière ou d'une autre, puis l'enterrer dans le sable.

Il lança un rapide coup d'œil à Tamara, qui fixait la vitre, perdue dans ses propres pensées.

Il devait la garder en sûreté. Aussi longtemps qu'il serait avec elle, personne ne s'en prendrait à elle.

Mais cela signifiait que le tueur allait choisir une autre victime. Il était déjà en retard sur son planning, sans doute rempli du besoin de tuer, telle une bombe prête à exploser.

Et personne ne savait comment stopper cette explosion mortelle.

Sauf peut-être Tamara.

Ils s'engagèrent dans le drive-in du fast-food le plus proche pour acheter à dîner. De retour chez Linda, ils s'assirent l'un en face de l'autre à la table de cuisine.

— Je vais grossir de cinquante kilos, si je n'arrête pas de manger du fast-food, dit-elle enfin, rompant ce qui devenait un silence pesant.

— Je me suis dit que tu n'aurais pas envie de cuisiner après cette longue journée, et je ne suis pas bon cuisinier, sauf pour mettre des plats au micro-ondes.

— J'aime la cuisine. Ça ne m'ennuierait pas de cuisiner chaque soir.

— Le congélateur de Linda est plein de viande. Choisis ce que tu veux, je remplacerai ce que nous avons consommé.

Il haussa les épaules.

— Tu peux préparer ce que tu veux, j'aime tout. Et, pour être honnête, j'apprécierais un repas maison.

Il finit son hamburger et en froissa l'emballage.

— As-tu repensé à voir un thérapeute qui t'aiderait à retrouver tes derniers souvenirs ?

Elle le dévisagea comme si des frites venaient soudain de lui pousser sur le front. Puis elle joua avec la paille de sa boisson, le regard fixé dessus.

— A dire vrai, je n'y ai pas vraiment réfléchi, mais si tu penses que c'est nécessaire, je le ferai.

Seth était conscient de ce qu'il lui demandait, des dégâts que pouvait causer le fait de forcer son amnésie à céder.

Mais il était dans l'impasse, craignant terriblement que d'autres corps ne fassent leur apparition. Il avait émis cette suggestion le cœur serré, mais l'acquiescement immédiat de Tamara accrut d'autant son admiration pour elle.

Incapable de la regarder, il lui annonça qu'il allait chercher quelqu'un qui pourrait la recevoir le lendemain.

Heureusement, une fois leur repas terminé, elle passa dans le salon pour allumer la télévision.

Quant à lui, il posa son ordinateur portable sur la table de la cuisine et se mit en devoir de retranscrire ses notes et ses impressions de la journée.

Il s'ordonnait de ne pas regarder Tamara, conscient de la peur qu'elle devait ressentir à l'idée de revivre en esprit ces heures affreuses.

Il ne voulait pas non plus penser à la nuit à venir, car il n'y avait rien qu'il désirait plus que de se blottir contre elle dans le lit, toucher la soie de ses cheveux et respirer cette odeur qui n'était qu'à elle.

Il était plus qu'à moitié amoureux d'elle, et il était furieux de ne pouvoir lutter contre le ramollissement de son cœur.

Pourtant, elle dormirait seule ce soir-là dans la chambre d'amis, tandis qu'il camperait sur le canapé. Avec la fenêtre barricadée, il était impossible que quiconque s'approche d'elle sans qu'il l'entende.

Elle serait aussi bien à l'abri du tueur que du prolongement de leur liaison, une liaison qui n'aurait pas dû exister.

Il ne fut pas surpris quand, à 21 heures, elle se leva, éteignit la télévision et annonça qu'elle allait au lit. Il sentit son regard interrogateur s'attarder sur lui, mais, en murmurant bonne nuit, il ne leva pas les yeux de l'écran de son ordinateur, et les garda baissés jusqu'à ce qu'elle entre dans la chambre.

Ce fut alors, seulement, qu'il s'aperçut qu'il retenait son souffle. Il le relâcha dans un grand soupir.

La désirait-il de nouveau ? Absolument.

Allait-il céder à son désir d'elle ? Certainement pas.

Fronçant les sourcils, il fixa l'écran devant lui, où il venait de taper une liste de personnes potentiellement impliquées.

Bon sang, il ne pouvait même pas les qualifier de suspects ! Il n'y avait tout simplement pas assez d'éléments probants pour les relier aux meurtres.

Atkins et lui ne possédaient rien d'assez solide pour présenter l'affaire, et aucun juge digne de ce nom ne se mouillerait pour si peu.

Il se renversa sur sa chaise et poussa un nouveau soupir.

Peut-être devrait-il aller se coucher, lui aussi ? La nuit précédente avait été courte après ses ébats répétés avec Tamara.

Quand il s'était enfin endormi, il avait également fait des cauchemars, dans lesquels il était pris au piège dans le sable, incapable de bouger et de sauver Tamara, sur fond de raclements de pelle.

La dernière chose qu'il voulait, c'était forcer Tamara à affronter ses cauchemars. Le simple fait de lui demander de voir quelqu'un qui s'emploierait à les faire revivre lui avait brisé le cœur.

Mais ça, c'était Seth l'homme.

Face à l'impression grandissante qu'un autre meurtre se préparait, il devait reléguer ses sentiments personnels et se mettre dans la peau de Seth l'agent du FBI, chargé de trouver et d'arrêter le meurtrier.

Et pour cela, il lui fallait utiliser toutes les ressources disponibles.

Il éteignit son portable, se mit debout et s'étira, les bras au-dessus de la tête, pour chasser les raideurs de sa position assise prolongée.

Puis il vérifia la porte de derrière et traversa le salon pour faire de même avec la porte d'entrée. Enfin, il s'approcha de la fenêtre en façade et repoussa le voilage pour regarder au-dehors.

La nuit était tombée… Une autre nuit sans réponse, sans moyen d'empêcher le tueur de céder à ses pulsions.

Seth était sur le point de quitter la fenêtre quand quelque chose attira son attention… La silhouette d'un homme, juste derrière un lampadaire, de l'autre côté de la rue.

10

On aurait dit que l'homme essayait de se fondre dans l'ombre du réverbère. Seth sentit l'adrénaline parcourir ses veines. Pourquoi quelqu'un se tenait-il en face de la maison, de l'autre côté de la rue, à la tombée de la nuit ?

Il quitta la fenêtre et, traversant le salon, prit son revolver sur la table de cuisine. Il n'aimait pas que les choses manquent de logique, et ce n'était pas logique que quelqu'un observe la maison où se trouvait Tamara.

En franchissant la porte de derrière, il sentit son cœur battre la chamade. C'était peut-être le tueur, en quête d'une faille du système de sécurité qui lui permettrait d'approcher Tamara.

Doucement, Seth déverrouilla la porte et se glissa dans la nuit chaude. Son revolver pesait d'un poids familier et réconfortant dans sa main. Il n'hésiterait pas à en faire usage si nécessaire.

En silence, il tourna le coin de la maison et s'avança jusqu'à l'angle de la façade. En passant la tête, il vit que la silhouette était toujours là, bien qu'elle fût trop loin pour être identifiable.

Il ignorait si l'homme était armé ou non, mais l'effet de surprise était de son côté. Avec une nouvelle montée d'adrénaline, il surgit du coin de la maison, traversa la rue en quelques enjambées et se jeta sur l'homme pour le plaquer à terre. L'autre glapit de surprise.

Seth se remit tout de suite sur pied, le revolver pointé sur la tête de l'homme à plat ventre.

— Lève-toi et mets les mains sur la tête, ordonna Seth. Et si tu t'avises de désobéir, je t'abats.

L'homme roula sur le côté et Seth retint une exclamation de surprise. C'étaient les yeux terrifiés de Sam Clemmons qui le fixaient.

— Ne me tirez pas dessus, mon vieux. Je ne faisais rien de mal.

Il leva les mains au-dessus de la tête, manifestement conscient de l'humeur implacable de Seth.

— Qu'est-ce que tu fais à rôder par ici ? lui demanda Seth en lui faisant signe de se lever.

— Rien, mec. Je ne faisais rien du tout ! s'exclama Sam.

Seth le palpa le long du corps et, ne trouvant pas d'arme, lui indiqua d'un geste qu'il pouvait baisser les bras.

— Aux dernières nouvelles, c'est pas interdit par la loi de stationner à un carrefour.

— Ça dépend des raisons qui t'ont fait choisir ce carrefour-là, riposta Seth.

Sam regarda la maison, puis revint à Seth.

— Je voulais seulement la voir, c'est tout, m'assurer qu'elle va bien.

Il déplaça son poids d'une jambe sur l'autre, une expression misérable sur le visage.

— Je n'ai rien fait, vous comprenez.

Sa voix était basse, à peine audible.

— Quand vous et mes amis, vous creusiez pour la déterrer, je n'ai rien fait. J'étais pétrifié. Je ne l'ai pas revue depuis, et j'avais juste besoin de la voir… d'être sûr qu'elle va bien.

Il ramena les épaules en avant et, durant un instant, il eut l'air d'un gosse pathétique.

— Je fais des cauchemars, poursuivit-il, le regard fixé

sur les pieds de Seth. Je rêve que je roule dans les dunes, sur sa figure…

Il frémit, comme si cette image était trop horrible.

Seth ne savait que croire. Sam Clemmons connaissait sans doute mieux les dunes que quiconque en ville. Il était présent quand on avait découvert Rebecca et Vicki. C'était un solitaire inadapté, qui venait d'un milieu difficile. Tout l'accusait. Et pourtant, Seth ne savait que penser à son sujet.

Il semblait authentiquement désemparé quant à la manière dont les choses s'étaient déroulées le jour de la découverte de Tamara. Il semblait aussi inquiet pour elle. Mais il pouvait tout aussi bien faire preuve d'un grand talent d'acteur pour dissimuler les véritables raisons de sa présence.

Sam avait cependant raison sur une chose. La loi n'interdisait pas de se tenir à un carrefour. Il abaissa son revolver et lui jeta un regard noir.

— Allez, file d'ici, et ne reviens pas. Je ne veux plus te revoir dans ce quartier.

Sam acquiesça d'un signe de tête et se mit à courir. Seth remit son revolver dans sa ceinture, se passa une main dans les cheveux et poussa un soupir tendu.

Il savait d'expérience qu'il lui faudrait un moment pour dissiper l'adrénaline qui courait dans ses veines. Il rentra dans la maison par où il était sorti.

Tamara était dans la cuisine, vêtue d'une nuisette rose et sexy, les yeux agrandis, un couteau de boucher à la main.

— Pose ça avant de te couper un doigt, lui dit-il. Tout va bien.

Elle abaissa lentement son arme.

— Que s'est-il passé ? Je me suis levée pour boire un verre d'eau et… La porte de derrière était ouverte, et tu n'étais nulle part.

Une touche de panique se lisait encore dans ses yeux quand elle posa le couteau sur le comptoir.

— C'était une sorte de voyeur, dit-il. Je suis sorti pour voir qui c'était, et ce qu'il faisait.

— Qui était-ce ?

— Sam Clemmons.

— N'est-ce pas un des jeunes qui m'ont trouvée ?

Elle s'effondra sur une des chaises de cuisine comme si ses jambes ne la portaient plus.

— Oui, c'est celui qui restait immobile. Il semble souffrir d'un accès de culpabilité à ce propos, et il voulait t'apercevoir, s'assurer que tu vas bien.

Elle plissa les yeux.

— Tu le crois ?

— A ce stade, je ne sais que croire. Tout ce que je sais, c'est que je n'ai aucune raison valable de l'arrêter. C'est pourquoi je lui ai dit de ficher le camp.

Il s'efforçait de garder les yeux sur son visage, sans regarder son corps à moitié nu.

— Le spectacle est fini, retourne te coucher.

Sa voix était un peu sèche et sonnait davantage comme un ordre que comme une suggestion.

Il comprit qu'il l'avait irritée à la manière dont elle pivota sur ses talons et parcourut le couloir en martelant le sol.

Il eut un instant de remords, puis le repoussa. Il était temps de s'éloigner d'elle, de lui rappeler, ainsi qu'à lui-même, qu'il ne s'agissait que d'une mission et rien de plus.

Il dormit d'un œil sur le canapé, le restant de la nuit.

Au matin, sa mauvaise humeur n'avait fait qu'empirer.

Tamara resta silencieuse durant le petit déjeuner. Mais elle n'avait pas l'air de lui en vouloir, et cela ne fit qu'augmenter ses remords.

— Je suis désolé de t'avoir rudoyée, hier soir, dit-il une fois qu'ils furent dans son pick-up, en route pour les bureaux du shérif.

— Ce n'est pas grave. Je sais que tu es sous pression.

Elle lui adressa un grand sourire.

— Ce n'était pas exactement ce que tu avais en tête, quand tu es venu passer tes vacances ici.

La nuit qu'ils avaient passée ensemble était bien davantage que ce qu'il attendait de ses vacances, songea Seth, mais il ne le dit pas à haute voix, car il ne voulait pas y repenser.

— Non, ce n'était pas ce à quoi je m'attendais. Mais je suis content d'être ici. Le shérif aurait probablement requis l'aide du FBI, de toute façon. Le fait que je sois déjà là a seulement facilité les choses.

Il s'arrêta sur le parking situé devant les bureaux du shérif, coupa le moteur et se tourna vers elle.

— Je pense que je vais demander des renforts au Bureau. Un de mes collègues, Mick McCane, vient de terminer une affaire en Arkansas. Il pourra sans doute venir ici, nous donner une autre vision de l'affaire.

En détachant sa ceinture de sécurité, Tamara le regarda d'un air sombre.

— Tu sais bien que tu n'as pas besoin de renforts. Ce dont tu as besoin, c'est le moyen d'entrer dans ma mémoire. S'il faut qu'on m'hypnotise pour cela, alors trouve quelqu'un qui peut s'en charger.

— Tu es sûre que c'est ce que tu veux ? questionna-t-il.

Son rythme cardiaque s'était accéléré à l'idée de ce qui les attendait… ce qui l'attendait, elle.

— Je pense que c'est la seule manière d'identifier le tueur. Il faut que je retourne en arrière, Seth, il faut que je revienne aux moments qui ont précédé mon ensevelissement. La clé des meurtres est là et, une fois qu'ils seront résolus, nous pourrons retourner à nos vies, toi et moi.

Et c'était exactement ce qu'il voulait… non ?

Tamara commençait à se sentir chez elle dans la salle de repos. La moitié des adjoints lui donnaient l'impression d'être de sa famille. Elle s'assit à la table et fixa d'un air absent la petite télévision accrochée au mur. Un débat était en cours, mais elle n'y prêta aucune attention.

C'était le début… Le début de la distance instaurée par Seth.

Elle savait que cela arriverait, qu'il fallait que cela arrive, mais elle n'avait pas réalisé à quel point elle se sentirait esseulée.

La nuit qu'ils avaient passée ensemble avait manifestement changé les choses pour Seth. Il avait sans doute compris que leur relation s'emballait, et que les sentiments de Tamara avaient pris de l'ampleur. C'est pourquoi il faisait machine arrière aussi vite que possible, anxieux de revenir en terrain sûr.

Malgré les allées et venues constantes des policiers, elle ne s'était jamais sentie aussi seule.

Un peu après midi, l'adjoint Billy Broadwick entra, portant un sac du fast-food qu'il posa devant elle.

— L'agent Hawkins m'a demandé d'aller vous chercher à déjeuner.

Il s'assit sur une chaise face à elle, tandis qu'elle ouvrait le sac.

— Je vous ai pris un sandwich au poulet et une salade, j'espère que ça vous convient. C'est toujours ce que commande ma femme.

— C'est parfait, répondit Tamara.

Elle aimait bien l'adjoint Broadwick. Le jeune homme était ridiculement amoureux de sa femme, Haley, et ils attendaient leur premier enfant pour le mois suivant.

— Puisque avec Haley, vous avez décidé de ne pas connaître à l'avance le sexe du bébé, de quelle couleur avez-vous décoré sa chambre ? questionna-t-elle, avide de n'importe quelle conversation, après être restée si longtemps seule.

— Jaune. Haley appelle ça bouton-d'or, mais pour moi,

c'est jaune. Comment ça va, vous ? Ce doit être très pénible de rester là jour après jour.

Elle lui sourit tristement.

— Dieu merci, il y a la télé. Autrement, je crois que je deviendrais complètement dingue.

— Je parie que vous êtes impatiente de laisser tout ça derrière vous, et de rentrer chez vous.

Tamara retira l'emballage du sandwich au poulet et hocha la tête, car elle savait que c'était la réponse qu'il attendait. Mais la vérité, c'était qu'elle ne ressentait aucune urgence à rentrer chez elle. Qu'est-ce que cela lui apprenait sur son ancienne vie ? Qu'elle était malheureuse ? Solitaire ?

L'adjoint Broadwick resta avec elle le temps qu'elle mange son déjeuner. Ils parlèrent d'Amber Lake et de la fête du 4 Juillet, qui devait se dérouler le lendemain. Il y avait toujours un énorme feu d'artifice tiré depuis les dunes, mais Broadwick n'était pas sûr qu'il ait lieu cette année, car la zone était bouclée.

Même si ce n'était pas sa faute, Tamara se sentit un peu responsable de priver la ville de sa célébration annuelle. Si seulement elle pouvait se souvenir ! Maudite mémoire qui s'efforçait de la protéger de ce qu'elle avait enduré !

Bientôt, l'adjoint Broadwick dut retourner à ses tâches, et elle resta de nouveau seule avec ses pensées.

Le fait que Seth ne se soit pas montré à l'heure du déjeuner pour voir comment elle allait en disait long sur la manière dont il s'était éloigné d'elle.

C'était sans doute pour la bonne cause. Le temps qu'ils quittent le bureau, il aurait sans doute le nom d'un hypnotiseur capable de faire resurgir les souvenirs qu'elle réprimait.

Il était possible qu'elle retrouve la mémoire le lendemain ou le surlendemain, et doive dire adieu à l'agent du FBI qui lui avait sauvé la vie… et qui avait volé son cœur.

Elle se déplaça de sa chaise à l'un des fauteuils inclinables.

Il y avait aussi un lit de camp dans la salle, destiné,

supposa-t-elle, aux policiers qui faisaient des heures supplémentaires et avaient besoin d'un petit somme.

Elle le regarda avec envie. L'ennui lui donnait sommeil. Elle se sentait triste et découragée à l'idée de quitter Seth.

Le fauteuil était cependant confortable, et elle dut s'endormir car elle se mit à rêver.

Une fois encore, elle était dans le sable. Le soleil était haut dans le ciel, elle sentait sa chaleur sur sa peau.

Elle savait qu'elle était en danger, mais ses muscles refusaient d'obéir à son cerveau. Elle n'était pas seulement paralysée du cou jusqu'aux pieds : ses yeux fermés ne pouvaient pas non plus s'ouvrir.

Je n'aurais jamais dû m'arrêter sur cette aire de repos aux abords de la ville. Je n'aurais jamais dû m'attarder à bavarder avec cet homme au petit chien.

Des pensées, des regrets défilèrent dans sa tête, accompagnés par le bruit de raclements de pelle dans le sable.

— Une autruche, voilà ce que tu es.

Une voix grave se fit entendre à proximité.

— Tu aurais dû l'arrêter, mais tu n'as rien fait. Tu n'es rien d'autre qu'une autruche, et ta place est dans le sable.

La terreur l'envahit quand elle entendit le bruit de la pelle, celui du sable qui s'écoulait sur elle, l'ensevelissant…

Non, non, je vous en prie !

Son cerveau hurlait les mots que sa bouche refusait de prononcer. Elle essaya désespérément d'ouvrir les yeux, pour apercevoir au moins l'homme qui lui infligeait cette mort atroce.

Mais ses yeux ne s'ouvraient pas, sa bouche restait immobile, et elle n'avait aucun moyen de se sortir de là.

Le bruit d'un nouveau coup de pelle força son esprit à se réfugier dans un petit trou noir.

— Tamara.

Son nom, prononcé à haute voix, la tira de ses songes

et la fit bondir sur son fauteuil, portée par une bouffée d'adrénaline.

— Hé ! Tout va bien ! Tu dormais…

Elle dévisagea Seth. La vue de ses beaux traits la calma instantanément.

— Oui. Je rêvais, dit-elle enfin. Je faisais un cauchemar sur les dunes.

Le regard de Seth s'assombrit.

— Alors je suis content de t'avoir réveillée. Il est presque 4 heures. J'ai décidé de finir tôt aujourd'hui.

Elle hocha la tête, toujours engourdie par son rêve, et le suivit le long du couloir vers la sortie.

— J'ai demandé au shérif de vérifier certaines choses au sujet de Sam Clemmons, dit-il quand ils furent dans le pick-up, en route pour la maison de Linda. De chercher notamment si lui ou ses parents possèdent une autre maison dans la région. Son appartement a déjà été fouillé, mais sa famille possède peut-être une vieille ferme ou un terrain en dehors de la ville.

— Espérons qu'ils trouveront quelque chose, répondit-elle avant de changer de sujet. J'ai sorti de la viande hachée du congélateur ce matin, alors je vais faire un pain de viande pour le dîner.

Elle fit une pause, se repassant mentalement son rêve.

— Il m'a traitée d'autruche.

— Qui ça ?

Seth lui jeta un bref coup d'œil.

— L'homme qui m'a ensevelie. Il m'a traitée d'autruche et m'a dit que ma place était dans le sable.

S'ordonnant consciemment de revenir au cauchemar dont il l'avait tirée, elle sentit les battements de son cœur s'accélérer, et vit les mains de Seth se crisper sur le volant.

— C'était seulement un cauchemar, ou bien tu penses que c'est un vrai souvenir ?

— C'est un souvenir, il n'y a pas de doute, répondit-elle.

Je ne sais pas comment j'en suis sûre, mais je le sais. Et il y a autre chose. Je crois qu'il m'a enlevée sur une aire de repos, près d'ici. Je me souviens de m'y être arrêtée, et je me souviens d'un homme avec un chien.

Tandis que Seth s'engageait dans l'allée menant à la maison, elle sentit soudain une grande tension émaner de lui.

— Il y a une aire de repos près d'ici ? questionna-t-elle, prise d'un doute qui la faisait s'interroger sur la réalité de son rêve.

— A huit kilomètres, au nord de la ville. C'est un petit parc, avec des toilettes et un espace pour promener les chiens.

Il coupa le moteur, les yeux brillants d'excitation.

— S'il t'a kidnappée sur cette aire de repos, alors nous connaissons la scène de crime initiale, et avec un peu de chance, nous allons y trouver des indices.

Il sortit du véhicule avant même d'avoir fini sa phrase.

— Je dois parler à Atkins. Il faut que ses techniciens y aillent immédiatement.

Tamara descendit du véhicule et le suivit en hâte. C'était peut-être la percée dont ils avaient besoin pour résoudre l'affaire. Il y avait une chance pour que le tueur se soit montré négligent et ait laissé des indices sur l'aire de repos.

Une fois dans la maison, Seth s'empara du téléphone, tandis que Tamara se mettait en devoir de préparer et d'enfourner le pain de viande. Elle trouva une boîte de gratin dauphinois, lut les instructions au dos de l'emballage, et le mit également au four. Tout ce dont elle avait besoin, c'était de haricots verts surgelés, et le dîner serait achevé.

Seth avait disparu dans la chambre de sa sœur, d'où elle l'entendait coordonner au téléphone les recherches qui allaient se mettre en place.

Il resta absent presque une heure. Durant ce temps, Tamara retira le gratin et le pain de viande du four, et mit les haricots verts à bouillir sur la cuisinière.

— Tout le monde est prêt à partir pour l'aire de repos. Tu veux venir ? questionna-t-il en sortant de la chambre.

Elle aurait dû comprendre qu'il voulait être au cœur de l'action. Ce n'était pas seulement son travail, c'était sa nature d'agent du FBI, sa nature d'homme. Elle jeta un regard impuissant aux plats et revint à lui.

— Laisse-moi une seconde pour couvrir le dîner, et je suis à toi… Nous pourrons le passer au micro-ondes plus tard.

Mais elle n'était pas prête. Quelques minutes plus tard, en montant dans la camionnette de Seth, et malgré l'excitation de ce dernier, elle se sentit prise de terreur à l'idée de retourner sur les lieux de son cauchemar.

C'était forcément là. Elle ne pouvait pas avoir rêvé d'une aire de repos où elle n'aurait jamais mis les pieds. Mais l'idée d'y aller faisait monter une terrible pression dans sa poitrine. Quelque chose s'y était passé avant qu'on ne la retrouve dans les dunes.

L'homme au chien avait-il quelque chose à voir avec cela ? Ou bien ne s'agissait-il que d'éléments de rêve dénués de sens ?

Quand ils arriveraient sur les lieux, se rappellerait-elle soudain le visage du fou qui avait tenté de la tuer ? Se souviendrait-elle des moments terrifiants où il avait commencé à la recouvrir de sable ?

Etait-elle sur le point d'affronter le Marchand de sable, caché au fond de sa mémoire ?

11

Seth espérait que l'aire de repos s'avérerait bien être le lieu de son enlèvement. Personne ne s'était intéressé à cet endroit, parce qu'il était en dehors de la ville et que rien ne le reliait au crime.

Même si y ramener Tamara lui faisait mal au cœur, il espérait qu'en retraçant ses mouvements là-bas, elle parviendrait à se rappeler un élément important.

— J'étais en route pour rendre visite à ma tante Rose, à Tulsa, dit-elle soudain.

Il la regarda avec surprise.

— Alors pourquoi ta tante ne s'est-elle pas manifestée, quand elle ne t'a pas vue arriver ?

— C'était une visite surprise. Je ne lui avais pas dit que je venais. Je me suis levée un matin, et j'ai décidé de prendre la route pour aller la voir quelques jours. Ce n'est pas vraiment ma tante… C'était une amie de ma mère. Même si nous ne sommes pas extrêmement proches, nous essayons de rester en contact toutes les deux ou trois semaines par téléphone.

Elle avait les traits tirés et le visage pâle.

— Si c'est trop pénible pour toi, Tamara, on peut retourner à la maison, tu sais.

Il détestait l'idée de manquer l'enquête de scène de crime initiale, mais il se plierait à ses besoins.

— Non, il faut que je le fasse, répondit-elle, d'un ton

dont la force contrastait avec la vulnérabilité qui se lisait dans ses yeux.

Tout en avalant les kilomètres, il ne put s'empêcher de lui jeter des regards subreptices, s'efforçant de jauger l'évolution de son état affectif. Revoir le lieu de son kidnapping allait-il débloquer ses derniers souvenirs ? Et serait-elle capable de les supporter s'ils revenaient en force ?

Il se rendit compte qu'il avait peur pour elle… pour sa santé mentale, pour sa raison même.

— Une autruche. Pourquoi m'a-t-il traitée d'autruche ? Ai-je vu quelque chose que je n'aurais pas dû ? Ou bien n'ai-je pas vu quelque chose que j'aurais dû voir ?

Il sentit son regard sur lui, à la fois intense et perplexe.

— Je ne sais pas, dit-il. J'aimerais pouvoir te répondre, Tamara. J'aimerais pouvoir t'épauler dans ce que tu as traversé.

Elle s'adossa à son siège et soupira.

— J'ai peur de me souvenir, avoua-t-elle d'une petite voix.

— Tu dois garder à l'esprit que tu as déjà enduré tout ça et que tu as survécu. Tes souvenirs ne peuvent pas te faire de mal.

Il lui adressa un sourire forcé.

— Tu es une battante. Je suis sûr que tu peux le supporter.

Elle lui jeta un regard ironique, et laissa échapper un soupir tremblant.

— J'espère que tu es doué pour juger des caractères.

— C'est un de mes talents, lui assura-t-il.

Pourtant, cette affaire le faisait douter de son affirmation. Il avait découvert des forces et des faiblesses chez tous ceux qu'il avait interrogés, mais était-il capable de « sentir » un fou criminel ?

Bien sûr, les psychopathes étaient difficiles à repérer parce qu'ils étaient très doués pour paraître normaux. Dans la vie quotidienne, leur masque était fermement en place, et ne glissait que quand ils perdaient le contrôle de leurs émotions.

— Je crois que c'est presque fini, dit-elle, interrompant ses pensées.

— Qu'est-ce que tu veux dire par là ?

Devant eux, il apercevait l'aire de repos, et le rassemblement des voitures officielles attendant leur arrivée.

— C'est une sorte de pressentiment, qui me dit que quelque chose va se passer…

Alors elle la sentait aussi, cette bombe à retardement qu'il flairait depuis quelques jours, songea Seth.

Il s'arrêta à côté de la voiture du shérif et coupa le moteur. Il était sur le point de défaire sa ceinture de sécurité quand, les yeux brillants, elle lui posa une main sur le bras.

— Je veux que tu saches que tout ce qui m'est arrivé en valait la peine parce que cela t'a amené à moi. Je ne t'oublierai jamais, Seth Hawkins, et je ne regrette rien de ce qui s'est passé entre nous.

Un rire embarrassé lui échappa.

— Tu te comportes comme si tu n'allais jamais me revoir. Nous allons seulement jeter un coup d'œil, puis nous retournerons chez Linda, manger le dîner que tu as préparé.

Elle hocha la tête d'un air absent, le regard rivé sur la construction en brique qui abritait d'un côté les toilettes des hommes et, de l'autre, les toilettes des femmes. L'endroit ressemblait à un parc, ombragé par de grands arbres et agrémenté de sentiers.

— Je me rappelle être venue ici, déclara-t-elle. J'avais décidé de faire un petit arrêt, avant la dernière partie de mon voyage.

Seth ouvrit sa portière et elle fit de même. Quand elle le rejoignit sur le trottoir, devant la voiture, il lui prit la main, désireux de la soutenir dans cette épreuve.

Le shérif Atkins les salua tous deux.

— Nous n'avons pas encore commencé, nous attendions

votre arrivée. Nous espérons que le fait d'être ici stimulera la mémoire de Tamara.

Celle-ci lâcha la main de Seth et fit quelques pas vers l'entrée des toilettes des femmes.

— J'étais ici. Il commençait à faire nuit.

Sa voix était faible, comme venant d'un rêve.

— Je suis entrée. Il n'y avait personne.

— Aucune voiture garée sur le parking ? demanda Tom.

Elle secoua la tête.

— Pas quand je suis entrée. J'étais seule.

Elle s'approcha des toilettes et posa la main sur une des briques ocre. Puis elle leva la tête comme pour respirer l'odeur des pins proches.

Seth se demanda si elle cherchait appui sur le mur ou si elle explorait l'environnement avec ses sens.

Le toucher, l'odeur… Elle sollicitait sa mémoire.

Il jeta un coup d'œil à Tom. Celui-ci indiqua à tout le monde de rester silencieux, tandis que Tamara faisait de nouveau l'expérience de sa présence en ces lieux.

Elle ferma les yeux et prit une profonde inspiration.

Les minutes s'ajoutèrent aux secondes, elle ne bougeait toujours pas.

Enfin, elle rouvrit les yeux et retira sa main du mur, le front fortement plissé.

— Quand je suis sortie, il y avait un homme. Même si j'étais seule, je n'ai pas eu peur. Il promenait un chien, un joli petit chiot.

Elle fixa Seth, mais il comprit que c'était en aveugle.

— Je me suis penchée pour caresser le chien et… et…

Une expression d'impuissance envahit son visage.

— C'est tout ce dont je me rappelle.

— Vous pourriez nous dire à quoi ressemblait l'homme ? demanda Tom. Il était petit, grand… ?

Les plis se creusèrent sur son front.

— Non. Je me souviens que le chien était une sorte de

bâtard de terrier, mais je ne me rappelle pas l'homme, en dehors du fait que je n'avais pas peur.

— Vous avez vu un autre véhicule sur le parking ? questionna l'adjoint Raymond Michaels avec une impatience évidente. On ne peut pas arrêter tous les gens qui possèdent un joli petit chien en ville. Il nous faut quelque chose de plus spécifique.

— Et vous, il vous faut lâcher du lest, riposta Seth d'une voix d'acier.

— Rassemble l'équipe, et commencez à examiner les toilettes, dit Tom à Raymond. Vous trouverez peut-être quelque chose.

— Désolée, dit Tamara d'un ton misérable.

Seth lui tendit la main et elle s'y cramponna étroitement.

— Je me souviens du chien, mais pas de l'homme. Je me rappelle m'être penchée, avoir touché la fourrure du chien, mais, après ça, c'est le noir dans mon esprit.

— Tout va bien, tu as fait de ton mieux.

Seth aurait voulu effacer ce regard hanté de ses yeux, lui assurer qu'on n'attendait rien d'elle. Elle avait déjà vécu cela, et c'était plus que suffisant.

— Je vais veiller à ce que mes hommes passent l'endroit au peigne fin, dit Tom. Nous allons fouiller le bâtiment, les abords, le parking. Je doute que la poubelle ait été ramassée depuis que Tamara est venue. Nous allons tout emmener au bureau pour voir si le tueur a jeté quelque chose.

Seth approuva d'un signe de tête.

— Je ramène Tamara chez Linda.

Il avait remarqué qu'elle commençait à frissonner, malgré la chaleur de l'air nocturne.

— J'étais une femme seule dans un endroit isolé. Pourquoi n'ai-je pas eu peur de m'approcher de cet homme ? Pourquoi n'ai-je pas repris immédiatement ma voiture ? questionna-t-elle.

Mais ils n'avaient aucune réponse à ces questions pour le moment.

— Allez, rentrons à la maison.

— J'ai été stupide. J'ai laissé un inconnu s'approcher suffisamment pour m'enlever, me droguer, et ensuite, m'emmener dans les dunes pour m'ensevelir.

Une note d'hystérie résonnait dans sa voix.

— J'ai entendu les raclements de la pelle. J'ai senti la chaleur du soleil sur mon visage, pendant qu'il m'enterrait. Il m'a dit : « Tu n'es qu'une autruche. » Qu'est-ce que ça signifie ?

Elle regarda Tom, puis de nouveau Seth.

— Pour l'amour du ciel, est-ce que quelqu'un pourrait me dire ce que ça signifie ?

Seth la serra contre lui.

— Viens. Allons-nous-en d'ici.

Sur un signe de tête à Tom, conscient que ses hommes et lui allaient sans doute travailler la moitié de la nuit, Seth guida Tamara vers son pick-up.

Le trajet du retour fut long et silencieux. Seth avait le cœur serré de la voir se renfermer, ne sachant s'il devait tenter de communiquer avec elle, ou la laisser aller au bout de ce qui lui passait par la tête.

Il n'avait pas envie de lui rappeler qu'elle n'avait pas été emmenée directement dans les dunes après son enlèvement. Un autre lieu recelait aussi de l'horreur pour elle dans cette petite ville.

Une fois chez Linda, Tamara se rendit tout droit dans la cuisine et se mit en devoir de réchauffer le dîner. On aurait dit qu'elle avait besoin de s'activer pour se sentir vivante.

Ce fut à cet instant, tandis qu'elle se tenait devant le four à micro-ondes, que Seth prit conscience de la profondeur de ses sentiments pour elle.

Il n'avait jamais rien ressenti de pareil. Soudain, il comprit pourquoi les gens se mariaient et prenaient le risque de vivre ensemble, même si les statistiques n'étaient pas en leur faveur.

Son amour pour elle enfla dans sa poitrine et le remplit à ras bord, lui donnant l'impression qu'il allait exploser.

Il s'assit sur le canapé, l'esprit las.

Pour la première fois de sa vie, il comprenait ce que c'était d'aimer quelqu'un. Mais si les événements suivaient leur cours, Tamara retournerait à Amarillo, et lui à Kansas City.

Il ne lui faudrait pas longtemps pour goûter à la douleur de devoir lui dire adieu.

Ils restèrent tous deux silencieux durant le repas. Tamara n'avait aucune idée de ce qui se passait dans la tête de Seth, mais dans la sienne, les pensées et les émotions se livraient bataille.

Le pain de viande et les pommes de terre ne pouvaient faire disparaître le goût de la peur qui s'attardait dans sa gorge.

Elle se revoyait encore et encore sur l'aire de repos, et ne doutait plus que c'était là qu'on l'avait enlevée. Elle ignorait si l'homme au chien avait quelque chose à y voir, ou s'il s'agissait de quelqu'un dont elle ne se souvenait pas. Mais le simple fait de se tenir dans l'herbe grasse, près des toilettes, avait fait monter en elle une terreur impossible à réprimer.

Aussi affreux que cela soit, elle éprouvait en outre un sentiment d'échec complet. Elle s'était souvenue de tant de choses en ce lieu : l'anticipation des derniers kilomètres jusqu'à la maison de sa tante, l'homme, le petit chien. Mais elle n'avait pas été capable de décrire l'individu et elle n'avait remarqué aucun véhicule sur le parking.

Pourquoi n'avait-elle pas fait plus attention ? Elle était adulte, elle prenait rarement des risques. Alors pourquoi avait-elle autorisé un inconnu à s'approcher suffisamment pour s'emparer d'elle, et lui faire ce qu'il lui avait fait ? Cela n'avait aucun sens. Rien de tout cela n'avait de sens.

Ce ne fut pas avant d'avoir fini de manger et de s'être installée dans le salon avec Seth qu'elle lui parla enfin de ce qu'elle avait en tête.

— Je ne suis pas une femme imprudente. Je regarde autour de moi quand je sors faire des courses, dit-elle. Pourtant, je suis certaine de n'avoir eu aucun sentiment de danger quand il m'a approchée.

— A cause du chien peut-être ?

Elle hésita, puis secoua la tête.

— Je ne crois pas. J'ai entendu parler de pervers qui promènent des chiens pour attirer les enfants et les femmes. Il doit y avoir une autre raison au fait que je me sois sentie assez en sécurité pour le laisser s'approcher de moi. L'homme au chien n'a peut-être rien à voir dans l'histoire. Il est sans doute reparti, et quelqu'un d'autre l'a remplacé.

Un soupir de frustration lui échappa.

— J'ai l'impression d'avoir échoué. J'étais tellement sûre de revoir un visage ou d'avoir au moins une impression de l'homme ! Mais je n'ai rien. Et maintenant, c'est toi qui n'as rien.

— Ce n'est pas vrai, protesta-t-il. Nous savons où tu as été enlevée. Qui sait ce que les enquêteurs trouveront qui pourra nous mener au tueur ? Tamara, ne te fais pas de reproches.

— Je ne peux pas m'en empêcher. Je me sens tellement idiote. Comment me suis-je débrouillée pour devenir une victime ?

Elle lui prit le bras et le serra avec force.

— Ce n'est pas seulement de la peur, je suis en colère à propos de tout ça. J'ai envie de retrouver l'homme qui m'a fait ça, de lui crever les yeux, de le tuer, de l'enterrer dans le sable.

Seth l'attira dans ses bras. Elle frappa sa poitrine du

poing, un coup indolore, mais dont il savait qu'il libérait un peu de sa rage.

Il ne sut combien de temps elle lui frappa la poitrine, évacuant sa colère contre le mystérieux agresseur qui avait changé sa vie pour toujours. Enfin, elle s'appuya contre lui, visiblement exténuée.

Il lui caressa les cheveux, se contentant de la tenir dans ses bras. Une fois encore, tout l'amour qu'il avait pour elle monta en lui. Le besoin de l'exprimer le taraudait, mais il savait que cela ne ferait qu'empirer les choses pour eux deux.

Il ignorait ce qui la terrifiait dans le fait de retourner chez elle à Amarillo, mais tôt ou tard, elle devrait l'affronter.

Elle leva le visage pour le regarder. La colère était partie, la peur avait disparu, et son visage n'affichait désormais qu'un désir nu.

— Encore une nuit, Seth. Fais-moi l'amour encore une fois, et je ne te demanderai plus rien.

— Tamara, protesta-t-il, en dépit de son propre désir. On ne peut pas le refaire. Je ne peux pas.

Il la repoussa gentiment pour qu'elle se redresse au lieu de rester contre lui.

Tamara avait la lèvre inférieure qui tremblait, mais il refusait de se laisser influencer. L'un d'entre eux devait se montrer fort et raisonnable. Et il était préférable de ne pas s'impliquer davantage qu'ils ne l'avaient déjà fait.

— J'ai de l'affection pour toi, Tamara. J'ai plus d'affection pour toi que je n'en ai jamais eu pour une femme mais, comme je te l'ai dit, ce n'est pas la vraie vie. Tu as mentionné plusieurs fois le fait que ton retour te causait de l'anxiété. Il y a manifestement des choses dont tu dois t'occuper.

Il se leva, avec la sensation que le poids de la vie de Tamara pesait sur ses épaules.

— Je ne sais pas comment était ta vie avant qu'on te trouve dans les dunes, mais rien de ce que nous faisons ici ne va l'arranger. Toi seule peux le faire, et il serait stupide de continuer à prétendre qu'il n'y a rien d'autre au monde que toi et moi, ici et maintenant.

Elle baissa les yeux sur ses mains posées sur ses genoux.

— Je sais que tu as raison, mais je ne le veux pas. Aie tort, Seth, juste pour cette nuit.

Seigneur, comme il aurait voulu faire le mauvais choix ! Il mourait d'envie de la tenir dans ses bras une dernière fois, de goûter à la chaleur brûlante de ses baisers. Il avait besoin de pénétrer son corps, de la prendre, non seulement pour son propre plaisir, mais aussi pour le sien.

Mais le fait même de la vouloir si fort, de tant l'aimer, le renforça en quelque sorte dans sa décision.

— Je ne peux pas, Tamara. Nous ne pouvons pas jouer à cela plus longtemps. De plus, il se fait tard, et j'ai l'impression qu'il va falloir nous lever tôt. Il vaut mieux nous dire bonne nuit, et nous en tenir là.

Elle soutint son regard un long moment, comme si elle attendait une autre réponse. Mais il détourna les yeux pour les poser derrière elle, et elle se leva finalement du canapé.

C'est alors qu'il la regarda de nouveau. Elle lui parut petite et vaincue, mais il savait qu'il ne pouvait rien faire pour elle.

— Très bien. Bonne nuit, dit-elle.

Il hocha la tête. En la regardant marcher vers sa chambre, dans le couloir, il comprit qu'il lui avait brisé le cœur.

12

Il était temps qu'elle rentre chez elle. En s'installant dans la salle de repos, l'après-midi suivant, Tamara comprit qu'il était temps pour elle de dire adieu à Amber Lake.

Elle n'était plus d'aucune utilité dans cette affaire, et elle s'était laissée aller à des sentiments profonds et sans avenir pour Seth. A présent, elle avait retrouvé la plupart de ses souvenirs, suffisamment au moins pour retourner chez elle et reprendre sa vie là où elle l'avait laissée.

Elle n'avait aucune idée de ce qui l'angoissait tant dans le fait de revoir son appartement, mais quoi que ce soit, elle devait l'affronter.

Le soir même, elle avait l'intention de dire à Seth qu'elle allait louer une voiture le lendemain matin, à la première heure, et s'en aller. Elle essaierait de mettre tout ça derrière elle et, un jour, elle rendrait une nouvelle visite à tante Rose.

Une fois chez elle, elle devrait contacter son assurance pour sa voiture, se procurer un véhicule de remplacement, rattraper le retard qu'elle avait pris dans son activité professionnelle et, plus que tout, trouver un moyen de cesser d'aimer Seth Hawkins.

Cela valait mieux. Elle n'avait aucune raison de s'attarder, alors qu'elle ne pouvait être d'aucune aide et que chaque minute passée avec Seth prenait la forme d'une torture raffinée.

Après y avoir passé la moitié de la nuit, les enquêteurs n'avaient obtenu que peu de choses sur la scène de crime.

Le problème, c'était qu'il s'agissait d'un lieu public et que les empreintes et les traces d'ADN étaient légion.

Selon les commentaires des adjoints qui entraient et sortaient de la salle de repos, il y avait également peu d'espoir que les poubelles recèlent un indice.

On n'avait plus parlé de lui faire voir un thérapeute, et elle était persuadée que le peu d'informations qu'elle avait été capable de leur donner la veille, sur l'aire de repos, était tout ce qu'elle avait à offrir.

Elle ne pouvait leur fournir une description de l'homme, peut-être parce qu'elle ne l'avait pas vu. Celui qui l'avait kidnappée s'était sans doute glissé derrière elle et lui avait fait perdre conscience, d'une manière ou d'une autre, avant qu'elle ait pu lui faire face.

Entre Seth et elle, le petit déjeuner s'était déroulé dans l'embarras. C'était la première fois, et elle ne voulait pas que les choses empirent.

Elle n'avait pas revu Seth depuis qu'ils étaient arrivés au bureau le matin. Une fois encore, c'était l'adjoint Broadwick qui lui avait apporté à déjeuner et s'était assis avec elle pour lui faire la conversation quelques minutes avant de retourner à ses tâches.

En repensant à la soirée de la veille, elle se sentit rougir de gêne. Elle avait pratiquement supplié Seth de lui faire l'amour. Elle ne pouvait même pas lui en vouloir d'avoir refusé, il avait eu raison. Il fallait qu'elle cesse de s'accrocher à lui, de le désirer, et de croire que cette vie avec lui dans la maison de Linda était réelle.

Il était sans conteste temps de partir, et il fallait espérer que l'homme qui l'avait enlevée ne la suivrait pas jusque chez elle. Elle avait espoir que quelque chose se produirait qui permettrait à Seth, au shérif et à ses hommes de procéder à une arrestation dans les jours suivants.

En outre, elle savait que le tueur résidait dans la région, et elle avait le sentiment que si elle mettait des kilomètres entre lui et elle, elle serait en sécurité. Malheureusement, cela voulait dire qu'il s'intéresserait à une autre femme.

Juste après 17 heures, Seth pénétra dans la pièce. A en juger par ses épaules tombantes et le pli rigide de sa bouche, il était évident que la journée n'avait rien offert de positif.

Il avait l'air épuisé. Elle ne pouvait qu'imaginer la pression que lui et les autres ressentaient.

— Et si on s'arrêtait au café pour dîner, avant de rentrer ? suggéra-t-il, tandis qu'ils montaient en voiture.

— Ça me va.

Il serait peut-être plus facile de lui annoncer sa décision dans un lieu public. Au moins, elle ne se ridiculiserait pas en pleurant ou en lui avouant qu'elle était follement amoureuse de lui.

Il ne leur fallut que quelques minutes pour arriver au café. On les installa à une table du fond, et Seth commanda un filet de poulet avec de la purée de pommes de terre, tandis qu'elle se décidait pour le rôti avec des légumes.

En attendant leur repas, ils bavardèrent de choses et d'autres, mais la gaucherie qui avait présidé au petit déjeuner était toujours présente.

Le regard de Tamara ne cessait de revenir à la publicité pour la tarte au caramel, et ses pensées à l'aire de repos. Elle s'efforçait de retrouver un détail qu'elle aurait pu offrir en cadeau d'adieu à Seth, mais il n'y en avait pas.

— Je m'en vais demain matin, annonça-t-elle en rompant un silence pesant.

Il lui jeta un regard stupéfait.

— De quoi est-ce que tu parles ?

— Je vais rentrer à la maison. Je n'ai plus rien à faire ici.

— Mais il y a encore des choses que nous ignorons. Si tes souvenirs de l'aire de repos sont exacts, tu as été kidnappée vers 19 ou 20 heures, et pourtant on ne t'a découverte que l'après-midi suivant. Nous devons plus que jamais découvrir ce qui s'est passé durant ce temps.

Tamara prit son verre et but une gorgée de thé glacé.

— J'ai fait tout ce que je pouvais, Seth, dit-elle sans le regarder, les yeux fixés sur la table. Je ne me souviendrai peut-être jamais de ces heures. Mon cerveau me protège de ce qui s'est passé. Tout ce que je sais, c'est qu'il est temps de rentrer chez moi. Il est temps que Linda et Samantha reviennent chez elles, et que moi, je reprenne ma vie.

— Tu es sûre d'être prête à retourner là-bas ?

Elle leva les yeux vers lui, et eut envie de plonger dans la douceur grise de son regard. Il avait des sentiments pour elle, elle n'avait aucun doute là-dessus. Elle n'oublierait jamais l'instant où elle était revenue à la conscience dans le sable, et où elle avait vu ces yeux pleins de gentillesse. C'était peut-être cette unique seconde qui l'avait fait tomber amoureuse de lui.

— Prête ou non, il est temps, répondit-elle. J'ai des clients dont je dois m'occuper. Si je me souviens de quelque chose d'autre, je t'appellerai. Mais ce serait idiot de rester et de remettre l'inévitable à plus tard.

— Mais comment vas-tu rentrer ? Nous n'avons pas retrouvé ta voiture.

— C'est à ça que servent les agences de location. Je suis sûre que je pourrai en louer une ici, ou à proximité. Une fois à Amarillo, je prendrai contact avec mon assurance et je verrai ce qu'ils me proposent. En ce qui me concerne, ma voiture est officiellement volée. Je me débrouillerai.

Un instant, il eut l'air de vouloir la faire changer d'avis, puis il s'adossa à sa chaise en poussant un soupir résigné.

— Bien sûr que tu vas te débrouiller. Tu es une des femmes les plus fortes que j'aie jamais rencontrées.

Quand il s'agissait de le quitter, songea-t-elle, elle ne se sentait pas forte du tout. Plutôt faible comme un bébé, prête à sangloter avec un désespoir tel qu'elle n'en avait jamais ressenti. Elle ne se souvenait pas d'avoir éprouvé cela après son divorce avec Jason.

Heureusement, à cet instant, la serveuse arriva avec leurs plats, et la conversation se porta sur le rôti, la richesse de la sauce, et toutes sortes de choses qui n'avaient rien à voir avec le crime, le tueur, ou son départ d'Amber Lake.

Un crépuscule précoce tombait quand ils quittèrent le café. Des nuages s'amoncelaient dans le ciel, annonciateurs de pluies durant la nuit.

— Tu ne vas pas prendre la route s'il pleut demain matin, dit Seth une fois qu'ils furent dans le pick-up, en route vers chez Linda.

— Je peux conduire sous la pluie. J'ai seulement besoin de ton aide pour louer une voiture. Une fois à la maison, quand j'aurai remis les choses en ordre avec la banque, je te rembourserai.

— Ce n'est pas ça qui m'inquiète. Wally, à la station d'essence, fait partie d'une chaîne d'agences de location. Il a toujours une ou deux voitures de disponibles. Je suis sûr que nous pourrons t'en réserver une sans problème.

Malgré la peine qu'elle ressentait, elle savait qu'elle prenait la bonne décision. Il était temps de quitter Amber Lake. Il était temps de dire adieu à Seth.

Ils étaient rentrés depuis peu de temps quand le portable de Seth se mit à sonner. Il écouta attentivement, les traits soudain tendus, excités. Tamara, qui s'était installée sur le canapé, se redressa, se demandant qui était son interlocuteur, et ce qu'il lui disait.

Seth écouta une ou deux minutes de plus.

— Nous serons là dès que possible, répondit-il enfin, avant de refermer le téléphone et de le glisser dans sa poche. C'était Atkins. Ils pensent avoir trouvé un autre corps dans les dunes, mais aucun d'eux ne s'est encore déplacé là-bas.

Tamara sentit son cœur chavirer à l'idée qu'une autre femme avait été enterrée.

— Mais elle est peut-être encore vivante. Moi, je l'étais…

— Ton visage n'était pas recouvert. Apparemment, tout

ce qu'on voit, c'est une partie de sa main. La bonne nouvelle, c'est qu'ils ont attrapé Sam Clemmons sur sa moto, fuyant la scène. Atkins est certain que c'est notre homme. C'est le genre de preuve dont nous avions besoin. Clemmons est le Marchand de sable et il a été arrêté.

— C'est formidable ! s'exclama Tamara.

Ainsi elle partirait le lendemain, sachant que l'homme qui avait tenté de la tuer était en prison.

— Viens, allons-y. Ils nous attendent, dit-il en enfilant son holster.

— C'est toi qu'ils attendent. Vas-y, je vais m'occuper de faire mes bagages pendant ce temps.

Il fronça les sourcils et ouvrit la bouche comme pour protester, mais elle l'interrompit en levant la main :

— Tu l'as dit toi-même, le tueur est en prison. Tout ira bien pour moi et, pour être honnête, je n'ai pas envie de voir une autre scène de crime.

Son froncement de sourcils s'accentua.

— Tu verrouilleras les portes ? Tu ne laisserai entrer personne ?

— Bien sûr que non, répliqua-t-elle. De toute façon, tout danger est écarté, non ?

Pour la première fois depuis qu'il avait reçu l'appel, un sourire s'étala sur les lèvres de Seth.

— Oui, et c'est logique que ce soit Sam. Il était tout en haut de notre liste de suspects depuis le début. Nous avions seulement besoin de quelque chose pour le relier aux meurtres. Ce soir, nous avons fait une percée. On l'a vu s'enfuir de la scène de crime. Maintenant, espérons que j'apprendrai pourquoi il t'a traitée d'autruche avant que tu ne partes.

Elle acquiesça d'un geste.

— Va-t'en. Ils t'attendent.

Elle sentait son excitation, son besoin de bouger, de se rendre sur les lieux.

Il partit et Tamara referma soigneusement la porte derrière lui. Seule. C'était le moment de ranger ses affaires et d'affronter ce que sa vie avait de discordant.

Elle alla dans la chambre d'amis et se rendit compte qu'elle n'avait pas de valise pour y ranger les vêtements et les affaires qu'elle avait achetés. Elle se rendit dans la cuisine pour y prendre un grand sac-poubelle en plastique noir, et revint dans la chambre. Elle commençait à le remplir quand la sonnette retentit.

Un instant, elle sentit son cœur battre à toute vitesse, mais elle se répéta que Sam Clemmons était le Marchand de sable et qu'il avait été arrêté sur les lieux du dernier crime.

Elle se précipita dans le salon et, écartant le rideau de quelques millimètres, entrevit l'uniforme kaki de Steven Bradley, l'amoureux des chiens. Elle se détendit. Il était sans doute là pour prendre des nouvelles de Samantha et Scooter.

Tamara déverrouilla la porte et l'ouvrit au moment même où Steven ouvrait la porte-moustiquaire avec un grand sourire.

— Bonjour Tamara, je suis passé saluer Samantha et son nouvel ami.

— Je suis désolée, Steven, ils ne sont pas là. Samantha et Scooter sont allés passer quelques semaines chez le père de Samantha.

— Oh ! d'accord. J'irai peut-être les voir là-bas. Ou peut-être pas.

Avant d'avoir vu le danger venir, Tamara sentit une piqûre d'aiguille sur son bras.

— Hé ! s'exclama-t-elle en reculant d'un pas.

Presque immédiatement, ses jambes s'affaissèrent sous elle.

Dans le pétrin. Les mots hurlèrent dans sa tête. Elle était dans le pétrin.

Elle s'efforça de bouger les bras, en une tentative pour

se remettre debout, mais rien ne fonctionnait. Elle était paralysée.

— N'essayez même pas de lutter, dit Steven en entrant et en la soulevant dans ses bras, comme il l'aurait fait d'un chien blessé. C'est un mélange spécial que j'ai mis des mois à perfectionner. Votre cœur continue à battre, mais vous ne pouvez plus bouger.

Il la fit sortir de la maison et, après un coup d'œil rapide aux alentours, la transporta jusqu'au coffre de sa voiture, où il la déposa avant de claquer le couvercle.

Le noir. Elle sentit l'odeur de caoutchouc, de l'huile de moteur et du désastre imminent. Elle était dans le pétrin, et personne ne le savait, car ils croyaient tous détenir le Marchand de sable.

Mais ils se trompaient. C'était le Marchand de sable qui la détenait.

13

Quand Seth s'arrêta devant l'entrée principale des dunes, la dernière lueur du soleil tentait de percer l'épaisse couche de nuages. Dans une demi-heure, il ferait nuit.

Il vit Sam Clemmons menotté et enfermé à l'arrière de la voiture de patrouille d'Atkins. Son quad était garé à proximité. Le shérif s'approcha, affichant un mélange d'émotions identique à celui que ressentait Seth. C'était du soulagement, de l'euphorie que Sam ait été pris sur le fait, mêlés à l'horreur de découvrir une autre femme morte.

— Vu que nous n'avions pas les fonds nécessaires pour des caméras de surveillance, j'avais demandé à mes hommes de faire des rondes, surtout la nuit. L'adjoint Michaels est venu faire un tour ce soir et il a vu ça.

Atkins pointa le doigt là où une main dépassait du sable.

— Au même moment, il a vu Sam s'enfuir à toute allure. Il l'a pris en chasse, l'a arrêté et m'a appelé pour me mettre au courant.

Seth contempla la main qui paraissait presque transparente dans les dernières lueurs du soleil.

— On dirait qu'il n'a pas vraiment pris le temps de l'enterrer. Tous ceux qui passaient par ici auraient pu voir le corps. Que dit-il ?

— Qu'il n'a rien à voir avec ça, qu'il ne faisait que se balader. Il sanglote et répand sa morve partout dans ma voiture, mais c'est le genre de coïncidence auquel je ne crois pas.

Seth repensa à la nuit où il avait surpris Sam en train de

rôder dans la rue devant la maison. Il inspectait sans doute celle-ci, cherchant un accès pour s'emparer de Tamara. Il avait sans conteste réussi à le tromper.

Atkins donna une claque dans le dos de Seth.

— On a fini par l'avoir. Il ne fera plus de mal à personne. Ma ville est enfin libérée du Marchand de sable.

Seth acquiesça.

— Et maintenant, j'imagine qu'il faut s'attaquer au plus dur. Découvrir qui est la dernière victime. Prenons d'abord des photos de la scène, surtout avec le quad de Sam et ses traces dans le sable. Il reste à peine quelques minutes de jour : vous voulez peut-être faire installer des lampes.

— Nous sommes une petite ville. Nous n'avons pas d'éclairage pour le travail de nuit, mais je vais voir ce que je peux faire.

Tandis qu'Atkins le laissait seul pour prendre les mesures nécessaires, Seth fixa les dunes et s'efforça de ne pas penser au départ de Tamara, le lendemain.

Il valait sans doute mieux pour elle ne pas se rappeler les heures qui avaient suivi son rapt sur l'aire de repos. Son cerveau les lui cachait probablement parce qu'elles étaient abominables.

Rien ne lui aurait plu davantage que d'instaurer une véritable relation avec elle, de l'inviter à partager sa vie à Kansas City.

Mais, plus d'une fois, elle avait parlé d'affaires déplaisantes et inachevées l'attendant chez elle. Il ne pouvait lui parler d'avenir tant qu'elle ne connaissait pas son passé. Et il y avait peut-être quelque chose à Amarillo qui l'empêcherait d'envisager un avenir avec lui.

En outre, une fois partie, elle s'apercevrait peut-être que ses sentiments n'avaient pris naissance qu'à cause de ce regard unique échangé dans les dunes, et que ce qu'elle ressentait pour lui n'était rien d'autre que de la gratitude.

Il écarta la pensée de Tamara quand Atkins demanda

à ses adjoints de déplacer leurs voitures afin d'éclairer la scène de crime de leurs phares.

Les jambes engourdies par la peur, Seth et Tom firent quelques pas vers la scène macabre, où la main pointait hors du sable. Qui allaient-ils découvrir ?

Certainement une femme brune. Seth se demanda vaguement quel mal les brunes avaient fait à Sam pour qu'il devienne un tueur.

Cela l'excitait-il de rouler en quad dans son cimetière personnel ? Y avait-il encore des corps là-dessous, qu'ils n'avaient pas découverts ?

Seth n'avait pas envie d'y aller. L'idée que ce terrain de jeu pour les quads et les motos soit en réalité un lieu d'inhumation lui retournait l'estomac.

En attendant que tout le monde se mette en place et qu'on prenne les photos, il marcha jusqu'à la voiture d'Atkins et ouvrit la portière arrière.

— Ce n'est pas moi ! cria Sam. J'étais seulement en train de faire un petit tour avant d'aller travailler au bar. C'est dur, depuis qu'ils ont fermé les dunes. J'suis accro, qu'est-ce qu'vous voulez que j'vous dise ?

Il pencha la tête pour s'essuyer le nez sur l'épaule de sa chemise.

— J'ai vu cette main, et ça m'a rendu dingue. J'étais en train de retourner à ma voiture pour appeler les secours quand l'adjoint Michaels s'est mis à me poursuivre. Je me suis arrêté pour le lui dire, mais il m'a jeté par terre et m'a menotté.

Les reniflements de Sam s'arrêtèrent et il plissa les yeux.

— Il m'a donné plusieurs coups de pied, alors que j'étais déjà sur le sol.

Seth n'en fut pas surpris. Il avait l'intention de parler de la brutalité de Michaels à Atkins avant de quitter Amber Lake.

Mais si Sam était vraiment le Marchand de sable, Seth comprenait que Michaels ait ajouté une touche de son cru à l'arrestation. Lui-même, à la pensée du visage de Tamara affleurant hors de sa tombe de sable, réprimait l'envie de balancer son poing dans la figure du jeune.

— Et l'autruche, qu'est-ce que ça a à voir ? interrogea-t-il.

Sam le dévisagea avec une stupéfaction évidente.

— Quelle autruche ? De quoi vous parlez ?

Il n'avait l'air de rien de plus qu'un gosse effrayé, à peine majeur. Seth claqua la portière, saisi d'une incertitude perturbante.

Il voulait croire à la culpabilité de Sam. Cela rendait les choses claires et nettes. Le méchant était arrêté, l'affaire terminée, et le danger avait disparu pour Tamara et les femmes d'Amber Lake.

Il voulait désespérément que ce soit Sam, mais une lueur d'incertitude le chatouillait. Ce n'était qu'une intuition qui, il l'espérait, s'avérerait fausse. Mais en réponse à la question sur l'autruche, l'air d'incompréhension totale de Sam lui avait paru authentique.

— Je me disais, il y a un instant, qu'il faut espérer qu'il n'y a pas d'autres corps enterrés là-dessous, dit Seth en marchant vers Atkins

— Ne parlez pas de malheur, répondit celui-ci en poussant un grand soupir. Je vais vous dire quelque chose : s'il y a d'autres corps, ce ne sont pas ceux d'habitantes de la ville. On n'a signalé aucune disparition à Amber Lake.

— Tamara a été enlevée sur l'aire de repos, lui rappela Seth.

— Je sais, et j'espère que c'était une anomalie, et qu'elle n'est que la troisième victime de ce cauchemar. Sam correspond au profil du tueur en série. Il a plus ou moins l'âge auquel ils commencent à tuer, il vient d'un milieu défavorisé, et c'est un solitaire.

Seth adressa un bref sourire à Tom.

— Ça pourrait décrire la moitié des hommes avec qui je travaille au FBI.

Son sourire s'évanouit quand ils arrivèrent près de la

main qui pointait hors du sable. Elle avait l'air bizarre... Les doigts étaient plus gros que des doigts féminins normaux.

— Il y a quelque chose qui ne va pas, murmura-t-il, plus pour lui-même que pour Tom.

Se pliant en deux pour mieux voir, il jura entre ses dents et saisit la main. Elle se détacha immédiatement.

— Hé ! protesta Tom.

— Elle est fausse, dit Seth.

Il se releva et brandit l'avant-bras.

— C'est une fichue prothèse !

Il recula de quelques pas, indiquant aux adjoints de commencer à creuser pour voir si quelque chose d'autre était enterré.

Les suppositions se livraient bataille dans son cerveau. On leur avait joué un tour imparable. Tous les policiers de la ville étaient là.

Le cœur battant la chamade, il tira son portable de sa poche et composa le numéro de Linda.

Une sonnerie. *Décroche, Tamara*, pensa-t-il avec force.

Deux sonneries. Il serra le téléphone plus fort.

Trois sonneries. Pourquoi ne répondait-elle pas ?

Quatre sonneries, puis le déclic du répondeur qui se mettait en marche.

L'annonce enregistrée avec la voix de Linda lui recommanda d'attendre le bip pour laisser un message.

— Tamara, c'est Seth. Décroche le téléphone, dit-il après le bip.

Il était vaguement conscient que Tom s'était approché de lui.

— Tamara, s'il te plaît, décroche !

La panique montait en lui.

Où était-elle ? Pourquoi ne répondait-elle pas ?

Parce que le Marchand de sable les avait tous dupés. Parce qu'elle n'était pas là.

Elle était avec le Marchand de sable.

De terreur, son cœur fit une embardée contre ses côtes.

— Il nous a bluffés. C'était un piège, pour que nous venions voir le corps pendant qu'il s'en prenait à sa véritable cible.

Il avait du mal à réprimer le tremblement de sa voix.

— Tamara.

Tom prononça son nom à voix basse, comme si elle n'était déjà plus qu'une autre victime tragique dans le jeu du tueur.

— Envoyez quelqu'un chez ma sœur, demanda Seth, bien qu'il fût certain qu'ils trouveraient la maison vide.

Il ne voulait pas bouger. Il devait réfléchir.

Il devait s'introduire dans l'esprit de l'homme qui avait imaginé cette ruse pour parvenir à son but.

Il devait absolument savoir s'il avait Tamara et, si oui, où il allait.

Et combien de temps il lui restait pour tenter de lui sauver la vie.

Il devait faire ce qu'il savait le mieux faire : chausser les souliers du tueur.

14

Tamara savait qu'elle allait mourir. Elle ne pouvait pas bouger, et il était hors de question de s'échapper ou de lutter. Toutes les pièces manquantes se mirent en place dans sa mémoire.

C'était Steven, l'homme au chien de l'aire de repos. Elle n'avait pas eu peur de lui, parce qu'il portait son uniforme kaki. Il avait l'air officiel et respectable, et il travaillait pour la ville d'Amber Lake. Quelle raison aurait-elle eue de le craindre ?

Elle lui avait rendu les choses si faciles, en se penchant pour caresser le mignon petit terrier, qu'elle se souvenait maintenant avoir vu au refuge. Elle comprit aussi que quand elle avait dû sortir parce qu'elle avait l'impression de suffoquer, c'était parce que inconsciemment elle avait reconnu l'odeur qui s'accrochait à Steven… Une odeur de chien et d'excrément.

Quand elle s'était rendue au refuge avec Seth, Linda et Samantha, ce n'était pas sa première visite. Elle avait passé une nuit et la moitié d'une journée enfermée dans une cage de la pièce du fond, près d'un berger allemand emprisonné, qui avait l'air de n'avoir qu'une envie, lui sauter à la gorge.

Chaque fois qu'elle reprenait ses esprits, et que les sensations commençaient à revenir dans son corps, Steven faisait son apparition pour lui refaire une piqûre et la replonger dans l'impuissance.

L'après-midi suivant, il l'avait sortie de la cage et l'avait transportée dans le coffre de sa voiture, en marmonnant comme si elle était quelqu'un d'autre… comme si elle était sa mère.

« Une vraie autruche, avait-il dit. Te mettre la tête dans le sable, c'est tout ce que tu faisais quand il me battait comme plâtre. Les mères sont censées protéger leurs enfants, mais tu t'es caché la tête dans le sable, et maintenant c'est moi qui vais te la cacher. »

Elle aurait voulu hurler, lui dire qu'elle n'était pas sa mère, qu'elle ne lui avait jamais fait de mal, mais elle ne pouvait pas parler. Ses lèvres ne bougeaient pas, sa bouche refusait de prononcer le moindre mot. Elle était piégée dans son propre corps, et seul son cerveau faisait des heures supplémentaires.

Avec la mémoire de ce qui lui était arrivé avec Steven, d'autres souvenirs lui revinrent. Son mariage malheureux avec Jason, la goutte qui avait fait déborder le vase, et la raison pour laquelle elle avait peur de retourner chez elle, la raison de son chagrin.

Le cercueil était blanc et à peine plus grand qu'une boîte à chaussures. Le bébé, une fille, était né trop tôt. Elle n'avait pas pu inspirer un souffle de vie.

Elle se sentit déchirée par le chagrin. Elle ne pouvait battre des paupières pour faire couler les larmes accumulées dans ses yeux. C'était ce chagrin, de même que la solitude constante qui emplissait son appartement à Amarillo, qui motivait sa réticence à rentrer chez elle.

C'était Seth qui avait comblé cette solitude, qui avait soulagé sa peine, qui lui avait fait désirer un avenir avec lui, un avenir rempli de toutes ces choses qui manquaient à sa vie.

Et maintenant, il était trop tard. Bien trop tard.

Le Marchand de sable allait l'endormir pour toujours. Son cœur battait régulièrement en dépit de la peur qui l'envahissait à l'idée d'entendre le raclement de la pelle, de sentir le poids du sable qui recouvrirait d'abord ses pieds et ses jambes, puis le milieu de son corps et enfin le visage, l'étouffant à mort.

Elle aurait voulu avoir dit à Seth qu'elle l'aimait. Même si lui ne l'aimait pas, elle aurait voulu lui avoir offert la certitude qu'il était aimé profondément.

Trop tard. Il était trop tard maintenant. Elle se prit à espérer que ce ne serait pas lui qui la trouverait. Qu'il ne creuserait pas frénétiquement le sable pour la trouver, pour essayer de la sauver, alors qu'elle serait déjà morte. Elle ne voulait pas que la dernière image qu'il ait d'elle soit son cadavre.

Elle força ses pensées à se détourner de Seth pour revenir à sa situation présente. Steven conduisait lentement, et seule une bosse occasionnelle la secouait. La dernière secousse l'avait placée dans une position dans laquelle elle sentait quelque chose de pointu s'enfoncer dans son dos. Mais elle n'avait aucun moyen de se mettre dans une position plus confortable.

Rebecca Cook et Vicki Smith avaient-elles ressenti la même chose ? A quoi avaient-elles pensé tandis qu'on les conduisait vers la mort ? Avaient-elles eu des regrets ? S'étaient-elles raccrochées à des souvenirs ? Ou bien avaient-elles seulement souhaité qu'une autre bosse rende leur position moins inconfortable ?

La voiture ralentit et le chuintement de l'asphalte sous les pneus fut remplacé par quelque chose de plus doux et plus bosselé.

Les dunes ? Il ne l'emmenait sûrement pas là où se trouvaient Seth, le shérif Atkins et tous ses hommes.

Mais Seth lui avait dit, à un moment ou un autre, qu'il y avait plus d'un accès aux dunes, et que la zone était assez vaste pour qu'on ne puisse pas l'embrasser à l'œil nu. Et puis, il faisait sûrement nuit, maintenant. Personne ne verrait Steven l'ensevelir.

Des larmes s'accumulèrent de nouveau dans ses yeux, et coulèrent sur ses joues, tandis que la voiture s'arrêtait.

L'heure était venue. Elle avait entendu dire que la noyade était une mort relativement peu douloureuse. Et la noyade dans le sable ? Elle avait le sentiment que c'était une terrible façon de mourir.

Le coffre s'ouvrit, et la petite lumière lui permit de voir le visage de Steven. Un sourire de plaisir s'étalait sur ses lèvres.

Je ne suis pas votre mère, hurla-t-elle dans sa tête. *S'il vous plaît, Steven, ne faites pas ça. Ne me tuez pas pour les péchés de votre mère. Ce n'est pas moi qui les ai commis.*

Elle s'efforça de faire passer toutes ces émotions dans son regard tandis qu'il se penchait pour la prendre dans ses bras.

— Et maintenant, l'autruche va se mettre la tête dans le sable, comme tu l'as fait quand j'étais petit et que papa me frappait, dit-il en se mettant en marche.

Elle entendit le murmure du sable sous ses pieds et, en elle, la terreur s'amplifia. Elle pria pour que son cœur s'arrête avant qu'elle entende le premier crissement de la pelle dans le sable.

Steven se plia en deux et la déposa sur une surface granuleuse, puis s'éloigna. Ils étaient dans les dunes. Quelque part, peut-être pas très loin de l'endroit où Seth et les autres policiers s'activaient. Si seulement elle pouvait hurler ou ramper ! Mais elle en était incapable.

— Allez, au boulot, dit Steven, et elle entendit le premier raclement de la pelle dans le sable.

Il avait commencé à creuser sa tombe.

*
* *

Il ne fallut pas longtemps à Seth pour apprendre que Tamara n'était pas chez Linda, et qu'on avait trouvé la porte grande ouverte.

Elle était avec lui. Le Marchand de sable. Il avait déjà ordonné à plusieurs adjoints d'aller voir Henry Todd, Jerome Walker et Ernie Simpson, ces deux derniers étant les jeunes qui se trouvaient avec Sam quand on avait découvert Tamara.

Raymond Michaels était officiellement hors course. Il ne pouvait être là et, en même temps, avec Tamara. La seule chose que Seth refusait, c'était d'agir sans un plan.

Il savait que la clé du mystère était une autruche. Le souvenir que Tamara avait du tueur la traitant d'autruche recelait la clé de l'identité de ce dernier.

Il n'y avait aucun moyen de courir plus vite que le temps et il ne pouvait frapper aux portes pour essayer d'obtenir des réponses. La bombe à retardement avait explosé, et s'il n'avait pas très vite une idée, Tamara allait mourir.

Des autruches. En faisant les cent pas sur le sable, il considéra ce qu'il savait de ces oiseaux géants. Ils étaient trop gros pour pouvoir voler. Ils pouvaient tuer un homme d'un seul coup de patte. Il fronça les sourcils. Quoi d'autre ? Il devait y avoir autre chose.

Chacun des battements de son cœur, chacun de ses battements de paupières lui disait que le temps passait, que Tamara était déjà morte. La simple pensée de sa disparition le mit presque à genoux.

L'obscurité s'était abattue sur les dunes, et la seule zone illuminée était l'entrée principale, qu'éclairaient les phares de véhicules de police.

Des autruches. « Ne fais pas l'autruche. » Le vieux dicton résonna dans son esprit.

— Ne fourre pas la tête dans le sable, marmonna-t-il à voix haute.

Il avait entendu cela récemment. Où ? Où avait-il entendu quelque chose de semblable ?

« Vous seriez surpris du nombre de gens qui font l'autruche. » C'était au refuge animalier. Steven Bradley. Les pensées filaient dans son esprit, comme dans un ordinateur. Steven, dont l'uniforme aurait rassuré une femme seule. Steven qui pouvait se procurer une dizaine de chiens différents… Des chiens à promener dans un parc… Des chiens pour attirer les femmes.

Il se rappela comment les chiens avaient fait silence sur son ordre, comment le petit terrier s'était instantanément roulé sur le dos quand il s'était approché. Le chiot voulait-il se faire gratter le ventre, ou bien était-ce seulement le signe d'une soumission complète ?

Le tueur aimait le pouvoir, et qui avait plus de pouvoir que le responsable d'un refuge animalier qui détenait l'autorité sur des dizaines d'animaux emprisonnés et impuissants ?

— Steven Bradley, dit Seth à Tom qui approchait. Je crois que c'est Steven Bradley. Envoyez quelqu'un au refuge et chez lui. Voyez si on peut le trouver quelque part.

Seth parlait à toute vitesse, réfléchissant toujours.

— Qu'est-ce que je fais de Sam ? questionna Tom.

— Relâchez-le… Non, attendez.

Le tueur avait un mode opératoire. Comme une autruche. Leur mettre la tête dans le sable. Seth jeta un coup d'œil dans l'obscurité des dunes, au-delà.

— Gardez-le en détention, dit-il en se hâtant vers le quad de Sam.

Il entendit ce dernier protester à grands cris à travers la vitre fermée de la voiture en le voyant démarrer l'engin avec un rugissement.

Comme c'était rusé, de rassembler tous les policiers, tandis qu'il finissait sa tâche dans une autre partie des dunes ! C'était le genre de tour que Steven devait aimer…

Comme de laisser un petit tas de sable près de la fenêtre de la chambre de Tamara.

Seth fit ronfler l'engin, soulagé qu'il ait des phares. Il les alluma et se mit à chercher Steven, certain, au fond de son cœur, au fond de son âme, qu'il était quelque part avec Tamara. La seule chose qu'il ne savait pas avec certitude, c'était s'il était encore temps.

15

Tamara espérait que les étoiles allaient se montrer. Tandis qu'elle gisait sur le dos, immobile, écoutant le bruit du creusement de sa tombe, elle aurait voulu que les étoiles brillent au-dessus d'elle, que la pleine lune soit le témoin des derniers instants de sa vie.

Steven était resté silencieux, manœuvrant la pelle en un bruit de fond rythmique.

Elle se concentra sur les pensées qu'elle voulait emporter quand il l'ensevelirait.

Seth. Elle voulait penser à la manière dont ses bras l'enveloppaient. Elle voulait croire que ce serait le poids de son corps qui pèserait sur le sien quand le sable lui recouvrirait l'abdomen. Elle voulait se rappeler la lueur de ses yeux, le goût de ses lèvres quand le sable lui recouvrirait la figure et qu'elle rendrait son dernier souffle.

Elle avait hésité à s'abandonner pleinement à son amour pour lui à cause de ce qui l'attendait chez elle. Mais, à présent qu'elle savait de quoi il s'agissait, elle comprenait que rien ne l'empêchait de l'aimer complètement et pour toujours.

Elle mourrait en l'aimant.

Son cœur se serra quand le bruit de pelle s'arrêta et que le visage de Steven se dressa au-dessus d'elle.

— C'est l'heure pour les mauvaises mamans d'affronter leur châtiment.

Il s'agenouilla près d'elle, et bien que la seule source de

lumière fût la lampe de poche qu'il avait à la main, elle vit la folie qui émanait de son regard.

— Tu n'aurais pas dû faire semblant de ne pas voir quand il me frappait à coups de ceinture et qu'il m'a cassé le nez. Tu n'aurais pas dû faire l'autruche quand il m'a tordu le bras jusqu'à ce que je hurle, et quand il m'a donné un coup de pied tellement fort que je n'ai pas pu marcher pendant deux jours.

Des larmes jaillirent des yeux de Tamara. Elle comprit qu'elles n'étaient pas seulement pour elle, mais aussi pour le petit Steven Bradley, pour les tourments qu'on lui avait infligés quand il était jeune et sans défense.

Il avait manifestement été la victime d'un père abusif et d'une mère négligente, mais cela n'excusait pas les choix qu'il faisait à présent. Cela n'excusait pas le fait qu'il essaie de changer le passé en tuant des femmes innocentes.

Il était devenu un monstre et le monstre s'apprêtait à frapper. Elle ne pouvait bouger un seul muscle pour l'en empêcher. Quand il s'empara de ses bras pour la traîner vers le trou qu'il avait préparé, la terreur explosa dans son crâne.

Seth ! hurla-t-elle en pensée.

Elle vit une image de lui souriant, de ce sourire charmeur et sexy qui lui faisait chaud au cœur.

Elle s'accrocha à cette vision quand elle se sentit tomber dans le trou et que la première pelletée de sable lui recouvrit les pieds.

Seth filait à toute allure, cherchant une lumière, une voiture, quelque chose qui lui donne un indice quant à l'endroit où opérait le Marchand de sable.

Etait-il déjà trop tard ?

Il s'était passé tant de temps !

Il ne pouvait pas même être sûr du temps que Steven avait mis pour faire sortir Tamara de chez Linda.

Elle lui avait sans doute ouvert la porte. Elle avait dû supposer qu'il était passé s'enquérir de Samantha et du chien. Elle n'avait pas dû sentir le danger parce qu'elle pensait que le Marchand de sable était déjà arrêté.

Il ne supportait pas l'idée de déterrer encore Tamara, trop tard cette fois pour la sauver.

L'idée de la sortir du sable, de ne jamais revoir son sourire, lui tordit l'estomac comme s'il allait vomir.

Ils devaient être quelque part, et il fallait qu'il les trouve à temps.

Il quadrillait les dunes, se cramponnant au-dessus des bosses, le cœur battant follement.

Il conduisait depuis cinq minutes environ quand l'idée le frappa. Il eut le pressentiment que Steven avait dû trouver amusant d'enterrer Tamara là où on l'avait trouvée la première fois, après son coup de bluff avec le faux bras.

Il tourna dans cette direction, priant pour que son instinct ne le trompe pas, et pour ne pas gâcher de précieuses minutes en prenant la mauvaise direction.

Il fallait qu'il se fie à son intuition, c'était tout ce qu'il avait. Quand il avait réalisé que la main était en plastique et que le Marchand de sable n'était pas dans la voiture, son cœur s'était déchiré.

Bien que la rapidité fût nécessaire, il savait que s'il approchait trop vite, il passerait par-dessus le bord de la falaise et pourrait être gravement blessé. En dépit de l'urgence, il diminua les gaz.

A l'approche de la falaise, le clair de lune filtra momentanément à travers une trouée des nuages. Dans cette demi-lumière, Seth le vit… Steven Bradley en uniforme, une pelle à la main.

Avec un rugissement de rage, il sauta du quad qui

continua sur sa lancée et bascula par-dessus la falaise, et courut vers Steven.

Le jeune homme se retourna, le visage déformé par une furie assassine. Levant sa pelle, il la balança de toutes ses forces et l'abattit sur l'épaule de Seth.

La douleur envahit le bras de Seth, mais s'atténua quand il vit Tamara, les jambes recouvertes de sable et le reste du corps à l'air libre.

Il était arrivé à temps. Le savoir engourdit la douleur et fit jaillir en lui une force insoupçonnée.

Mais Steven avait l'énergie de la folie, et on voyait dans ses yeux qu'il n'avait plus rien à perdre.

Armé de la pelle, il s'avança de nouveau. Cette fois, quand il la balança, Seth fit un pas de côté et plongea vers ses jambes. Steven tomba à terre avec un grognement et laissa échapper le manche de l'outil.

Se reprenant, il se servit de sa torche pour frapper Seth à la tête et sur les épaules. Des étoiles se mirent à danser devant les yeux de celui-ci, et il comprit que s'il ne prenait pas le contrôle de la situation, il y aurait une double tragédie ce soir-là.

Il réussit à saisir l'autre extrémité de la torche, et les deux hommes luttèrent. Le sable brûlait la peau découverte de Seth, et pénétrait dans ses yeux, le faisant pleurer.

Il donna un coup de poing à Steven, un uppercut qui envoya valser sa tête. L'emprise du jeune homme sur la lampe se relâcha, et Seth la fit tomber à côté d'eux. Ils étaient dangereusement proches du bord de la falaise.

Steven avait l'air sonné. Seth se remit à genoux et tira son revolver de son holster. Il aurait dû le sortir bien avant, mais la pensée de retrouver Tamara vivante l'avait dominé. A présent, il fallait qu'il fasse en sorte de survivre pour la garder en vie.

Avant qu'il puisse attraper son revolver, Steven se jeta

sur lui à coups de pied et de poing. Ils roulèrent de nouveau sur le sol.

La panique prit Seth quand il comprit qu'ils étaient si près du bord de la falaise qu'un seul faux mouvement pouvait les envoyer en bas.

Au loin, des sirènes retentirent. Les renforts étaient en route, mais il était impossible de savoir s'ils arriveraient à temps. Tamara n'avait pas bougé, ce qui voulait dire que son corps était toujours sous l'emprise d'une drogue quelconque.

Une pluie légère s'était mise à tomber, et il craignit que cela ne fasse tomber le sable dans le trou, l'étouffant à mort en dépit de ses efforts.

— Elle doit mourir, hurla Steven au moment même où un éclair déchirait le ciel.

Une seconde plus tard, le tonnerre claqua au-dessus de leurs têtes.

— Elle a passé toute mon enfance la tête dans le sable. Je ne fais que finir le boulot.

Seth n'avait aucune idée de ce dont il parlait, mais à ce moment, il roula sur lui-même et se redressa. Steven passa par-dessus le rebord de la falaise, plantant au dernier moment les doigts dans le sable pour se retenir.

Une voiture de patrouille s'arrêta et illumina la zone. Seth se précipita au bord de la falaise et saisit les poignets de Steven, pour essayer d'empêcher sa chute.

Au-dessous de lui, le quad gisait à l'envers, les phares toujours allumés, et de la vapeur sortant en sifflant d'un tuyau cassé.

— Aidez-moi. Ne me lâchez pas, implora Steven.

Il n'y avait plus rien du tueur fou dans ses yeux quand il regarda Seth. On aurait dit un jeune homme terrifié par la mort.

Et pourtant, deux femmes au moins avaient connu une mort atroce entre ses mains. Il avait tenté de tuer Tamara.

Seth fut momentanément pris d'un conflit intérieur.

Il serait si facile de le lâcher. Si la chute ne le tuait pas, elle le blesserait gravement. Les photos des cadavres de Rebecca et Vicki lui traversèrent l'esprit. Le souvenir d'avoir déterré Tamara serait pour toujours gravé dans sa mémoire.

Lâche-le, murmura une petite voix dans sa tête. *Laisse-le mourir dans les dunes où il a tué.*

Mais Seth n'était pas un meurtrier, et laisser tomber volontairement Steven aurait été un meurtre. Bandant ses muscles, il essaya de soulever Steven.

Tout en s'acharnant, il prit conscience d'un bruit de course derrière lui. Un instant plus tard, Tom s'agenouilla près de lui et, ensemble, ils parvinrent à ramener Steven en terrain sûr.

Tom fit rouler ce dernier pour le menotter, tandis que Seth courait vers Tamara. La pluie tombait maintenant pour de bon, mais il la remarqua à peine. Déblayant le sable accumulé sur ses jambes, il la dégagea et la prit dans ses bras.

Son corps pesait de tout son poids, et la seule émotion visible sur son visage irradiait de ses yeux. Le soulagement et l'amour, c'était ce qu'il lisait en eux.

Il la serrait contre lui quand Raymond Michaels arriva en voiture.

Seth l'emporta jusqu'au véhicule et monta avec elle sur le siège arrière. Michaels prit immédiatement la direction de l'hôpital.

— C'est fini, murmura Seth à Tamara. C'est fini, tu es saine et sauve.

Sa tête eut un mouvement imperceptible, tandis que ses doigts s'ouvraient légèrement. Seth sentit son cœur bondir quand il comprit que quelle que soit la drogue qu'elle avait reçue, celle-ci était en train de s'estomper.

Raymond ne dit rien sur le trajet, et Seth lui fut reconnaissant de son silence. Il ne voulait pas l'entendre bavarder, il voulait seulement se concentrer sur la femme dans ses bras, écouter la respiration lente et régulière qui lui disait qu'elle était vivante.

Des aides-soignants et un brancardier vinrent à leur rencontre à l'entrée de l'hôpital. Apparemment, Tom avait appelé pour faire savoir qu'ils arrivaient.

Tamara fut emmenée et Michaels repartit vers la scène de crime. Seth s'effondra sur une chaise, dans la salle d'attente, le cœur toujours battant.

Tamara était sauvée et l'affaire était terminée. Il avait fait son travail. La ville d'Amber Lake n'aurait plus jamais à s'inquiéter du Marchand de sable.

Pourtant, la partie la plus difficile était encore à venir. Il aimait Tamara, mais il devait lui dire adieu. Il fallait qu'elle rentre chez elle, qu'elle reprenne sa vie et qu'elle assimile le changement que son expérience avait provoqué. Il le savait : elle avait changé. Tous ceux qui côtoyaient le meurtre et la terreur en étaient transformés.

Il l'aimait et il n'ignorait pas qu'elle se croyait amoureuse de lui. Mais les sentiments de Tamara pour lui étaient forcément brouillés par ce qu'elle avait vécu, et il ne pouvait se fier à la certitude qu'elle avait.

Il était temps pour lui de retourner chez lui. Avec le temps, peut-être oublierait-il Tamara, et les moments qu'il avait passés avec elle à Amber Lake.

Il attendait depuis près d'une heure quand le médecin apparut. Le Dr Kane lui jeta un coup d'œil et fronça les sourcils.

— Elle va bien, mais vous, vous semblez avoir besoin d'un petit nettoyage et de glace.

— Je vais bien. Je peux la voir ?

— Pas avant que vous me laissiez vous soigner. Un seul regard à votre aspect et Tamara aura un nouveau choc. Venez.

Le médecin lui fit signe de franchir la porte des urgences.

Seth lui emboîta le pas jusqu'à une petite pièce.

Là, le Dr Kane se mit en devoir de lui nettoyer le visage avec un produit antiseptique, le faisant tressaillir.

— Vous avez déjà un beau bleu sur le côté du visage. Vous avez le vertige ? La nausée ?

— Tout va bien. Je veux voir Tamara.

Il avait besoin de la toucher, de s'assurer qu'elle était vraiment saine et sauve.

— On l'a déplacée dans une chambre. Le produit qu'on lui a administré semble s'être estompé, mais je la garde en observation cette nuit. Vous savez, cette coupure sur le menton aurait bien besoin d'un point ou deux.

Seth ne se rappelait pas comment il s'était fait cette blessure. La lutte avec Steven lui apparaissait maintenant comme dans un rêve, avec des passages flous dont il n'avait pas envie de se souvenir. Tout ce qui comptait, c'était que Tamara soit sauve.

— Je vais bien, répéta-t-il avec une touche d'impatience.

Le Dr Kane se leva de son petit tabouret.

— D'accord. Elle est dans la chambre 124.

Seth sortit précipitamment et s'engagea dans le couloir. Il fallait qu'il la voie. Il comprenait maintenant le besoin qui avait poussé Sam à se tenir dans la rue devant la maison, le besoin de s'assurer qu'elle allait vraiment bien, que le sable ne l'avait pas engloutie.

Il y avait toujours des questions en suspens. Qu'est-ce qui avait poussé Steven à faire ce qu'il avait fait ? De quel genre de drogue s'était-il servi, et où avait-il séquestré ses victimes avant de les emmener dans les dunes ?

Mais Seth s'en fichait. A présent que Steven était arrêté, Tom et son équipe obtiendraient rapidement les réponses à ces questions.

Apparemment, Tamara avait pris une douche, car elle avait l'air toute propre et à son aise dans sa blouse d'hôpital fleurie. Elle sourit quand il entra dans la pièce à demi éclairée.

— Mon héros. Je dois avouer que je commençais à me faire du souci, là-bas, dans les dunes. Qu'est-ce qui t'a pris tant de temps ?

Bien que son ton fût léger, ses yeux recelaient encore la terreur qui avait été la sienne quand elle était seule avec Steven.

— Oh ! tu sais, j'ai dû changer de chemise et me donner un petit coup de rasoir. Les héros doivent veiller à leur image.

— On dirait que tu t'es rasé d'un peu trop près, observa-t-elle.

Il s'assit sur la chaise qui jouxtait son lit, et elle tendit immédiatement la main. Il hésita un instant avant de la prendre mais, quand ses doigts s'enroulèrent autour des siens, il sentit l'amour le remplir.

— Tu m'as fait peur, dit-il enfin.

— J'ai eu peur aussi, répondit-elle. J'ai été stupide. Je lui ai ouvert la porte. J'ai supposé qu'il était venu prendre des nouvelles de Samantha et Scooter. Il m'a planté une aiguille dans le bras, et je suis tombée.

— Aucun de nous ne soupçonnait Steven. On n'avait même pas pensé à lui. C'est par pure chance que je t'ai trouvée.

Elle lâcha finalement sa main et se redressa sur le lit.

— Comment as-tu fait ? Comment as-tu compris que c'était lui ?

— A cause de l'autruche.

Il lui expliqua ses déductions, et comment il avait compris que Steven allait finir sa tâche dans les dunes.

— C'était sa mère, compléta Tamara. Il reprochait à sa mère de ne pas l'avoir protégé de la violence de son père. Quand j'étais dans le coffre de sa camionnette, en route pour les dunes, la mémoire m'est revenue d'un coup.

Il l'écouta lui raconter les souvenirs de sa nuit à la fourrière, sans pouvoir imaginer l'horreur de la situation.

— J'ai aussi compris ce qui m'empêchait de rentrer à la maison, conclut-elle.

— Et qu'est-ce que c'est ?

— Le chagrin et l'apitoiement sur moi-même.

Il haussa un sourcil et elle poursuivit :

— Mon appartement en était rempli depuis deux ans. Je me suis plongée dans mon chagrin, enfermée dans le deuil de mon enfant mort.

— Un enfant mort ?

Il lui reprit la main, incapable de ne pas la toucher d'une manière ou d'une autre alors qu'elle parlait de ses traumatismes passés.

— Jason n'était pas particulièrement content quand je suis tombée enceinte, un an après notre mariage, mais il a paru se résigner au fait d'être père. Il y avait déjà des fêlures dans notre couple, mais comme tant d'autres idiotes, je croyais qu'un bébé nous souderait.

Il sentit la tension dans ses doigts, et vit une profonde tristesse dans ses beaux yeux.

— Quelque chose s'est passé au septième mois, les médecins ne savent pas bien quoi, mais la petite fille que je portais est morte. Ils ont provoqué l'accouchement et je lui ai donné naissance. Ensuite, j'ai dû choisir un cercueil pour qu'on l'enterre.

Le cœur de Seth se serra, bien qu'il sût qu'il ne pouvait en aucune manière se représenter la douleur provoquée par une telle expérience.

— Je suis désolé, Tamara.

Un instant, ses yeux brillèrent de larmes, mais elle déglutit et parut les ravaler.

— C'était une période difficile, mais le pire, c'était qu'au fond de mon cœur, je savais que Jason n'avait pas de vrai chagrin. Il était plus soulagé que triste. J'ai entamé le divorce le jour suivant. J'ai quitté notre maison, et emménagé dans un appartement où j'ai apporté toute ma peine et ma douleur. Je n'ai jamais réussi à les surmonter. C'est pour ça que je ne voulais pas retourner chez moi, parce qu'il n'y avait que de la tristesse à retrouver.

Elle le regarda, mais il ne pouvait se permettre de se laisser piéger par l'émotion du moment. Il lâcha sa main et se leva.

Il devait mettre une distance entre eux, avant qu'ils ne fassent quelque chose qu'ils regretteraient.

— Maintenant, tu peux retourner chez toi et te construire une vie meilleure. Tu es forte, Tamara. Il est temps de laisser de côté ton chagrin, ta peur et ton passé pour apprendre à vivre dans le bonheur.

Son regard resta fixé sur le sien, et elle s'immobilisa comme si elle était de nouveau droguée. Il savait ce qu'elle pensait : ses paroles ne contenaient aucune offre pour eux deux. Il fit un pas vers la porte.

— Je te verrai demain ? demanda-t-elle en relevant le menton.

— Je ne sais pas, répondit-il. Tom va venir te voir pour conclure l'affaire. Je veillerai à ce qu'il t'apporte tes affaires. Je ne sais pas quand exactement je repars pour Kansas City. Il vaut mieux nous dire au revoir maintenant.

Sa poitrine lui faisait mal.

— Je ne veux pas te dire au revoir…, dit-elle les yeux brillants de larmes contenues. Je suis amoureuse de toi, Seth.

Ces mots lui firent l'effet d'un coup de couteau dans le cœur. Il ne voulait pas les entendre. Il ne voulait pas le savoir. Il ne voulait surtout pas accepter leur réalité.

— Tamara, j'ai beaucoup d'affection pour toi, mais je ne t'ai jamais fait de promesses. Nous savions tous deux que c'était… temporaire. Je suis fait pour vivre seul, et tu dois rentrer chez toi affronter les démons qui te hantent. Trouve le bonheur, Tamara, tu le mérites.

Il n'attendit pas sa réponse, et se rua hors de la pièce. Il était presque à la sortie de l'hôpital quand il s'effondra contre un mur, saisi d'un chagrin comme il n'en avait jamais connu. C'était le chagrin de ce qui aurait pu se passer s'ils s'étaient rencontrés ailleurs et à un autre moment.

Quand elle lui avait parlé de la perte de son bébé, il avait eu envie, plus que tout, de l'attirer dans ses bras et de la tenir contre lui jusqu'à ce que la douleur cesse. Mais c'était une peine de cœur qui la hanterait toujours d'une manière ou d'une autre.

Il resta là une minute, puis, se décollant du mur, il franchit la sortie. Il restait quelques détails à régler, ensuite il pourrait retourner à Kansas City, où était sa place.

Les vacances avaient pris fin, et il était temps de reprendre la vie qu'il avait laissée derrière lui… Une vie sans Tamara.

16

Cela faisait une semaine que Tamara était revenue à Amarillo, dans son appartement. On avait retrouvé sa voiture dans le garage de Steven Bradley, de même que son sac avec sa carte d'identité et ses cartes de crédit.

Assise à la table de la cuisine, elle s'efforçait de ne pas penser à l'homme qui consumait ses pensées depuis son retour.

Elle n'avait pas revu Seth après son départ de l'hôpital, ce soir-là. Le shérif Atkins était venu la chercher le matin suivant, et l'avait emmenée à son bureau pour prendre sa déposition.

Une fois cela fait, il l'avait accompagnée chez Linda pour qu'elle prenne ses affaires, puis l'avait conduite jusqu'à sa voiture dans le parking de la fourrière.

C'était fini.

On ne s'attendait même pas à un procès, car Steven avait tout avoué, y compris les meurtres de Rebecca Cook et Vicki Smith.

La première chose que Tamara avait faite en rentrant chez elle, avait été d'écrire une lettre de remerciements chaleureux à Linda et Samantha, pour l'avoir accueillie dans leur maison quand elle n'avait aucun souvenir.

Après cela, elle s'était occupée de rattraper son retard dans son travail, de nettoyer l'appartement, et de surmonter son chagrin.

S'il y avait une chose que son histoire avec Seth lui avait

apprise, c'était qu'elle était capable d'aimer, qu'elle était prête à avoir la famille dont elle rêvait.

Le deuil de la petite fille qu'elle avait baptisée Danielle demeurerait toujours dans son cœur, mais ce n'était plus un obstacle qui lui barrait la route du bonheur.

Tout ce qu'elle avait à faire, c'était d'oublier Seth Hawkins.

Il était encore trop présent dans son esprit pour qu'elle puisse commencer à penser à un autre homme. Elle avait encore son goût sur les lèvres, elle sentait encore ses bras autour d'elle.

La vie aurait été bien plus facile si elle avait pu réprimer ses souvenirs de lui, comme elle avait refoulé la mémoire de Steven Bradley et des choses affreuses qui lui étaient arrivées entre ses mains.

Seth avait pensé que son amour n'était que de la gratitude. Il avait cru que celui-ci n'avait vu le jour qu'à cause des circonstances dans lesquelles ils s'étaient rencontrés, mais il avait tort.

Elle ne l'aimait pas parce qu'il lui avait sauvé la vie, ni parce qu'il était la seule personne à qui elle avait pu faire confiance durant la période la plus stressante de son existence.

Elle était tombée amoureuse de son sourire charmeur et sexy, de son sens de l'humour, et de ses yeux gris qui lui donnaient envie de plonger en eux.

Prenant une gorgée de son thé glacé, elle fixa la fenêtre, qui ouvrait sur un ciel sans nuages, d'un bleu parfait.

Seth lui avait dit de retourner chez elle et de chercher le bonheur, mais il n'avait pas compris qu'il était une composante importante de ce bonheur.

Elle se leva, jeta le reste du thé glacé dans l'évier, et se dirigea vers son bureau.

Travailler. C'était ce qui lui avait permis de surmonter la mort du bébé, l'échec de son mariage raté. A présent, il fallait espérer que cela l'aiderait à repousser la pensée de Seth.

Elle ne savait pas depuis combien de temps elle travaillait quand un coup retentit à la porte. Sans doute le livreur du clavier lumineux qu'elle avait commandé.

Elle ouvrit la porte et sentit le souffle lui manquer. Appuyé contre le chambranle, sanglé dans un jean diaboliquement moulant et un T-shirt blanc qui soulignait ses biceps, se tenait Seth, son sourire éternellement sexy aux lèvres. Elle hésita entre hurler ou pleurer.

Il est sans doute venu régler des détails liés à l'affaire, murmura une petite voix dans sa tête. *Ce n'est pas parce qu'il est là qu'il est venu pour toi.*

— Quelle surprise ! s'exclama-t-elle, constatant avec plaisir que sa voix ne révélait rien des émotions tumultueuses que la présence de Seth soulevait en elle.

— J'étais dans le coin, et j'ai eu envie de passer. Tu me laisses entrer ? dit-il en haussant un sourcil.

— Oui… Bien sûr.

Elle se recula pour le laisser passer. L'odeur familière de son après-rasage l'enveloppa, lui rappelant une fois de plus combien elle s'était sentie en sécurité et au chaud dans ses bras.

— Tu veux boire quelque chose ? J'ai du thé glacé au réfrigérateur.

Elle le précéda dans la cuisine.

— Volontiers.

Tandis qu'elle ouvrait le réfrigérateur, il s'appuya au chambranle de la porte entre le salon et la cuisine.

— Tu travailles sur une affaire à Amarillo ?

Elle fronça les sourcils car sa main tremblait en versant le thé.

— Non, je prends enfin les vacances que je prévoyais quand je suis allé à Amber Lake.

— Et tu as décidé de les prendre à Amarillo ?

Elle lui tendit le thé et, comme il ne le prenait pas, le posa sur la table, le cœur battant plus vite qu'il n'aurait dû.

— Qu'est-ce que tu fais ici, Seth ?

— Quand mon patron m'a ordonné de prendre des vacances, j'ai pensé à tous les endroits où j'aimerais aller, et le premier qui m'est venu à l'esprit, c'était ici.

Il fourra les mains dans ses poches, le regard fixé sur le sol, l'air terriblement vulnérable.

— Peut-être que maintenant que tu es revenue, les choses ont changé. Peut-être que tu as fait le tri dans tes émotions et que tu ne ressens plus la même chose, mais il fallait que je vienne te voir pour le savoir.

Il leva les yeux pour croiser son regard.

— Parce que, honnêtement, je ne cesse de penser à toi, Tamara.

Son cœur qui battait trop vite parut s'arrêter dans sa poitrine.

Il sortit les mains de ses poches.

— J'ai décidé, il y a longtemps, que je ne me marierais jamais, que je n'avais pas besoin des embarras de l'amour, mais quelque chose de fou m'est arrivé quand je t'ai vue dans les dunes, tellement impuissante et vulnérable.

Elle fit un pas vers lui. Son cœur s'était remis à battre à tout rompre, lui coupant le souffle avec l'anticipation de la joie.

— Quelque chose de fou ? répéta-t-elle.

— Je ne voulais pas seulement te savoir saine et sauve. Je voulais respirer l'odeur de tes cheveux, goûter à tes lèvres, sentir ton corps contre le mien. Mais par-dessus tout, je voulais voir ton sourire et entendre ton rire. Je voulais que tu sois la première personne que je verrais le matin et la dernière personne que je verrais le soir. Je t'aime, Tamara, et je comprendrais si…

Il ne put rien ajouter, car elle se jeta dans ses bras et recouvrit ses lèvres des siennes. Leur baiser fut empreint d'ardeur, mais aussi d'une tendresse qui éclaira d'une chaleur ardente les ténèbres qui demeuraient encore dans son cœur.

— Rien n'a changé, déclara-t-elle enfin, quand leur baiser prit fin.

Il resserra les bras autour d'elle.

— J'étais désespérément, totalement amoureuse de toi, quand je suis partie d'Amber Lake, et je ressens la même chose aujourd'hui.

Cette fois, quand sa bouche captura la sienne, elle eut l'impression d'être enfin comblée. Ce baiser contenait tout à la fois la promesse de l'amour, de l'avenir, de la famille. Il dessina ensuite une traînée de feu le long de son cou.

— Ça, c'est des vacances, murmura-t-elle.

Il laissa échapper un rire bas et rauque.

— Non, c'est bien plus que ça.

Elle rit aussi, sachant que ces vacances allaient durer toute la vie. Elle était enfin à sa place... avec Seth, l'homme qui l'avait sauvée de la mort et lui avait fait connaître l'amour.

RITA HERRON

Des retrouvailles inattendues

BLACK *ROSE*

éditions HARLEQUIN

Titre original : NATIVE COWBOY

Traduction française de ESTELLE BELHIS

83-85, boulevard Vincent-Auriol, 75646 PARIS CEDEX 13.

Service Lectrices — Tél. : 01 45 82 47 47

www.harlequin.fr

Prologue

Elle devait s'assurer que son bébé allait bien.

Nellie appuya sur l'accélérateur et poussa sa vieille berline jusqu'à ses limites, en s'engageant sur la petite route qui menait au Bucking Bronc Lodge.

A la clinique, en ville, on lui avait dit que le Dr Winchester vivait dans ce ranch, le BBL. Mais ce coin paraissait désert. Sombre. Et isolé.

La panique la gagna. Avait-elle tourné au mauvais endroit ?

Elle déplia la serviette en papier sur laquelle elle avait griffonné son itinéraire, mais il faisait trop noir : elle ne parvenait pas à déchiffrer son écriture hâtive.

Soudain, ses phares éclairèrent un panneau de bois : il lui souhaitait la bienvenue au BBL. Des flèches indiquaient que le bâtiment principal, qui abritait le centre d'accueil psychologique, ainsi que le dispensaire, se trouvait sur la gauche. Le chalet du Dr Winchester, pour sa part, était censé se trouver sur la droite. Nellie s'élança sur le chemin en gravillons et ceux-ci volèrent en tous sens dans un crissement de pneus.

Le Dr Winchester saurait quoi faire. Elle l'avait déjà aidée… Il fallait qu'elle lui parle de cet homme à la voix inquiétante.

Elle prit une grande inspiration et repoussa une mèche de cheveux égarée sur sa joue, tout en jetant un regard dans son rétroviseur. Quelques minutes plus tôt, elle avait cru y apercevoir un véhicule et craint d'être suivie. Avait-elle semé son poursuivant ? Ou sombrait-elle dans la paranoïa ? Ce pick-up lui avait paru dangereusement proche. Où se trouvait-il maintenant ?

Soudain, un bruit ressemblant à une petite explosion retentit. La voiture sembla faire un bond en avant, puis glissa vers le fossé qui bordait le chemin. Nellie sentit la peur lui nouer la gorge. Son pneu venait d'éclater.

La voiture fut alors prise de soubresauts et devint incontrôlable. Par réflexe, Nellie écrasa les freins, mais le véhicule effectua un tête-à-queue ; et quand elle les sollicita de nouveau, la voiture, au lieu de s'arrêter, sembla glisser davantage.

Nellie étouffa un cri dans sa gorge. Enfonçant son pied violemment sur la pédale, elle agrippa le volant aussi fort qu'elle le put. La berline se dirigeait tout droit vers un énorme rocher. Nellie tourna brutalement le volant vers la gauche pour l'éviter, et le véhicule quitta le chemin, écrasant de jeunes buissons, rebondissant sur le terrain bosselé. Nellie n'avait plus aucun contrôle sur sa voiture. Le pare-chocs avant alla s'écraser contre un arbre et le véhicule arrêta enfin sa course folle. Mais Nellie percuta le volant de la tête, et tout devint noir.

Elle ne reprit connaissance que quelques secondes, ou quelques minutes, plus tard. Elle rouvrit péniblement les yeux. Tout autour d'elle semblait flou. Encore tremblante, elle tendit la main vers son sac à main, à la recherche de son portable pour appeler des secours.

Mais quelqu'un ouvrit brusquement sa portière et la souleva de son siège. Elle était partagée entre le soulagement et la peur. L'homme la déposa à terre, sans un mot. Allait-il l'aider ? Un peu désorientée, elle cligna des yeux à plusieurs reprises.

Quelque chose scintilla dans l'obscurité : une chaîne en

or que l'homme portait autour du cou. L'instant suivant, la lame brillante d'un couteau l'éblouit, et la terreur l'envahit.

— Laissez-moi partir ! hurla-t-elle.

Mais des doigts puissants se refermèrent sur son bras, et l'homme l'entraîna vers les bois. Elle lui envoya plusieurs coups de pied et se débattit férocement ; elle devait à tout prix s'échapper.

Elle se libéra finalement de son emprise en lui donnant un violent coup dans la rotule. Aussitôt, elle se mit à courir et cria à l'aide. Elle devait atteindre le chalet du Dr Winchester coûte que coûte.

Mais les environs étaient plongés dans l'obscurité, et lorsqu'elle s'enfonça à travers les buissons, la nuit lui parut terriblement oppressante. Un ruisseau clapotait près de là, mais elle ne remarqua pas la racine d'un arbre et trébucha.

Elle tomba lourdement : le bruit de brindilles cassées se mêla alors aux jurons de l'homme et résonna dans l'air. Elle se releva précipitamment et suivit une piste qui menait près de la berge, priant pour que celle-ci jouxte le chalet du médecin. Mais son pied se prit une fois encore dans une branchette et elle vacilla au milieu des arbrisseaux. Ses mains s'égratignèrent sur des pierres, et elle avala de la poussière.

L'homme en profita pour fondre sur elle. Son haleine fétide lui balaya le visage lorsqu'il la saisit par les cheveux et la força à se retourner. Elle tenta de crier, mais il lui enserra ensuite le cou d'une main, l'étouffant presque, tandis que de l'autre, il brandissait son couteau.

Se démenant pour essayer de se libérer, elle lui griffa copieusement les mains. Mais la lame s'enfonça dans son abdomen, et un autre hurlement s'étouffa dans sa gorge tandis que la mort murmurait son nom.

1

Deux jours plus tard

Mason observa attentivement le gardien qui refermait la porte d'une cellule sur Pruitt Ables. Cette affaire était arrivée à sa conclusion et il pouvait soupirer de soulagement.

Il quitta le pénitencier avec un sourire satisfait. Il était un cow-boy, un loup solitaire, un représentant de la loi qui passait le plus clair de son temps à traquer des criminels. Son travail était toute sa vie, et cela lui convenait parfaitement.

Pas d'attaches, personne pour lui reprocher de ne jamais être à la maison lorsqu'il menait une investigation. Personne pour lui suggérer de devenir quelqu'un d'autre.

La chasse à l'homme lui était devenue si naturelle qu'on faisait appel à lui pour tous les dossiers un peu sensibles de disparition, ou lorsqu'un criminel était activement recherché.

Mais maintenant que Miles McGregor et lui avaient mis sous les verrous ce psychopathe et son complice, ils avaient décidé de prendre quelques jours de repos bien mérité. Miles comptait passer du temps dans son ranch, avec sa femme et son fils ; quant à lui, il avait l'intention de consacrer un peu de temps aux gamins du Bucking Bronc Lodge.

Il jeta un regard à sa montre, puis sauta dans son 4x4 et se dirigea vers la réserve. Il avait promis à Brody Bloodworth, le fondateur de l'association, qu'il emmènerait les jeunes en randonnée pour leur enseigner quelques techniques de survie.

Une heure plus tard, il était en selle et se présentait au petit groupe d'adolescents qui l'entourait.

— Vous êtes prêts ?

Les garçons acquiescèrent, même si Ray avait l'air maussade et que Wally ne semblait pas à l'aise sur sa monture. Il garderait un œil sur lui.

— Nous allons chevaucher vers le sud, jusqu'au ruisseau, annonça-t-il.

Il devança le groupe de cavaliers, laissant à Carlos le soin de fermer la marche. Tandis qu'ils progressaient, il montrait aux adolescents différentes variétés de plantes et comment utiliser le soleil comme boussole.

Lorsqu'ils arrivèrent à proximité de l'eau, ils descendirent de cheval, et il leur fit un topo sur les herbes médicinales qui poussaient alentour, puis ils crapahutèrent à travers bois sur plusieurs centaines de mètres. Leur signalant des baies toxiques, il leur rappela l'importance de savoir faire la différence entre les plantes comestibles et les autres lorsqu'ils étaient en bivouac en pleine nature.

— C'est ce que font les Indiens, non ? demanda Wally. Ils se servent de ces plantes pour se soigner.

— Et toi, tu es un Indien, n'est-ce pas ? lança Pablo à Mason.

Celui-ci esquissa un sourire.

— Oui, j'ai du sang comanche. Et effectivement, de nombreux médicaments sont des remèdes utilisés traditionnellement par les Amérindiens.

Il était fier de son ascendance, même si, parfois, il avait été victime de discrimination.

Le soleil de fin de matinée transperçait la cime des arbres et ils reprirent leur randonnée le long du ruisseau. Mason ne manqua pas de faire observer à son groupe les marques de dents de castors sur les troncs avoisinants, ainsi que les traces de pattes de coyotes le long de la rive.

Soudain un son strident déchira le ciel, et, en levant la tête, il aperçut plusieurs vautours décrivant des cercles autour d'une portion rocailleuse située plus au sud. Aussitôt, une espèce de malaise l'envahit.

Le ballet des vautours… Un cadavre d'animal, de chevreuil certainement, devait se trouver non loin de là. Il devait en avoir le cœur net.

— Les gars, je vais aller jeter un coup d'œil par là-bas.

Wally, qui était jusqu'alors perdu dans la contemplation des marques laissées par les castors, répliqua aussitôt :

— On veut t'accompagner.

A ce moment, deux des volatiles fondirent vers le sol.

— Je préfère y aller seul, insista Mason, espérant épargner aux garçons une vision macabre.

Ray croisa les bras sur la poitrine et arbora un air défiant.

— On n'est pas des gamins, tu sais. Et puis, je croyais que tu devais nous apprendre des techniques de survie !

— Ouais, il a raison, renchérit Pablo. Comment allons-nous apprendre à chasser si tu ne nous montres rien ?

Ils avaient raison. Ces jeunes étaient des durs à cuire, et lui-même, lorsqu'il était adolescent, détestait être traité comme un enfant.

— Je me rends, plaisanta-t-il. Mais restez derrière moi, et suivez mes ordres à la lettre.

Les garçons se remirent en selle, et il les mena jusqu'au point de ralliement des vautours. Le soleil déclinait, mais comme les températures avaient monté dans la journée, de la sueur perla sur son front : l'odeur âcre de la mort s'insinuait dans ses narines.

Un des vautours se posa sur un massif de buissons et Mason le suivit du regard. Son attention fut alors attirée par un monticule de pierres au pied d'un acacia.

Etrange, se dit-il. Il s'attendait à découvrir le cadavre

d'un veau ou la carcasse d'une biche. Mais de là où il se tenait, il ne voyait rien de semblable.

Il stoppa son cheval et fit signe aux garçons de l'attendre à cet endroit.

— Carlos, reste ici avec eux, pendant que je pars en reconnaissance.

Il mit pied à terre, repoussa son Stetson en arrière et inspecta les environs du regard tout en s'enfonçant entre les bouquets d'arbres.

A chaque pas qu'il effectuait, ses entrailles se nouaient davantage. Il avait déjà vu ce genre de monticule et savait pourquoi les pierres y étaient disposées de cette façon.

Il s'agissait d'une tombe.

Il inspira profondément, puis jeta un regard à la ronde, à l'affût d'un mouvement suspect. Ou d'un observateur.

Mais un silence un peu étrange s'installa, à peine interrompu par sa respiration saccadée lorsqu'il s'agenouilla pour examiner les pierres. D'expérience, il sortit un bandana de sa poche et s'en servit comme d'un gant pour lever doucement deux des cailloux.

La colère le secoua.

Une femme était inhumée à cet endroit et le dardait de ses yeux voilés par la mort.

Le Dr Cara Winchester se massa le bas du dos tout en refermant le dossier qui se trouvait sur son bureau.

— Es-tu certaine de vouloir faire adopter ton bébé, Ramona ? demanda-t-elle à la femme hispanique assise en face d'elle.

Ramona acquiesça, le visage crispé.

— Je ne sais pas quoi faire. Comment élever un bébé avec pas d'argent pour manger ?

Cara lui sourit avec compassion. Elle se dévouait corps

et âme à ses patients, mais elle ne pouvait pas apporter à tous une aide financière.

— Veux-tu prendre un rendez-vous avec l'assistante sociale ? Elle peut t'aider à trouver un emploi.

— *Sí*, merci, docteur Winchester.

Cara la raccompagna jusqu'à la porte, affligée par le dilemme auquel cette femme devait faire face. Machinalement, ses mains se posèrent sur son ventre rond. Heureusement, elle avait les moyens de prendre soin d'elle et de son bébé, mais toutes les femmes n'avaient pas cette chance.

Et si elle avait de l'argent, le papa n'était pas là...

Le visage de Mason Blackpaw apparut aussitôt dans son esprit, et la tristesse l'envahit d'un seul coup. Elle avait été très éprise de cet inspecteur si sexy. Et depuis qu'elle avait vu sa photo dans le journal, aux côtés de Miles McGregor, en héros du jour qui avaient mis sous les verrous un tueur en série, elle n'avait cessé de penser à lui. Ou de se remémorer comme il était bon de s'endormir entre ses bras. Mais Mason était un cow-boy, un cow-boy solitaire qui l'avait quittée sans le moindre scrupule, lui brisant le cœur.

Six semaines plus tard, elle découvrait qu'elle était enceinte. Elle avait songé à l'appeler, mais il ne lui avait jamais caché qu'il n'avait aucune envie de s'engager dans une relation à long terme. Au contraire, il avait marmonné quelques âneries, prétendant qu'une relation avec une femme blanche ne pouvait durer. Son discours lui avait paru si rétrograde qu'elle en avait été furieuse. Et puis s'il ne tenait pas à s'encombrer d'une femme blanche, que dire d'un bébé ?

Son téléphone sonna et elle se dépêcha d'aller décrocher, chassant par la même occasion de son esprit l'image de Mason.

— Dr Winchester à l'appareil.

— Cara, c'est le shérif McRae.

Le ton employé par celui-ci créa une sorte de tension entre ses omoplates.

— Que se passe-t-il ?

— Je viens de recevoir un coup de fil de Mason Blackpaw. Il vient de découvrir un cadavre au Bucking Bronc Lodge.

Cara fut parcourue d'un frisson. Il avait découvert un cadavre. Et que faisait donc Mason au ranch ?

Elle réfréna l'élan de panique qui venait de la traverser. Elle ne s'attendait pas à revoir Mason. Elle espérait même qu'il n'apprendrait jamais l'existence du bébé et qu'ainsi elle n'aurait pas à subir un nouvel affront.

— Qui est la victime ? dit-elle enfin en essayant de retrouver son aplomb.

Mon Dieu, faites qu'il ne s'agisse pas de l'un des enfants, psalmodiait-elle dans sa tête.

— Nous ne l'avons pas encore identifiée, répondit le shérif. D'après Blackpaw, il s'agirait d'une jeune femme d'environ vingt ans. Est-ce que vous pouvez me rejoindre sur place ?

— Bien sûr. Je réunis mes affaires et j'arrive.

L'inspection des scènes de crime n'était pas, loin de là, la partie qu'elle préférait dans son travail, mais depuis qu'elle avait ouvert sa clinique, elle avait été officiellement désignée comme substitut du médecin légiste, à défaut d'autre candidat à ce poste. Si elle était chanceuse, il s'agirait d'un décès accidentel, et elle n'aurait pas affaire à Mason.

A l'autre bout de la ligne, le shérif lui donna un point de rendez-vous. C'était tout près de son domicile, et elle se crispa davantage à cette idée. Puis elle saisit sa sacoche médicale et se dirigea vers la sortie. Sherese, qui faisait office d'assistante et de réceptionniste, était déjà partie. Aussi prit-elle soin de verrouiller portes et fenêtres, avant de se hâter vers son véhicule tout-terrain.

Le trajet vers le ranch ne fit qu'accroître son angoisse.

Comme si le bébé percevait son malaise, il ne cessa de lui envoyer des coups : c'était un petit bonhomme énergique et elle ne devait pas l'oublier. Dans moins d'un mois, il viendrait au monde.

Ressemblerait-il à son père ? Aurait-il la même mâchoire carrée ? Ses pommettes saillantes ? Se montrerait-il aussi entêté et aussi indépendant ? Enfin, s'il s'avérait une tête de mule, ce serait sûrement à cause d'elle…

Le crépuscule approchait, zébrant le ciel de marbrures rouges et orange, tandis qu'elle s'engageait sur le petit chemin menant au ruisseau. Le Bucking Bronc Lodge s'étendait sur plusieurs dizaines d'hectares. Une grande partie servait de pâturages pour le bétail, et une autre était consacrée aux chevaux, comprenant écuries, manèges, granges et chalets pour les visiteurs.

De loin, elle distingua le véhicule du shérif. Elle ralentit, puis s'arrêta et sortit de son 4x4 en se passant une main dans le bas du dos.

La partie boisée à proximité du ruisseau se trouvait à plus d'un kilomètre du terrain de camping. Que fichait donc Mason dans les environs ?

Elle resserra les pans de sa veste autour d'elle, espérant qu'ils camoufleraient son état, puis saisit son sac d'intervention et se dirigea vers le véhicule du shérif. Elle distingua McRae, en conversation avec Brody, puis aperçut Kim Woodstock, l'une des psychologues du BBL, assise sur un rocher et entourée d'un groupe de jeunes.

Les garçons avaient-ils vu le cadavre ?

Le vent enfla, faisant virevolter les feuilles autour d'elle alors qu'elle s'approchait, saluant de la main Kim, puis Brody et le shérif.

— La victime se trouve là-bas, déclara celui-ci.

— Vous pensez qu'il s'agit d'un accident ? demanda-t-elle.

— Ça m'étonnerait. Elle était inhumée, et sa tombe recouverte de pierres.

Cara se crispa. Effectivement, cela ne ressemblait guère à un accident.

— Allons-y, reprit le shérif. J'imagine que vous voulez jeter un œil au cadavre tant qu'il fait encore jour. Ainsi, nous pourrons le transporter à la morgue avant que la nuit ne soit tombée.

Elle tenait son sac serré contre son ventre et se préparait mentalement à affronter Mason, mais son cœur s'emballa tout de même lorsqu'elle aperçut sa silhouette massive et son Stetson noir. La première fois qu'elle l'avait vu, il lui avait donné l'impression d'être l'un de ces renégats échappés du Far West.

Accroupi près de la victime, il lui tournait le dos, même s'il ne semblait pas particulièrement inspecter la scène de crime.

Cara réprima un soupir. Même ainsi, il affolait tous ses sens, comme aucun autre homme n'en avait été capable.

— Inspecteur Blackpaw, le héla son supérieur. Le médecin légiste vient d'arriver et voudrait examiner la victime.

Lorsque Mason tourna la tête et l'aperçut, elle vit un éclair de surprise traverser ses yeux sans qu'il puisse le dissimuler.

— C'est toi le légiste, Cara ?

Elle acquiesça. A l'époque où elle l'avait rencontré, elle travaillait comme bénévole au dispensaire de la réserve.

— J'ai ouvert une clinique en ville et je fais aussi office de substitut pour le médecin légiste.

Il la scruta, et elle ne fut pas mécontente d'être séparée de lui par une haie de buissons, même si ce répit ne serait que de courte durée.

Elle devait absolument garder son sang-froid, songea-t-elle. Aussi, elle sortit sans attendre une paire de gants en latex, bien déterminée à ce que cette rencontre reste strictement professionnelle. Après tout, elle était allée de l'avant. Et il en allait certainement de même pour lui.

Mason était un homme extrêmement sensuel, et lorsqu'une image de lui, en compagnie d'une autre femme, se forma devant ses yeux, elle eut envie de hurler. Mais elle aurait préféré mourir sur-le-champ plutôt que d'admettre qu'elle était jalouse.

— Que s'est-il passé ? lui demanda-t-elle, alors que le shérif ratissait la zone à la recherche d'indices.

Mason se mit à prendre des clichés de la scène.

— J'étais en promenade à cheval avec les jeunes, quand nous avons aperçu des vautours. J'ai décidé d'aller y jeter un coup d'œil, et lorsque j'ai vu les pierres, j'ai compris qu'il s'agissait d'une sépulture.

Une odeur nauséabonde saisit Cara lorsqu'elle fit un pas en avant. Elle avait déjà senti l'odeur de la mort, mais la grossesse semblait avoir développé son acuité sensorielle, et pas toujours à son avantage. Lorsqu'elle remarqua les yeux de la jeune femme, froids et sans vie, elle dut serrer les mâchoires pour ne pas laisser la nausée l'envahir.

— Est-ce que la manière dont sont disposés ces cailloux revêt une signification particulière ?

— Oui, cela a un caractère rituel : c'est une tradition comanche, lui répondit-il sur un ton un peu sec.

— On pourrait donc légitimement penser que la personne qui l'a enterrée est d'origine amérindienne ?

— Probablement, mais nous n'en avons pas la preuve. Il pourrait s'agir d'un individu fasciné par le mode de vie autochtone. Ou encore quelqu'un qui cherche à brouiller les pistes en laissant croire qu'un Amérindien l'a tuée.

Son ton était très détaché, comme s'il cherchait clairement à garder ses distances, comme si rien ne s'était passé entre eux. Fichtre ! Il avait probablement oublié jusqu'à son existence, alors que pour elle, pas une heure ne s'écoulait sans que leur aventure se rappelle à son bon souvenir.

Endiguant autant que possible son irritation et un sentiment d'humiliation, elle prit une grande inspiration.

— Tu penses qu'elle a été assassinée ?

Il opina de la tête, puis mit au jour presque tout le corps et s'écarta.

— Qu'en penses-tu ?

Cara dut retenir un cri. La femme avait effectivement été assassinée. Elle avait de toute évidence reçu plusieurs coups portés à l'arme blanche au niveau du bas-ventre.

Et il s'agissait de l'une de ses patientes.

2

Mason feignit l'indifférence lorsque Cara s'accroupit près de lui, mais le cri qu'elle avait étouffé l'avait mis mal à l'aise. Et peu après, le doux parfum de son savon à la lavande l'assaillit, accentuant son inconfort.

Il devait garder la tête froide. Bon sang, il avait un crime à élucider, et le reste n'avait pas la moindre importance.

D'accord, il lui était arrivé de fantasmer sur elle au point d'en perdre les pédales, ou d'être hanté par sa voix suave psalmodiant son nom dans les affres de la passion. D'accord, il avait souhaité que les choses fussent différentes, afin que leur histoire ait une chance.

Mais quelle chimère !

Il la vit frissonner. La lumière crépusculaire la rendait pâle, et ses yeux trahissaient la douleur qui l'envahissait tandis qu'elle examinait la femme morte.

Cara avait beau être la plus séduisante des femmes qu'il ait côtoyées, elle ne jouait pas de son physique pour attirer l'attention. Ses cheveux blonds étaient réunis dans un chignon lâche au sommet de sa tête, retenus par une espèce de pince, et elle n'était pas maquillée.

Cependant, ses yeux verts pétillaient toujours d'intelligence et communiquaient aux autres sa gentillesse et sa sensibilité. C'est d'ailleurs ce qui l'avait immédiatement attiré. Sauf qu'à présent, ils trahissaient une immense souffrance.

— Cara, est-ce que ça va ? demanda-t-il, soudainement inquiet.

Elle n'était pourtant pas du genre à être impressionnée par un peu de sang.

— Je connais cette femme, murmura-t-elle. C'était une de mes patientes.

Mason sentit son pouls s'emballer.

— Alors tu as peut-être une idée concernant l'identité de son meurtrier ?

Cara posa doucement une main sur la joue de la jeune femme, comme pour la consoler.

— Je suis désolée, Nellie, balbutia-t-elle. Tu ne méritais vraiment pas ça.

— Personne ne mérite un tel traitement, marmonna-t-il. De qui s'agit-il ? A-t-elle de la famille ?

Cara se tourna vers lui. Visiblement, elle faisait de son mieux pour se redonner une contenance, une fois le premier choc passé.

— Elle s'appelle Nellie Thompson. Et non, elle n'a pas de famille.

Elle ouvrit sa sacoche.

— Est-ce que les garçons l'ont vue ? ajouta-t-elle.

— Pas comme ça, répondit-il. Je leur ai ordonné de rester à l'écart pendant que je partais en reconnaissance. Même si je m'attendais plutôt à trouver une carcasse de chevreuil.

Il marqua une pause, pour réprimer son dégoût, puis reprit :

— Ils n'ont pas tardé à m'emboîter le pas, et ils ont compris qu'il s'agissait d'une tombe. Mais je ne l'ai pas exposée avant l'arrivée de la psychologue. Lorsqu'elle a éloigné les gars et s'est occupée d'eux, j'ai pris quelques photos des pierres, de la manière dont elles étaient disposées et de la zone entourant la sépulture, notamment les bois. Je vais lancer des recherches plus poussées afin de déterminer à quel endroit elle a été assassinée.

Cara sortit un kit de sa sacoche et passa un Coton-Tige dans la bouche de la victime. Du sang et de la terre s'y étaient mêlés.

— Tu m'as dit qu'elle était une de tes patientes ? reprit Mason. Est-ce que tu habites au ranch ?

Cara acquiesça, puis entreprit de relever des échantillons sur les paupières, dans les cheveux et sous les ongles de Nellie.

— En contrepartie de mes prestations au dispensaire, on m'a proposé d'occuper l'un des chalets.

— Elle venait peut-être te rendre visite, suggéra-t-il alors.

Elle posa sur lui un regard étonné, que l'inquiétude assombrit rapidement.

— C'est plausible, reconnut-elle.

— Etait-elle malade ?

Cara secoua la tête.

— Où était le problème, dans ce cas ? reprit-il.

— Tu sais bien que je n'ai pas le droit de divulguer ce genre d'informations.

— Elle est morte, Cara. Je pense que la clause de confidentialité devient caduque lorsqu'il s'agit d'élucider un crime. Et chaque détail a son importance. Ce salaud n'y est pas allé avec le dos de la cuillère.

D'un geste, il l'invita à constater le nombre de coups qui avaient été portés.

— Nous devons découvrir pour quelle raison il s'est ainsi acharné sur elle, insista-t-il.

L'angoisse était maintenant visible sur le visage de Cara.

— Tu penses que c'est un crime à caractère personnel ? Quelqu'un qu'elle connaissait ?

— Peut-être… bon sang, je n'en sais fichtre rien pour le moment.

Il examina plus précisément les blessures.

— En tout cas, conclut-il, c'était très violent. Et son inhumation… ça ressemble à un rituel. Ce qui signifie que quelque chose l'a mis en colère, et que ce meurtre n'est peut-être qu'un commencement.

Sa déclaration fit tressaillir Cara.

Miles McGregor et lui venaient de clore une affaire concernant un tueur en série, et il pensait qu'un autre individu aussi détraqué rôdait dans les parages ?

Cette question en appelait d'autres.

Nellie connaissait-elle son meurtrier, ou avait-elle croisé son chemin par hasard ? Et pourquoi l'avait-il tuée d'une manière si brutale ? Le fait qu'il ait concentré ses coups au niveau du bas-ventre revêtait peut-être une signification…

Des feuilles bruissèrent derrière elle. Instinctivement, elle se releva, cessant ses relevés sur le corps de Nellie. Ce n'était que le shérif qui inspectait les buissons. Mais le bébé se mit à s'agiter, provoquant un spasme douloureux qui descendit jusque dans sa jambe, et elle grimaça.

Mason se releva aussitôt, le regard fixé sur son ventre. Elle serra alors les dents, s'exhortant à garder son calme, mais ses yeux lui semblaient trahir les émotions qui lui oppressaient la poitrine.

Dix mois plus tôt, elle avait été follement amoureuse de Mason. Elle avait rêvé d'un avenir avec lui, mais il lui avait brisé le cœur, et elle ne pouvait se permettre de lui succomber une nouvelle fois, ni d'admettre combien il l'avait fait souffrir.

— Cara ?

Autrefois, sa voix se faisait rauque sous le coup de la passion. Là, elle y décelait plutôt un mélange de choc et de confusion.

— Tu es enceinte ?

Rien ne l'obligeait à lui avouer qu'il s'agissait de son enfant, n'est-ce pas ? Mais sa conscience la taraudait, et elle n'était pas du genre à mentir.

— Tu es vraiment observateur, dit-elle sur un ton détaché.

Le regard qu'elle lui jeta le mettait au défi de lui en demander davantage.

A ce moment, le shérif apparut entre deux fourrés, le visage fermé, et s'adressa à Mason, empêchant celui-ci de lui répliquer.

— Blackpaw, il faut que vous voyiez ça ! J'ai retrouvé son véhicule, ainsi que son sac à main.

Mason ne parvenait pas à détacher son regard d'elle, mais le shérif restait immobile, à attendre, et elle n'avait pas l'intention de discuter de sa grossesse, ni de leur relation, en sa présence.

— Cara..., murmura-t-il.

Ses yeux vagabondèrent une fois encore sur son ventre rebondi, puis il chercha son regard. L'espace d'un instant, il parut blessé, puis sa mâchoire se contracta, lui conférant l'air d'un cow-boy au cœur impénétrable.

— Vas-y, Mason, lui enjoignit-elle. Tu as un crime à élucider. Quant à moi, j'ai encore du travail ici. Je dois superviser le transport de Nellie jusqu'à la morgue.

Elle repoussa la mèche de cheveux qui venait de tomber devant ses yeux.

— Dresse aussi une liste de tout ce que tu sais à son sujet, ajouta-t-il. Le détail le plus infime peut nous mener jusqu'au salaud qui l'a tuée.

Elle était confrontée à un véritable dilemme : Nellie avait insisté pour qu'elle fasse preuve de la plus grande discrétion lorsqu'elle était venue la consulter.

— Vous venez, Blackpaw ? maugréa le shérif.

Mason grommela en retour quelques mots témoignant de sa frustration, puis il la laissa seule avec le cadavre, disparaissant dans les fourrés. Elle ne pouvait détacher ses yeux de sa silhouette imposante si sexy, ni oublier le ton chaud que prenait sa voix au plus fort de la passion. Décidément, elle n'avait pas parcouru autant de chemin qu'elle le croyait jusqu'alors… Et quelle serait sa réaction lorsqu'il comprendrait que ce bébé était le sien ? Filerait-il à l'anglaise, une fois encore ? Elle sentit les larmes lui monter aux yeux…

Des milliers de questions assaillaient Mason tandis qu'il suivait le shérif jusqu'à la voiture. Et elles n'avaient rien à voir avec l'enquête sur laquelle il était censé concentrer ses efforts. C'était d'ailleurs pour éviter de telles situations qu'il avait quitté Cara : il ne pouvait pas se permettre d'avoir une vie personnelle ou de s'attacher à quelqu'un. Toute distraction lui était interdite.

Mais l'image de son ventre rond le hantait. Avait-elle rencontré quelqu'un juste après leur séparation ? Il n'avait pas vu d'alliance à son doigt… mais après tout, il n'y avait pas vraiment prêté attention. Etait-elle mariée ? Etait-elle enceinte de ce mari, ou d'un amant quelconque ?

Il effectua un rapide calcul des mois qui s'étaient écoulés depuis leur rupture. Presque neuf mois… Sous le coup de la surprise, il expira violemment. Ce bébé était-il le sien ?

— Sa voiture a quitté la route à cet endroit, commenta le shérif en désignant un monticule en bord de route.

Sa voix rappela Mason à la réalité. Nom de nom ! S'il ne se concentrait pas, des détails importants risquaient de lui échapper. Il devait rassembler des indices plutôt que de rêvasser.

Espérant que le tueur y ait égaré un gant, un bouton ou tout autre élément qui pourrait lui être utile, il balaya le sol du faisceau de sa lampe, puis les buissons.

Il remarqua un bosquet qui semblait avoir été écrasé. Lorsqu'il s'accroupit, il nota une empreinte de semelle qui aurait pu appartenir à un homme. Un peu plus loin, un lambeau de tissu était pris dans des ronces.

— Je crois que je tiens quelque chose, cria-t-il en direction du shérif.

Celui-ci le rejoignit et examina la marque imprimée dans la terre.

Mason, lui, libérait délicatement le morceau d'étoffe pour le placer dans une pochette en plastique. Il remarqua ensuite, à quelques pas de là, la vieille berline piquée de rouille qui était venue finir sa course dans un bouquet d'arbres. Le côté passager était intact, mais le pare-brise avait volé en éclats, la portière du conducteur était entrebâillée, et des branches s'étaient repliées sur le toit et contre les portes.

— Vous avez examiné l'intérieur ? demanda-t-il au shérif.

— Non, j'ai seulement vérifié que personne ne s'y trouvait.

Le shérif montra du doigt le sac à main abandonné sur le siège, puis reprit :

— Je comptais photographier tout ça avant de commencer à fouiller.

Mason inspecta l'habitacle à l'aide de sa lampe. Il découvrit du sang sur les vitres et le tableau de bord. Peu après, il aperçut un hochet sous la banquette arrière. Nellie avait-elle un enfant ?

— Venez voir par ici, marmonna le shérif.

Mason fit le tour de la voiture et s'arrêta à l'endroit vers lequel le faisceau de la torche de McRae était dirigé.

— On dirait qu'il a été crevé, constata Mason en observant le pneu.

Le shérif, de la main, désigna le chemin.

— Il a dû éclater à cet endroit. Puis la petite a perdu le contrôle de sa voiture, qui a quitté la route pour atterrir ici.

Mason aperçut des traînées dans la boue, près de la portière.

— Le tueur la suivait certainement, et il l'a vue venir s'écraser contre les arbres. Elle s'est blessée à la tête, et a peut-être perdu connaissance, si bien qu'il n'a eu qu'à la traîner hors de son véhicule.

Il marqua une pause, les images défilant devant ses yeux.

— Au début, elle n'a pas compris ce qui se passait. Elle croyait que quelqu'un s'était arrêté pour lui porter assistance, jusqu'à ce qu'il l'emmène dans les fourrés pour la poignarder.

— Mais pour quelle raison ? demanda le shérif. La connaissait-il ? L'a-t-il choisie pour une raison précise ?

— C'est ce que j'ai l'intention de découvrir.

Il prit quelques clichés du véhicule et de ses abords, puis du pneu crevé. Ensuite, il fouilla consciencieusement le sac à main.

— Les papiers d'identité confirment qu'il s'agit de Nellie Thompson. Elle avait vingt-quatre ans et habitait dans les environs. Je vais envoyer une patrouille fouiller son domicile.

Il trouva ensuite le portable de la victime, mais la batterie était vide. Si elle avait été suivie par un inconnu, avait-elle essayé d'appeler à l'aide ?

— Il faudrait demander au central s'ils ont reçu un appel de détresse qui pourrait correspondre.

Le shérif acquiesça, et lorsqu'un bruit de moteur vint perturber la quiétude nocturne, ils retournèrent près du corps pour y trouver les collègues de la brigade criminelle.

Cara était encore agenouillée près du cadavre de Nellie, le visage totalement crispé. Mason l'observa à la dérobée. Il devait être difficile de travailler sur une affaire concernant une personne que vous connaissiez. *A fortiori* une personne dont vous aviez pris soin. Raison de plus pour ne jamais s'attacher à quiconque, conclut-il.

Peu après, Cara se leva, puis tourna les talons pour se diriger vers les techniciens qui descendaient la petite butte.

Mason sentit sa poitrine se serrer en apercevant de nouveau son ventre proéminent. Il ne pourrait jamais aimer de nouveau, avait-il cru depuis cette fille dont il était tombé amoureux lorsqu'il avait dix-huit ans. Tout comme il n'aurait jamais imaginé avoir un enfant.

Un regain de désir le fit tressaillir, tel un éclair en pleine tempête. *Quel idiot !* se morigéna-t-il aussitôt. *Qui te dit que ce bébé est le tien ? Et puis, que comptes-tu faire si c'est ton enfant ?* Et si c'était le cas, pourquoi donc ne lui en avait-elle pas parlé ?

Cara prit une grande inspiration en le voyant approcher. Sa silhouette, qui se découpait sur la ligne d'horizon, semblait plus grande que nature et lui donnait l'air d'un héros de western. Sauf que cette scène était on ne peut plus vraie, et qu'une de ses patientes, pratiquement une amie, venait de perdre la vie.

Les techniciens se présentèrent, et le shérif les accompagna jusqu'à l'endroit où gisait la jeune femme.

— Nous avons retrouvé sa voiture, annonça Mason, les mâchoires crispées, tandis que son regard se posait une fois encore sur le ventre de Cara. Il y avait un trou dans son pneu. Celui-ci a fini par éclater et provoquer sa sortie de route.

Cara fut parcourue d'un frisson en comprenant ce que Mason laissait sous-entendre.

— Son meurtrier la suivait donc. Elle était certainement dans sa ligne de mire bien avant l'attaque à proprement parler, avança-t-elle.

— Dis-moi tout ce que tu sais à son sujet, Cara, lui lança Mason. C'était ta patiente. A-t-elle fait mention d'une personne qui lui voulait du mal ? Ou d'un type qui la suivait ?

Elle secoua la tête. Depuis quelque temps, c'était plutôt elle qui avait l'impression d'être observée. Elle n'avait jamais aperçu personne, mais il y avait toujours ce sentiment un peu étrange qui la saisissait, comme si quelqu'un se trouvait dans son dos.

Probablement parce que Sadie Whitefeather, qui dirigeait le dispensaire de la réserve, avait à plusieurs reprises été victime de cambriolages. Et comme la clinique Winchester n'était pas située dans le quartier le plus cossu de la ville, elle pouvait, un jour ou l'autre, être visée par des individus cherchant à se procurer des drogues, par exemple.

— Non, Nellie n'a mentionné personne, finit-elle par dire.

— Avait-elle un petit ami ? insista Mason.

Elle se mordit la lèvre inférieure. Ils entraient en terrain miné. Mais elle songea aux souffrances endurées par Nellie : elle devait coûte que coûte aider Mason à retrouver l'assassin.

— Oui, concéda-t-elle, en se tortillant les mains. Mais je ne le pense pas capable de tels actes.

Mason eut un sourire en coin.

— Je voudrais quand même lui parler. A-t-elle parlé de quelqu'un qui lui en voudrait, pour une raison quelconque ? Un collègue ? Ou une amie ?

Elle secoua la tête, même si le secret de Nellie la taraudait de plus en plus. Et s'il avait un rapport avec sa mort ?

— Est-ce qu'elle travaillait ?

— Elle était serveuse dans un salon de thé, mais elle suivait des cours pour devenir esthéticienne.

— Et il n'y avait pas d'animosité avec une autre étudiante ? Ou un client un peu collant ?

Cara se dandinait d'un pied sur l'autre, soupesant la vérité.

— Non, pas à ma connaissance.

— Cara, je t'en prie, grommela Mason, qui n'avait pas manqué de remarquer sa soudaine nervosité.

Elle rechignait à aborder le sujet, *a fortiori* dans son état, mais elle devait le faire pour Nellie. Justice devait lui être rendue.

— Je dois te parler, mais en privé, dit-elle à mi-voix.

Il baissa alors le regard vers son ventre et elle leva les yeux au ciel : ce n'était pas à l'ordre du jour. Puis elle s'assit sur un rocher un peu à l'écart, heureuse de pouvoir enfin soulager ses lombaires. Mason, lui, resta debout et se croisa les bras sur la poitrine, visiblement impatient d'écouter ce qu'elle allait lui révéler.

Par moments, son attitude était vraiment insupportable, songeait-elle. En particulier lorsqu'il était si silencieux, comme s'il ressassait quelque chose. Lorsqu'il était si sombre… si fébrile aussi. Presque effrayant… et terriblement sexy.

— Cara ?

— Nellie venait d'avoir un bébé, finit-elle par lâcher.

Il marmonna entre ses dents.

— Nom de nom ! Il y avait un hochet dans son véhicule ! Tu crois que ce type a kidnappé le bébé ?

— Non, et le bébé n'a certainement rien à voir avec sa mort, mais… elle l'a fait adopter dès sa naissance.

Le visage de Mason se rembrunit, la tension creusant des sillons sur son front .

— Et son petit ami ? Etait-il au courant ?

Elle poussa un soupir. Ce secret pouvait les entraîner tous deux sur une pente glissante. Mais la vision du cadavre de Nellie ne cessait de s'imposer à elle.

— Oui, il savait, concéda-t-elle enfin. Mais je crois… Je pense qu'il a regretté ce choix peu après le départ de la petite.

Mason poussa un autre juron.

— Ce qui signifie qu'il a un mobile.

De sa cachette située au sommet de la colline, il observait toute la scène, en particulier ce flic indien qui retirait les pierres une à une. Ce pauvre type savait ce qu'elles signifiaient. Mais savait-il pour quelle raison cette femme méritait de mourir ?

Il étouffa un juron. Pourquoi donc était-ce à lui de débarrasser le monde de femmes aussi impures que celle-ci ? En contrebas, il aperçut ces idiots de la police scientifique et un rire narquois enfla dans sa gorge. Qu'ils cherchent des indices, si cela leur faisait plaisir ! Il avait agi avec extrême prudence. Ils ne trouveraient rien qu'il ne voulait montrer.

Il enfonça la pointe de sa botte dans la terre. Pourvu qu'avec ce flic, ce soit cette traînée de Cara Winchester. Après tout, c'était sa faute à elle s'il en était réduit à prendre les choses en main. Sa faute, si Nellie avait dû mourir.

Et les autres périraient tout aussi sûrement. Ensuite, ce serait le tour de Winchester. Il la garderait pour la fin, et il la ferait souffrir.

3

— Il me faut le nom de son petit ami, et celui des parents adoptifs, renchérit Mason. Si c'est son compagnon qui l'a assassinée, il va certainement chercher à récupérer le bébé.

Cara se sentit gagnée par la panique. Elle détestait l'idée de trahir la confiance d'une patiente, mais Mason avait raison. Elle ne pouvait laisser un tueur pervers s'en prendre à un nourrisson.

— J'ai oublié son nom, mais il se trouve dans le dossier de Nellie, à la clinique.

— Dans ce cas, allons-y sans tarder.

Elle se leva brusquement, de plus en plus taraudée par le doute.

— Ton hypothèse ne tient pas, Mason. Tout porte à croire que Nellie est morte depuis au moins deux jours, peut-être plus. Si quelqu'un avait cherché à kidnapper le bébé, les parents l'auraient signalé.

— Peut-être, reconnut-il. Mais si le tueur a mené des recherches pour retrouver la famille adoptive, cela lui a pris du temps. Nous ne devons rien laisser nous échapper, d'autant que pour le moment, c'est notre seule piste.

Cara cligna des yeux lorsque d'autres phares transpercèrent l'obscurité. L'ambulance qui devait transporter le cadavre de Nellie à la morgue venait d'arriver.

— Accorde-moi deux minutes, il faut que je leur parle. Ensuite, nous pourrons nous mettre en route.

Mason lui emboîta le pas.

— Attendez que la brigade criminelle ait fini son travail avant de l'emmener, dit-elle aux infirmiers. J'ai déjà effectué quelques prélèvements que vous pouvez envoyer au labo.

Les deux hommes acquiescèrent, puis la suivirent jusqu'au lieu d'inhumation afin de convenir de la procédure à suivre avec la brigade criminelle.

Cara remit aux inspecteurs les indices qu'elle avait recueillis, puis signa plusieurs documents relatifs à la prise en charge du corps de Nellie.

De son côté, Mason prit un moment pour relater le déroulement de son intervention, puis remit à ses collègues la pochette contenant le lambeau de tissu collecté dans les bois.

— Avec un peu de chance, ce type aura laissé son ADN quelque part. Il suffirait d'un cheveu. Qui sait, la victime l'a peut-être griffé, et nous retrouverons de l'épiderme sous ses ongles.

Il marqua une pause et tendit le portable de Nellie au technicien.

— Il faudrait consulter son journal d'appels. Faites-moi transmettre les numéros de ses appels les plus récents.

Le technicien lui promit de le tenir au courant, et Mason rejoignit Cara. Elle gravissait la colline menant vers la route. Son dos la faisait de nouveau souffrir, mais comme elle ne voulait pas attirer l'attention sur son état, elle s'abstint de se masser les lombaires.

Mason lui attrapa le bras.

— Est-ce que tu vas bien ?

— Oui, le rassura-t-elle. C'est juste cette pauvre Nellie… et son bébé… J'espère que rien de fâcheux ne lui arrivera.

Nellie aimait son bébé, mais elle pensait avoir fait le bon choix en confiant sa petite fille à une famille. Cara soupira. Après ce meurtre, la petite était-elle encore en sécurité ?

— Je vais te suivre jusqu'à ton cabinet médical, déclara Mason. Tu as peut-être raison : rien ne dit que ce meurtre a un lien avec la procédure d'adoption. Mais nous devons explorer toutes les pistes qui se présentent.

Lorsqu'elle prit place au volant, Cara tenta de faire abstraction de l'image de Nellie. Elle se sentait vaguement soulagée à l'idée que Mason se trouvât juste derrière elle, même si cela jouait aussi sur ses nerfs et ravivait des souvenirs sur lesquels elle ne souhaitait pas s'attarder. Des scènes où ils dansaient langoureusement dans le noir, ou ces nuits d'amour suivies de matinées douillettes où ils sirotaient leur café en lisant ensemble le journal.

Puis lui revinrent à la mémoire ces longs mois écoulés depuis son départ, et ce bébé qui s'agitait en elle.

Bon sang ! Ils n'avaient pas encore parlé de sa grossesse ! Mais après tout, ce n'était pas la priorité : elle devait d'abord s'assurer que le bébé de Nellie ne courait aucun danger.

Elle ne portait pas d'alliance.

Mille pensées se bousculaient dans la tête de Mason tandis qu'il suivait le véhicule de Cara.

Etait-elle mariée, mais sans vouloir s'encombrer d'une bague ? Et qui était le père de ce bébé qu'elle portait ?

L'impatience qu'il éprouvait de lui poser enfin ces questions lui faisait serrer le volant de toutes ses forces. Si ce bébé était le sien, elle le lui aurait dit. Elle était certainement la personne la plus intègre qu'il ait eu l'occasion de côtoyer.

Raison de plus pour ne pas l'entraîner dans le monde glauque où il travaillait…

Une pointe de déception vint le titiller, mais il refusa d'y prêter attention. Il avait quitté Cara. Il n'avait aucun droit sur elle, et surtout pas celui de se montrer jaloux parce qu'elle avait refait sa vie avec quelqu'un d'autre.

D'ailleurs, qu'elle ait ouvert une clinique en ville, tout en s'occupant des jeunes du BBL, ne l'avait guère surpris.

Elle adorait travailler à la réserve et le faisait certainement encore à titre bénévole.

Ils circulaient maintenant en ville, et l'inquiétude le gagna. L'établissement où elle travaillait se trouvait dans l'un des quartiers les plus mal famés.

S'il admirait le dévouement dont elle faisait preuve, la savoir dans un environnement aussi violent ne lui plaisait guère.

La nuit était tombée, et le ciel assombri rendait les environs encore plus inquiétants, notamment lorsqu'elle emprunta un raccourci longeant des bâtiments délabrés. Puis elle se gara devant un immeuble à la façade décatie, et dont l'auvent penchait dangereusement d'un côté, surplombant un parterre de fleurs envahi par les mauvaises herbes. Une enseigne de bois, sur laquelle était gravée l'inscription : « Clinique Winchester », claquait dans le vent.

Cara avait dû surmonter de nombreux obstacles, qu'elle avait refusé de nommer précisément, pour décrocher son diplôme. Il n'avait pas osé l'assommer de questions, mais elle dissimulait manifestement plus d'un secret. Et qu'elle ait eu à lutter pour parvenir à ses fins avait exacerbé l'attirance qu'il ressentait pour elle.

Hors de question de retomber amoureux d'elle ! s'admonesta-t-il. Il devait garder ses distances, ou plutôt s'éloigner définitivement d'elle tant qu'il le pouvait.

C'était d'ailleurs une mission qui l'avait séparé d'elle quelques mois auparavant. Une enquête en sous-marin qu'il savait périlleuse, qui aurait mis en danger de mort quiconque était proche de lui, et qui l'avait tenu à l'écart du comté durant plusieurs mois.

A quelques mètres de lui, Cara s'extirpa de son véhicule, en s'appuyant sur la portière pour se redresser.

Mason sentit son corps se crisper. Il n'avait jamais

trouvé que les femmes enceintes étaient particulièrement attirantes, mais Cara conférait à la grossesse un aspect presque… sexy. Il sentit de la sueur perler sur sa nuque.

Bon sang, qu'est-ce qui n'allait pas chez lui ?

Elle ne lui appartenait pas et ne serait jamais sienne. Il ne devait pas l'oublier. Mais le passé revenait l'aiguillonner. Et si cet enfant était le sien ? Dès qu'ils auraient trouvé les renseignements qu'ils étaient venus chercher, il lui poserait la question.

Il vérifia la présence de son arme dans son holster, puis quitta son siège et la rejoignit à la porte de la clinique. Elle se cramponna à la main courante pour gravir les marches menant à l'entrée, puis déverrouilla la porte. Il la suivit de près, son instinct professionnel prenant le dessus dès qu'elle alluma les lumières.

En contraste saisissant avec l'extérieur du bâtiment, la peinture claire et les rideaux colorés donnaient à la pièce un air engageant.

Mais le bureau d'accueil avait été mis sens dessus dessous. Des piles de documents étaient dispersées sur le sol, les tiroirs de classement étaient grands ouverts, et leur contenu manifestement éparpillé aux quatre vents.

Cara retint un cri, et Mason la plaça en sécurité derrière lui, tout en sortant son pistolet de sa veste. A voix basse, il lui ordonna :

— Attends-moi ici, je veux m'assurer que ton visiteur a quitté les lieux.

Un bruit ressemblant à celui d'une porte qu'on claque leur parvint de l'arrière du bâtiment. Le vent mugit un instant, mais Mason ne perçut aucun autre bruit. La voie n'était pas forcément libre pour autant. L'intrus pouvait être dissimulé quelque part. Il fit signe à Cara de se mettre à l'abri pendant qu'il partait en reconnaissance des lieux.

Une odeur d'antiseptique lui emplit les narines tandis qu'il progressait vers la salle d'attente. A deux pas de là, il aperçut le laboratoire : une balance se trouvait dans un coin de la pièce et des bocaux de verre étaient alignés sur le comptoir. L'armoire dans laquelle étaient stockés les médicaments était grande ouverte, et de nombreuses fioles avaient été renversées. Celui qui était passé par là voulait se procurer de la drogue. Pas étonnant dans ce quartier.

Le cœur battant à tout rompre, il repoussa complètement la porte de la première salle d'examen. La pièce était baignée par le halo lumineux du lampadaire extérieur, ce qui lui permit d'effectuer une reconnaissance visuelle des lieux. A priori, tout semblait normal. Une table d'auscultation tout à fait basique, une armoire à médicaments au-dessus du lavabo, une trousse de premiers secours.

Les épaules carrées, le pistolet serré entre ses mains, il se déplaça vers la pièce sur sa droite. Il marqua une pause, à l'affût d'un bruit quelconque, poussa la porte, puis leva son arme en entendant de nouveau un claquement. La pièce était sombre, mais équipée de la même façon que la précédente, à l'exception de jouets en peluche qui débordaient d'un panier posé dans un coin et des personnages de dessin animé peints sur les murs. Mais personne ne se cachait en ces lieux. Soulagé, il prit une grande inspiration puis pénétra dans le laboratoire et le traversa. A l'autre bout de la pièce, une porte indiquait le « Bureau du Dr Cara Winchester ». Il était minuscule et encombré d'un meuble de classement ainsi que d'un petit bureau. Une étagère supportait quelques livres de médecine, tandis qu'une autre était colonisée par des jouets et un bocal contenant des sucettes. Mais personne… Le bruit se répéta, aussi Mason tourna-t-il les talons et sortit du bureau.

L'intrus avait quitté les lieux, mais il savait maintenant par où il était passé. La porte qui donnait sur l'arrière du bâtiment battait à tous vents.

*
* *

Cara retint sa respiration pendant toute l'inspection entreprise par Mason. Elle avait toujours craint de se faire cambrioler, mais le fait que cela se produise juste après le meurtre de Nellie lui paraissait plus que suspicieux. Prenant soin de ne toucher à rien, elle jeta un coup d'œil sur le bureau de Sherese. Heureusement, l'effraction s'était produite après la fermeture, en l'absence de son assistante.

Les dossiers des patients qu'elle avait reçus dans la journée n'avaient pas encore été archivés, et avaient été manipulés sans ménagement. Ceux qui se trouvaient dans les armoires avaient été parcourus et mélangés, et de nombreuses pages avaient fini leur parcours sur le sol. Il lui faudrait de nombreuses heures pour y remettre un semblant d'ordre et surtout inventorier ce qui manquait.

Que cherchait donc ce cambrioleur ? Un dossier en particulier ? Pour quelle raison ? Elle reconnut le pas de Mason, qui apparut peu après, rangeant son arme dans sa veste.

— Il n'y a personne. Mais l'armoire à médicaments a été pillée.

Il tourna alors la tête en direction des dossiers qui jonchaient la pièce.

— S'ils voulaient de la drogue, pour quelle raison ont-ils fait un tel bazar ? demanda Cara.

— Excellente question, répondit-il, en se croisant les bras sur la poitrine. La porte arrière est ouverte, et j'ai l'impression que la serrure a été crochetée.

— Je la ferai réparer, marmonna-t-elle.

— C'est un peu léger, je trouve. Il te faut des verrous supplémentaires, ainsi qu'un système de sécurité équipé de caméras.

Elle haussa les épaules.

— Je n'en ai pas les moyens, voyons.

— Moi, si, rétorqua-t-il. Je m'occuperai même de l'installation.

Le pouls de Cara s'accéléra brusquement.

— Je ne peux pas te laisser faire ça

Mason lui lança un regard furieux.

— Bien sûr que si. Considère qu'il s'agit d'un don visant au bon fonctionnement de ta clinique.

Elle se mordit la lèvre inférieure, mais décida de ravaler sa fierté et de ne pas protester. Mason possédait-il vraiment une telle somme ? En tout cas, tout don serait le bienvenu. Elle avait l'intention de développer son établissement en embauchant du personnel spécialisé en planning familial. A terme, elle souhaitait aussi ouvrir un service pédiatrique, mais elle avait bien évidemment besoin de subventions pour y parvenir.

— Ont-ils emporté quelque chose, à part les médicaments ? demanda-t-il.

Elle repoussa la mèche qui était tombée devant ses yeux, et commença à parcourir les dossiers.

— Je ne sais pas, mais je demanderai à mon assistante de commencer l'inventaire demain matin.

Mason hocha la tête d'un air approbateur.

— Je vais appeler un serrurier et le shérif. Il enverra une équipe pour relever les empreintes.

— Ce ne sera pas facile, répondit-elle. Est-ce que tu as une idée du nombre de visites que j'effectue chaque jour ?

Elle s'arrêta un instant, puis reprit :

— Tu crois que cet incident a un rapport avec le décès de Nellie ?

Il haussa les épaules.

— C'est possible. Le tueur était peut-être à la recherche du nom des parents adoptifs, et il a vidé l'armoire à pharmacie afin de nous lancer sur une fausse piste.

La peur envahit Cara, et elle balaya du regard les dossiers à terre, cherchant celui de Nellie. Mais des centaines de pages s'amoncelaient autour du bureau, dans un désordre complet. Elle gagnerait du temps en consultant plutôt son ordinateur, songea-t-elle.

— Je vais te transmettre les informations que j'ai notées à propos du petit ami de Nellie.

— Pense aussi à me fournir le nom et l'adresse des parents adoptifs, insista-t-il.

Elle s'arrêta soudain.

— Mason… L'ordinateur est allumé… D'habitude, Sherese l'éteint avant de partir. Celui qui s'est introduit dans le cabinet a dû essayer de glaner des informations stockées dans mes fichiers.

Mason jeta un regard à l'écran.

— On dirait qu'il a voulu fureter dans les dossiers de tes patients.

Elle poussa un soupir las.

— Ils sont protégés par un mot de passe.

— Ce qui explique certainement le bazar qu'il a mis dans tes archives.

Il posa une main sur celle de Cara.

— A partir de maintenant, mets des gants. Cela t'évitera de contaminer le clavier sur lequel il a peut-être laissé des empreintes.

Elle sentit un nœud se former dans sa gorge.

Mason sortit son téléphone et se dirigea vers la porte d'entrée.

— J'appelle le shérif, et ensuite nous irons rendre visite au petit copain de Nellie.

Elle acquiesça, inquiète. Pourvu qu'ils retrouvent sans tarder l'assassin de Nellie et que son bébé soit en sécurité.

Et si c'était le tueur qui avait fouillé ses archives ?

Elle avait déjà reçu des e-mails haineux, notamment des messages lui expliquant que les gens d'ici n'avaient nullement besoin des services qu'elle leur proposait. Car d'après eux, elle encourageait les femmes à abandonner leurs nourrissons.

Ce qui était loin d'être le cas.

Existait-il un lien entre la mort de Nellie et le cambriolage ?

Le commentaire qu'avait fait Mason concernant l'aspect rituel de ce crime la mettait davantage mal à l'aise.

Et si le meurtrier avait l'intention de récidiver ?

Il parcourut les documents, encore surpris de la facilité avec laquelle il les avait copiés et avait craqué le mot de passe du Dr Winchester. C'était presque trop simple.

Mais après tout, les gens étaient si prévisibles ! Il n'avait eu qu'à fouiner un peu dans le passé du médecin pour y dénicher son sésame.

Nom d'un petit bonhomme ! La liste était bien plus longue qu'il ne l'avait imaginé !

L'excitation qu'il ressentait à l'idée de s'amuser de nouveau comme il l'avait fait avec Nellie affola son rythme cardiaque et provoqua en lui des bouffées de chaleur. L'adrénaline pulsait dans ses veines.

Il avala une grande rasade d'eau. Rien d'artificiel ne contaminerait son corps. Il l'avait débarrassé de ses toxines il y avait bien longtemps, mais il lui incombait désormais de débarrasser le monde de ces femmes impures.

Le Dr Winchester avait classé les patients par ordre alphabétique, et il parcourut la liste avec perplexité. Suivrait-il cet ordre préétabli ? Un rire enfla dans sa gorge.

Non… Ce serait trop simple. Et trop ennuyeux.

Il allait tirer au sort, histoire de mettre les policiers sur les nerfs et de leur faire multiplier les conjectures pour découvrir qui serait la prochaine victime.

4

Cara se sentit envahie lorsque la brigade criminelle entreprit de passer sa clinique au peigne fin. Mais elle devait aussi veiller à la sécurité de ses patientes.

Mason supervisait l'équipe, même si son regard vagabondait régulièrement vers elle et son ventre proéminent. Si une mise au point semblait inévitable, il restait assez professionnel pour reléguer leurs démêlés personnels au second plan. Pour le moment… Après tout, il était bien plus crucial d'élucider le meurtre de Nellie.

— Nous avons besoin de recueillir vos empreintes, madame, ainsi que celles de vos collaborateurs, lui annonça l'un des techniciens. Nous procéderons par élimination lorsque nous établirons la liste des suspects potentiels.

Elle s'y prêta volontiers et ajouta :

— Je demanderai à ma réceptionniste de prévenir les autres employés, afin qu'ils se rendent au commissariat sans tarder.

— Est-ce que tu la connais bien ? demanda aussitôt Mason.

Elle fronça les sourcils.

— Que veux-tu dire ? Est-ce que je lui fais confiance, c'est ça ?

Il acquiesça.

— Elle aurait pu dérober les médicaments, puis simuler une entrée par effraction ?

Cara ne put réprimer un rire moqueur.

— Non. Sherese est l'une des femmes les plus douces et les plus dignes de confiance que je connaisse.

— Mais si elle a besoin d'argent, ces produits représentent une véritable manne, insista Mason.

— Ça suffit, lui intima Cara. Son père était alcoolique et violent. Jamais elle ne vendrait ni n'achèterait de la drogue. Au contraire, elle n'hésite pas à prendre en charge les toxicomanes qui se présentent à la clinique.

— On dirait que tu as une très haute opinion d'elle.

Elle confirma d'un hochement de tête, tout en essuyant ses doigts sur une lingette.

— Effectivement. Allez, ne perdons pas de temps.

Mason la dévisagea longuement, puis, au moment où il s'apprêtait à prendre la parole, l'un des techniciens s'adressa à lui :

— Inspecteur Blackpaw, nous avons fini. Nous envoyons tout ça au labo, immédiatement.

— Merci beaucoup. Il faudrait effectuer une comparaison de ces empreintes avec celles retrouvées sur le lieu du meurtre de Nellie Thompson.

Alors que les enquêteurs rangeaient leur équipement, une espèce de lassitude s'empara de Cara. Elle ne se sentait pas prête à avoir cette discussion au sujet du bébé.

— Cara ? dit Mason d'une voix rauque, presque séductrice.

Elle dut se faire violence pour ne pas y succomber et se tourna vers le cabinet de rangement.

— Si ces médicaments ont été subtilisés pour masquer la véritable raison de cette intrusion, et si celle-ci est liée au meurtre de Nellie, le tueur peut être sur la piste du bébé. Je n'ai pas une minute à perdre.

Elle jeta un œil à la feuille qui venait de sortir de l'imprimante.

— Le père du bébé s'appelle Alfredo Rodrigo, lui indiqua-t-elle en saisissant son sac à main. Je t'accompagne.

Mason baissa les yeux vers son ventre.

— Non, c'est du ressort de la police.

Elle enfouit alors la feuille sur laquelle figurait l'adresse d'Alfredo dans son sac.

— Ecoute Mason, Nellie était ma patiente. Je compte respecter ses choix et veiller au bien-être de son bébé, comme je le lui ai promis.

Elle se dirigea vers la porte, mais il lui attrapa le bras.

— Tu ne me fais donc pas suffisamment confiance pour protéger cet enfant ?

Sa question resta suspendue dans l'air durant une douloureuse seconde. Parlait-il de la petite fille de Nellie ou du bébé qu'elle portait ?

— La question n'est pas là, répliqua-t-elle sur un ton qu'elle voulait détaché. Cette adoption s'est effectuée de manière volontairement discrète. Je sais qu'Alfredo l'a mal vécue, mais les parents adoptifs ont eu l'assurance de notre confidentialité. Avoir un policier à leur porte risque de les bouleverser, et je peux aider à arrondir les angles.

La perplexité assombrit un instant le regard de Mason, mais peu après, il acquiesça.

— Très bien, mais laisse-moi mener le jeu avec Rodrigo. Je te rappelle qu'il est le principal suspect d'un homicide.

Elle prit une grande inspiration. Comment pourrait-elle l'oublier ? Elle ne parviendrait jamais à effacer de son esprit l'image du corps violenté de Nellie.

L'envie d'inonder Cara de ses questions taraudait Mason tandis qu'ils se rendaient chez Rodrigo en voiture. Mais elle avait paru si inquiète et si bouleversée ! Ce qui était somme toute normal, après avoir exhumé le cadavre d'une femme qu'elle connaissait, et *a fortiori* face à un corps qui avait été malmené. Cette affaire revêtait un caractère personnel pour elle.

Ses interrogations devraient attendre, au moins jusqu'à ce

qu'ils aient parlé à Rodrigo, et qu'il ait établi si cet homme était un suspect plausible dans cette enquête.

— Tu crois qu'on devrait l'appeler pour vérifier qu'il est chez lui ? demanda-t-elle.

— Non, je veux bénéficier de l'effet de surprise.

— Il n'aurait jamais tué Nellie, et surtout pas de cette manière si abominable.

— Soit, concéda-t-il, mais les crimes passionnels tournent parfois à la boucherie. Et s'il est innocent, il peut peut-être nous communiquer des informations qui nous mèneront à celui qui l'a fait.

Elle acquiesça, puis se tourna vers la vitre, l'air lointaine. Un instant, il fut tenté de serrer sa main dans la sienne pour la consoler, mais il n'en avait pas le droit. La toucher serait trop intime, et il devait tenir ses émotions sous bonne garde.

Les lumières de la ville disparurent derrière eux, sa silhouette laissant place aux étendues sauvages dévoilant toute la beauté du Texas. De petits ranchs et quelques fermes ponctuaient des plaines désertiques colonisées par les cactus et les acacias.

Il dépassa peu après le panneau marquant l'entrée de la réserve dans laquelle Cara travaillait comme bénévole lorsqu'il l'avait rencontrée.

Les souvenirs de celle-ci s'occupant de patients se bousculèrent devant ses yeux, lui rappelant la femme pleine de compassion qui avait volé son cœur. Il l'observa, et aussitôt il sentit sa gorge se serrer en contemplant les effets du clair de lune : il se réfléchissait sur sa peau d'ivoire et mettait davantage en valeur les tons chauds de sa chevelure. Chevelure dans laquelle il s'était perdu, tout comme il s'était égaré dans son lit.

Bon sang ! C'était pour cette raison qu'il avait pris ses jambes à son cou. Personne ne l'avait à ce point chamboulé, et il s'était juré que cela ne se reproduirait jamais. Mais à présent elle travaillait au BBL et avait ouvert un cabinet en ville. Juste sous son nez.

Une chose était sûre : dès qu'il aurait bouclé cette enquête, il demanderait son transfert. Après tout, le Texas était plutôt vaste. Mais si cet enfant était le sien ?

Cara changea de position sur son siège, et sa main se posa machinalement sur son ventre lorsqu'ils passèrent sur une bosse. Il se morigéna mentalement, et aussitôt réduisit sa vitesse. Sapristi ! Il devait se calmer. Il y avait un bébé à bord… peut-être le sien. De la sueur perla sur son front alors qu'ils s'engageaient sur la route menant chez Rodrigo. Son propre père avait été inexistant dans sa vie. Il les avait quittés, sa mère et lui, dès qu'il avait découvert qu'elle était enceinte. Elle avait été un père et une mère pour lui et l'avait élevé dans cette réserve. Quelques hommes l'avaient pris sous leur aile, lui apprenant à chasser et pêcher, et le chef Pann lui avait même enseigné l'art de pister. Ces hommes lui avaient servi de modèles, contrairement au père qui l'avait conçu.

Si ce bébé était le sien, quel type de père serait-il ? Cara ne lui en avait pas parlé, aussi ne souhaitait-elle sûrement pas qu'il soit présent auprès d'eux. Cette idée lui noua l'estomac.

— C'est au bout de cette rue, lui indiqua-t-elle en pointant du doigt une route en gravillons.

Il s'y engagea, en ralentissant considérablement son allure, car leur passage soulevait de la poussière et envoyait voler une multitude de cailloux. La rue était bordée d'une série de maisons en béton qui avaient connu de meilleurs jours, et dont les jardins, mal entretenus, étaient jonchés de jouets d'enfants dissimulés dans les hautes herbes.

Il se gara dans l'allée de garage. Un pick-up en mauvais état s'y trouvait aussi et une lumière brillait à l'une des fenêtres donnant sur la façade, éclairant le porche avant.

Cara ouvrit sa portière. Aussitôt, il bondit de son siège

et fit le tour du véhicule pour aller l'aider. Mais lorsqu'il arriva à sa hauteur, elle avait déjà mis pied à terre, et son regard semblait le mettre au défi d'émettre le moindre commentaire sur sa silhouette.

— Rappelle-toi que c'est à moi de mener le débat, murmura-t-il.

— Et moi je te rappelle qu'Alfredo Rodrigo aimait Nellie, rétorqua-t-elle en fronçant les sourcils. Il va être dévasté à l'annonce de son décès.

Mason s'abstint de répliquer. Si elle avait raison, les minutes qui allaient suivre seraient déplaisantes, mais annoncer de mauvaises nouvelles faisait partie du boulot. Il avait appris à prendre du recul et à ne pas laisser de tels événements l'affecter. Mais Cara était trop sensible pour parvenir à se blinder. Après tout, elle consacrait sa vie à sauver celle des autres.

Lui aussi, certes, mais dans une autre mesure. Même s'il lui était aussi arrivé, une fois ou deux, d'ôter la vie à quelqu'un. Uniquement lorsque c'était nécessaire.

Il faillit lui prendre le bras alors qu'ils marchaient sur le chemin gravillonné qui menait à l'entrée, mais elle le distança, toujours aussi indépendante et déterminée à lui prouver que son état ne l'avait pas diminuée.

Ils gravirent les marches en ciment, et il frappa à la porte. Un homme hispanique, aux cheveux en bataille et vêtu d'une chemise à carreaux, vint leur ouvrir. Il se passa la main sur une joue mal rasée et sembla se renfrogner en apercevant Mason.

— Alfredo Rodrigo ? demanda celui-ci. Je suis l'inspecteur Blackpaw.

Cara le poussa presque pour passer devant lui et ajouter :

— Est-ce qu'on peut entrer un instant ?

L'homme avait froncé les sourcils en apercevant Mason, mais en voyant Cara, il les avait brusquement haussés, manifestement surpris de sa présence.

— Qu'est-ce qui se passe ?

Cara lui sourit avec compassion.

— Je vous en prie, Alfredo, nous avons quelque chose à vous dire.

Son regard passa de l'un à l'autre, puis il leur fit signe d'entrer. Instinctivement, Mason scruta le corps de leur hôte, à l'affût d'une arme, mais il ne remarqua rien de suspect.

Ils entrèrent dans un salon meublé d'un canapé aux couleurs passées, d'une petite table bancale, jonchée de cartons vides de plats à emporter, et juste à côté, d'une chaise de bois supportant une pile de vêtements.

— Qu'est-ce qui se passe ? répéta Alfredo dans un anglais hésitant.

— C'est Nellie, commença Cara en jetant un regard vers la cuisine. Allons nous asseoir.

Elle ouvrit la voie et ils s'assirent sur les chaises en plastique qui entouraient la table en Formica.

— Qu'est-ce qu'il y a avec Nellie ? insista l'homme.

— Quand l'avez-vous vue pour la dernière fois ? le coupa Mason, ignorant la question qui lui était posée.

Alfredo se passa la main sur le menton, comme s'il fouillait sa mémoire, et Mason remarqua une cicatrice sur sa joue. Elle était ancienne, et probablement imputable à la lame d'un couteau.

— La semaine dernière, avant que je quitte la ville.

— Vous n'étiez pas en ville récemment ?

— Je conduis un camion qui transporte des produits pétroliers, expliqua-t-il en tapant du pied de plus en plus frénétiquement. Allez, dites-moi, est-ce que Nellie va bien ?

Mason jeta un œil à Cara : elle semblait très mal à l'aise. Mais il décida de poursuivre :

— Quand êtes-vous rentré ?

Alfredo se leva brusquement, semblant au bord de la panique.

— Ce matin, à l'aube.

Il se croisa alors les bras sur la poitrine.

— Maintenant, dites-moi. Elle va bien ?

Cara prit une grande inspiration.

— J'ai bien peur que non.

Les yeux d'Alfredo s'écarquillèrent.

— Qu'est-ce qu'elle a ? Elle est à l'hôpital ?

Il se dirigea vers la porte.

— Emmenez-moi la voir.

Cara se leva et lui posa doucement une main sur le bras.

— C'est impossible, Alfredo. Je suis sincèrement désolée.

— Nellie est morte, annonça Mason sans ménagement.

Il voulait observer la réaction spontanée du suspect. La mansuétude de Cara risquait de la rendre crédule s'il avait décidé de mentir.

— Elle a été assassinée, ajouta-t-il.

Alfredo sembla tituber légèrement, et son visage exprima une grande souffrance.

— Non… pas ma Nellie… elle n'est pas morte.

— Si, malheureusement, dit doucement Cara. Je vous présente mes condoléances, Alfredo.

Des larmes grossirent dans ses yeux sombres.

— Non, vous vous trompez ! lança-t-il.

— Elle a été tuée, et quelqu'un l'a enterrée au BBL, insista Mason, en affectant un air détaché. J'ai découvert son corps cet après-midi, lors d'une randonnée à cheval.

Alfredo se laissa choir sur une chaise et bascula la tête en avant, laissant les larmes couler le long de ses joues.

— Non… je vais lui parler. Dites-lui de venir me voir.

— Vous vous êtes séparés à cause du bébé, n'est-ce pas ? osa Mason. Parce que vous ne vouliez pas d'enfants.

La colère embrasa les yeux d'Alfredo.

— Ce n'est pas vrai.

Cara lui couvrit une main de la sienne.

— Vous pouvez nous faire confiance. Dites simplement

à l'inspecteur Blackpaw ce qui s'est vraiment passé, afin que nous trouvions qui a tué Nellie.

Il se tourna alors vers Mason, l'air dévasté.

— Vous croyez que c'est moi ?

Mason se racla la gorge.

— Je crois surtout qu'elle est tombée enceinte, que vous ne vouliez pas de bébé, et qu'une fois qu'il est arrivé, elle l'a donné en adoption. Et ensuite ? Vous avez changé d'avis ?

La bouche d'Alfredo se contracta de colère, jusqu'à ne plus former qu'une ligne mince.

— C'est vrai, au début, je voulais pas le bébé, reconnut-il, en marchant de long en large dans la cuisine. J'étais inquiet. Comment élever un enfant alors que j'ai pas le travail ?

Il se rua alors vers le comptoir et saisit son portefeuille.

— Mais le mois dernier, j'ai trouvé une bonne place.

Il leur présenta une liasse de tickets de transactions bancaires et les étala sur la table.

— Regardez. J'ai dit à Nellie : je pouvais m'occuper d'elle et du bébé maintenant, mais elle a dit : « C'est trop tard. »

— Et cela vous a mis en colère, pas vrai ? Alors vous avez voulu la forcer à revenir vivre avec vous. Et que s'est-il passé ensuite ? tonna Mason.

Il s'était placé à quelques centimètres du visage d'Alfredo. Celui-ci se décomposa.

— Elle a dit : « C'est trop tard, quelqu'un a adopté notre petite fille », bredouilla-t-il, en s'étranglant sur le dernier mot. Mais je lui ai promis que je l'aimais encore.

Du doigt, il montra les tickets de caisse.

— Vous voyez ? reprit-il. C'est ma dernière course. Je suis parti la semaine dernière, et j'ai traversé tout le pays. Tous les soirs, je dors dans un autre motel, et je fais le plein. Hier soir, j'étais à El Paso. Tout est là.

Cara se mit entre eux, puis leva les yeux vers Mason.

— Il dit la vérité. Ces reçus prouvent qu'il n'était pas ici.

Mason poussa un soupir. Alfredo aurait pu engager

quelqu'un pour supprimer Nellie, mais à en juger par les larmes qui coulaient sur ses joues et le fait qu'il ne roulait vraiment pas sur l'or, il n'avait ni le profil du type qui paie un tueur professionnel, ni les moyens.

D'ailleurs, un pro ne procéderait pas de cette manière brutale. Et pour quelle raison Alfredo l'aurait-il fait inhumer selon les rites comanches ?

— Où elle est, maintenant ? demanda Alfredo. Je veux voir ma Nellie.

Mason échangea un regard avec Cara.

— Elle est sous la responsabilité du médecin légiste du comté, dit-il enfin. A-t-elle d'autres proches avec qui nous devrions prendre contact ?

— Non, dit Cara. Ses parents sont décédés dans un accident il y a deux ans. Elle n'avait pas de famille.

— A part moi, la corrigea Alfredo d'une voix brisée. Et je l'ai laissée tomber.

Cara lui massa doucement l'épaule.

— Nous vous avertirons lorsque le médecin aura fini l'autopsie, afin que vous puissiez planifier son enterrement.

— Est-ce que vous connaissez l'avocat qui s'est occupé de l'adoption ? poursuivit Mason. Avez-vous pris contact avec lui ou avec les parents adoptifs ?

Alfredo secoua la tête.

— Non, je ne sais même pas qui ils sont. Nellie ne voulait pas que je m'en occupe.

Ses yeux s'assombrirent.

— Pourquoi ? Vous croyez qu'ils savent quelque chose ?

Mason n'osait lui avouer son inquiétude pour l'enfant. Car, si ce n'était pas lui qui avait tué Nellie, qui avait donc perpétré ce meurtre ?

A moins que Nellie n'ait changé d'avis au sujet de l'adoption. Avait-elle décidé de se réconcilier avec Alfredo ? De récupérer son enfant ? Si elle avait essayé de faire annuler la procédure d'adoption, les parents adoptifs avaient probablement été furieux. Suffisamment pour l'assassiner, afin de garder cette enfant qu'ils considéraient désormais comme la leur ?

5

Cara avait mal au cœur pour Alfredo. Sa situation, et celle de Nellie, ressemblait trop à celle de si nombreux couples qu'elle recevait en consultation. Très amoureux mais englués dans leur pauvreté, ils voyaient une grossesse non désirée semer la zizanie entre eux. Lorsque Alfredo avait enfin compris qu'il souhaitait fonder une famille, il était déjà trop tard. Alors que Nellie avait pris sa décision avec les meilleures intentions du monde.

— Je suis vraiment désolée, Alfredo, répéta Cara en l'enveloppant de ses bras.

Il pleura un instant sur son épaule, puis, dans un regain de fierté masculine, se dégagea de son étreinte et essuya ses larmes.

— S'il vous plaît, mademoiselle Cara, vous me direz quand je pourrai voir ma Nellie ?

— Je vous le promets.

Puis il se tourna vers Mason.

— Et vous me direz qui l'a tuée ?

Mason acquiesça, puis fit signe à Cara. Il était temps de s'en aller. Elle le suivit jusqu'à sa voiture, le cœur encore gros en songeant à ce pauvre homme. A peine avait-il trouvé les moyens de subvenir à leurs besoins qu'il perdait la femme de sa vie.

Son bébé choisit ce moment pour s'agiter, lui rappelant la présence de son père à quelques mètres de lui. Elle ne lui avait jamais laissé la possibilité de décider s'il désirait faire partie de leur vie ou non.

Elle s'était montrée égoïste en ne pensant qu'à son amour-propre bafoué. Mais à cette époque, elle était intimement convaincue qu'il n'aurait aucune envie de s'impliquer.

A présent, elle n'en était plus si sûre.

— Il semble sincèrement bouleversé, lui lança Mason, alors qu'ils prenaient place dans le véhicule.

Le bébé fit pression sur sa vessie et elle ne put réprimer une grimace.

— Je t'avais dit qu'il ne l'aurait jamais tuée, confirma-t-elle. Pour infliger aux autres ce que ce type a fait à Nellie, il faut avoir un état d'esprit particulier.

— Et que penses-tu des parents adoptifs ? s'enquit-il. Tu as entendu Alfredo ? Il a affirmé qu'il voulait désormais prendre soin d'elle et du bébé. Imagine que Nellie se soit rendue chez ces gens pour leur demander de renoncer à leurs droits ?

Elle fronça les sourcils.

— Lorsqu'elle a signé les papiers, elle avait pleinement conscience du fait que c'était définitif.

— Certainement, mais cela ne signifie pas que ses émotions n'ont pas pris le dessus ensuite. Elle les a peut-être implorés de lui rendre son enfant.

Cara sentit sa gorge se serrer à cette perspective.

— C'est plausible.

Il arrivait effectivement que certaines mères regrettent leur geste après coup et tentent de rendre la procédure caduque. C'est pourquoi il existait une période durant laquelle cette possibilité leur était offerte, mais, dans le cas de Nellie, elle avait expiré depuis longtemps.

— La dernière fois que je lui ai parlé, elle semblait satisfaite de la décision qu'elle avait prise. Je l'avais convaincue de retourner sur les bancs de l'école, et elle s'était même inscrite à des cours de cosmétologie ; elle semblait très pressée de commencer sa formation.

— Nous devons parler à ces parents adoptifs, insista Mason, et découvrir si elle a pris contact avec eux.

Cara se tordait les mains sur ses genoux. Elle répugnait à déranger ce couple qui avait pris la petite fille en charge, mais comme il y avait eu cette intrusion dans la clinique, elle devait s'assurer que le bébé était hors de danger.

— Très bien. Ils habitent à San Antonio. Est-ce que tu veux que je les appelle ?

— Non. Comme je te l'ai dit tout à l'heure, je voudrais jouer sur l'effet de surprise.

Elle se tourna brusquement vers lui.

— Tu penses que c'est l'un d'eux qui l'a assassinée ?

— Pour le moment, j'essaie d'effectuer un tri parmi les suspects les plus évidents, c'est-à-dire le père biologique du bébé ainsi que les parents adoptifs.

Elle tendit à Mason l'adresse des Davidson, puis l'observa tandis qu'il entrait les données dans son GPS. Elle avait redouté de devoir annoncer la nouvelle à Alfredo, mais elle n'était pas plus à l'aise à l'idée d'interroger la famille adoptive. Cependant, Mason avait raison, car même s'ils n'avaient pas tué Nellie, il était logique de recueillir leur témoignage.

Le portable de Mason vibra, si bien qu'elle garda le silence.

— Dites-lui que je suis en route.

Il raccrocha et effectua aussitôt un demi-tour.

— Que se passe-t-il ? s'enquit-elle.

— Le shérif vient de m'apprendre qu'un des gars a trouvé quelque chose dans l'appartement de Nellie. Il voudrait que nous allions y jeter un œil.

Elle sentit son angoisse s'accentuer à mesure que Mason approchait de la résidence où vivait Nellie. Le bâtiment était vieux et la façade en piteux état, sans mentionner les acacias qui conféraient un air encore plus texan aux alentours assez glauques. A l'entrée, Mason repéra les numéros des appartements, trouva celui correspondant à celui de Nellie et ils s'y rendirent.

La porte de l'appartement était entrouverte, et deux inspecteurs fouillaient à l'intérieur.

— Qu'avez-vous déniché ? demanda Mason à l'un d'eux.

Le policier fit un geste en direction de la cuisine, et ils le suivirent jusqu'à une table en pin sur laquelle était posée une feuille de papier.

— On dirait que quelqu'un menaçait Nellie, ajouta le policier.

Cara réprima un cri en lisant la note.

« Sais-tu où se trouve ton bébé ? »

Mason se rembrunit.

— Il existait donc bien un rapport avec le bébé…, murmura-t-il.

Cara s'agrippa au bord de la table.

— Cette pauvre Nellie a dû mourir d'angoisse en lisant ce mot.

— Avez-vous trouvé autre chose ? demanda Mason à son collègue.

Le jeune homme secoua la tête.

— Nous avons même fouillé son ordinateur, mais pour l'instant, nous faisons chou blanc.

— Elle ne participait pas à des forums ? Avait-elle des contacts au sein des réseaux sociaux ? Pas même un e-mail un peu suspect ? insista-t-il.

— Non, rien. Son historique sur internet est très succinct et concerne surtout des sites de formation pour adultes.

— Elle était timide et pas très à l'aise en informatique, intervint Cara. Elle avait prévu d'entrer en école d'esthétique, mais elle n'a pas eu l'opportunité de le faire.

— Tenez-moi au courant dès que le labo en aura fini

avec son téléphone, conclut Mason. Si le tueur lui a envoyé ce mot, il a parfaitement pu l'appeler.

Cara avait pâli lorsqu'ils regagnèrent leur véhicule.

— Comment s'appelle l'avocat qui s'est occupé de l'adoption ? lui demanda Mason.

Elle repoussa une mèche de cheveux derrière son oreille et prit place sur le siège passager.

— Regan Wurst.

Mason s'assit à son tour et boucla sa ceinture de sécurité.

— Appelle-la, et demande-lui si quelqu'un a cherché à obtenir des renseignements à propos de cette affaire.

Elle sortit son portable de son sac et fit défiler sa liste de contacts. Quelques secondes plus tard, elle composait un numéro.

Mason se focalisa sur son itinéraire, tout en gardant une oreille attentive à la conversation.

— Bonsoir, Regan, lança Cara. C'est le Dr Winchester à l'appareil. Excusez-moi de vous déranger. Je vous appelle au sujet de l'adoption du bébé Thompson…

Elle hésita un instant, puis reprit :

— Nellie Thompson a été assassinée. Je collabore avec l'enquêteur qui recherche son meurtrier. Nous avons déjà rencontré le père biologique, qui a un alibi, et nous nous rendons maintenant au domicile des Davidson. Mais mon bureau a été visité, et mes dossiers consultés. Celui des Thompson en faisant partie, j'aimerais savoir si vous avez reçu des appels concernant cette affaire.

— Non, entendit Mason au bout du fil.

— Très bien, je vous remercie, Regan. Pouvez-vous me tenir au courant si quelqu'un prend contact avec vous ?

Elle jouait avec ses cheveux, nota-t-il. Elle enroulait puis déroulait une mèche autour de ses doigts. Etait-elle inquiète au sujet de l'enquête, ou avait-elle, elle aussi, songé à donner son bébé en adoption ?

Non, Cara ne ferait jamais une telle chose, n'est-ce pas ?

— Alors ? s'enquit-il lorsqu'elle eut raccroché. Du nouveau ?

— Non, rien.

Elle laissa sa tête aller contre le dossier de son siège et ferma les yeux. Elle devait être épuisée. Il aurait dû insister pour la ramener chez elle afin qu'elle se repose et qu'elle prenne soin d'elle et de son bébé. Mais elle était têtue et ne l'aurait jamais écouté. Elle tenait trop à protéger les personnes impliquées dans cette affaire.

Quelques minutes plus tard, elle s'était endormie et il roula en silence, traversant des zones désertiques et des pâturages avant d'atteindre San Antonio. Les lumières de la ville scintillaient dans l'obscurité et le trafic routier était dense en ce début de soirée, notamment au centre-ville vers lequel convergeaient les adeptes des dîners en ville ou des night-clubs.

Il progressait péniblement, se faufilant entre les véhicules qui congestionnaient les grandes artères pour rapidement bifurquer vers un quartier plus récent et plus chic dans lequel résidaient les Davidson. A en juger par le portail qui bloquait l'accès à leur complexe résidentiel, et les lumières décoratives qui illuminaient chaque maison du quartier, les Davidson semblaient ne pas être dans le besoin.

Combien avaient-ils payé pour obtenir ce bébé ? Et jusqu'où étaient-ils prêts à aller pour le garder ?

Cara s'éveilla doucement lorsque Mason se gara devant la demeure à deux étages de style géorgien où résidaient les Davidson. Elle ne s'était jamais rendue à leur domicile, mais Regan lui avait confié qu'ils étaient fortunés et pourraient offrir ce qu'il y avait de mieux à la petite de Nellie.

Une vague de tristesse l'envahit brutalement lorsqu'elle repensa à la jeune femme décédée.

— Tu es sûre que tu vas tenir le coup ? lui demanda Mason.

Elle confirma d'un hochement de tête et saisit sans attendre la poignée de la portière pour s'extraire de la voiture. Une fois encore, il se précipita pour l'aider, mais elle tenait à lui prouver qu'elle pouvait se débrouiller seule comme elle l'avait fait jusqu'à présent. Il était hors de question de se reposer sur lui.

Des ornements clignotaient le long de l'allée menant au porche d'entrée, et les lumières qui brillaient aux fenêtres leur indiquaient que les propriétaires étaient chez eux.

Mason appuya sur la sonnette. Au bout de quelques instants, une femme portant un uniforme sombre leur ouvrit et se présenta sous le nom de Gloria.

Mason lui montra son insigne et se présenta, ainsi que Cara.

— Nous aimerions nous entretenir avec monsieur et madame Davidson, s'il vous plaît.

Les yeux de Gloria se parèrent d'un éclat inquiet.

— A quel sujet, monsieur l'inspecteur ?

— Je préférerais le leur expliquer moi-même, madame, répondit-il sur un ton neutre.

Elle leur proposa de la suivre et leur fit traverser un vestibule richement décoré d'œuvres d'art et de vases en tou genre, pour finalement déboucher dans un salon qui, étonnamment, semblait vraiment chaleureux et adapté au quotidien d'un enfant. Si les canapés en cuir étaient de toute évidence très coûteux, des jouets ainsi qu'un portique lui conféraient une atmosphère tout à fait familiale.

Cara s'assit sur le rocking-chair, dans un coin de la pièce, tandis que Mason resta debout, scrutant avec attention les photos de la petite fille alignées sur le manteau de la cheminée. Le couple apparut rapidement, Julie serrant dans ses bras le bébé de trois mois.

— Inspecteur ?

Don Davidson tendit la main et serra celle de Mason. Il semblait aussi exténué que sa femme.

— Que se passe-t-il ? ajouta-t-il.

— Est-ce que cela concerne Lacy ? demanda Julie, une pointe de panique dans la voix.

— Oui, madame, confirma Mason. J'en ai bien peur.

— Non, vous ne pouvez pas nous la reprendre ! s'écria Julie. Elle est à nous, légalement, nous avons signé des papiers, et nous avons des droits.

Don leva une main rassurante en direction de sa femme.

— Est-ce pour cela que vous êtes ici ?

— Non, ce n'est pas l'objet de notre visite, répondit Cara, désireuse de les calmer.

Elle comprenait l'angoisse latente de tous les parents adoptifs, qui craignaient sans cesse de perdre leur enfant.

Julie et son mari échangèrent un regard perplexe.

— Dans ce cas, qu'est-ce qui vous amène ? s'enquit Don.

Les Davidson s'assirent côte à côte sur le canapé. Lacy se mit à geindre comme si elle sentait que quelque chose n'allait pas, et Julie la berça doucement, tout en lui susurrant des mots emplis d'amour.

Nellie aurait été heureuse de voir combien ces gens aimaient son bébé, se dit Cara.

— Pourquoi craigniez-vous que nous vous retirions la garde de la petite ? interrogea Mason. Le père ou la mère en ont-ils formulé la demande ?

Don secoua la tête, et Julie fit de même.

— Nous n'avons jamais entendu parler de la maman. En fait, nous ne l'avons jamais rencontrée. Toutes les communications se sont effectuées par l'intermédiaire de notre avocate.

— Regan Wurst ? demanda Mason.

Le couple acquiesça de concert.

— Et le père ? poursuivit-il. A-t-il tenté de prendre contact avec vous ?

— Non, répondirent-ils à l'unisson.

Les yeux de Julie s'écarquillèrent.

— Est-ce qu'ils veulent reprendre Lacy ?

— Non, la rassura Mason. Pourquoi croyez-vous cela ?

— Parce que j'ai eu écho d'histoires similaires, lui expliqua la jeune maman.

— Julie, je vous promets que ce n'est pas le but de notre visite, dit doucement Cara, en caressant les cheveux sombres et si doux de Lacy. Est-ce que je peux la porter ?

Julie semblait un peu réticente, mais elle fit oui de la tête, et laissa Cara lui prendre la petite.

Cara la berça tendrement, et son cœur se serra lorsque Lacy leva de grands yeux vers elle et se mit à babiller.

— Je vous en supplie, docteur Winchester, dites-nous ce qui se passe, implora Julie.

Cara jeta un regard à Mason, qui s'éclaircit la voix.

— Où étiez-vous avant-hier soir ?

Don plissa les yeux.

— A une fête organisée par mon entreprise, jusqu'à minuit, et ensuite dans la chambre d'hôtel où j'ai passé le reste de la nuit.

— Quel métier exercez-vous ?

— Je suis promoteur immobilier, expliqua Don. J'ai participé à la création de cette communauté résidentielle, et nous venons d'en inaugurer une similaire à Dallas.

Mason se tourna ensuite vers Julie.

— Et vous, madame Davidson ?

Cara se crispa. Comment pouvait-il soupçonner la douce Julie d'un crime aussi ignominieux ?

La jeune femme se redressa.

— J'étais ici, avec Lacy. Ma mère était venue me rendre

visite. Nous avons passé l'après-midi dans le parc, puis nous sommes allées dîner, et nous sommes rentrées à la maison.

— Donc, vous avez tous deux des témoins qui confirmeraient votre emploi du temps ?

La bouche de Don se contracta sous le coup de la colère.

— Absolument. Maintenant, j'aimerais que vous soyez plus clair. Pour quelle raison devons-nous vous fournir un alibi ?

Mason poussa un soupir.

— Parce que Nellie Thompson a été assassinée cette nuit-là.

— Oh ! mon Dieu ! s'écria Julie.

Les yeux de Don s'écarquillèrent.

— Et vous croyez que nous sommes liés à ce crime ?

— Nous nous efforçons d'explorer toutes les pistes que nous avons pour le moment, poursuivit Mason. Si Nellie ou le père biologique vous avaient sommés de renoncer à la garde de Lacy…

— Cela constituerait un mobile plausible, conclut Don en saisissant son portable. Ne dis plus rien, Julie. J'appelle notre avocate.

Julie reprit aussitôt le bébé lové dans les bras de Cara.

— Regan nous a promis de veiller à respecter la confidentialité de notre dossier, et nous avons tout fait selon les règles établies. Lacy est maintenant notre enfant.

Cara lui posa une main sur l'épaule.

— Je le sais, Julie. Nous tentons simplement de retrouver l'assassin de Nellie. Et pour être honnête, je voulais m'assurer que Lacy était en sécurité.

Don serrait le téléphone dans sa main, soudain hésitant.

— Vous pensez que celui qui a tué Nellie pourrait s'en prendre à notre bébé ?

Mason prit la parole :

— Pour le moment, nous n'en avons pas la moindre

idée. Mais par mesure de précaution, vous devriez redoubler de vigilance.

— Nous pouvons l'emmener loin d'ici, proposa Julie d'une voix brisée. Peut-être chez ma mère, à Houston.

Mason secoua la tête.

— Tant que notre enquête n'est pas arrivée à son terme, je préférerais que vous ne quittiez pas la ville.

Un éclair rageur illumina le regard de Don.

— Dans ce cas, je vais engager une équipe de surveillance qui sera là vingt-quatre heures sur vingt-quatre. Personne ne fera de mal à notre petite fille.

Cara lança un regard courroucé à Mason. Ce couple n'était pas plus lié au meurtre de Nellie que ne l'était Alfredo.

Mason sortit de la demeure de Don et Julie un brin perplexe. Mais ce n'était manifestement pas le cas de Cara.

— Ils n'ont rien à voir dans tout ça, lui lança-t-elle, à peine furent-ils éloignés de la maison.

— Tu n'en sais rien, répliqua-t-il. Même avec des alibis en béton, ils sont très riches. Davidson pourrait avoir engagé quelqu'un pour se charger des basses besognes.

— Mais tu as entendu ce qu'ils ont dit, et qui a été confirmé par Regan. Ni Nellie ni Alfredo ne les ont contactés pour réclamer la garde de la petite. Et puis, comme tu le soulignais, ils ont beaucoup d'argent. Donc, en cas de problème, ils se seraient offert les services des meilleurs avocats et auraient gagné le procès. Inutile de recourir au meurtre.

— Donc, s'ils sont hors de cause, nous voilà de retour à la case départ.

— Avec un tueur en liberté, conclut Cara.

Mason se passa une main sur la joue. Les arguments de Cara se tenaient : Nellie et Alfredo étaient sans le sou, et comme l'argent était le plus fort, les Davidson auraient obtenu gain de cause face à un tribunal.

— Nous devons en apprendre davantage au sujet de Nellie, reprit-il. Et surtout découvrir comment elle a passé les jours précédant son assassinat.

Son portable se mit à sonner, et il décrocha au moment où ils arrivaient devant sa voiture.

— Inspecteur Blackpaw à l'appareil.

— Je suis le Dr Tarrinton, le médecin légiste en charge de l'autopsie de mademoiselle Thompson.

Le rythme cardiaque de Mason s'accéléra. Le légiste avait peut-être des éléments intéressants.

— Qu'avez-vous trouvé ? Quelle est la cause de sa mort ?

— Une hémorragie, consécutive à de nombreux coups portés à l'arme blanche au niveau du bas-ventre.

Il observa attentivement la femme qui collait de plus en plus près le type installé au bar, ses longs cheveux ondoyant sur ses épaules tel un rideau noir. Elle flirtait outrageusement en sirotant son troisième martini, focalisant toute son attention sur le pauvre gars qui ne se doutait pas le moins du monde qu'il s'agissait d'une vulgaire traînée, et non de la mère aimante qu'elle aurait dû être pour son enfant.

Non, elle s'était débarrassée de sa progéniture comme s'il s'agissait d'un objet encombrant, en ayant à peine pris une journée de congé pour trouver le couple qui la soulagerait de son fardeau.

Et cette saleté de Cara Winchester l'avait aidée.

Il avala son whiskey et la scruta intensément : elle passait l'un de ses ongles rouge sang le long de la mâchoire de l'homme, puis elle se leva et vint se frotter contre lui, tant et si bien qu'il finit par l'attirer entre ses jambes.

Le dégoût le submergea presque. Elle était sûrement l'une des pires. Nellie était pauvre, certes, et elle aurait eu du mal à joindre les deux bouts avec un enfant, mais elle aurait pu le faire.

Alors que celle-ci avait clairement assez d'argent pour embaucher une nourrice si elle en avait besoin. Mais être mère lui paraissait trop incommodant.

Elle allait payer pour ça.

Oui, toutes ces pécheresses méritaient de souffrir.

Une par une, il veillerait à ce qu'elles aient ce qu'elles méritaient.

6

En voiture, Mason fit part à Cara des explications fournies par le médecin légiste. Une sueur froide parcourut le dos de celle-ci. Comme elle l'avait craint lors de son examen préliminaire, le tueur s'était focalisé sur les organes reproducteurs.

— Ce n'est pas un meurtre comme les autres, en déduisit-elle. Ce type est malade ; ce n'est pas un hasard s'il a visé cette zone en particulier.

— Ce qui me ramène à mon premier suspect, le père du bébé, commenta Mason.

— Allons, tu as vu Alfredo, le raisonna-t-elle. Il n'a pas pu faire ça.

Mason se passa une main sur la joue.

— Ça me gêne de l'admettre, mais je crois que tu as raison.

A ce moment, il passa les grilles de sécurité entourant le quartier résidentiel et rejoignit le trafic dense de San Antonio, les lumières de la ville un peu floues autour de lui.

— Son *modus operandi* ressemble fort à celui d'un sociopathe.

— Un sociopathe avec une cause à défendre, manifestement. Plutôt dangereux comme combinaison, ajouta-t-elle.

Mason acquiesça, l'air grave.

— Et comment ! Il est du bois dont on fait les tueurs en série.

Un autre frisson vint déstabiliser Cara.

— Tu es convaincu qu'il tuera de nouveau, n'est-ce pas ?

— J'espère que non, mais je pense que oui…

Il hésita un instant, puis passa une main dans ses cheveux déjà ébouriffés.

— Un profileur te dirait que s'il a frappé uniquement dans cette zone, c'est parce qu'il lui infligeait une espèce de punition.

— Parce que Nellie a donné la vie et a fait adopter son bébé, conclut-elle.

— Exactement.

Cara sentit l'angoisse l'envahir. Mille pensées se bousculaient dans son esprit. Et surtout une : si c'était effectivement le tueur qui avait visité son cabinet médical ?

— Mon Dieu, s'écria-t-elle, et si celui qui est entré par effraction ne cherchait pas à retrouver le bébé, mais plutôt l'adresse de futures victimes ?

Mason poussa un juron.

— Dans ce cas, il nous faut une liste des dossiers dont il s'est emparé. Ces femmes sont en danger de mort.

— Retournons à mon cabinet. Je vais passer mes tiroirs en revue cette nuit.

Mason fit la grimace, mais garda le silence pendant qu'il faisait route vers la clinique. Cara sentit une douleur lui contracter le ventre, et aussitôt elle y passa la main.

— Est-ce que tu vas bien ? lui demanda Mason.

Elle fit oui de la tête.

— Je suis simplement anxieuse pour mes autres patientes. Si tu penses qu'elles sont en danger, nous devrions les mettre au courant.

Mason respirait profondément, créant presque un écho dans le silence tendu de l'habitacle.

— C'est prématuré, Cara. Cela provoquerait un mouvement de panique, sans aucun fondement.

Elle trouva sa réponse pertinente, mais cela ne l'empêchait pas de s'inquiéter.

— Y a-t-il une chose dont tu as omis de me parler ? demanda-t-il alors.

Elle se mordit la lèvre, indécise quant à ce qu'elle était prête à lui confier.

— J'ai reçu des courriers haineux depuis que j'ai ouvert le cabinet.

Il tourna brusquement la tête vers elle.

— De quelle nature ?

Elle haussa les épaules.

— Des critiques provenant de sources anonymes, des gens qui pensaient que j'avais ouvert une clinique pour y pratiquer des avortements.

— Et ce n'est pas le cas ?

— Non, se défendit-elle. J'ai ouvert ce que j'appelle le pavillon des femmes, où elles ont accès à des consultations en gynécologie et où elles peuvent accoucher, mais où elles bénéficient aussi d'un soutien psychologique. Il y a également une assistante sociale qui m'aide à coordonner les adoptions lorsque les mamans en font la demande.

L'expression de Mason était tendue, ses yeux trahissant son état d'alarme.

— As-tu été menacée ?

Elle continua de masser son ventre, car une nouvelle fausse contraction venait la déranger.

— Pas vraiment, si ce n'est qu'on me conseillait de mettre la clé sous la porte et de ne plus encourager les femmes à abandonner leurs nourrissons.

Mason siffla entre ses dents.

— Bon sang, Cara, il faut que tu me montres ces lettres !

Mason voyait l'appréhension le gagner malgré lui. Si quelqu'un avait envoyé des lettres de menace à Cara, puis tué l'une de ses patientes, elle était probablement en danger, ainsi que son bébé.

Son regard vagabonda une fois de plus sur cette main posée sur un ventre rond, et il sentit son instinct protecteur enfler. Il ignorait encore s'il s'agissait de son enfant. Elle avait peut-être un compagnon qui l'attendait, et qui était le géniteur de ce bébé.

Il devait en avoir le cœur net.

Elle venait de fermer les yeux, mais son visage semblait exprimer une certaine douleur.

— Dans combien de temps ton bébé va-t-il naître ?

Les émotions empourprèrent son visage lorsqu'elle leva les yeux vers lui.

— Dans trois semaines.

Il effectua un rapide calcul mental. Sapristi ! Il pouvait bien être le père !

L'image de Cara berçant la petite Lacy revint le titiller. Elle était douée d'un véritable instinct maternel, à la fois douce, tendre et attentionnée. Et elle se comportait de la même manière avec tous ceux qu'elle côtoyait. Sauf qu'elle se montrerait encore plus dévouée à son bébé et qu'elle se battrait bec et ongles pour assurer sa sécurité.

— Cara…, bredouilla-t-il, galvanisé à la perspective de ce qu'elle allait lui annoncer.

Si le bébé n'était pas de lui, que ressentirait-il ? Du soulagement ou de la déception ? Et si c'était le sien ? Qu'attendrait-elle de lui ? La réponse à cette question le terrifiait.

Mais il ne pouvait patienter davantage. Il s'engagea sur une petite route parallèle à l'autoroute et se gara sur le bas-côté.

Cara se redressa dans son siège, visiblement alarmée.

— Qu'est-ce que tu fais ?

— Est-ce que tu as quelqu'un dans ta vie ?

Ses yeux s'écarquillèrent. Elle ne s'attendait manifestement pas à cette question.

— Non.

— Tu ne t'es pas mariée après mon départ ?

Elle releva le menton dans un geste de défi.

— Je n'ai pas besoin de mari pour avoir un enfant, Mason.

Il désigna alors son ventre.

— Qui est le père ?

Elle saisit la poignée de la portière comme si elle s'apprêtait à prendre la poudre d'escampette.

— Je n'arrive pas à croire que tu me poses cette question maintenant, alors que nous sommes au beau milieu d'une affaire de meurtre.

Il lui attrapa la main, bien décidé à ne pas la laisser botter en touche.

— Peu importe à quel moment je te pose cette question. Si quelqu'un t'a menacée à cause de ton cabinet médical et que ce crime a le moindre rapport avec toi, alors tu es en danger, ainsi que ton bébé.

Un instant, il vit la panique envahir son regard. Puis elle se reprit.

— Mason, je suis parfaitement capable de prendre soin de moi et de mon bébé. Je te rappelle que je suis médecin.

— Cela n'a rien à voir avec le fait que tu aies des connaissances médicales, ou que tu sois une femme compétente. Un fou furieux a assassiné l'une de tes patientes et pourrait bien s'en prendre aussi à toi.

Ses mots semblèrent lui faire prendre conscience du danger, car son visage pâlit dans le rayon de lune qui baignait le véhicule. Il dut se retenir de l'attirer dans ses bras pour la rassurer.

— J'ai fait mon calcul. A moins que tu n'aies sauté dans le lit du premier homme qui a croisé ton chemin après mon départ…

— Comment oses-tu proférer de telles sornettes ? s'écria-t-elle.

— Alors dis-moi qui est le père.

Elle se massa de nouveau le ventre, mais cette fois, elle

donnait plus l'impression de chercher à protéger le bébé qui y grandissait.

— Mason…

— Dis-moi la vérité, insista-t-il, le souffle saccadé. Est-ce mon enfant ?

Un long battement de cœur s'écoula avant qu'elle ne murmure finalement :

— Oui.

Elle était tiraillée entre le soulagement et la panique. Alors que diverses émotions se succédaient sur le visage de Mason, elle retint sa respiration, incertaine de sa réaction. Allait-il laisser éclater sa colère, ou au contraire se refermer sur lui-même ? Elle crut le voir batailler, puis son regard s'emplit de tendresse, et il posa une main sur son ventre.

Il dut même s'éclaircir la voix avant de prendre la parole.

— Pourquoi ne m'as-tu rien dit ?

Elle détourna le regard, taraudée par le souvenir de l'humiliation qu'elle avait ressentie lorsqu'il était parti.

— Parce que tu n'étais plus là, dit-elle doucement.

— Tu sais utiliser un téléphone, rétorqua-t-il, avec une pointe d'amertume dans la voix.

Elle se raidit.

— Tu m'avais clairement fait comprendre que tu ne souhaitais pas une relation sérieuse, lui rappela-t-elle, parce que tu pensais que les mariages mixtes étaient voués à l'échec. Raisonnement archaïque, certes, mais ce sont tes propres mots. Qu'étais-je donc censée faire ? Si tu ne voulais pas de moi, pour quelle raison aurais-je dû penser que tu souhaiterais élever notre enfant ?

Il poussa un long soupir.

La douleur avait succédé à la colère, à présent, et Cara sentait sa poitrine se serrer.

— Cara, je t'ai raconté dans quelles circonstances j'ai

grandi. Mais tu ne sais pas tout, loin de là. Les préjugés, l'attitude des autres enfants envers moi…

— C'était il y a bien longtemps, l'interrompit-elle. Et je suis désolée pour ce qui t'est arrivé, mais les temps ont changé.

— Vraiment ? aboya-t-il en retour.

Elle rassembla ses forces.

— C'est l'une des raisons pour lesquelles je me suis tue. Mais surtout, je ne voulais pas que tu penses que je cherchais à te piéger.

— Tu n'as même pas essayé de me convaincre de rester.

L'amour-propre de Cara vint l'aiguillonner.

— Tu t'attendais à ce que je t'implore ? Ce n'est pas mon genre.

— Non, tu es indépendante, pas vrai ? Tu n'as pas besoin d'un homme ?

— Non, en effet, renchérit-elle, furieuse. Je me suis débrouillée seule durant une bonne partie de ma vie, et je compte bien continuer ainsi.

Elle fit un geste en direction du volant.

— Ecoute, pourquoi ne me ramènes-tu pas à mon cabinet ? Je pourrai trier mes dossiers, et de cette manière, nous pourrons tous deux vaquer à nos occupations.

Et ne plus jamais se revoir. Après tout, il n'avait pas besoin d'elle pour mener son enquête.

— Pour ce soir, peut-être, répliqua-t-il. Mais tu te trompes si tu crois que je vais simplement tirer ma révérence.

D'un geste, il désigna son ventre.

— Ce bébé est aussi le mien, et si elle, ou s'il… est en danger…

De nouveau, il marqua une pause.

— Est-ce que tu sais si c'est une fille ou un garçon ?

Elle s'humecta les lèvres.

— Un garçon.

Mason soupira profondément, manifestement ému.

— Si mon fils est en danger, alors je ne te quitterai pas d'une semelle.

Cara sentit un nœud se former dans sa gorge. Hors de question de l'avoir dans les pattes, de le voir s'inquiéter pour elle, ou qu'il cherche à la protéger, parce que alors elle aurait envie de tout reprendre à zéro. Et il n'en était pas question : elle avait eu trop de mal à survivre à son départ.

Mason resta silencieux un instant, le temps de digérer leur conversation. Il était incapable de bouger ou de se concentrer sur quoi que ce soit, à part le fait qu'il allait avoir un fils, avec Cara.

La seule femme qui lui ait jamais donné envie de se poser. La seule capable d'enflammer en lui un désir irrépressible et d'éveiller des émotions qu'il préférait ne pas admettre.

Parce que, avant toute chose, il était un représentant de la loi et qu'il avait un meurtre à élucider. Un crime qui concernait Cara bien plus qu'il ne l'avait cru au premier abord, et qui mettait sa vie, ainsi que celle de son fils, en danger.

Son cœur battait à tout rompre. Bon sang ! Il ne pouvait supporter cette idée !

— Mason…

— Inutile de protester, la coupa-t-il. Tant que ce maniaque n'est pas derrière les barreaux, tu vas devoir me supporter. Et lorsque cette affaire sera bouclée… eh bien, nous discuterons de l'avenir de notre fils.

Cara gloussa de manière un peu méprisante, mais il feignit d'ignorer sa réaction et regagna le flot des véhicules.

Cela ne plaisait certainement pas à Cara, mais il n'avait pas l'intention d'abandonner son enfant. Il n'agirait pas comme son propre père.

Et si ce bébé était plus heureux sans toi ? Plus en sécurité ? songea-t-il tout à coup.

Il tressaillit presque à cette pensée.

Nellie Thompson considérait qu'elle avait pris la bonne décision en confiant son nourrisson aux Davidson. Il semblait d'ailleurs évident qu'ils étaient fous de cette petite et qu'ils lui offriraient une vie enviable. Le choix de Nellie n'était absolument pas égoïste. Et pourtant, il lui avait coûté la vie.

Il lui incombait de démasquer le tueur, et il ne trouverait le repos que lorsqu'il aurait rendu justice à cette femme et que son assassin serait à sa place, en prison.

Il jeta un regard à Cara : elle gardait ses mains appuyées sur son ventre, et il se fit violence pour ne pas lui poser davantage de questions. Ils avaient tous deux besoin de temps. Même s'il avait déjà pris la décision de participer le plus activement possible à l'éducation de son fils.

La circulation se clairsema quand ils débouchèrent sur une route de campagne, mais lorsqu'ils atteignirent leur bourgade, de plus en plus de phares transperçaient l'obscurité.

Mason roula jusqu'à la clinique de Cara et se promit d'appeler une agence de sécurité dès le lendemain matin. Même sans la présence de ce tueur dans les environs, elle ne devait pas travailler dans ce quartier en ayant mis en place si peu de mesures de protection.

Il se gara devant le bâtiment et éteignit les phares.

— Jette un œil à tes dossiers, mais pense aussi à me montrer ces lettres, lui rappela-t-il. Ensuite, je te raccompagnerai chez toi.

— Ce n'est pas nécessaire.

— Cara, que cela te plaise ou non, je remplirai ma mission ! Celui qui a poignardé Nellie est encore en cavale, et il en a peut-être après toi. Alors pense ce que tu veux, mais je suis officiellement ton garde du corps.

Elle sembla capituler, probablement parce qu'elle était

éreintée, songea-t-il, mais aussi à cause de la perversité dont avait fait preuve ce criminel.

Elle saisit alors la poignée de la portière, mais cette fois, il fut plus rapide qu'elle et, involontairement, leurs mains s'effleurèrent. Aussitôt, il sentit de nouveau cette connexion entre eux, cette décharge électrique qui lui rappelait tout ce qu'ils avaient partagé.

Elle parut un instant déstabilisée, mais elle le dissimula vite et se dirigea vers l'entrée du bâtiment. Passant en mode alerte, Mason scruta les environs à l'affût d'un détail inhabituel, puis la suivit à l'intérieur de la clinique.

Les dossiers qui avaient été sortis jonchaient encore le sol. Elle les rassembla et les déposa sur le bureau, puis les parcourut en fronçant les sourcils.

— Qu'y a-t-il ? lui demanda-t-il.

— Rien ne manque, pour l'instant.

Il se passa une main le long de la mâchoire.

— Le tueur a peut-être pris des photos, à moins qu'il n'ait copié des fichiers provenant de ton ordinateur.

La panique envahit immédiatement son visage.

— Dans ce cas, il détient des informations sur toutes mes patientes.

— Ne t'inquiète pas, la rassura-t-il, ne supportant pas l'angoisse qu'il lisait dans ses yeux. Pour le moment, rien ne lie ce cambriolage au meurtre.

Elle ne parut pas convaincue.

— En attendant, montre-moi ces lettres de menace, afin que je puisse te ramener chez toi.

Elle coinça une mèche de cheveux derrière son oreille, puis se dirigea vers son bureau. Il lui emboîta le pas, tous les sens en alerte. Elle déverrouilla un coffre-fort duquel elle sortit une enveloppe en papier kraft.

— Tu les as toutes conservées ?

— Oui, je me suis dit que j'en aurais peut-être besoin, si la situation dégénérait.

— Sage décision, la complimenta-t-il.

Il prit l'enveloppe et l'aida à se relever de sa chaise.

Elle ne protesta pas. Probablement, songea-t-il, parce qu'elle était totalement épuisée, ou terrorisée, ou encore en proie à d'indicibles douleurs. Les trois, peut-être ?

Une dizaine de minutes plus tard, ils sortirent de la clinique et Cara s'installa au volant de son 4x4. Il la suivit en voiture, le cœur au bord des lèvres. L'image du corps de Nellie le hantait. Plutôt mourir que laisser Cara subir pareil sort.

Du bout du doigt, il parcourut sa gorge fine, souriant en songeant avec quelle facilité elle lui avait succombé. Evidemment, l'alcool qu'elle avait ingurgité lui avait embrouillé l'esprit, mais après tout c'était son choix, pas le sien.

Cela faisait maintenant une semaine qu'il l'observait, et il semblait que pas une seule soirée ne se passe sans qu'elle fasse la fête. Celle-ci serait cependant sa dernière.

— Viens par ici, beau brun, murmura-t-elle dans son cou.

Les lumières du motel à trois sous clignotaient entre les voilages défraîchis qui couvraient la fenêtre. La musique country qui émanait du bar voisin était assourdissante, traversant les cloisons fines des chambres et provoquant autour d'eux de désagréables vibrations.

Ce tintamarre couvrirait ses cris.

Il sourit de nouveau puis sortit un couteau de sa poche et se pencha sur elle. Elle était affairée à ouvrir un à un les boutons de sa chemise. Le dégoût l'envahit. Hors de question de se souiller au contact de ce corps impur.

Elle croyait certainement qu'il allait l'emmener au septième ciel, pensa-t-il avec un sourire mauvais. Il lui enfonça alors la lame à plusieurs reprises dans le ventre.

Ses cris emplirent la pièce, mais se mêlèrent vite aux échos larmoyants de la musique.

Il se sentit presque soulagé à la vue du sang sur ses mains. Une pécheresse de plus venait de payer pour ses errements. A la suivante…

7

Mason serra les mâchoires en suivant Cara à travers la réserve. Le chalet qu'il occupait occasionnellement était pratiquement voisin du sien. Mais il ne l'avait jamais su. Et si l'information lui était parvenue plus tôt, aurait-il fait l'effort d'aller lui rendre visite ?

Non, il l'aurait probablement évitée, car il aurait été trop douloureux de la côtoyer en sachant qu'elle ne serait plus jamais sienne.

Lorsqu'il avait entendu parler du BBL pour la première fois, il avait aussitôt pris la décision de rejoindre le groupe de ranchers qui consacraient du temps et de l'argent à des jeunes en dérive. Dieu seul sait où il aurait fini si les gars de la réserve ne l'avaient pas pris sous leur aile. Ils lui avaient non seulement appris à pêcher et à chasser, mais aussi à utiliser des techniques de traque, et avaient instillé en lui une fierté d'appartenir à cette tribu en même temps qu'une tolérance envers les autres groupes ethniques.

Ils lui avaient également enseigné ce qu'il considérait comme la règle d'or : une tolérance zéro quant aux violences exercées contre les femmes et les enfants.

La nuit était tombée, et l'obscurité baignait le ranch, au son des stridulations d'insectes dissimulés dans les zones boisées et dont l'écho emplissait l'air. Les campeurs avaient regagné leurs tentes, et les moniteurs du camp planifiaient la journée du lendemain.

L'image des garçons qu'il avait rencontrés au BBL apparut

devant ses yeux. Leurs parcours avaient beau être différents, il existait souvent des similarités : familles brisées, violence, criminalité, pauvreté, père absent... Certains de leurs récits lui avaient brisé le cœur.

Il se passa une main sur le menton. S'il n'avait jamais pensé être père un jour, il était hors de question qu'il néglige son enfant. Pour qu'il éprouve les mêmes sentiments de trahison, de honte, de culpabilité et d'abandon que lui ? Non ! Ne s'était-il pas demandé un millier de fois pour quelle raison son père ne l'aimait pas ?

Il ne laisserait jamais son fils penser cela.

Cara s'engagea sur le chemin menant aux chalets situés au sud de la réserve, et ils passèrent tout près de l'endroit où la voiture et le corps de Nellie avaient été retrouvés. Nellie, dont la vue du cadavre exsangue ne cessait de le tarauder.

Etait-elle venue rendre visite à Cara ? Le tueur connaissait-il sa destination ?

Cette pensée raviva la peur qui sourdait en lui.

Et si ce maniaque était tapi quelque part, à attendre Cara ?

Cara avait les nerfs en pelote lorsqu'elle se gara devant son chalet. La journée avait été longue. Elle avait d'abord passé quelques heures au dispensaire de la réserve, puis dans son cabinet en ville, jusqu'à ce qu'elle reçoive ce terrible coup de téléphone au sujet de Nellie. Son dos la faisait souffrir, aussi le massa-t-elle tout en attrapant son sac à main. Puis elle quitta son véhicule.

Les phares de Mason se rapprochèrent, et elle dut se raisonner pour ne pas se précipiter chez elle et lui claquer la porte au nez.

Accablée de fatigue, elle rassembla ce qui lui restait de force et de fierté pour gravir les marches menant à son porche. Elle voulait s'assurer que Mason avait compris qu'elle ne le forcerait pas à jouer les papas. Ou les maris.

Qu'elle se débrouillerait parfaitement seule.

Elle perçut le claquement de portière dans son dos, le bruit des bottes de Mason qui faisaient crisser les gravillons puis grincer les planches de bois lorsqu'il monta l'escalier. Elle sentit son corps imposant derrière elle et faillit se laisser aller contre lui.

Elle était si éreintée, si bouleversée par tout ce qui s'était passé. Surtout, elle était aussi attirée par lui qu'au premier jour. Elle était prête à lui tomber dans les bras pour qu'il lui promette que tout irait bien.

Mais c'était pur fantasme, et elle devait reprendre pied avec la réalité. Elle devait assurer sa propre protection, mais également celle de son fils.

Les clés cliquetaient au creux de sa main pendant qu'elle tâtonnait à la recherche du trou de serrure. Il finit par lui prendre le trousseau et déverrouilla la porte.

— Merci, dit-elle en se tournant vers lui, déterminée à lui faire quitter les lieux le plus rapidement possible.

S'il entrait dans son chalet et y laissait un sillage de parfum, si elle associait son image aux pièces dans lesquelles elle trouvait son seul réconfort, il risquait de lui manquer davantage lorsqu'il s'en irait.

— Cara, murmura-t-il, si Nellie venait te voir, son tueur sait probablement où tu habites.

Elle poussa un soupir, trop lasse pour s'inquiéter de son commentaire.

— Cela fait deux jours qu'elle est morte. S'il avait une dent contre moi, il serait déjà passé à l'attaque.

Le visage de Mason se contracta.

— Tu n'en sais strictement rien. Il a pu se rendre à la clinique dans l'espoir de t'y trouver, puis, constatant qu'il avait perdu son temps, il a piqué une colère noire et mis l'endroit sens dessus dessous.

Elle tressaillit en y songeant.

— Je te remercie de m'avoir raccompagnée, mais je n'en peux plus. Je dois aller me coucher.

Ses paroles provoquèrent un silence un peu tendu. Aussitôt, des images se formèrent devant ses yeux, où il la suivait jusqu'à son lit, puis la rejoignait sous les draps et la serrait contre lui toute la nuit. Mais une seconde plus tard, la réalité reprit ses droits.

Voyons, tu es enceinte de huit mois, se morigéna-t-elle. *Tu n'as vraiment rien de sexy, et aucun homme n'a envie de passer la nuit avec une femme ressemblant à une baleine.*

Par ailleurs, il leur restait trop de fils à démêler pour que leur relation redevienne intime.

Il plaça sa main sur le panneau de la porte pour l'empêcher de la refermer.

— Laisse-moi au moins vérifier qu'aucune mauvaise surprise ne t'attend.

Elle le connaissait assez bien pour savoir qu'il était inutile de protester. Il n'avait pas envie d'une relation sérieuse avec elle, mais il était totalement dévoué à son métier et ne plaisantait jamais lorsqu'il s'agissait de protéger autrui.

— Très bien, fais comme il te plaît.

Son regard croisa le sien lorsqu'il la frôla en passant, et la chaleur de son corps aviva en elle des rêveries de baisers incandescents et de caresses licencieuses qu'elle refoula immédiatement. Après tout, c'était à cause de telles pensées qu'elle était enceinte. Et elle n'avait guère le temps de se laisser absorber par ce genre de chimères.

Mason sentit le ventre de Cara frôler le sien lorsqu'il passa le seuil, et son rythme cardiaque s'emballa. D'habitude le corps d'une femme enceinte n'avait rien d'érotique, mais en l'occurrence il s'agissait de Cara, et le bébé qu'elle portait était aussi le sien.

En songeant que c'était son petit garçon qui grandissait

en elle, il fut tenté de poser une main sur son ventre, mais elle eut un mouvement de recul et ses yeux brillèrent d'un éclat courroucé.

Elle ne voulait manifestement pas de lui et ne souhaitait pas qu'il joue son rôle de père auprès du bébé. Sinon, elle l'aurait averti de sa grossesse. Cette histoire qu'elle racontait, disant qu'elle ne voulait pas le piéger, n'était qu'une mascarade. En vérité, elle tenait à son indépendance et n'avait certainement pas fait grand cas de son départ, huit mois plus tôt. D'ailleurs elle ne l'avait pas vraiment imploré de rester, pas plus qu'elle n'avait déclaré son amour pour lui.

Il s'obligea néanmoins à se focaliser sur sa tâche, soit s'assurer que l'assassin de Nellie n'était pas en embuscade quelque part.

Tous les sens en alerte, il posa une main sur son arme, se tenant prêt à en faire usage, puis alluma les lumières et inspecta le salon. La plupart des chalets installés au ranch avaient la même disposition intérieure, avec un vaste salon ouvrant sur la cuisine. Les sols de bois massif s'accordaient aux murs en rondins, eux-mêmes décorés de tapisseries amérindiennes traditionnelles, ainsi que de photos représentant des paysages texans.

Le salon et la cuisine étaient déserts. Il remarqua une couverture soigneusement pliée sur le dossier du canapé ocre et quelques magazines médicaux empilés sur la table du salon, à côté d'autres destinés aux futures mamans.

Il s'arrêta un instant, l'oreille tendue, mais le silence régnait dans le chalet. Bon signe. Il se déplaça sur la droite, où il aperçut la chambre de Cara, dans laquelle trônait un lit en pin au baldaquin crocheté. Il avança pas à pas. La pièce était vide, ainsi que la salle de bains attenante.

Satisfait de ne pas avoir débusqué d'intrus, il passa à la seconde chambre. Son cœur battit plus fort à la vue du berceau. Cara avait peint la chambre dans un bleu doux et suspendu quelques œuvres d'art amérindien aux murs.

Un panier en branches tressées, qui ressemblait à ceux réalisés dans la réserve, était rempli de petites couvertures, un autre contenait des couches ainsi que quelques produits de toilette pour nourrisson. Au centre de la pièce, elle avait disposé un tapis sur lequel galopaient des chevaux.

Immédiatement, il se représenta Cara dans un rocking-chair, berçant doucement son bébé tout en l'allaitant. La chambre était prête à accueillir ce bébé. Elle avait de toute évidence prévu de lui donner naissance et de l'élever sans lui en souffler mot.

La colère enfla en lui et il serra les poings. Il avait envie de la pousser dans ses retranchements et d'exiger qu'elle lui explique de quel droit elle avait pris cette décision pour lui.

Qu'aurait-elle dit à son fils à son sujet ? Qu'il se fichait de lui ? Qu'il ne voulait pas de lui ?

Il sursauta en l'entendant approcher et se tourna vers elle. La lumière douce du salon illuminait son visage, et leurs regards se rencontrèrent. L'espace d'un instant, il eut le souffle court. Mais il était furieux contre elle et dut serrer les mâchoires pour ne pas l'assaillir de reproches. En même temps, elle paraissait si radieuse dans la lumière tamisée qu'il était tenté de la porter dans ses bras et de lui faire l'amour.

— La maison est vide, déclara-t-elle sur un ton sec. J'aimerais que tu t'en ailles afin de me reposer un peu.

Il mourait d'envie d'exiger des explications, de lui faire avouer qu'elle avait besoin de lui, et de lui faire comprendre que si, autrefois, il trouvait absurde de se marier, il était toutefois prêt à remplir son rôle de père.

Mais elle avait le visage marqué par la fatigue. Cette journée avait été harassante, et il n'avait pas le droit d'exiger davantage d'elle aujourd'hui.

— Parfait. Je vais jeter un œil à ces lettres, et demain je les enverrai au labo.

Il veilla à ne pas la toucher en arrivant à sa hauteur et se dirigea vers la sortie. Elle le suivit pour verrouiller la porte derrière lui, mais une fois sous le porche, il se retourna.

— Appelle-moi s'il y a le moindre problème.

Elle acquiesça vaguement. Comme elle semblait décidée à jouer les têtes de mule, il s'en alla sans un mot de plus.

Il attendit tout de même quelques minutes dans son véhicule, puis roula jusqu'à son chalet. Il prit l'enveloppe qu'elle lui avait donnée, celle contenant les lettres de menace, et rentra chez lui.

Son estomac gargouillait. Il se réchauffa une pizza congelée et s'ouvrit une bière, puis s'assit pour étudier les courriers reçus par Cara. Activistes antiavortement, groupes paroissiaux et quelques particuliers intimant les femmes enceintes à garder leur bébé : leur fil conducteur était similaire. On accusait Cara d'encourager ces femmes à abandonner leur enfant au lieu d'assumer leurs responsabilités.

Ses soupçons s'accentuèrent lorsque les avertissements se firent plus pressants. Une missive, dont les lettres avaient été découpées dans des magazines, retint particulièrement son attention.

« Ferme ton cabinet, ou tu le regretteras. »

Etait-ce le meurtrier de Nellie qui l'avait envoyée ?

Cara se prépara simplement une tasse de thé et grilla une tranche de pain. Mais elle devait nourrir son bébé de manière plus substantielle, se rappela-t-elle soudain. Elle se réchauffa donc un bol de soupe.

Lorsqu'elle eut fini son repas, son dos pulsait intensément. Aussi se fit-elle couler un bain. Elle se versa une seconde tasse de thé qu'elle emporta avec elle dans la salle de bains, puis ferma la porte et s'immergea. L'eau chaude accomplissait des miracles. Elle s'allongea complètement et ferma les yeux tout en luttant contre ses émotions.

Quand elle avait vu Mason dans la chambre du bébé, elle s'était demandé quelles pensées lui traversaient l'esprit. Il paraissait si grand et imposant à côté du minuscule berceau ! Etrangement, lorsqu'elle se le représentait portant leur bébé dans ses bras, cela lui paraissait naturel.

Un bruit, dans la pièce attenante, lui fit ouvrir les yeux. Elle se releva en maugréant. Mason était-il revenu ? Elle tendit l'oreille, les nerfs à fleur de peau.

Aujourd'hui, elle avait vu le corps brutalisé de Nellie, enfoui sous terre. Cette image la poursuivait et elle la chassait de son esprit autant que possible. Mais elle ne pouvait oublier qu'elle avait été assassinée, et que son meurtrier était encore en liberté.

Elle frissonna et attrapa une serviette pour s'essuyer sommairement. Puis elle enfila son peignoir en éponge, mit sa serviette à sécher et sortit dans le couloir. Au même moment, le vent souffla à travers la maison, faisant vibrer les fenêtres.

Une brise froide l'enveloppa, et elle se figea sur place, scrutant le salon de son point d'observation. Le courant d'air venait de sa chambre.

L'angoisse enfla en elle. Elle saisit une bouteille de laque en spray dans la salle de bains pour s'en servir d'arme et la tint droit devant elle lorsqu'elle appuya sur l'interrupteur de la chambre.

Quelqu'un était passé par là.

La fenêtre était ouverte, et les rideaux virevoltaient dans la brise. Lorsqu'elle baissa les yeux vers son lit, elle faillit pousser un cri.

Une petite boîte reposait sur son couvre-lit, accompagnée d'une note. Inspectant de nouveau la pièce, elle s'approcha pas à pas pour lire le message qui lui était adressé.

« Les mauvaises mères sont des pécheresses. Elles doivent mourir. »

Elle sentit son estomac se retourner en déchiffrant le message. Il avait été écrit en lettres de sang.

8

Elle mit un moment à retrouver une respiration normale. Etait-ce du sang humain ?

Cette note ne se trouvait pas là lorsque Mason avait inspecté les lieux. Quelqu'un s'était donc introduit dans son chalet quelques minutes plus tôt, quand elle était dans son bain. Et cette personne était peut-être encore dans les environs, à l'observer.

Elle se précipita pour prendre son portable au fond de son sac à main. Sa main tremblait. Elle appela Mason et referma la fenêtre en toute hâte. L'air frais la fit grelotter de plus belle et elle scruta frénétiquement les environs, cherchant à y repérer son visiteur.

Une ombre se mut à l'orée des bois, puis des phares apparurent dans le lointain. Elle entendit un clic après la seconde sonnerie, et Mason décrocha.

— Cara ?

— Quelqu'un est entré pendant que je prenais un bain.

— Quoi ? éructa-t-il alors.

— Il est parti, mais il m'a laissé un mot.

— J'arrive.

Il raccrocha immédiatement. Elle enfila une chemise de nuit et une robe de chambre, puis se posta près de la porte d'entrée pour l'attendre.

***

Le cœur de Mason battait à tout rompre lorsqu'il saisit son arme et fonça vers son véhicule. Nom de nom ! Il avait fait le tour du chalet, et tout paraissait normal !

Celui qui avait fait ça devait les surveiller et avait attendu qu'il s'en aille pour passer à l'action.

Il appuya sur l'accélérateur et coupa à travers prés, ses phares éclairant autant d'herbe que de gravillons. Il regardait autour de lui au fil de sa progression, à l'affût de détails inhabituels.

Le calme semblait régner sur le ranch, à l'exception d'un coyote qui hurlait non loin. Brody, le fondateur du BBL, avait rencontré des difficultés au ranch quelque temps auparavant et il avait embauché des veilleurs de nuit supplémentaires. Il devrait vérifier dès le lendemain si ces mesures de sécurité étaient toujours effectives.

En attendant, il ne quitterait plus Cara. Hors de question de la laisser seule alors qu'elle était si vulnérable.

Il ralentit en approchant du chalet, ses yeux scrutant chaque recoin de la propriété où un tueur pouvait se dissimuler. Une silhouette se déplaça sur sa droite et il se crispa. Mais ce n'était qu'un chien errant.

Il gara son véhicule et gravit quatre à quatre les marches menant au porche. Elle devait surveiller son arrivée, car elle ouvrit immédiatement la porte. Elle était pâle, manifestement bouleversée, et le poids de ce bébé devait la mettre sur les rotules. Incapable de résister plus longtemps, il l'attira contre lui. Elle ne le repoussa pas, signe de sa frayeur.

— Est-ce que ça va, Cara ?

Elle hocha la tête contre son torse, la respiration encore saccadée. La terreur de Cara lui retournait les sangs, et il la serra un peu plus fort, la rassurant de paroles douces. Elle finit par se détendre et sa respiration retrouva un rythme plus régulier.

A un moment, elle dut avoir le sentiment de s'être laissée aller, car elle se redressa.

— Que s'est-il passé ? demanda-t-il, alors que le contact de son corps lui manquait déjà.

— Quand tu es parti, je me suis enfermée, et j'ai avalé un morceau. Mais pendant que je prenais mon bain, j'ai cru entendre quelque chose.

Elle resserra d'un geste mal assuré la ceinture de sa robe de chambre.

— Quand je suis sortie, la fenêtre de la chambre était ouverte… et j'ai trouvé un mot et une boîte.

— Qu'y a-t-il dans la boîte ?

— Je ne l'ai pas encore ouverte, dit-elle en réprimant un frisson. Mais cette note est… dérangeante.

Il entra dans la chambre et se posta près du lit. Bon sang ! Pas étonnant que ce papier l'ait mise mal à l'aise.

— Tu crois que c'est du sang humain ? s'enquit-elle, la voix étranglée.

— Je n'en sais rien, mais je l'enverrai au labo pour le faire analyser.

Il se pencha pour l'examiner de plus près, le cœur chamboulé et l'esprit encombré de mille pensées toutes plus sombres les unes que les autres. Si ce sang était d'origine humaine, était-ce celui de Nellie Thompson ?

— Est-ce que tu l'as touché ?

— Mon Dieu, non, murmura-t-elle.

— Tant mieux. Laisse-moi aller chercher un kit dans la voiture. Je ne voudrais pas contaminer un indice aussi crucial.

Il s'éclipsa l'espace d'une minute et revint avec son matériel. Puis il enfila une paire de gants et plaça le mot dans le sac plastique à glissière. Son auteur avait-il aussi envoyé ces missives haineuses contre la clinique ?

Il ouvrit ensuite la petite boîte de bois, et la colère s'empara aussitôt de lui.

Cara osa un regard par-dessus son épaule.

— Qu'est-ce que c'est ?

— Un petit sac en peau de cerf.

— Je ne comprends pas, dit-elle, le front soucieux.

Malheureusement, pour lui, c'était parfaitement clair.

— C'est ce qu'on appelle un fétiche ombilical. En fait, c'est une espèce d'amulette de naissance.

— Un peu comme ces cadeaux que les mères reçoivent après leur accouchement ?

— Pas tout à fait. Les Amérindiens y conservent leur cordon ombilical. Chez les tribus des Plaines, la mère accroche ce sac contre le montant du berceau, au-dessus de la tête du nourrisson. Et lorsqu'il est plus grand, l'enfant le porte en pendentif ou l'accroche à ses vêtements. L'amulette protège celui qui la porte, et comme il renferme son cordon ombilical, le lien mère-enfant est symboliquement préservé.

Cara joignit les mains.

— Contient-il quelque chose ?

Mason serra les mâchoires et regarda dans le petit sac.

— Non, il est vide.

Il se tourna alors vers elle. A voir l'expression de son visage, elle avait compris.

— Il me l'a fait parvenir parce qu'il pense que je détruis ce lien mère-enfant.

Mason aurait voulu la contredire, mais comment aurait-il pu le faire ?

Le meurtre de Nellie Thompson, les lettres de menace que Cara avait reçues à la clinique et maintenant ce fétiche laissé chez elle : tous ces événements étaient évidemment liés. Cara et son bébé étaient donc réellement en danger.

— Tu penses que mon visiteur est aussi l'assassin de Nellie ? demanda-t-elle.

— Oui, confirma-t-il en la regardant droit dans les yeux. Et je pense aussi qu'il risque de s'en prendre à toi.

Elle joua avec la ceinture de sa robe de chambre et détourna les yeux.

— Nous n'en savons rien. Le tueur a peut-être choisi Nellie au hasard, après tout ?

Il grommela.

— Tu n'y crois pas, et moi encore moins.

Elle se laissa choir sur le bord du lit.

— Bon sang, j'espère que tu as tort.

— Moi aussi, mais j'ai parcouru les lettres que tu m'as confiées, et certaines me semblent particulièrement menaçantes.

Elle se massa le bas du dos.

— Je n'arrive pas à y croire. Ma seule intention était d'aider ces femmes.

— C'est bien ce que tu fais, la rassura-t-il. Et ce n'est pas ta faute si tu es dans le collimateur de ce malade.

— Mais pour lui, je suis entièrement responsable. Il croit que je détruis des familles.

— Il relève de la psychiatrie, Cara, lui rappela-t-il à mi-voix. Il a probablement été abandonné par sa mère dans son enfance et il a reporté sa haine sur toutes les mères qui choisissent de faire adopter leur bébé.

Elle se tourna brusquement vers lui, les yeux brillants de colère.

— Je ne dicte pas à ces femmes ce qu'elles doivent faire, je leur prodigue simplement des conseils et je les accompagne pour les aider à gérer leur situation.

— Que va-t-il se passer pour notre bébé, Cara ? demanda-t-il d'une voix soudain bien plus puissante. Tu n'as pas l'intention de confier notre fils, n'est-ce pas ?

Elle se leva brusquement, incapable de contenir sa colère plus longtemps.

— Non, Mason, j'ai l'intention de l'élever seule.

Il fit un pas vers elle et se retrouva si près qu'elle sentit son souffle sur son visage.

— N'oublie pas que ce bébé est aussi mon fils, tempêtat-il. Hors de question qu'il pense que je l'ai laissé tomber, comme mon père l'a fait.

La tension entre eux atteignait son maximum, chargée d'électricité et de souvenirs, mais aussi de la chaleur qui l'avait attirée vers lui dès le premier jour.

Cependant, elle était trop éreintée, trop effrayée et trop bouleversée par ce qui était arrivé à Nellie pour en supporter davantage.

— Mason, soupira-t-elle, je suis incapable de tenir une telle discussion maintenant. Je… Je ne cesse de penser à Nellie et à ce malade qu'il faut attraper avant qu'il ne récidive.

Le regard de Mason resta sur elle un instant de plus, puis s'appesantit sur son ventre. Le bébé choisit ce moment pour s'agiter en elle et frappa si fort qu'il lui arracha une grimace.

Mason lui posa alors une main sur le ventre. Elle tressaillit à son contact, et son cœur se serra lorsqu'elle vit les émotions qui se succédaient sur le visage de Mason. Il sentait son fils bouger sous ses doigts.

La première fois qu'elle avait ressenti un mouvement, elle avait été fascinée de se rendre compte qu'une vie minuscule grandissait en elle. Se représentant un petit garçon avec de grands yeux sombres et des cheveux aussi foncés que ceux de son père, elle avait senti l'amour enfler en elle et éveiller des instincts plus puissants que tout ce qu'elle avait connu jusqu'alors. Les mêmes émotions qu'elle retrouvait à présent sur le visage de Mason.

— Cara…

— S'il te plaît, murmura-t-elle, résistant de son mieux à la tentation de se jeter dans ses bras. Trouvons d'abord le meurtrier de Nellie. Nous reparlerons de ça plus tard.

Mason semblait contrarié, mais il acquiesça lentement.

— J'enverrai tout ça au labo dès demain matin. Quant à toi, va te reposer.

— Merci.

Elle se leva puis se dirigea vers la porte pour le raccompagner, mais il resta immobile.

— Je refuse de te laisser seule, alors que l'homme qui a assassiné Nellie est probablement entré dans ton chalet, déclara-t-il sur un ton qui ne souffrait aucune protestation.

Ses paroles la firent tressaillir. Arriverait-elle à dormir si Mason se trouvait sous le même toit ?

— Va te mettre au lit, lui intima-t-il. Je m'installerai sur ton canapé.

Soulagée qu'il n'ait pas relancé la discussion au sujet de leur fils, elle alla s'isoler dans sa chambre.

Mais lorsqu'elle se glissa sous les couvertures, l'image de l'amulette ainsi que celle de Nellie vinrent la hanter. Malgré tout, elle trouva la force de ne pas implorer Mason de venir dormir près d'elle.

Mason la vit refermer la porte derrière elle et serra les dents. Il mourait d'envie de la rejoindre, mais cela ne serait guère judicieux. Il lui fallait se concentrer sur cette affaire. S'il se laissait distraire par ses sentiments personnels, cela pourrait coûter la vie à Cara.

Visiblement, ils avaient affaire à un tueur en série et ne tarderaient pas à faire une nouvelle découverte macabre. Celui qui avait perpétré ce meurtre avait déposé l'amulette chez Cara afin de lui faire comprendre quelque chose. Il voulait qu'elle ferme sa clinique et était prêt à tuer pour parvenir à ses fins. Il fallait arrêter ce salaud avant qu'il ne frappe une nouvelle fois.

Il décida d'appeler le shérif McRae pour l'informer des derniers rebondissements.

— Vous croyez qu'il compte s'en prendre au Dr Winchester ? demanda celui-ci.

L'appréhension le tenaillait.

— Oui, souffla-t-il. Mais pour le moment, il la punit en la rendant témoin de la mort d'autres femmes.

Il raccrocha peu après, la tête comme prise dans un étau. Ce malade cherchait à faire culpabiliser Cara et prenait un malin plaisir à la torturer.

Mais il allait mettre la main sur ce salaud, qui croupirait à l'ombre pour le restant de ses jours. Il ne toucherait pas un cheveu de la tête de Cara ou de leur bébé.

Il alluma un feu dans la hutte à sudation puis alla s'asseoir près d'un ruisseau, sur le rocher le plus haut perché. Il contempla la plaine un long moment. Son père l'avait initié à la culture de ses ancêtres, alors que sa mère se comportait comme une vulgaire traînée.

Il tenait aux valeurs des Comanches. Fermant les yeux, il conjura les dieux d'entendre ses exhortations : qu'ils sauvent ces mères qui péchaient par égoïsme et ne songeaient qu'à leur plaisir au lieu de remplir leur mission sacrée de protéger et prendre soin de leur descendance.

Le sang de la femme qu'il avait libérée ce soir de ses péchés souillait encore sa peau. Aussi plongea-t-il ses doigts dans le courant glacé qui le purifierait. Ce sang était maintenant lavé tout autant que les péchés lorsqu'il les avait libérés de cette âme impure.

A cette heure, songea-t-il, le Dr Winchester avait dû trouver l'amulette qu'il lui avait laissée. Cette femme était un suppôt du diable. Il fallait l'empêcher de nuire, mais d'abord la punir.

Cette idée l'emplit d'une profonde sérénité. Il avançait dans sa mission. Mais il lui restait encore beaucoup à faire. Aussi se débarrassa-t-il de ses vêtements qu'il plia et déposa sur les rochers. Puis il entra dans la hutte à sudation.

L'heure était venue de se purifier avant de se consacrer à la prochaine pécheresse.

9

Cara sombra finalement dans un sommeil agité. Dans ses rêves, elle tentait d'échapper à un déséquilibré qui brandissait un couteau dont la lame étincelait dans l'obscurité. Son visage était enveloppé par la noirceur de la nuit, et il produisait des sons dignes d'un animal lorsqu'il hurlait son nom.

Tout en courant, un spasme douloureux lui parcourut l'abdomen, et elle se tenait le ventre car la pression exercée par la contraction la forçait presque à s'agenouiller.

Elle devait pourtant continuer sa course. Pour sauver son bébé.

Mais elle trébucha sur des cailloux et se retrouva à terre. Un cri s'étrangla dans sa gorge : elle était tombée sur le cadavre de Nellie.

— Tu es à ma merci, maintenant, gronda son assaillant. Tu vas payer pour tes péchés.

Elle hurla et tenta de le repousser, mais sa main se posa sur le cou raide et glacé de Nellie. Un sentiment d'horreur l'envahit ; enfonçant ses ongles dans la terre, elle parvint à rouler sur elle-même. Son agresseur s'élança alors et lui saisit le bras. Elle se débattit comme un beau diable, cherchant par tous les moyens à se relever pour prendre la fuite, mais son ventre proéminent rendait les choses difficiles, d'autant qu'une autre contraction vint la paralyser.

Mon Dieu, le bébé allait arriver !

Elle s'époumona pour qu'on lui vienne en aide, tout

en essayant d'éloigner l'homme à coups de pied, mais il se jeta sur elle et lui enfonça le couteau dans la poitrine. La douleur la submergea et elle se mit à haleter, en quête d'air à faire entrer dans ses poumons, alors que du sang ruisselait de sa plaie.

Elle se réveilla en sursaut, tremblant de la tête aux pieds.

La porte s'ouvrit à toute volée. Mason se précipita vers elle et l'attira contre lui.

— Ce n'était qu'un cauchemar, murmura-t-il contre ses cheveux.

Elle s'évertua à contenir sa terreur.

— Mais cela paraissait tellement réel !

— De quoi rêvais-tu ?

— Le tueur de Nellie était à mes trousses, expliqua-t-elle. Puis j'ai trébuché sur son cadavre et il m'a poignardée.

Un nouveau frisson la parcourut. Ce n'était qu'un cauchemar, mais avec un fond de vérité. Si Mason avait raison en affirmant que ce maniaque la visait, il essaierait peut-être de l'assassiner elle aussi.

— Je ne le laisserai pas t'approcher, lui assura-t-il. Tu as ma parole, Cara. J'épinglerai ce salaud.

Elle s'agrippa à lui, et sa respiration retrouva lentement un rythme normal.

— Je vais parcourir tous mes dossiers aujourd'hui, et je te préviendrai si j'y trouve quoi que ce soit qui pourrait te mettre sur une piste.

— Bonne idée, approuva-t-il.

Il se tourna vers la fenêtre où les lueurs matinales commençaient à poindre à travers les voilages.

— Il faut que j'apporte la note et l'amulette au labo, reprit-il. J'ai aussi appelé Brody hier soir pour le mettre au courant de tes mésaventures.

— Est-ce qu'il veut que je quitte le ranch ?

— Non, il a récemment renforcé son équipe de sécurité. Malgré cela, je préférerais que tu m'accompagnes.

— J'ai des patients à voir aujourd'hui.

— A mon avis, tu devrais fermer le cabinet en attendant que nous ayons la confirmation qu'il vise tes patientes, ou toi.

— C'est impossible, Mason. Ces femmes ont besoin de moi. En plus, deux d'entre elles, de toutes jeunes filles, sont pratiquement à terme. Je dois leur faire passer leur dernière visite de contrôle.

Visiblement à contrecœur, il la libéra de son emprise et la tint à bout de bras.

— Ne bouge pas d'ici jusqu'à ce que je sois revenu du labo. Ensuite, je te conduirai à la clinique.

Elle secoua la tête.

— J'ai promis à Brody que je passerais au dispensaire ce matin.

— Attends quand même que je revienne. En chemin, j'appellerai le central et demanderai que les collègues effectuent des patrouilles plus fréquentes aux alentours de ton cabinet.

Il se leva et sortit son arme de secours, puis la posa sur la table de nuit.

— Garde ça, au cas où.

— J'ai fait le serment de sauver des vies, Mason, pas d'en supprimer.

— Je le sais, dit-il en fixant avec insistance son ventre. Mais n'oublie pas que tu portes un bébé qui est totalement dépendant de toi.

Elle ferma les yeux, pour mieux réfléchir. Si le malade qui avait tué Nellie cherchait à faire du mal à leur bébé, elle le défendrait jusqu'à son dernier souffle.

Mason repassa chez lui prendre une douche, puis se rendit au laboratoire pour déposer tous les indices recueillis chez Cara. Il y discuta avec Jody Tyler, la directrice du service de médecine légale.

— Qu'est-ce que c'est ? lui demanda-t-elle lorsqu'il produisit l'amulette.

Il lui expliqua alors la tradition à laquelle le colifichet était lié.

— Est-ce que tu as trouvé des empreintes ou d'autres éléments à charge sur le corps de la victime ou chez elle ? s'enquit-elle.

— J'ai bien peur que non. As-tu une idée du type d'arme qui a été utilisé pour la poignarder ?

— Oui.

Elle lui fit signe de la suivre jusqu'à un écran d'ordinateur sur lequel apparaissaient les photos de différentes armes blanches.

— A en juger par la taille de la lame et la largeur des blessures infligées, je pencherais pour un couteau de chasse de ce style.

Il observa l'image avec attention, les sourcils froncés.

— On s'en servait autrefois pour dépecer les bisons, précisa Jody.

— J'en ai déjà vu. Le manche est taillé dans un bois dur et la lame en acier carbone mesure près de trente centimètres. Elle est assez fine pour écorcher un animal, et assez dure pour traverser un os.

Jody confirma d'un hochement de tête.

— Malheureusement, c'est un modèle assez courant, ajouta-t-elle. De nombreux sites internet en proposent à la vente.

— Les boutiques qui vendent des objets artisanaux amérindiens en proposent aussi.

— C'est vrai, acquiesça Jody. Mais si nous mettons la main sur l'arme, le numéro de série nous permettrait de remonter jusqu'à l'acheteur.

— Je vais prendre contact avec un ami, à la réserve, qui fabrique des couteaux. Il en a peut-être vendu un exemplaire à un client qui a retenu son attention.

— Bonne idée. Ah, une dernière chose, Mason. Le téléphone de la victime contenait un message vocal qui pourrait t'intéresser.

Mason serra les mâchoires, galvanisé, pendant que Jody pianotait sur un portable qu'elle venait de saisir.

Tu sais où est ton bébé ?

Bon sang ! Nellie avait reçu le même message par la poste. Ce qui signifiait qu'elle était effectivement harcelée par quelqu'un. Cet individu était-il en quête d'une autre victime ?

Cara appela Sherese dès que Mason fut parti, afin de la tenir au courant de l'effraction de la veille à la clinique.

— Mason va aussi envoyer une équipe de techniciens dans la journée, afin qu'ils installent un système de sécurité et des caméras. J'arrive sous peu.

— Très bien. J'ai prévenu Farr, qui est venu remettre un peu d'ordre dans cette pagaille. Mais es-tu certaine de ne pas vouloir prendre congé pour la journée ?

— Tu sais que c'est impossible, Sherese. Betina et Connie ont rendez-vous ce matin, et elles sont trop proches du terme pour que je reporte leur visite. Mais si tu ne te sens pas rassurée, je comprends parfaitement. Tu dois penser à ta famille.

Sherese éclata de rire.

— Ne t'inquiète pas pour moi, doc. Ce n'est pas un toxico en manque qui me fera quitter mon poste.

Cara se massa le front.

— J'espère que ce n'est rien de pire que ça.

— Tu crois qu'il s'agissait d'autre chose ? demanda son assistante, soudain alarmée.

— Il se peut que je sois personnellement visée, lui avoua-t-elle.

— Dans ce cas, tu dois redoubler de prudence. Toi aussi tu es en charge de famille.

— Je le sais, reconnut-elle. Mais ne t'inquiète pas, Mason m'escortera.

— Mason ? répéta Sherese, perplexe. Tu veux dire…

— Oui, confirma Cara. Et oui encore, il sait que c'est lui le père.

— Nom d'un petit bonhomme ! laissa échapper Sherese. Comment ça s'est passé ?

— Comme tu peux l'imaginer, il était à la fois surpris et furieux, mais je m'en fiche un peu pour le moment. Ma priorité est d'identifier l'assassin de Nellie. Je suis mortifiée à l'idée qu'il pourrait s'en prendre à une autre patiente.

— Dans ce cas, nous devrions les avertir, suggéra Sherese.

Cara poussa un soupir.

— Mason pense que c'est prématuré. Mais si un autre incident se produit, je me montrerai plus ferme.

Elle marqua une pause.

— Sherese, reprit-elle, j'ai un autre appel. Je te retrouve dans deux heures environ.

Elle bascula sur le second appel.

— Cara, c'est Brody. Mason m'a tout raconté. Est-ce que tu vas bien ?

— Oui.

— Ça me gêne de te demander ça, mais j'ai quelques gamins qui auraient besoin de tes soins.

— Accorde-moi cinq minutes.

Elle finit de s'habiller, puis attrapa sa sacoche et monta dans son 4x4.

Heureuse d'avoir une occasion d'oublier ses propres ennuis, elle avait hâte de rejoindre les jeunes qui l'attendaient au dispensaire.

— Voyons un peu ce que je peux faire pour vous, les gars, annonça-t-elle en entrant dans la salle de soins.

Elle enchaîna quelques visites, principalement de jeunes

campeurs enrhumés, puis remarqua la présence de Mason. Il l'observait silencieusement.

— Tu es prête ? lui demanda-t-il.

Elle acquiesça.

— Du nouveau ? marmonna-t-elle.

Il fit un signe de la tête, mais ne dit rien tant qu'ils n'eurent pas pris place dans son véhicule.

— Les techniciens ont inspecté le téléphone de Nellie et trouvé un message vocal similaire à celui qu'on a trouvé chez elle.

Le cœur de Cara s'emballa.

— Nellie s'inquiétait pour son bébé…, avança-t-elle.

— Absolument, acquiesça Mason. Et elle venait probablement te voir lorsqu'elle a croisé le chemin de son meurtrier.

Cara manqua défaillir. Nellie avait été assassinée à cause d'elle !

Mason la conduisit jusqu'à sa clinique et patienta pendant qu'elle s'occupait de ses patientes, deux jeunes filles qui semblaient sur le point d'accoucher.

Il se présenta à Sherese, une femme à la peau couleur olive et aux cheveux noirs aussi brillants que ses yeux bruns.

— Cara vous a-t-elle parlé du cambriolage et du meurtre de Nellie Thompson ?

— Oui, et j'avoue que j'en suis encore bouleversée. Pauvre Nellie… Mais son bébé va bien, n'est-ce pas ? ajouta-t-elle aussitôt tout en triant des documents.

— Oui, soyez sans crainte. Je ne pense pas que le tueur cherchait à faire du mal au bébé, mais il surveillait Nellie depuis quelque temps.

— Que le Tout-Puissant nous vienne en aide, psalmodia-t-elle. On n'est plus en sécurité nulle part, aujourd'hui.

— Avez-vous souvenir de quelqu'un qui serait venu ici,

peut-être un futur papa ou un ex-mari courroucé, et qui aurait proféré des menaces à l'encontre de la clinique ?

Sherese tortilla sa longue tresse entre ses doigts.

— Un homme est venu distribuer des tracts à caractère religieux, mais il avait plutôt l'air d'un fanatique.

— Les avez-vous conservés ?

Elle plissa la bouche, pensive.

— Je crois que je les ai jetés, mais laissez-moi vérifier.

Elle se leva et se dirigea vers un panneau d'information, puis fouilla dans une corbeille contenant le papier à recycler et en sortit une feuille qu'elle tendit à Mason. L'en-tête indiquait les coordonnées d'un groupe religieux local, chapeauté par le pasteur Webber Parch.

— Je vous remercie, Sherese, je vais prendre contact avec lui.

Cara apparut à ce moment, soutenant le bras d'une jeune fille qui semblait stressée.

— Appelle-moi si tu sens des contractions, lui dit-elle.

La jeune fille posa alors sa main sur le ventre de Cara.

— Et si vous accouchez avant moi, docteur ?

Cara se mit à rire.

— Dans ce cas, c'est Sadie Whitefeather qui s'occupera de toi.

L'adolescente sembla se détendre, puis quitta le dispensaire. Cara fit alors entrer dans la salle d'examen une jeune Amérindienne qui serrait la main de son petit ami. Celui-ci semblait éperdu d'amour. Mason grimaça. Cette relation survivrait-elle à l'arrivée du bébé ? bougonna-t-il.

Son portable se mit à sonner, et il eut un mauvais pressentiment en voyant qu'il s'agissait du shérif.

— Blackpaw à l'appareil.

— C'est le shérif McRae. J'ai de mauvaises nouvelles. Nous venons de trouver un second corps.

Mason sentit son estomac se serrer. Il avait vu juste : ils avaient affaire à un tueur en série.

10

— Où êtes-vous ? demanda Mason.

— A la décharge d'Old Coal Road.

— Vous pensez qu'il s'agit du même tueur ?

— Oui, déclara le shérif. Il a recouvert la dépouille de pierres, comme pour Nellie Thompson.

— Qui l'a trouvée ?

— Deux adolescents qui fouinaient dans les ordures. Ils ont remarqué un chien errant qui grattait frénétiquement un monticule. Il avait écarté suffisamment de pierres pour que les gamins aperçoivent le cadavre.

Le shérif exprima son dégoût d'un raclement de gorge.

— J'ai déjà alerté la brigade criminelle.

— Vous avez identifié la victime ? lui demanda Mason.

— Pas encore.

— Très bien, je me mets en route.

Il raccrocha son téléphone à sa ceinture, puis expliqua à Sherese ce qui venait de se produire. Celle-ci se précipita aussitôt vers la salle d'examen.

— Je vais prévenir Cara, expliqua-t-elle à Mason.

Il relut le prospectus en attendant le retour de l'assistante. Cara apparut peu après, suivie de sa patiente et du jeune homme qui l'accompagnait. Le visage crispé, elle tentait pourtant de faire bonne figure devant le jeune couple.

— Tout se présente bien. Le bébé devrait arriver dans deux semaines, mais préviens-moi si des changements se produisent.

Le jeune papa observait Cara un peu piteusement, en dépit de tous les efforts qu'il faisait pour montrer qu'il était un homme.

— Merci, docteur Winchester. Vous vous occupez vraiment bien de ma douce.

Cara lui donna une tape affectueuse dans le dos.

— Tout se passera bien, ne vous en faites pas, leur assura-t-elle.

Le couple quitta le dispensaire main dans la main.

— Sherese m'a dit qu'il y avait une nouvelle victime, dit Cara dès que les deux tourtereaux eurent refermé la porte.

Mason confirma d'un hochement de tête.

— Le shérif vient de m'appeler.

— Qu'est-ce qui te dit que c'est le même tueur ?

— Je n'en suis pas certain pour le moment, mais il l'a enterrée de la même manière, selon la tradition comanche.

L'angoisse se lisait sur le visage de Cara.

— Je t'accompagne. Laisse-moi prendre ma sacoche, ajouta-t-elle en regagnant son bureau.

Mason aurait voulu lui épargner la vue d'un autre cadavre, mais c'était impossible. Elle était non seulement médecin, mais surtout le substitut du légiste, et bien trop impliquée dans cette enquête pour qu'il ait les moyens de la tenir à l'écart.

Sherese, mal à l'aise, se dandinait d'un pied sur l'autre.

— Vous devez trouver ce malade, inspecteur Blackpaw.

— C'est bien mon intention, lui promit-il.

Mais combien de femmes mourraient-elles avant qu'il y parvienne ?

Cara resta silencieuse pendant tout le trajet jusqu'à la décharge, rongée par l'inquiétude. Lorsque Mason engagea sa voiture sur la petite route menant au portail d'entrée de la décharge, ses nerfs étaient à vif.

Les remugles du dépotoir emplissaient l'air, et à peine sortie du véhicule, elle dut marquer un arrêt pour reprendre son souffle, tandis que Mason rassemblait son matériel.

— Tu n'es pas obligée de venir, tu sais, lança-t-il d'une voix bourrue.

— Si, il le faut, Mason.

— Où sont les jeunes qui l'ont trouvée ? demanda Mason au shérif, qui venait de les rejoindre.

— Ils étaient vraiment ébranlés, répondit-il, alors le père de l'un d'eux est venu les chercher.

— Ils étaient clean ? insista Mason.

— Oui, ce ne sont que des gamins. Le père m'a assuré que ce sont de bons élèves, sans histoires. Ils montaient un projet pour leur cours de sciences, un truc sur les produits recyclés. C'est pour ça qu'ils étaient là. J'ai pris leurs coordonnées, au cas où il faudrait les recontacter.

— Ils n'ont vu personne ?

— Non. Et nous n'avons pas encore exhumé la victime, précisa McRae. Nous attendions votre arrivée, ainsi que celle de la police scientifique, pour commencer.

De loin, Cara remarqua le monticule de pierres. Durant un moment, la cruauté de ce tueur, et l'irrespect qu'il témoignait pour la vie humaine, la figea sur place. Le haut du visage de la femme dépassait, mais le reste de son corps était encore enseveli.

Elle regarda tout autour d'elle, et un frisson glacé la parcourut à la vue de ces montagnes d'immondices nauséabondes.

— C'est… encore plus pervers, osa-t-elle. Pourquoi l'a-t-il enfouie ici ?

— Parce qu'à ses yeux, elle était de même nature que ce qui nous entoure, suggéra Mason.

Elle fronça les sourcils.

— Il n'avait pas fait pareil pour Nellie.

— Mais il existe des similitudes, la corrigea-t-il. Sauf

que cette fois, on dirait qu'il se fichait de savoir si elle serait découverte.

— Comme si elle ne méritait aucune attention, conclut-elle, révulsée par le dédain exprimé par l'assassin.

— Mais dans ce cas, pourquoi prendre la peine d'ériger ce tas de pierres ? Il aurait pu la laisser exposée, ajouta Mason.

— Cela signifie que ce rituel est important pour lui, avança Cara. C'est si profondément ancré dans ses croyances que même s'il avait eu l'intention de se débarrasser du corps d'une autre manière, il en aurait été incapable, à moins de trahir sa propre foi.

Mason prit quelques clichés, puis la brigade criminelle arriva. Les techniciens prirent d'autres photos, et Mason accompagna le shérif dans la recherche d'indices. Cependant, l'espace à couvrir était si vaste et si encombré de toutes sortes de détritus, ainsi que de traces de roues de camions, qu'il aurait été difficile d'identifier quelque chose de probant.

Cara enfila des gants en latex et s'accroupit à côté du technicien affairé à dégager la terre et les pierres qui masquaient le bas du visage de la victime. Pourvu qu'il ne s'agisse pas de l'une de ses patientes, pria Cara.

Mais le visage de la jeune femme apparut entièrement et Cara la reconnut. Elle s'appelait Yolanda Farraday. Elle avait mis au monde un petit garçon deux mois plus tôt et l'avait confié à l'adoption, car elle se savait atteinte d'une maladie incurable en stade terminal.

Les larmes voilèrent les yeux de Cara.

L'homme qui l'avait tuée savait-il qu'elle était mourante ? Ou pensait-il qu'elle s'était débarrassée de son enfant ?

Mason poussa un juron en inspectant la zone environnant la sépulture. Ce salaud savait que ce lieu rendrait la collecte d'indices pratiquement impossible. Une bonne raison pour choisir un tel endroit.

Pourtant, il trouva un bouton à quelques pas du tas de pierres et décida de le faire analyser. Il ressemblait à ceux des vestes de l'armée. Certainement une fausse piste, un objet échappé d'un sac-poubelle éventré…

— C'est un vrai cauchemar, se plaignit le technicien. Pire que chercher une aiguille dans une botte de foin.

Mason plissa les paupières face au soleil texan qui faisait scintiller le métal dans les piles de déchets. La température ne cessait de grimper : la puanteur ne ferait que s'intensifier au cours de la journée.

— Je te rappelle que nous n'avons rien relevé sur la première scène de crime, renchérit Mason. Il s'est sûrement montré aussi prudent ici.

— Je vais refaire un tour, on ne sait jamais, insista le technicien.

— Préviens-moi si tu trouves quelque chose qui ressemble à une amulette de naissance, lui lança Mason.

Même si l'assassin n'en avait pas laissé sur la tombe de Nellie : il avait préféré l'offrir à Cara…

Anxieux de vérifier qu'elle allait bien, il tendit le sachet contenant le bouton au technicien afin qu'il l'ajoute à la liste des éléments recueillis pour analyse, puis il retourna près de la tombe.

Cara leva les yeux vers lui, si bien qu'il aperçut le visage de la victime, d'un blanc morbide et encadré de cheveux emmêlés.

— Tu la connais ? osa-t-il, tout en priant pour qu'elle réponde par la négative.

Ainsi elle pourrait lui lancer qu'il se trompait, et que cette affaire n'avait aucun lien avec elle ni avec son cabinet médical. Mais la douleur était perceptible dans ses yeux lorsqu'elle hocha la tête.

— Elle s'appelle Yolanda Farraday. Elle avait trente-quatre ans.

— Ses blessures ?

— Semblables à celles de Nellie, répondit-elle d'une voix brisée.

— Quel fumier !

Elle se releva tant bien que mal, en titubant légèrement, et aussitôt il vint la soutenir.

— Tu veux t'asseoir un instant ?

Elle secoua la tête.

— Ce n'est pas juste, Mason, vraiment.

Il dut ravaler son propre dégoût, alors que l'angoisse qu'il éprouvait pour Cara prenait le dessus.

— Je le sais.

— Non, tu ne le sais pas. La manière dont il l'a jetée ici, c'est immonde.

— Evidemment. Ce type est un maniaque, ajouta-t-il, en colère.

— S'il s'en prend à ces femmes parce qu'elles ont abandonné leur enfant, il devrait mener son enquête de manière plus approfondie, tonna Cara.

Elle se réfugia dans un coin de la décharge, près d'un bouquet d'arbres, et s'y adossa comme pour y reprendre une bouffée d'air un peu plus frais.

Il comprenait son malaise. Entre les odeurs putrides et la présence de ce cadavre, son propre estomac commençait aussi à faire des siennes. Inquiet pour elle, mais aussi pour le bébé, il la rejoignit en quelques enjambées.

Un sanglot discret s'échappa de sa gorge lorsqu'elle lui confia :

— Yolanda avait pris la décision de confier son bébé à un couple, mais ce n'est pas parce qu'elle ne voulait pas de lui.

Il fronça les sourcils.

— Que s'est-il passé ?

Cara essuya une larme qui coulait le long de sa joue.

— On lui a annoncé qu'elle était atteinte d'un cancer au début de sa grossesse. Elle ne pouvait entamer de thérapie alors qu'elle portait un enfant, alors elle a préféré sauver la vie de son bébé plutôt que la sienne.

Elle renifla discrètement.

— Mason, cette femme n'était pas égoïste pour un sou.

Il se mordit la lèvre. Le tueur était-il au courant du parcours personnel de cette femme ? Le cas échéant, cela aurait-il fait une différence, ou était-il trop perturbé psychologiquement pour posséder une once de sens moral ?

Le shérif approcha, ses bottes crissant sur les gravillons du chemin.

— Vous avez fini l'examen préliminaire de la dépouille, docteur Winchester ?

Cara acquiesça en essuyant ses yeux d'un revers de la main.

— Oui.

— Quelle est la cause du décès ?

— A priori, ce serait dû à une exsanguination, comme dans le cas de Nellie. Mais nous nous en assurerons lors de l'autopsie.

— Il s'agit donc bien d'un tueur en série, marmonna McRae. Les médias vont en faire leurs choux gras.

— Nous devons leur en dévoiler le moins possible, intervint Mason. Sinon tous les tordus du coin viendront avouer des crimes imaginaires.

— Qu'allons-nous leur dire, dans ce cas ? insista le shérif.

— Je vais prendre contact avec l'une des profileuses du FBI. Elle sait comment y faire avec les journalistes et elle dressera un portrait psychologique de ce type qui permettra à tout un chacun de cerner les suspects potentiels.

Il sortit ensuite le prospectus que Sherese lui avait remis et le montra au shérif ainsi qu'à Cara.

— Tu te souviens de ce gars ? demanda-t-il à celle-ci.

Elle observa la photo du pasteur, puis secoua la tête.

— Il a dû déposer ces brochures pendant que j'étais absente.

— Je vais aller lui poser quelques questions, annonça Mason. Et ensuite nous irons à la réserve. Tu pourras rendre visite à Sadie pendant que j'interrogerai Liam Runninghorse à propos du couteau utilisé par le tueur.

— Tu as appris quelque chose de nouveau ?

— Il s'agirait d'un couteau artisanal amérindien, expliqua-t-il. Et comme l'assassin a suivi le même mode opératoire, on peut imaginer qu'il a également utilisé la même arme. Si Runninghorse sait quelque chose de particulier au sujet de ce couteau, il pourrait bien nous mener jusqu'à son propriétaire.

Perché sur son étalon noir, il observait avec attention le shérif, ainsi que ce sang-mêlé de Blackpaw. Ils passaient les alentours de la sépulture au peigne fin. Il avait mené sa petite enquête sur Blackpaw. Ce bâtard servait de pisteur pour la police, mais il y avait du sang indien qui coulait dans les veines de ce corps à la peau brune. Un adversaire digne de ce nom, un homme qui n'abandonnerait jamais la partie, qui se battrait jusqu'à ce que la mort emporte l'un d'eux. Certainement Blackpaw, même s'il n'en avait pas encore conscience.

Il sourit, mais son sang ne fit qu'un tour en apercevant les larmes du Dr Winchester. Elle jouait les saintes-nitouches, maintenant ?

Mais elle était loin d'être une sainte. Elle était tout autant une traînée que la femme qui reposait sous terre. Une pécheresse, elle aussi.

Non, elle était bien pire, puisque c'était elle qui incitait les autres à abandonner leurs bébés.

Alors que son peuple avait toujours chéri ses enfants

plus que la vie elle-même. Et pour ces transgressions, elle devrait payer.

Un véhicule apparut alors, qui servirait au transport du corps de Yolanda Farraday, et il ne perdit pas une miette du spectacle. De la terre et de la poussière voletèrent autour du cadavre rigide, prêt à redevenir poussière.

Il baissa ensuite les yeux vers sa main. Elle renfermait quelques mèches de cheveux qu'il avait coupées avant d'ensevelir sa victime. Il s'en servirait pour coudre l'amulette de naissance qu'il avait l'intention de déposer sur l'oreiller du Dr Winchester le soir même, comme il l'avait fait avec les cheveux de Nellie la veille. Les gars de la police scientifique avaient-ils déjà percé ce petit secret ?

Il garderait cependant une mèche dont il se servirait comme corde pour l'arc accroché au-dessus de sa tête de lit, et qui symbolisait sa dévotion pour son peuple et ses traditions.

Il conserverait une mèche de chacune des femmes qu'il sauverait.

Son arc ne serait pas achevé tant que sa mission ne serait pas menée à sa conclusion, lorsque le Dr Winchester reposerait sous terre en compagnie des autres brebis égarées. Sa chevelure serait la touche finale de son arc, celle qui marquerait son achèvement.

11

Cara ferma les yeux pendant que Mason les conduisait jusqu'à l'église du pasteur Parch. Qu'un homme qui se prétendait le serviteur de Dieu puisse utiliser la religion comme prétexte pour tuer la répugnait, même si elle avait lu assez d'histoires de cette teneur pour savoir que cela existait.

— Ça va, Cara ?

Le soleil de la fin d'après-midi se laissait envahir par des nuages gris qui rendaient l'atmosphère encore plus pesante.

— Oui, souffla-t-elle.

— Est-ce que Yolanda a de la famille ?

— Seulement une vieille tante qui vit dans une maison de retraite à Corpus Christi. C'est la raison pour laquelle elle avait opté pour une adoption.

Il pianota sur le volant.

— Et le père du bébé ?

— Il est mort en Afghanistan.

— Je peux donc le rayer de ma liste de suspects, lança-t-il en accompagnant sa phrase d'un soupir las. Y a-t-il un homme, un proche de l'une de tes patientes, qui se serait vu déchu de ses droits parentaux ? Ou un gars qui n'était pas au courant de la grossesse de sa compagne, et ne l'a apprise que récemment ?

Elle se tourna brusquement vers lui.

— Oui ! Une de mes patientes est parvenue à obtenir

une ordonnance restrictive à l'encontre du géniteur de son bébé, car il se montrait violent.

— Quel est son nom ? s'emporta Mason.

— Je l'ignore, mais je peux appeler l'assistante sociale.

— Oui, s'il te plaît, déclara-t-il, alors qu'il s'engageait sur Main Street.

Elle appela sa collègue et lui expliqua brièvement la situation.

— Le mari de Pauline est en prison depuis six mois, lui répondit celle-ci. La police a découvert chez lui un laboratoire dans lequel il produisait de la méthamphétamine, aussi il n'est pas près de revoir la lumière du jour.

Elle la remercia, puis raccrocha, au moment même où Mason se garait.

— Alors, qu'a-t-elle dit ?

— Que c'est une impasse. Le mari en question est incarcéré.

Ils quittèrent le véhicule et passèrent devant un panneau : ce lieu de prière était ouvert à tous et proposait un service religieux en anglais, mais aussi en espagnol.

Lorsqu'ils pénétrèrent dans l'édifice, Cara fut surprise. La musique qui s'échappait de l'orgue semblait flotter dans toute l'église, et si la façade était délabrée, les murs intérieurs avaient été peints récemment dans des tons doux aux influences amérindiennes et hispaniques. Des bougies étaient allumées sur une table surmontée d'une croix en pierre, conférant à l'endroit une atmosphère accueillante.

Dans la chapelle, d'autres bougies répandaient leur halo et invitaient à retrouver une sérénité teintée toutefois d'austérité. Des vitraux laissaient entrer la lumière du jour qui, en passant à travers les verres colorés, formait un arc-en-ciel autour de l'autel surélevé.

Mason se dandina d'un pied sur l'autre, apparemment mal à l'aise.

— Essayons de mettre la main sur le pasteur.

Il ouvrit la voie en remontant l'allée centrale qui menait vers l'orgue, et quelques secondes plus tard la femme qui en jouait se tourna vers eux. Elle était d'origine hispanique, et de solide constitution.

— Bienvenue dans l'église de Notre-Sainte-Croix, les accueillit-elle en affichant un sourire éclatant.

Puis elle leur tendit une brochure de présentation de leur congrégation.

— Vous cherchez des informations à propos de nos services religieux ? s'enquit-elle.

— Non, rétorqua Mason. Nous souhaiterions nous entretenir avec le pasteur Parch. Est-ce qu'il est ici ?

— Oui.

Elle rassembla les pans de sa jupe longue et leur fit signe de la suivre. Cara grimaça en quittant le sanctuaire que représentait cette chapelle pour s'engouffrer dans un couloir sombre qui menait sur l'arrière du bâtiment, d'aspect lugubre, comme si l'on n'avait pas encore eu l'occasion de le rénover.

— Docteur Winchester, quelle surprise ! s'exclama le pasteur en se levant. Je suis ravi de constater que vous avez enfin accepté mon invitation.

Cara lui serra la main, et un frisson la parcourut lorsque l'homme d'Eglise lui serra les doigts un peu trop fortement à son goût. Ses yeux gris l'observaient avec condescendance, comme s'il la trouvait indigne de son attention.

Mason produisit alors son insigne, et elle en profita pour retirer sa main précipitamment. Le religieux était bien plus jeune qu'elle ne se l'était représenté. En fait, il devait avoir à peine plus de trente ans, et ses cheveux sombres rehaussant ses yeux saisissants devaient le rendre très séduisant auprès de nombreuses femmes. Pourtant, elle sentait une noirceur poindre derrière son sourire tranquille.

— Je suis l'inspecteur Blackpaw, se présenta Mason.

Nous avons quelques questions à vous poser, monsieur le pasteur.

Le pasteur leur fit signe de s'asseoir sur un canapé de velours violet placé dans un coin de son bureau, ce qui soulagea considérablement Cara, dont les jambes flageolaient un peu.

L'homme tritura un instant ses lunettes à monture fine puis tira une chaise qu'il plaça face à Cara et Mason, et sur laquelle il prit place.

Cara sentait la nervosité la gagner. Parch lui rappelait un télévangéliste qui avait amené des foules entières à lui faire don de tous leurs biens afin de rejoindre sa communauté. Et lorsque la police avait exposé au grand public ses agissements douteux, il avait convaincu la moitié de ses fidèles de prendre part à un suicide collectif.

Devenait-elle paranoïaque, ou cet homme avait-il commis des meurtres sous prétexte de sauver des âmes ?

Mason avait détesté le pasteur dès l'instant où il avait posé les yeux sur lui. Il reconnaissait d'instinct ces gens qui proféraient les mensonges les plus éhontés sans se départir de leur sourire.

Il posa le prospectus sur la petite table qui les séparait.

— Avez-vous laissé ce papier au cabinet médical du Dr Winchester ?

— Oui, et j'en ai affiché partout en ville. Je ne suis pas ici depuis très longtemps, mais mon objectif est de faire grandir ma communauté et d'y accueillir tout un chacun.

— Tout un chacun ?

— Oui, toutes nationalités, races, dénominations confondues, insista le pasteur. Nous sommes tous les enfants de Dieu, que nous révérons entre ces murs.

Et que faisait-il entre ces murs, lorsque les portes étaient closes ? se demanda Mason.

— Cherchiez-vous des informations relatives à nos services liturgiques ? reprit le pasteur. Ou avez-vous une préoccupation particulière dont vous souhaiteriez me faire part ?

A ces mots, le pasteur jeta un regard perçant en direction de Cara, et Mason sentit l'irritation le gagner encore un peu plus.

— Nous souhaitions vous rencontrer dans le cadre d'une enquête criminelle. Connaissez-vous une jeune femme nommée Nellie Thompson ?

L'homme se rembrunit.

— Oui, elle est venue dans notre église. J'ai été attristé d'apprendre son décès.

— Elle a été assassinée, précisa Mason, déterminé à ne pas tourner autour du pot plus longtemps. Que savez-vous à ce sujet ?

— Rien de plus que ce que j'ai lu dans le journal ce matin, répondit le pasteur en se redressant. Cependant, j'ai organisé une séance de prières à sa mémoire lorsque j'ai appris la triste nouvelle.

Mason l'examina attentivement.

— Connaissez-vous une jeune femme nommée Yolanda Farraday ?

— Ce nom ne me dit rien.

— Elle ne fréquentait pas votre église ?

— Pas de manière régulière, à tout le moins. Mais pourquoi me demandez-vous cela ? Lui est-il arrivé malheur ?

— Elle a été assassinée, et nous pensons qu'il s'agit du même criminel que pour Nellie Thompson.

— Que Dieu ait son âme.

Puis ses paupières se plissèrent et il prit un air plus sombre.

— Mais je ne comprends pas pour quelle raison vous désiriez me rencontrer. Les familles de ces femmes craignent-elles qu'elles n'aient pas été sauvées avant de mourir ?

Mason échangea un regard avec Cara.

— Le Dr Winchester a reçu des lettres de menace depuis l'ouverture de son cabinet, et le tueur a laissé un message expliquant que ces femmes étaient des pécheresses parce qu'elles avaient confié leur enfant à l'adoption.

Un muscle joua sur la joue du pasteur, nota Mason.

— Docteur Winchester, je partage le déplaisir que certaines personnes expriment face à vos agissements, confessa le pasteur. Vous devriez faire en sorte de souder ces familles, au lieu de les faire imploser.

— J'essaie de les aider, rétorqua sèchement Cara. Ceux qui se tournent vers l'adoption considèrent souvent que c'est dans l'intérêt du bébé.

— Comment cela peut-il être possible ? Une mère qui rejette son enfant n'œuvre pas pour son bien.

— Vous ignorez de quoi vous parlez, répliqua Cara.

— Il est évident que ce sujet de conversation vous bouleverse, monsieur le pasteur, ajouta Mason, qui ne voulait pas s'engager plus loin sur ce terrain. Aussi serai-je direct avec vous : nous pensons que le tueur utilise la religion pour justifier ses crimes.

Soudain, leur interlocuteur sembla comprendre où ils voulaient en venir.

— Et vous aimeriez savoir si l'un de mes paroissiens correspondrait à un tel profil ?

Ou vous-même, pensa Mason, qui s'abstint toutefois de le corriger à voix haute.

— Je suis un homme d'Eglise, inspecteur, répondit le pasteur en se tournant vers Cara. Ma mission est d'aider ceux qui sont égarés. Et comme vous, docteur, si je trahis leur confiance, je ne leur sers plus à rien.

— Ce n'est pas une réponse, maugréa Mason.

— C'est pourtant la seule que je puisse vous fournir.

— Monsieur le pasteur, reprit Cara, deux femmes sont déjà mortes, et cet homme en vise certainement d'autres.

Si vous savez qui les a assassinées, vous devez nous en faire part avant qu'il ne récidive.

— Ecoutez-moi attentivement, s'il vous plaît. Faites votre métier, et laissez-moi faire le mien.

Sur ces mots, il se leva.

— Maintenant, je pense qu'il est temps de prendre congé, si vous le voulez bien.

— Je vous en prie, pasteur, si ce criminel s'est confié à vous, il faut le convaincre de se rendre ! insista Cara.

L'homme acquiesça poliment et ouvrit la porte de son bureau. Mais Mason n'était pas convaincu par la diatribe du prédicateur, et si un doute surgissait, il n'hésiterait pas à revenir.

— Qu'en penses-tu ? lui demanda Cara lorsqu'ils montèrent en voiture.

— Je n'ai pas confiance en lui. Même s'il n'est pas l'auteur de ces crimes, il le connaît peut-être et risque de chercher à le protéger.

Cara ressassait les dernières paroles de Mason tandis qu'ils faisaient route vers la réserve. Le pasteur avait choisi ses mots avec soin et en savait certainement plus qu'il ne voulait l'admettre. Mais aucun juge ne pourrait le forcer à briser le sceau de la confidentialité.

Etait-il directement impliqué ? Ou, s'il connaissait le coupable, serait-il prêt à le convaincre de se rendre ?

La voiture se mit à brinquebaler sur les nids-de-poule qui creusaient la route menant à la réserve.

— Nous serons plus efficaces en nous séparant, déclara Mason en se garant devant le dispensaire. Que dis-tu d'interroger Sadie pendant que je vais voir Runninghorse ?

Elle accepta d'un signe de tête et quitta le véhicule. Son ventre ralentissait de plus en plus ses pas tandis qu'elle cheminait vers son lieu de travail. Lorsqu'elle arriva devant la salle de soins, elle salua Aponi Bahe, une jeune femme qui travaillait elle aussi bénévolement.

— Est-ce que Sadie est là ? lui demanda-t-elle.

— Elle se trouve dans la salle 2, répondit Aponi. Elle immobilise une petite fracture.

Cara fit un clin d'œil amical au garçonnet en train de se faire soigner puis alla frapper à la porte de la pièce occupée par Sadie. Celle-ci lui dit d'entrer.

Une petite fille leva de grands yeux noirs vers elle, tandis que Sadie finissait de lui ajuster une attelle autour du doigt. La mère était assise à ses côtés, et une de ses mains caressait doucement le dos de l'enfant.

— Voilà, ma jolie, s'exclama Sadie. Cette prothèse devrait maintenir ton doigt en place en attendant que tu guérisses.

Le médecin aida la fillette à descendre de la table sur laquelle elle était juchée, puis la raccompagna avec sa mère jusqu'à la sortie.

— Comment vous portez-vous, le bébé et toi ? demanda alors Sadie à Cara.

— A merveille, mentit Cara.

Puis elle exposa à son amie les derniers événements et lui parla de l'amulette qu'elle avait reçue ainsi que du message écrit en lettres de sang.

Le visage de Sadie se contracta sous le coup de l'inquiétude.

— Assieds-toi, je vais te faire un rapide check-up.

— Ce n'est pas nécessaire, protesta Cara, qui détestait se faire materner.

— Cara, assieds-toi. Tout ce stress n'est bon ni pour toi ni pour le bébé.

Elle la força presque à s'asseoir puis vérifia sa pression sanguine.

— Normale, n'est-ce pas ?

— En fait, elle est un peu élevée, répondit Sadie en secouant la tête. Tu dois lever un peu le pied, Cara.

— C'est impossible, répliqua celle-ci. Pas tant que nous n'aurons pas trouvé qui a assassiné deux de mes patientes.

Elle s'obligea à respirer calmement pendant que sa collègue l'auscultait puis vérifiait le rythme cardiaque du bébé.

— Mason pense que le tueur s'en prend à mes patientes parce qu'à ses yeux, je les incite à abandonner leurs nouveau-nés.

Sadie écarquilla les yeux.

— Il croit donc que tu es en danger ?

Cara haussa les épaules en prenant un air dégagé.

— Je lui ai fait lire les lettres que j'avais reçues, dit-elle. Mais comme le tueur m'a laissé cette amulette, il pense qu'il s'agit d'un Amérindien.

Sadie s'appuya contre le lavabo.

— Tu crois qu'il vient de la réserve ?

Cara répugnait vraiment à porter des accusations contre les personnes des Premières Nations, qui devaient déjà faire face à suffisamment de préjugés.

— Je n'en sais rien, mais c'est plausible. Il enterre ses victimes en suivant les rituels des Comanches.

Sadie paraissait de plus en plus mal à l'aise.

— Donc, soit il a des racines indiennes, soit il a étudié leur culture, poursuivit Cara. Ces crimes ont également des relents religieux et j'ai l'impression que ce sont les adoptions qui ont déchaîné cette violence.

Pensive, elle se leva et fit les cent pas dans la petite pièce.

— Y a-t-il quelqu'un dans la réserve qui pourrait correspondre à un tel profil ? Quelqu'un qui aurait une dent contre moi ?

Sadie se tapota le menton du doigt.

— La seule personne qui me vienne en tête serait l'ex-mari d'Isabella Morningside.

— Isabella ? Elle m'avait confié que son mari avait complètement changé depuis qu'il était revenu de mission. Il était aigri et violent, aussi lui avais-je suggéré de le mettre en contact avec notre psychologue. Mais il a refusé, et son comportement est devenu totalement erratique, si bien qu'elle a fini par demander le divorce.

Sadie s'approcha de Cara.

— Il a été débouté de son droit de visite et déchu de ses droits parentaux, et il pense que tu en es responsable, Cara. Du moins, c'est ce que m'a rapporté Isabella…

Il entra dans le chalet du Dr Winchester, impatient de lui laisser son cadeau. Des effluves de bain moussant parfumé à la lavande arrivèrent jusqu'à ses narines lorsqu'il traversa le salon. Les colifichets amérindiens qui décoraient la pièce l'apaisaient, même s'ils semblaient incongrus chez une femme de cet acabit. D'ailleurs, elle n'avait pas de racines amérindiennes, et aucun lien avec son peuple, si ce n'est ce bébé qu'elle portait.

La colère le submergeait de nouveau, lui chauffant les sangs, et il se dirigea vers la chambre à coucher. La robe de chambre toute simple qui était posée sur le lit semblait contredire le fait que cette femme avait usé de tous les artifices de la séduction pour que Blackpaw lui fasse un enfant. Alors qu'elle avait déjà planifié de le bannir de sa vie, comme elle encourageait ses congénères à le faire. Cette saleté n'avait aucun principe moral.

Mais lui, si, et il croyait en la sanctification de l'unité familiale. La haine qu'il éprouvait envers elle lui donna du courage, et il aspergea de sang sa robe de chambre. Puis il déposa l'amulette sur son oreiller. Le pouls emballé sous l'effet de l'adrénaline, il posa ensuite la note rédigée avec le sang de Yolanda à côté du fétiche.

Un plaisir aux saveurs doucereuses l'envahit en imaginant l'expression du Dr Winchester quand elle découvrirait cette surprise…

Mais il était temps pour lui de se remettre en chasse. Il avait trop à faire pour s'attarder ici.

12

Mason s'était toujours senti chez lui à la réserve. Après tout, il avait grandi sur cette terre et en connaissait chaque centimètre carré. Il chérissait la culture de son peuple et il était peiné à l'idée que l'un de ses frères de sang soit soupçonné d'avoir volé la vie de ces deux femmes.

Mais le crime n'avait pas de frontières. Et même s'il s'agissait de l'un des siens, il remuerait ciel et terre pour l'empêcher de nuire davantage.

Runninghorse, son ami d'enfance, était occupé à affûter un lot de couteaux lorsqu'il entra dans son atelier. Liam faisait partie du conseil tribal, et avait ouvert une boutique dans laquelle il vendait des armes amérindiennes traditionnelles. Des échoppes pour touristes ainsi que de grands magasins de San Antonio, El Paso et Corpus Christi distribuaient également ses œuvres.

L'artisan lui serra la main et s'exclama :

— Ça fait plaisir de te voir, vieux !

— Je te remercie, mais cela n'a rien d'une visite de courtoisie, malheureusement. J'ai besoin de tes lumières, ça concerne une enquête criminelle.

Liam, d'un geste, lui suggéra de le suivre à l'extérieur. Mason avala l'air frais à pleins poumons. Le bruit des animaux sauvages qui folâtraient dans les zones boisées environnantes lui rappelait ces jours anciens durant lesquels le père de Liam leur apprenait à pêcher et à chasser.

— C'est à propos de cette femme qui a été assassinée ? demanda Liam.

Il acquiesça.

— Il y a deux victimes, à présent, précisa-t-il.

Puis il lui expliqua ce qu'ils avaient découvert pour le moment.

— As-tu un habitué qui aurait acheté plusieurs couteaux de ce genre ?

— A vrai dire, j'en vends beaucoup, lui confia Liam. La plupart des collectionneurs cherchent plutôt à se procurer tous les modèles d'une gamme, et non plusieurs couteaux identiques.

— Y a-t-il dans la réserve des inconditionnels de ce modèle précis ?

La mâchoire de Liam se contracta.

— La moitié des gars en possèdent un, même les adolescents. Je peux te fournir la liste de mes distributeurs en ville. Ils pourraient jeter un œil à leurs listings et te dire si quelque chose cloche ou s'ils ont eu affaire à un individu un peu louche.

Pure perte de temps, songea Mason. Puis, il eut une autre idée.

— Des incidents se sont-ils produits dans la réserve ces derniers temps ? La police tribale a-t-elle eu affaire à un hurluberlu quelconque ?

Liam se gratta la tête et réfléchit un instant.

— Lapu Morningside, peut-être. Lorsqu'il est rentré de mission, il n'était plus le même. Je crois que c'est dû à un traumatisme crânien, mais d'autres affirment que c'est plutôt un syndrome de stress post-traumatique. Quoi qu'il en soit, la police s'est rendue plus d'une fois à son domicile avant que sa femme ne demande le divorce.

Mason sentit sa nuque le démanger. Sur la seconde scène de crime, il se rappela avoir ramassé un bouton semblant provenir d'un uniforme.

— Est-ce qu'il a des enfants, ce Morningside ?

Liam confirma d'un hochement de tête.

— Sa femme a eu un bébé l'année dernière, pendant qu'il était en mission. Mais elle a obtenu une ordonnance restrictive à son encontre, et il n'a plus le droit de le voir.

Mason se rembrunit. Ce n'était pas vraiment le profil auquel il s'attendait, mais cet homme était visiblement perturbé.

— Habite-t-il encore dans la réserve ?

— Non.

Liam enfonça ses mains dans les poches de sa veste en daim.

— La police tribale l'a forcé à déménager, ajouta-t-il. Mais j'ignore où il vit à présent.

Cet homme qui avait servi sa patrie souffrait maintenant de syndrome de stress post-traumatique et il avait été séparé de son enfant, puis évincé de sa réserve ? songea Mason. Dans de telles circonstances, plus d'un homme craquerait nerveusement et se mettrait à tuer.

A cet instant, son téléphone sonna, et il remercia Runninghorse puis se dirigea vers son véhicule. Il décrocha et s'installa au volant du 4x4.

— Inspecteur Blackpaw ? Je suis l'agent spécial Julie Whitehead, du FBI.

Mason fronça les sourcils, même s'il s'attendait à recevoir cet appel.

— Je vous écoute, répondit-il poliment.

— Je me suis entretenue avec le shérif McRae à propos de ce tueur en série.

— Oui.

— Je serai en ville dans une heure et j'aimerais vous rencontrer afin d'établir un profil psychologique de ce criminel. Les médias sont avides d'informations et il serait judicieux d'organiser une conférence de presse avant que les journalistes ne publient des éléments qui pourraient entraver l'enquête ou créer un mouvement de panique.

Elle avait raison.

— Très bien, je vous retrouverai au bureau du shérif dans une heure.

— Vous avez une piste ? s'enquit-elle.

Mason agrippa le volant plus fermement pour se garer devant le dispensaire.

— Rien de probant. Mais vous pouvez demander à vos gars d'effectuer quelques recherches à propos du pasteur Webber Parch et d'un autre homme nommé Lapu Morningside. Je vous en dirai plus lorsque nous nous verrons.

— Très bien, nous nous y attelons immédiatement.

Mason la remercia et raccrocha, puis il quitta son véhicule, au moment précis où Cara sortait de la petite clinique.

Soudain, l'atmosphère lui sembla oppressante, et un mauvais pressentiment s'empara de lui. Quelque chose clochait. Moins d'un battement de cœur plus tard, une balle lui frôlait le crâne, propulsée en direction de Cara.

Le sifflement du projectile la fit sursauter.

Mason hurla son nom et se jeta sur elle. Un autre coup de feu retentit et la température sembla grimper de seconde en seconde alors qu'elle essayait de regagner un semblant d'équilibre.

Mason la poussa contre le montant de la porte et se plaça devant elle.

— Bon sang, Cara, ne te lève pas !

Deux enfants qui jouaient non loin s'étaient mis à hurler et se réfugièrent dans le petit restaurant qui jouxtait le dispensaire. Un pick-up passa à quelques mètres de la scène, et le pot d'échappement d'un autre véhicule vrombit un peu plus loin. Trois adolescents qui fumaient dans une ruelle avaient dû entendre les détonations car ils se mirent à courir vers une Chevrolet antédiluvienne.

La panique coupa le souffle à Cara. Elle vit Mason brandir son arme, puis, se servant du coin de la porte pour rester à couvert, chercher le tireur du regard.

Dieu Tout-Puissant, on venait d'essayer de la tuer ! Son instinct maternel prit le dessus, et elle ressentit une terrible colère.

Mason regarda à gauche, puis à droite, et marmonna un juron.

— Je ne le vois pas !

Elle scruta la rue à son tour, mais ne remarqua rien de particulier.

— Il se trouvait peut-être sur le toit, murmura-t-elle.

Mason leva les yeux et son regard passa d'une toiture à l'autre, alors que Sadie leur ouvrait la porte.

Une minute plus tard, une sirène retentit et la voiture du chef Pann effectua un virage serré pour venir stationner devant le dispensaire. Bradford Pann, le patron de la police tribale, sortit du 4x4 arme au poing, accompagné de Liam Runninghorse.

— Quelqu'un a tiré sur le Dr Winchester, cria Mason depuis la porte.

Le chef Pann inspecta visuellement les alentours puis les rejoignit.

— Vous allez bien, docteur Winchester ? demanda-t-il.

— Oui, grâce à l'inspecteur Blackpaw, soupira Cara en se passant la main sur la joue.

Elle saignait un peu.

— Il t'a touchée, Cara ! s'exclama Mason, l'air furieux.

— Ce n'est qu'une égratignure, le corrigea-t-elle en haussant les épaules.

— Avez-vous vu le tireur ? demanda le chef.

— Non, reconnut-elle.

Mason marmonna quelques mots incompréhensibles, puis ajouta :

— Moi non plus. Je sortais de mon 4x4 quand j'ai entendu la première détonation.

Il fit alors un geste en direction de Cara.

— Tu ferais mieux de rester à l'intérieur avec Sadie pendant que nous inspectons les rues avoisinantes. Qui sait ? Il est peut-être encore en position, prêt à retenter sa chance.

Cara rechignait à rester inactive, mais c'était la voix de la raison qui s'exprimait en Mason. Elle ne pouvait pas prendre de risques alors qu'elle était enceinte de plus de huit mois.

Son regard croisa brièvement celui de Mason.

— Sois prudent, lui susurra-t-elle.

La colère durcissait l'expression de son visage, mais ses émotions étaient à fleur de peau, elle le sentait. Mason était un homme de loi, et le père de son bébé. Mais même s'il n'avait pas été amoureux d'elle, il aurait sacrifié sa vie pour les protéger, elle et son enfant.

Mason éprouvait toutes les peines du monde à contenir sa rage. S'il était arrivé quoi que ce soit à Cara ou à son fils, il ignorait de quoi il aurait été capable. Et il comptait bien trouver le salaud qui l'avait mise en joue. Il le lui ferait chèrement payer.

— Sais-tu de quelle direction venaient les coups de feu ? lui demanda le chef Pann.

Mason s'efforça de se calmer. Cara était en sécurité à l'intérieur avec Sadie. Il valait mieux qu'il se concentre sur son travail. S'efforçant d'analyser la situation en professionnel, il visualisa le déroulement des événements dans sa tête.

Il pivota, évaluant l'angle et la trajectoire de la balle, puis scruta les bâtiments.

— Je pense que ça venait de cette direction.

Le chef fronça les sourcils.

— Du magasin d'alimentation animale ?

Mason confirma d'un hochement de tête, et Liam acquiesça d'un regard.

— Il devait être posté sur le toit, ajouta-t-il.

Le hangar à fourrage était désert et passablement délabré. Mason gravit quatre à quatre les marches menant sur la toiture et passa la zone au peigne fin. Les planches vermoulues gémirent sous ses pas lorsqu'il atteignit l'endroit où le tireur s'était probablement caché. Il évalua la distance qui le séparait du point où Cara se tenait au moment de la fusillade.

— Il y a des empreintes ici, annonça Liam.

— Nous allons en faire un moule, suggéra Mason.

Il s'agenouilla pour les observer plus à son aise.

— On dirait que les questions que tu poses ne sont pas du goût de tout le monde, commenta Liam.

— Cela ne fait aucun doute, marmonna-t-il en retour.

Etait-ce l'œuvre du meurtrier de Nellie et Yolanda ? Probablement. Mais ce criminel affectionnait jusqu'à présent l'utilisation d'une arme blanche. Pour quelle raison avait-il tiré sur Cara ? Parce qu'ils approchaient de la vérité et qu'il se sentait cerné ? Ou Cara comptait-elle plus d'un ennemi ?

Une heure plus tard, Cara et Mason étaient de retour en ville. Mais Cara ne cessait de revivre la fusillade, et la terreur qu'elle éprouvait pour son bébé la mettait sur des charbons ardents.

— Tu devrais t'éloigner du comté en attendant l'issue de cette enquête, lui conseilla Mason. J'ai rendez-vous avec un agent du FBI, je vais lui demander de te transférer vers une résidence protégée.

Cara se crispa. La raison lui intimait de se mettre à l'abri et de prendre soin d'elle, mais elle ne pouvait abandonner ses patientes.

— C'est impossible. Si je fuis, il aura gagné la partie.

Mason se gara et se tourna vers elle. Ses yeux lançaient des éclairs, si bien qu'elle se sentit mal à l'aise sur son siège.

— Ce n'est pas un jeu. Ta vie, et celle de notre fils, est en danger.

— J'en suis consciente, reconnut-elle en réprimant un frisson. Mais je sais que tu nous protégeras.

La peur assombrit les yeux de Mason.

— Oui, mais je ne suis pas invincible.

Le cœur de Cara se serra. Ce flic cow-boy avait beau être un dur à cuire, jamais sa fierté ne l'aurait poussé à mettre en danger une femme ou un enfant.

Elle posa sa main sur celle de Mason.

— Je te fais confiance, Mason. Mais, comme ces femmes, je n'ai rien fait de répréhensible. Et même si cet homme veut ma peau, eh bien, je dois lui prouver qu'il ne m'empêchera pas d'exercer mon métier et d'aider mes patientes.

— Cara…, soupira-t-il.

— S'il te plaît, Mason.

Elle lui posa un doigt sur la bouche pour l'intimer au silence, même si elle avait davantage envie d'y planter un baiser.

— Je te le répète, poursuivit-elle, tu as toute ma confiance pour me protéger, ainsi que notre bébé. Maintenant, il faut trouver ce type avant qu'il ne tue de nouveau.

Sa conclusion dissuada manifestement Mason de protester.

— En route ! lança-t-elle. J'ai hâte d'entendre ce que cet agent va nous apprendre.

*
* *

Mason dut lutter contre ses instincts les plus primaires qui l'exhortaient à enfermer Cara dans un lieu où elle serait en sécurité.

Personne ne toucherait à leur enfant, dût-il y laisser sa vie.

Ils entrèrent ensemble dans le bureau du shérif. Celui-ci les présenta alors à Julie Whitehead, une femme blonde aux yeux bleus qui ressemblait davantage à un mannequin qu'à un agent du FBI.

— Je vous remercie d'être venus, docteur Winchester et inspecteur Blackpaw, dit-elle en leur serrant la main.

Ils s'assirent autour d'une table sur laquelle elle avait étalé des clichés pris sur les deux scènes de crime, ainsi que des notes concernant le passé des victimes, quelques informations sur le cabinet médical de Cara, et les procès-verbaux établis sur les suspects qu'ils avaient rencontrés et interrogés.

— Je vois que vous n'avez pas perdu de temps, commenta Mason.

L'agent Whitehead se tourna vers lui.

— Je voudrais diffuser son profil dans les médias et le communiquer aux autres commissariats le plus rapidement possible.

— Il est peut-être temps d'alerter mes patientes, non ? proposa Cara.

— Nous allons donner une alerte générale, répondit la jeune femme. Comme nous n'avons que deux victimes, il est trop tôt pour affirmer qu'il vise spécialement vos patientes. De plus, il faudrait au moins trois meurtres pour qu'il soit officiellement désigné comme un tueur en série.

— Je me sens responsable de ce qui se passe, confia Cara.

— Ce n'est pas votre faute, la rassura Julie. Tout est question de coïncidences entre la condition mentale du suspect et des stimuli que nous n'avons pas encore identifiés, autrement dit, des facteurs qui ne sont pas de votre ressort.

— Etes-vous prête à convoquer les médias ? intervint Mason.

— Absolument. J'ai établi un profil psychologique, et le shérif McRae a accepté de me seconder.

Elle désigna ensuite un dossier.

— J'ai également rassemblé les informations collectées au sujet des deux hommes dont vous m'avez parlé, inspecteur.

— Et qu'en avez-vous déduit ? s'enquit Mason.

— Le pasteur Parch a l'air irréprochable, à première vue, mais cela semble presque trop parfait. Aussi allons-nous poursuivre nos investigations.

— Et Lapu Morningside ?

— J'ai son adresse. Vous aviez raison : il a été grièvement blessé en Afghanistan et démobilisé pour raisons médicales. Il est censé suivre un traitement médicamenteux, en complément d'une psychothérapie, mais il ne suit ni l'un ni l'autre.

Sans compter qu'il en voulait terriblement à Cara, qu'il avait vécu dans la réserve, et avait un accès facile au type d'arme utilisée pour perpétrer les meurtres, songea Mason en expirant profondément.

— Je vais faire un tour chez lui, annonça-t-il alors.

L'agent Whitehead leva ses grands yeux bleus vers lui.

— Je vais vous accompagner, mais j'aimerais d'abord tenir cette conférence de presse.

Mason apporta du thé à Cara et se servit une tasse de café pendant que le shérif accueillait les journalistes ainsi que les policiers des comtés voisins. Deux reporters de Houston et El Paso avaient également effectué le déplacement.

L'agent du FBI, dans son tailleur noir impeccable, semblait parfaitement à l'aise lorsqu'elle prit place devant les caméras.

Le shérif expliqua d'abord qu'une enquête était en cours

suite au meurtre de deux jeunes femmes du comté. Puis il présenta l'agent Whitehead. Celle-ci prit la parole.

— Nous pensons avoir affaire à un tueur en série, commença-t-elle, et invitons tous nos concitoyens à la plus grande vigilance. Nous pensons que le meurtrier est un homme d'une vingtaine d'années, et probablement d'ascendance amérindienne ou métisse. A en juger par son mode opératoire, il est très attaché à la culture amérindienne et a probablement subi récemment un choc psychologique grave. Il semble viser des mères célibataires, et plus spécifiquement des femmes qui auraient fait adopter leur enfant. Nous pensons qu'il a lui-même été abandonné lorsqu'il était enfant. Il semble avoir un bon niveau d'instruction, mais son comportement étant socialement inadapté, il est certainement incapable de garder un emploi sur une longue durée, ou peut se sentir rabaissé dans les postes qu'il occupe.

Elle marqua une pause, puis reprit :

— Il pourrait montrer une obsession pour la propreté, et semble entretenir l'illusion qu'il sert la volonté de Dieu en commettant ces crimes. Si vous connaissez une personne susceptible de correspondre à ce profil, merci de prendre contact avec votre commissariat de quartier ou avec le FBI.

Dès qu'elle eut achevé son exposé, des mains se levèrent dans la salle et Julie donna la parole à l'un des journalistes.

— Quel est le mode opératoire de ce criminel ? demanda celui-ci.

— Je ne peux pour le moment rendre publics certains détails relatifs aux meurtres, car ils pourraient entraver la bonne marche de l'enquête.

— Le cambriolage au cabinet du Dr Winchester a-t-il un rapport avec cette affaire ? lança un autre journaliste.

— Nous ne pouvons le confirmer à l'heure actuelle.

— Avez-vous des suspects ? s'enquit un troisième.

La jeune femme répondit de nouveau de manière évasive.

Mason, lui, rongeait son frein. Il voulait partir le plus vite possible pour éloigner Cara des reporters, certainement en quête de scoops.

Julie finit par remercier les journalistes d'avoir répondu présents à son invitation, puis elle rendit le microphone au shérif. Celui-ci répondit à une autre salve de questions. Et Mason en profita pour escorter Cara vers la porte arrière du commissariat, tout en faisant signe à Julie de leur emboîter le pas. Ils montèrent tous les trois en voiture et firent route, sans presque échanger un mot, vers l'appartement de Morningside. Celui-ci logeait dans un quartier miteux à la sortie de la ville. Des buissons épineux et de l'herbe avaient envahi la propriété sur laquelle des bâtiments hors d'âge trahissaient le faible niveau de vie de leurs occupants.

— Si Morningside est bien notre homme, commença Julie, nous devons nous montrer extrêmement prudents, car s'il souffre de syndrome de stress post-traumatique, il peut être dans un état si délirant qu'il risque de ne pas comprendre qui nous sommes.

Mason étouffa un juron. Julie éprouvait peut-être de la compassion pour ce type du fait de sa condition, mais si Morningside avait effectivement massacré deux femmes et s'en était pris à Cara, il ne ferait pas de quartier.

Ce satané Blackpaw avait fait appel au FBI et ils lui avaient envoyé cette traînée de Whitehead. Elle le croyait socialement inadapté ? Quelle idiote ! Elle ignorait de quoi elle parlait, et encore plus de quoi il était capable. Il éteignit le poste de télévision en jurant, puis vérifia sa liste.

Angelica Mansfield, que ses amis surnommaient Ange. Elle n'en était pas un, loin s'en fallait, puisque le diable s'était emparé de son âme. Du bout des doigts, il caressa l'arc suspendu à son mur, satisfait d'y contempler les mèches de cheveux qu'il y avait tissées. Son œuvre n'était pas achevée, pourtant. Et les longs cheveux roux d'Ange y seraient du plus bel effet.

13

Cara suivit Mason et Julie qui longeaient le trottoir menant à l'immeuble où vivait Morningside. Quelques voitures en mauvais état étaient garées sur le parking voisin. Les lampadaires qui étaient censés éclairer la rue en ce début de soirée étaient éteints, offrant toute la discrétion nécessaire à la tenue de trafics en tout genre.

— Reste près de nous, Cara, et s'il y a le moindre problème, regagne la voiture aussi vite que tu peux, lui chuchota Mason à l'oreille.

Elle serra les poings, détestant être traitée comme un être faible, même si au fond il avait raison. Tout comme Julie, il était armé, alors qu'elle, elle était enceinte et la cible d'un déséquilibré.

Lorsqu'ils atteignirent la porte de l'appartement, Mason frappa sèchement contre le panneau de bois et patienta, mais n'obtint aucune réponse. Il y appuya alors son oreille, à l'affût de mouvements, mais secoua vite la tête.

— Je n'entends rien, s'agaça-t-il.

Julie haussa les sourcils, puis, arme au poing, esquissa un sourire malicieux.

— Vraiment ? Moi j'ai entendu un sacré vacarme. Quelqu'un est peut-être en danger !

Cara comprit immédiatement où Julie voulait en venir. Il leur fallait une raison valable pour forcer la porte, et ils n'en avaient aucune. A moins d'en inventer une, ce qui n'était guère difficile.

Mason utilisa un passe pour déverrouiller la serrure et suggéra à Cara de se placer dans un renfoncement près de la porte.

— Reste ici pendant que nous inspectons les lieux.

Elle acquiesça, et fit de son mieux pour conserver une respiration normale pendant qu'ils fouillaient l'appartement. Et si Morningside s'était dissimulé ? S'il leur tendait une embuscade et blessait Mason ?

L'appartement de Morningside était sur deux niveaux et Mason monta quatre à quatre l'escalier, impatient de s'assurer que l'étage était désert. Il n'y avait qu'une chambre et une salle de bains, toutes deux sombres et défraîchies, à l'ameublement succinct, composé d'une chaise, d'une commode en état pitoyable et d'un lit défait.

Julie examina la salle de bains pendant que Mason fouillait les placards. Il y trouva deux jeans et quelques T-shirts, une paire de bottes militaires, ainsi que des pantalons de treillis.

— Il n'est pas parti depuis très longtemps, lança Julie. Sa brosse à dents est encore humide.

— Emportez-la, elle nous servira pour les analyses ADN, lui suggéra-t-il.

Il crut entendre des bruits de pas au rez-de-chaussée, puis perçut un cri. Bon sang ! Cara était seule ! Morningside serait-il de retour ?

Le cœur battant, il se rua dans l'escalier. La porte était grande ouverte, Cara gisait à terre.

— Il est entré et il m'a vue, bredouilla-t-elle. Alors il m'a poussée et s'est enfui en courant. Rattrape-le, Mason !

Julie arrivait au même instant, et il lui cria :

— Restez avec Cara !

Il fit le tour de l'immeuble aussi vite qu'il le pouvait, mais ne remarqua aucun déplacement sur le parking. Il inspecta les buissons situés sur la droite de la bâtisse. La zone était plongée dans l'obscurité et difficile d'accès du fait de nombreux branchages enchevêtrés. Craignant une embuscade, il progressait en gardant le dos contre la façade et scruta les environs. Soudain, il entendit le crachotement d'un moteur au loin. Celui-ci se mit à vrombir lorsque le véhicule quitta le parking à toute allure.

Bon sang, il venait de lui filer entre les doigts !

Lorsqu'il regagna l'appartement, il se maudissait encore.

— Cara ? Julie ?

L'agent fédéral se trouvait dans l'entrée.

— Elle va bien, le rassura-t-elle, comme si elle percevait son inquiétude. Mais il faut que je vous montre quelque chose.

Mason la suivit jusqu'au salon. Cara se tenait dans une encoignure, le visage livide.

Instinctivement il lui passa une main dans le dos.

— Tu vas bien ?

— Oui.

Lorsqu'elle se tourna complètement vers lui, il comprit que ce n'était vraiment pas le cas. Puis il vit ce qui l'avait bouleversée.

Sur le mur jouxtant le bureau métallique était accroché un panneau en liège recouvert de photos : Cara qui quittait son cabinet en ville, Cara raccompagnant un patient qui sortait du dispensaire, et même des clichés pris alors qu'elle se trouvait à son chalet.

D'autres détails dérangeants couvraient également ce panneau. Des coupures de presse relatant l'inauguration du pavillon des femmes, d'autres exposant des théories conspirationnistes au sujet du déclin de la société et de la cellule familiale, ainsi que des passages de la Bible notés sur des feuilles cartonnées, et des captures d'écran venant de sites spécialisés dans les traditions et croyances amérindiennes.

— C'est lui, n'est-ce pas ? dit-elle d'une voix brisée.

Mason se racla la gorge.

— A la vue de tels éléments, il serait difficile de le réfuter.

Il serra les poings. Comment avait-il pu laisser filer ce malade ?

Cara avait été prise de frissons en examinant les photos et les articles qui s'étalaient devant ses yeux. Morningside semblait vraiment correspondre au profil établi par l'agent Whitehead.

Il était obsédé par ces pseudo-conspirations, les croyances amérindiennes, et elle. Et puis, le fait de savoir qu'il l'avait observée, photographiée, et qu'il avait pris note de son emploi du temps lui donnait l'impression que son intimité avait été forcée.

L'agent Whitehead saisit le portable qui était accroché à sa ceinture.

— J'appelle le shérif McRae. Je vais lui demander d'envoyer des gars ici sans tarder.

— Dites-lui aussi de diffuser son signalement aux autres commissariats de la région, renchérit Mason. Ce type est dangereux.

— Je contacte aussi mes collègues du FBI pour en apprendre davantage sur ses antécédents. Son parcours militaire pourrait nous éclairer sur de nombreux points.

Elle quitta brièvement l'appartement pour téléphoner, et Mason se tourna aussitôt vers Cara.

— Est-ce que tu vas bien ?

Elle leva les yeux vers lui.

— J'ignore pour quelle raison il m'en veut à ce point. J'ai simplement apporté un soutien psychologique à sa femme, et il semble me reprocher d'être la cause de leur rupture.

— Tu as fait ce qu'il fallait pour elle, la rassura-t-il. Ce type souffre de toute évidence de problèmes psychologiques, et si tu l'as encouragée à le quitter, c'était probablement la meilleure chose à faire.

Cara fronça les sourcils.

— Dans ce cas, pour quelle raison s'acharne-t-il sur d'autres femmes ?

Mason réfléchit un instant.

— Son raisonnement est tordu. Maintenant qu'il s'est défoulé sur elles, il va probablement se tourner vers ce qu'il considère comme la véritable source de ses tourments, son épouse.

— Il faut que je la prévienne ! s'exclama Cara.

— Oui, appelle-la. Pendant ce temps, je contacterai Runninghorse ainsi que la police tribale.

Elle acquiesça, satisfaite de pouvoir enfin apporter son aide. Elle avait besoin de participer activement à l'arrestation de Morningside, au lieu de s'appesantir sur sa peur et le sentiment de culpabilité qui l'habitait.

Elle regagna donc le salon, puis, une fois assise dans le fauteuil au coin de la pièce, composa le numéro d'Isabella.

N'obtenant pas de réponse, elle lui laissa un message, puis tenta sa chance auprès de Sadie.

— Tu crois que Morningside est le tueur en série ? lui demanda cette dernière.

Cara hésita un instant. Elle rechignait à l'accuser d'actes aussi ignobles, mais à en juger par ce qu'elle avait vu sur le mur, et le fait qu'il ait pris la fuite, c'était plausible.

— Je l'ignore, mais il est manifestement dangereux.

Elle lui expliqua alors ce qu'ils avaient découvert, puis conclut :

— Sois prudente, Sadie.

— Ne t'inquiète pas, Carter ne m'a pas quittée d'une semelle depuis le premier meurtre, lui assura son amie en riant.

Cara ne put réprimer un sourire, mais resta inquiète

après avoir raccroché. Et si Morningside perdait tout sens commun et allait s'en prendre à sa femme ?

Elle rejoignit Mason qui photographiait le mur constellé de clichés et de coupures de presse, et lui fit part de ses craintes.

— Runninghorse montera la garde devant le domicile d'Isabella cette nuit, la rassura-t-il. Et nous la placerons sous protection rapprochée tant que nous n'aurons pas mis la main sur son ex.

La brigade criminelle arriva peu après. Mason insista pour que l'appartement soit fouillé de fond en comble, car il espérait y trouver le couteau de chasse du tueur.

Il alluma ensuite l'ordinateur du suspect et passa en revue son historique de navigation. Morningside avait consulté de nombreux articles similaires à ceux punaisés sur son mur, et avait googlisé Cara.

La colère lui laissait un mauvais goût dans la bouche. Ce type avait compulsé toutes les informations disponibles sur Cara, y compris ses origines familiales, les établissements dans lesquels elle avait fait ses études, les photos des distinctions qu'elle avait obtenues, ainsi que l'endroit où elle habitait.

Il poursuivit sa quête et parcourut tous les dossiers, espérant y dénicher la liste des patientes, ou de celles qu'il comptait prendre pour cible.

En vain, une fois encore.

Il jeta un œil vers Cara : elle semblait éreintée, physiquement et psychologiquement, par les événements de la journée.

— Je raccompagne Cara chez elle, annonça-t-il à Julie. Tenez-moi au courant si vous mettez la main sur quelque chose. Une fois que nous l'aurons localisé, nous devons faire en sorte qu'il reste à l'ombre pour un bon moment.

L'agent Whitehead accepta de superviser la perquisition puis d'en faire un compte rendu au shérif.

— Maintenant qu'il sait que nous sommes à ses trousses, il risque de plier bagage, déclara Mason.

— Je vais prévenir les autres agences gouvernementales, les gares routières et ferroviaires, l'aéroport ainsi que la police des frontières, au cas où il essaierait de passer au Mexique, lui proposa-t-elle aussitôt.

Satisfait de constater que l'étau se resserrait autour du suspect, il rejoignit Cara.

— J'espère qu'ils l'arrêteront dès ce soir, afin que ce cauchemar prenne fin, murmura-t-elle alors qu'ils cheminaient vers son véhicule.

Moi aussi, se dit-il. Il ne retrouverait sa sérénité qu'une fois que ce fou furieux serait sous les verrous, et que Cara et son fils seraient hors de danger.

Cara se sentait épuisée et voulait rentrer chez elle sans tarder, mais Mason insista pour qu'ils aillent dîner quelque part, car elle devait nourrir leur enfant. Difficile de réfuter un tel argument, concéda-t-elle. Mais cela lui demandait un énorme effort.

Dans un petit restaurant sans prétention, elle avala une tourte au poulet pendant que Mason engloutissait deux hamburgers, puis ils se mirent en route vers le BBL.

Elle avait dû s'assoupir en cours de trajet, car elle eut l'impression que seules quelques secondes s'étaient écoulées entre le moment où elle avait bouclé sa ceinture de sécurité et celui où Mason s'était garé devant son chalet.

Il lui ouvrit la portière tandis qu'elle bataillait avec sa ceinture. Le bébé s'agita alors qu'elle essayait de se lever, et un élancement lui parcourut toute la jambe. Elle s'agrippa instinctivement au montant métallique et prit une grande inspiration. Elle avait beau atteindre ce stade inconfortable, à plus de huit mois de grossesse, elle ne se sentait pas prête à accoucher, du moins pas ce soir. Mais le stress de la journée lui avait mis les nerfs à fleur de peau.

— Tout va bien ? lui demanda-t-il.

— Oui, oui, ça va, mentit-elle en se redressant. Ce n'est qu'une fausse contraction.

— Tu en es certaine ?

— Oui.

Elle était incapable de le regarder dans les yeux, et ne se sentait pas la force de réfléchir à la place qu'elle comptait lui accorder dans sa vie, et *a fortiori* celle de son fils.

De toute façon, il ne serait pas présent au quotidien. Lorsqu'ils faisaient l'amour, quelques mois plus tôt, il ne lui avait jamais dit qu'il l'aimait. Mason Blackpaw n'aimait que son travail.

Et comme il le menait aux quatre coins de l'Etat, le rôle qu'il jouerait dans la vie de leur fils serait toujours tributaire de ses enquêtes. Il serait un papa à temps partiel, et elle devrait s'accommoder de cette situation.

Elle se dandina jusqu'à la porte d'entrée, grimaçant alors que son dos pulsait, puis elle gravit les marches, soulagée d'être arrivée chez elle.

Il lui ouvrit la porte, et elle s'engouffra à l'intérieur.

— Je vais aller m'allonger, lui annonça-t-elle, ne souhaitant plus que poser sa tête sur son oreiller et oublier à tout jamais cette journée.

— Bonne idée. Je vais voir Brody pour le mettre au courant. Puis je diffuserai la photo de Morningside à tout le personnel et aussi aux agents de surveillance, afin qu'ils ouvrent l'œil.

Un frisson de dégoût lui parcourut la colonne vertébrale à la seule évocation de cet homme, et elle dut se faire violence pour ne pas regarder Mason : elle se serait jetée dans ses bras et l'aurait imploré de la serrer contre lui.

Elle l'entendit converser au téléphone lorsqu'elle entra dans sa chambre.

Mais à peine eut-elle appuyé sur l'interrupteur qu'elle se sentit prise de nausées : sa robe de chambre était maculée de sang. Et une autre note sanglante, accompagnée d'une petite boîte, était posée à côté.

Dieu Tout-Puissant ! Le tueur était revenu durant son absence ! Et il s'agissait probablement du sang de Yolanda Farraday.

Il enroula de longues mèches rousses autour de ses doigts, se délectant de leur couleur et de leur texture si soyeuse.

Les cris d'Angelica avaient déchiré l'air si puissamment qu'il en avait eu mal aux oreilles.

Mais personne ne l'avait entendue, il s'en était assuré. Un rire enfla dans sa gorge.

Elle était à présent immobile, son corps pâle marbré de filets de sang, les lèvres entrouvertes dans un cri muet, ses yeux comme écarquillés par l'horreur de la mort.

Aucune autre n'avait tant lutté.

Elle avait résisté de toutes ses forces et même enfoncé ses ongles dans sa peau. Et ça, il ne pouvait l'endurer.

Il alla chercher les petits ciseaux qui se trouvaient dans sa boîte à gants et lui coupa les ongles si court que du sang perla au bout de ses doigts. Il avait horreur du désordre, mais il ne pouvait pas se permettre non plus de laisser des preuves derrière lui. Il jeta les morceaux d'ongles dans un petit sachet qu'il fourra ensuite dans sa poche, puis il enroula Angelica dans un drap. Il ne lui restait plus qu'à trouver l'endroit adéquat pour se débarrasser d'elle.

Un lieu où ce flic indien et le Dr Winchester la trouveraient, et qui convaincrait cette fille du FBI qu'il était plus malin qu'elle.

Il n'avait pas dit son dernier mot.

14

Lorsqu'il entendit crier Cara, Mason se rua vers la pièce où elle se trouvait. Voyant la note, puis la robe de chambre, il la fit sortir.

— Quel enfoiré ! fulmina-t-il.

Cara réprima un autre cri. Il l'enveloppa de ses bras et la berça doucement.

— Tout va bien. Ce salaud ne cherche qu'à te déstabiliser. Ne le laisse pas parvenir à ses fins.

— Comment ? murmura-t-elle. Il tue ces femmes à cause de moi !

Il la força à le regarder dans les yeux.

— Non, il les assassine parce qu'il est complètement malade. Tu n'es qu'un prétexte, et nous ne le laisserons pas gagner la partie.

— Mais il s'agit probablement du sang de Yolanda, insista-t-elle d'une voix brisée.

A moins qu'il n'ait de nouveau tué..., songea Mason. Il refusa toutefois de l'effrayer davantage en lui faisant part de sa pensée. Son unique souhait était de l'apaiser.

— Va t'installer dans le salon pendant que je m'occupe de tout ça.

Elle secoua la tête, puis prit une grande inspiration censée lui faire retrouver ses forces.

— Je veux voir ce qu'il a mis dans cette boîte.

Il hésita un instant, mais il était inutile d'argumenter.

Il alla chercher des gants et les enfila pour manipuler la robe de chambre et la note, et ouvrir la boîte.

Comme la précédente, celle-ci renfermait une amulette de naissance.

La respiration de Cara se fit plus saccadée dans cette pièce où l'atmosphère semblait étouffante, mais elle se pencha pour observer le fétiche de plus près.

— Mon Dieu, on dirait qu'il y a tissé des cheveux !

Mason, un peu décontenancé, l'examina de plus près.

Elle avait raison ! Le tueur avait non seulement utilisé le sang de sa victime pour rédiger la note, mais il avait aussi tissé ses cheveux dans l'amulette.

— Je demanderai aux gars du labo de procéder à des analyses, et de vérifier s'ils trouvent des cheveux appartenant à Nellie sur le premier fétiche.

— C'est complètement tordu, marmonna Cara. Je ne comprends pas comment ce type raisonne.

Mason leva les yeux vers elle.

— La plupart des tueurs en série conservent de leurs victimes ce qu'ils considèrent comme un trophée, et mon petit doigt me dit que dans son cas, c'est une mèche de cheveux.

Que Morningside, ou tout autre homme, puisse se montrer aussi cruel et implacable retourna l'estomac de Cara.

— J'ai besoin de prendre une douche, dit-elle à Mason.

Elle alla chercher une robe de chambre propre et se précipita dans la salle de bains, impatiente d'échapper aux images qui bombardaient son esprit.

Pauvres Nellie et Yolanda, impuissantes face à cet homme qui leur avait tendu un piège puis les avait massacrées, avant de s'emparer d'une de leurs mèches pour preuve de son triomphe.

Des larmes lui voilèrent les yeux tandis qu'elle se déshabillait puis se réfugiait sous le jet d'eau chaude. Elle baissa les yeux vers son ventre gonflé et se répéta comme un mantra que, pour le moment, elle était en sécurité, au moins physiquement. Que son fils, qui grandissait en elle, était en bonne santé, et que Mason les protégerait. Mais le souvenir de son cauchemar de la nuit précédente revenait la hanter. Les émotions affluaient avec une telle puissance qu'elle ne chercha plus à contenir ses pleurs. Elle laissa libre cours à ces larmes de chagrin qu'elle versait au nom des deux femmes qui avaient succombé. Des larmes de peur, aussi : le tueur se trouvait certainement non loin et torturait peut-être quelqu'un. L'idée qu'il puisse être sur la trace d'une autre de ses patientes la terrifiait.

Elle brûlait d'envie de leur dire de quitter la ville tant que ce déséquilibré n'était pas mis hors d'état de nuire. Oui, elle se devait de le faire.

Une fois son plan établi, elle respira mieux et frictionna vigoureusement sa peau et sa chevelure. Puis elle laissa l'eau chaude lui prodiguer un massage censé la débarrasser des tensions qui lui paralysaient le corps. Son action lui parut vite bénéfique, car le bébé se mit à remuer vigoureusement : il était bien vivant et ne tarderait pas à venir au monde.

Elle était impatiente de le tenir dans ses bras. A qui ressemblerait-il ? Immédiatement elle l'imagina avec les cheveux d'un noir de jais et les grands yeux bruns de Mason. Ainsi que ses pommettes saillantes et sa mâchoire carrée.

S'il était tout le portrait de son père, il briserait plus d'un cœur, et lui rappellerait quotidiennement combien elle aimait cet homme qui lui avait donné un fils.

Même s'il sortait de leur vie à peine cette enquête bouclée.

Mason alerta Brody et les gardiens de nuit du BBL : il envoya par e-mail la photo de Morningside à tous les membres du personnel. Puis, pendant que Cara prenait sa douche, il défit son lit et en changea les draps, décidé à envoyer ceux qui s'y trouvaient auparavant en analyse au labo.

Il téléphona donc à Jody Tyler, la directrice du service de médecine légale.

— Jody, je suis désolé de t'embêter si tard, mais notre gars a déposé un autre mot sanglant, accompagné d'une amulette, au domicile du Dr Winchester. Cette fois, il s'est enhardi et a même aspergé une de ses robes de chambre.

— Il en fait une affaire personnelle, le prévint-elle, sa voix exprimant le dégoût qu'elle éprouvait.

Elle avait raison. Le sang qui maculait le vêtement de Cara était un avertissement : il s'en prendrait bientôt à elle.

— Il y a autre chose, Jody. Nous avons remarqué qu'une mèche de cheveux a été tissée dans l'amulette. Nous pensons qu'ils appartiennent à la victime. Peux-tu examiner le premier fétiche, afin de vérifier la présence d'une mèche, et, le cas échéant, la comparer aux cheveux de Nellie ?

— J'allais justement t'appeler, répondit-elle. J'avais remarqué ces cheveux, et j'ai effectué quelques analyses. Tu as raison, ils proviennent effectivement de Nellie.

Mason serra les mâchoires.

— Nous pensons qu'il a conservé une autre mèche en guise de trophée, ajouta-t-il.

Ils n'en avaient pas trouvé à l'appartement de Morningside, mais il avait pu les dissimuler.

— Jody, pourrais-tu jeter un œil aux indices récoltés chez Morningside ? Est-ce que les techniciens ont trouvé quoi que ce soit fait de cheveux ? Etant donné qu'il s'en est servi dans le tissage de ces amulettes, il a pu les utiliser pour confectionner un autre objet.

— Je m'y mets dès que possible, lui promit Jody. Mais si vous m'apportiez ce couteau, cela me faciliterait la tâche.

— Pas de problème, conclut-il en raccrochant.

La porte s'ouvrit alors et Cara apparut, ses longs cheveux encore mouillés après sa douche, le visage brillant, mais les yeux rouges et gonflés. Elle avait pleuré.

— Cara ?

Sa voix se brisa sous l'effort qu'il produisait pour ne pas la prendre dans ses bras.

— Je t'en supplie, dis-moi que vous allez l'arrêter, soupira-t-elle.

Sa supplication lui fendit le cœur.

— Je ne le laisserai pas te faire de mal, ni à toi, ni à notre bébé, lui promit-il.

A ces mots, il vit sa lèvre inférieure tressaillir légèrement, et sa résolution de rester professionnel quoi qu'il arrive vola en éclats. Il l'attira dans ses bras et la serra contre lui.

Elle s'agrippa alors à lui comme si elle craignait de sombrer.

Incapable de s'en empêcher, il lui releva le menton et referma sa bouche sur la sienne.

Elle avait beau se sentir totalement exposée, elle avait besoin de Mason. Et puis, elle était bien trop faible et fatiguée pour résister. Lorsque ses lèvres se posèrent sur les siennes, elle s'embrasa sous le coup des émotions, du désir et de l'amour qu'elle avait tellement voulu taire. Ce besoin enfla en elle, presque douloureusement, tel un manque qu'elle devait absolument combler.

Les mains de Mason se promenèrent sur son visage pendant qu'il intensifiait leur baiser : l'une s'enfonça dans sa chevelure, tandis que l'autre vagabondait au niveau de sa taille. Il l'attirait de plus en plus vers lui. Mais son ventre fit obstruction entre eux : elle devait être à peu près aussi sexy qu'une baleine, mais il ne semblait pas le remarquer. Au contraire, il poussa une espèce de grognement profond, puis sa langue se glissa dans sa bouche.

Surprise, elle entrouvrit davantage les lèvres, se joignant avec ardeur à cette danse de séduction, se délectant de sa langue tout en lui caressant la mâchoire du bout du doigt. Sa peau rendue rugueuse par une barbe naissante la fit frissonner, tout comme la main qui lui enveloppa le postérieur, alors qu'il l'emmenait vers le lit.

Il lui retira sa robe de chambre, et elle ne put s'empêcher de rougir lorsqu'il posa les yeux sur sa chemise de nuit de maternité.

— Je suis énorme, murmura-t-elle.

Puis, elle recula d'un pas.

La passion semblait adoucir les yeux de Mason, exacerbant le désir qu'elle éprouvait. Il l'allongea doucement sur le lit.

Elle se sentit gauche et mal à l'aise lorsqu'il se coucha près d'elle. Mais il posa sa main sur son ventre rond et une incroyable tendresse affleura dans son regard, suivie de cet éclat masculin et protecteur qui avait eu raison d'elle dès leur première rencontre.

— Mason…

— Chut…, la conjura-t-il. Laisse-moi prendre soin de toi ce soir.

Les émotions l'étranglaient presque, et elle acquiesça, trop bouleversée pour oser prendre la parole.

Il retira ses vêtements, ne gardant que son caleçon, et fit un geste en direction de sa chemise de nuit.

— S'il te plaît, dit-il à mi-voix.

— Mason, ce que tu vas voir risque de ne pas être à ton goût.

L'espace d'une seconde, sa réticence parut l'irriter.

— Fais-moi confiance. Je veux simplement être près de toi. Rien de plus, je t'assure.

Justement, faillit-elle répliquer, elle en espérait davantage… Elle voulait que ses mains la touchent, qu'il l'embrasse. Qu'il lui fasse l'amour.

Mais le bébé s'agita et elle fut saisie d'une nouvelle

contraction. Elle se contenterait donc de ce qu'il avait à lui offrir.

De toute façon, il ne lui avait pas juré qu'il serait toujours à ses côtés, ou qu'il l'aimait. Il n'avait parlé que de ce soir. Et elle ne lui en demanderait pas plus. Ainsi, la douleur ne serait pas insoutenable lorsqu'il s'en irait.

Il tendit la main vers les boutons de sa chemise de nuit. Elle rougit de plus belle, mais le laissa retirer le vêtement. Elle se sentait si difforme qu'elle ferma les yeux, incapable de supporter sa réaction lorsqu'il découvrirait sa nouvelle silhouette.

Ses seins lui étaient lourds et douloureux, son nombril avait doublé de volume, et en dépit de toutes ces crèmes censées prévenir l'apparition de vergetures, une ligne foncée lui barrait le milieu de l'abdomen.

— Cara… tu es si belle, murmura-t-il près de son oreille.

Puis sa bouche se posa sur sa gorge et vagabonda jusqu'à sa poitrine… jusqu'à son ventre.

Elle sentit alors sa gorge se serrer, à force de lutter avec tous ces mots qu'elle aurait voulu lui dire.

Il l'embrassa tendrement et l'attira entre ses bras, puis la serra contre son torse nu.

Elle réprima un soupir et son pouls s'accéléra, affolé par la tendresse qu'il mettait dans son étreinte, alors que son sang bouillonnait de désir.

Mais il n'essaya pas de l'entraîner plus loin. Au lieu de cela, il la traitait avec révérence, comme si elle était un bien inestimable niché entre ses bras. Et en dépit du désir qui la tenaillait, le sommeil eut raison d'elle. Elle s'endormit rapidement contre lui.

Apaisée, se sentant en sécurité, parce que Mason était près d'elle.

*
* *

Quelques heures plus tard, il fut réveillé par un rayon de soleil qui filtrait à travers la fenêtre. Pour la première fois depuis une éternité, il avait quelqu'un auprès de lui.

Il sourit en l'observant. Elle s'était couchée sur un côté, lui tournant le dos, mais ses fesses étaient calées contre son entrejambe. D'étranges sensations renaissaient en lui, et le désir qu'il cherchait depuis des mois à faire taire faisait se contracter son corps et enflait désormais son sexe, impatient de se glisser en elle.

Elle poussa un soupir. Il l'attira contre lui et l'embrassa au creux de l'oreille tout en passant une main sur son ventre. Un mouvement le prit alors par surprise et le fit tressaillir. Son fils venait de lui envoyer un coup de pied !

Mille émotions l'assaillirent, son cœur submergé par une vague d'amour. Il imagina les petits pieds et les mains minuscules de son fils, son visage se tournant vers Cara et lui, avec l'assurance qu'ils prendraient bien soin de lui.

Oui, il serait toujours là pour lui. Il serait le père qu'il n'avait pas eu.

L'affection qu'il éprouvait pour elle eut raison de sa volonté, et il planta un autre baiser dans ses cheveux. Elle remua entre ses bras et un sourire indolent s'esquissa sur sa bouche. Elle était si belle, si désirable.

— Bonjour, lui murmura-t-il sur un ton guilleret, le simple fait de la savoir entre ses bras faisant danser son cœur de joie.

— Bonjour, lui répondit-elle, en rougissant de nouveau lorsqu'elle remarqua que son ventre était exposé.

— Je l'ai senti bouger, lui murmura-t-il à l'oreille.

Il déposa un baiser sur sa joue et elle rit doucement.

— Il est très actif le matin, ajouta-t-elle. Sûrement un futur footballeur.

— Si c'est le cas, il ne manquera aucun de ses matchs, sourit-il. Ça te fait mal lorsqu'il s'agite ?

Un éclair de surprise traversa les yeux de Cara.

— Non, pas vraiment, répondit-elle. Ça me rappelle seulement qu'il est bien vivant, et que c'est un petit bonhomme qui a hâte de venir au monde.

Ses paroles étaient si débordantes d'amour que Mason sentit son cœur se serrer. Puis son regard croisa le sien. Il passa alors une main sur ses seins lourds et vit ses tétons durcir. Son désir redoubla d'intensité.

Il pencha la tête et s'empara de ses lèvres, l'embrassant avec toute la fougue qu'il avait dû contenir depuis le jour où il était sorti de sa vie. Elle lui rendit son baiser, sa langue s'accordant à la sienne, ses mains l'attirant contre elle.

Il voulait qu'elle soit de nouveau sienne, la posséder, et lui promettre que cette fois, il ne la quitterait plus.

Mais comment le pourrait-il ?

Il était un représentant de la loi. Son métier l'envoyait par monts et par vaux, dans des lieux dangereux, et l'obligeait à côtoyer la lie de la société.

Il ne pouvait exposer son fils à de tels dangers.

La tension le disputait au désir qu'il éprouvait pour elle, aussi s'exhorta-t-il mentalement à se contenir. Mais son cœur, tout comme son corps impétueux, lui scandait son besoin d'elle et refusait d'entendre raison.

Elle se frotta contre lui, et il lui enveloppa les seins de ses mains, puis, du bout de la langue, traça sur sa peau un sillon menant jusqu'à son mamelon dressé. Elle poussa un gémissement et s'agrippa à lui tout en enfouissant ses doigts dans ses cheveux.

Il lui titilla de la même manière l'autre sein, puis en aspira l'extrémité turgescente. Elle passa une jambe entre les siennes et lui saisit les fesses d'une main.

Ses muscles étaient bandés par le désir, tout comme son sexe triomphant qui se plaqua contre son intimité chaude.

A ce moment précis, son portable sonna. Il comptait bien ignorer cet appel et poursuivre ce que Cara et lui avaient entamé. Mais son fils lui envoya un nouveau coup de pied. Etait-ce un signe ? Il se résigna à accomplir son devoir. La vie de Cara et celle de leur bébé en dépendaient. Aussi l'embrassa-t-il une nouvelle fois avant de décrocher.

— Inspecteur Blackpaw à l'appareil.

— Inspecteur, c'est le pasteur Parch.

Mason fronça les sourcils.

— Je vous écoute…

— Il faut que vous me rejoigniez à l'église, déclara son interlocuteur.

Sa voix paraissait étrange, mal assurée.

Le pasteur avait-il décidé de lui confier ce qu'il savait ?

— Que se passe-t-il ?

— Il y a un cimetière à l'arrière de notre église. Et ce matin, à mon arrivée, une nouvelle tombe avait été creusée.

Mason ramassa son T-shirt.

— Et j'imagine que vous n'avez pas célébré d'enterrement hier ?

— Non, confirma le pasteur. Celle-ci est apparue durant la nuit, et elle est différente des autres.

— Que voulez-vous dire ?

— La sépulture est recouverte de pierres.

Mason poussa un juron. Le tueur avait encore frappé.

15

De toute évidence, il y avait un problème, songea Cara.

A peine Mason avait-il raccroché qu'il avait hâtivement enfilé son jean. Aussi avait-elle à son tour remis sa chemise de nuit. Elle ne pouvait lutter contre la déception qu'elle éprouvait, regrettant déjà la complicité qu'ils semblaient avoir retrouvée.

— Que se passe-t-il ? s'enquit-elle.

— Le pasteur a découvert une tombe derrière l'église ce matin.

Une colère mêlée de chagrin l'assaillit aussitôt.

— Laisse-moi m'habiller. Je t'accompagne.

Mason acquiesça d'un geste sec et ajusta sa ceinture.

— Je vais faire un café.

— Je n'ai que du déca, le prévint-elle. La caféine est déconseillée aux femmes enceintes.

Il disparut dans la cuisine pendant qu'elle gagnait la salle de bains, où elle effectua une toilette sommaire et se coiffa. Ensuite, elle enfila un pantalon ainsi qu'un chemisier et se brossa les dents. Comme ses yeux étaient gonflés, elle appliqua un nuage de poudre sur sa peau, puis se dirigea vers la cuisine.

Mason, qui sirotait son café, lui tendit une tasse. Il avait aussi fait griller du pain : elle devait en manger une tranche avant qu'ils ne prennent la route, insista-t-il.

Dix minutes plus tard, ils roulaient en direction de l'église. Mason avait pris soin d'emporter le sac contenant les éléments laissés par le tueur, la veille, dans la chambre de Cara, afin de les transmettre aux gars du labo.

Lorsqu'ils arrivèrent en ville, le trafic s'intensifia, et le parking du restaurant où ils se garèrent était déjà pratiquement saturé, les clients affluant pour y prendre le petit déjeuner.

— J'ai proposé au shérif McRae et à l'agent Whitehead de nous rejoindre ici, lui expliqua-t-il. J'ai aussi demandé à Brody de poster quelqu'un à proximité de ton chalet. Si ce criminel reste fidèle à ses habitudes, il y déposera une nouvelle amulette.

Cara tressaillit à cette pensée. Mais si le tueur prenait ce risque, l'équipe de surveillance de Brody parviendrait sûrement à l'attraper sur le fait.

— Les autres sites d'inhumation sont des lieux bien plus discrets, remarqua-t-elle. C'était risqué de sa part de transporter le corps jusqu'en ville et de l'enterrer derrière l'église.

— Oui, reconnut Mason, sur un ton qui trahissait son irritation. Un peu comme s'il nous provoquait.

Visiblement pensif, il inclina la tête de côté.

— A mon avis, il a vu la conférence de presse, et il n'a pas aimé ce qu'il a entendu.

Cara y réfléchit un instant.

— Tu as raison. Il nous met au défi. Il veut que nous sachions qu'il est plus malin que nous le pensons.

— Mais il ignore que nous ne le lâcherons pas, compléta Mason.

Il se gara sur un emplacement vacant et coupa le moteur.

— Tu es sûre que tu veux continuer, Cara ?

— Non, mais je dois le faire. Je refuse qu'il assassine d'autres patientes.

*
* *

Mason serra les mâchoires tandis qu'ils cheminaient en direction de l'église. Le téléphone de Cara sonna, et elle poussa un soupir en reconnaissant le numéro.

— Désolée, il faut que je prenne cet appel.

Elle décrocha pendant qu'il rejoignait le shérif et l'agent Whitehead. L'air grave, ils discutèrent un moment de la situation.

Cara les rejoignit peu après.

— L'une de mes patientes est en travail. Il faudra me déposer à la clinique dès que nous en aurons fini ici.

Mason répondit d'un hochement de tête, et ils pénétrèrent dans le bâtiment.

Le pasteur les attendait, l'air troublé.

— La tombe se trouve à l'arrière, dit-il.

— C'est vous qui l'avez découverte ? s'enquit Mason.

— Oui. Chaque matin, je fais une petite promenade dans le cimetière, annonça le pasteur.

A cette idée, Julie haussa les sourcils et Cara adopta un air médusé.

— C'est plutôt morbide, non ? s'étonna Mason.

Son interlocuteur haussa les épaules.

— Pas du tout, c'est même assez apaisant.

— Montrez-nous cette sépulture, s'il vous plaît, intervint le shérif, qui semblait moins intéressé par la routine quotidienne de l'homme d'Eglise que par ce nouveau crime.

Le pasteur leur fit alors emprunter une porte latérale qui donnait sur le cimetière.

Le soleil matinal faisait scintiller les stèles et Mason repéra instantanément la tombe dont il était question.

Elle se trouvait à l'écart des autres, et des cailloux recouvraient le monticule de terre fraîchement retournée.

Cara et lui enfilèrent des gants en latex. Comme les fois précédentes, il prit des photos des pierres et de leur disposition. Puis il s'agenouilla et employa un petit outil de son kit pour dégager la terre, aidé du shérif, sous le regard attentif de Cara et de Julie.

Il dut lutter contre la révulsion qui l'assaillit lorsque apparurent les yeux terrifiés de la victime, et il se tourna aussitôt vers Cara.

— Est-ce l'une de tes patientes ?

Elle se mordit la lèvre inférieure.

— Oui. Elle s'appelle Angelica Mansfield.

Elle s'agenouilla à son tour et passa une main sur le visage de la jeune femme.

— Mais je n'y comprends rien, ajouta-t-elle. Ange n'a pas fait adopter son bébé, elle a fait une fausse couche le mois dernier.

Ses yeux emplis de larmes croisèrent le regard de Mason.

— Elle était dévastée d'avoir perdu son bébé, reprit-elle.

Un muscle joua sur la joue de Mason.

— Il lui reproche peut-être d'avoir perdu cet enfant.

— Ou il est passé au stade supérieur, et il perd tout contrôle de lui-même, suggéra Julie. Cela signifie qu'il va commettre une imprudence, et qu'à ce moment nous lui mettrons la main dessus.

Cara se releva et ne put contenir ses émotions.

— Mais combien de femmes devront mourir avant cela ?

— A-t-elle de la famille ? demanda Mason.

— Oui, une sœur, mais elle vit en Géorgie, répondit-elle, en se massant le front. Je frémis déjà en pensant à ce qu'elle va ressentir en apprenant qu'Ange a été ainsi brutalisée.

— Je me chargerai de lui annoncer la nouvelle, proposa le shérif.

— Et le père du bébé ? demanda Julie.

Cara secoua la tête.

— Il était en cours de séparation, et comptait épouser Ange, mais lorsqu'elle a perdu le bébé, il est retourné chez sa femme.

Mason marmonna un juron.

— Dans ce cas, il faudra redoubler d'attention durant l'autopsie et s'assurer que les blessures infligées sont similaires à celles constatées sur les victimes précédentes.

Il se tourna ensuite vers le pasteur.

— Avez-vous croisé quelqu'un dans le cimetière ce matin ?

Son interlocuteur enveloppa sa bible de ses deux mains.

— J'ai bien peur que non.

Mason se croisa alors les bras sur la poitrine.

— Donc, vous êtes tombé par hasard sur cette tombe, au cours de votre promenade ?

— Je vous l'ai déjà dit. Je l'ai remarquée lors de ma séance de méditation matinale.

— Vous étiez seul ?

— Oui.

Du bout du doigt, le pasteur lissait la couverture de sa bible.

— Celui qui l'a inhumée a dû le faire au cours de la nuit, reprit-il.

— A quelle heure êtes-vous arrivé ? demanda Julie.

— Vers 6 heures. J'aime être là assez tôt, au cas où un paroissien aurait besoin de me parler avant de se rendre au travail.

Mason le regarda d'un air sceptique. Ils avaient beau considérer Morningside comme le principal suspect, quelque chose ne lui semblait pas très clair chez le pasteur. Peut-être cet éclat étrange dans ses yeux.

— Connaissez-vous un homme répondant au nom de Lapu Morningside ? l'interrogea-t-il.

— Il lui arrive de fréquenter notre église.

— S'est-il confié à vous ? insista Cara.

L'homme lui lança un regard froid.

— Vous savez que je suis tenu au secret, tout comme vous.

Que dissimulait-il derrière son livre sacré ? se demanda alors Mason, de plus en plus agacé.

— Si vous savez où il se trouve et refusez de nous le révéler, je vous ferai arrêter pour obstruction à la justice et complicité de meurtre, lança-t-il.

— Ces accusations sont sans fondement, répliqua le pasteur Parch d'un air flegmatique.

A ce moment, le téléphone de Julie sonna, et elle s'éloigna de quelques pas pour décrocher.

Le shérif McRae s'éclaircit la gorge.

— Si monsieur le pasteur dissimule des éléments qui pourraient nous aider à élucider ces crimes, il aura ce poids sur la conscience.

Mason fit un geste en direction de la tombe et renchérit :

— Vous comptez vous cacher longtemps derrière votre bible ? Combien de femmes devront mourir ainsi ?

Durant un bref moment, le visage du pasteur exprima une douleur mêlée à du chagrin.

— Inspecteur, je prie pour que vous identifiiez vite la brebis égarée qui fait du mal à ces femmes.

L'agent du FBI revint vers eux, la démarche un peu crispée.

— Nous avons une piste pour remonter jusqu'à Morningside, lança-t-elle.

L'adrénaline pulsa dans les veines de Mason.

— Dans ce cas, allons-y.

Puis il se tourna vers Cara.

— J'ai un bébé à faire venir au monde, lui rappela-t-elle.

Il rechignait à la laisser seule, ne serait-ce qu'une seconde.

— Cara, tu n'es pas en sécurité à la clinique.

— Je ne céderai pas à son chantage, Mason. Ma patiente est en train d'accoucher.

— Je vais envoyer un gars pour surveiller les environs, proposa le shérif.

Un mauvais pressentiment taraudait Mason. Sans compter

que le souvenir de Cara, nue dans son lit et collée à lui, exacerbait son instinct protecteur.

Plus que tout au monde, il souhaitait attraper ce criminel. D'ailleurs, Cara ne serait pas en sécurité avant qu'il ait atteint cet objectif.

— Un témoin affirme avoir identifié Morningside à une station-service, entre ici et San Antonio, intervint Julie. On dirait que notre tueur a pris la tangente.

Sa remarque rassura un peu Mason. Si Morningside avait quitté la ville, Cara n'était plus en danger pour le moment. De plus, il avait fait installer un système de surveillance, et un collègue se trouverait non loin.

— Très bien. Je vais te déposer, concéda-t-il.

Puis il se tourna vers Julie.

— Suivez-moi jusqu'à la clinique. Ensuite, nous ferons route ensemble.

— Je vais attendre l'arrivée des techniciens de la brigade criminelle et superviser le transfert du corps vers la morgue, intervint le shérif.

Impatient de se mettre en route, Mason fit sauter ses clés dans sa main.

Mais durant le trajet qui les menait à la clinique, il sentit la tension monter en lui. Pourvu que le témoin ait vu juste et qu'ils puissent mettre Morningside hors d'état de nuire dans les plus brefs délais. Mais aussi que Cara soit en sécurité, et qu'ils se retrouvent sous la couette, comme ce matin.

Mille questions se bousculaient dans la tête de Cara. Comment réagirait Isabella si son ex-mari était effectivement un tueur en série ? Et s'il s'en prenait à elle ? C'était certainement son but. Il fallait à tout prix qu'elle la prévienne, ainsi que ses autres patientes.

***

Lorsqu'ils arrivèrent à destination, un policier était déjà sur place.

— Ne quittez ce lieu sous aucun prétexte, ordonna Mason à l'homme en uniforme. Nous pensons que Morningside n'est plus en ville, mais rien ne l'empêche de faire demi-tour et de venir s'en prendre au Dr Winchester.

Le policier semblait prendre les choses au sérieux.

— Je veillerai à ce qu'elle soit en sécurité, assura-t-il.

Mason les salua de la main, puis jeta un regard à Cara. Elle observa un instant son visage puis ses yeux, étrangement sereine. Mason ne faisait jamais de promesses qu'il ne pouvait tenir. Elle aurait dû lui faire jurer qu'il reviendrait vivant.

— Docteur Winchester, dépêchez-vous ! s'exclama Sherese dès qu'elle franchit la porte. Elle est déjà à neuf centimètres !

Cara prit une grande inspiration, puis, après avoir salué Mason une dernière fois, referma la porte. Trois autres patientes étaient en salle d'attente. L'une d'elles était accompagnée d'un petit garçon qui souffrait d'une mauvaise toux, et les deux autres, enceintes, venaient pour une visite de contrôle.

— Je serai à vous dès que possible, leur annonça-t-elle en passant vers la salle de préparation.

Elle s'y lava les mains et enfila sa blouse stérile.

Sherese, qui lui avait emboîté le pas, lui résuma ce qui s'était passé.

— Elle a perdu les eaux à 6 heures ce matin, puis les contractions ont commencé. Je l'ai préparée à recevoir une péridurale, mais je pense que c'est trop tard.

Cara confirma d'un hochement de tête et se tourna vers son assistante.

— Une autre femme a été assassinée hier soir, et la

police pense qu'il s'agit de l'ex-mari d'Isabella Morningside. Appelle-la, et dis-lui de se mettre à l'abri chez une amie. Ensuite, prends contact avec toutes les patientes qui ont décidé de faire adopter leur bébé, et préviens-les que mes dossiers ont été compulsés par une personne malintentionnée. Elles doivent se montrer vigilantes et ne pas rester seules.

— Je m'y mets tout de suite, déclara Sherese. Veux-tu que je leur dise qu'il s'agit de Morningside ?

— Non, nous n'en sommes pas sûrs. Demande-leur simplement de se montrer prudentes.

Sherese regagna son poste à la réception, tandis que Cara entrait dans la salle d'accouchement. Ann Martin, une patiente de dix-huit ans, leva vers elle des yeux paniqués. Sa mère se tenait près d'elle et lui rafraîchissait le visage à l'aide d'une lingette humide.

— Aidez-moi, docteur Winchester, la supplia-t-elle. Mon bébé va arriver.

Cara lui adressa un sourire rassurant, puis enfila ses gants pour examiner la jeune fille.

— Tu as raison, Ann. Ta petite fille sera bientôt dans tes bras.

Une nouvelle contraction arriva, et Ann agrippa la barrière métallique de la table de travail.

— Respire, ma chérie, murmura la mère en lui saisissant la main.

A son tour, Cara tapota le bras de la jeune fille.

— Tu te débrouilles très bien. Mais maintenant, il va falloir que tu pousses.

De la sueur perlait sur le visage d'Ann. Elle réprima un sanglot en agrippant le lit, puis se redressa dans une position semi-assise et se mit à pousser.

— Je vois sa tête, annonça Cara. Attends un instant, ma belle.

La jeune fille essuya une larme.

— Elle va bien ?

— Oui, oui, affirma Cara, bien que le cordon ombilical soit enroulé autour du cou du bébé, et qu'elle souhaitait le dégager avant que la jeune fille ne l'expulse complètement.

— Docteur ? s'écria la mère d'Ann, d'une voix empreinte de panique.

— Ne vous inquiétez pas. Une minute, et nous allons la faire sortir.

Cara retira délicatement le cordon, puis regarda Ann droit dans les yeux.

— Allez, tu peux y aller maintenant !

Il suffit d'une poussée pour que le bébé arrive entre les mains de Cara. Aussitôt elle la mit sur le dos et lui massa la poitrine jusqu'à ce que la petite pousse son premier cri.

— Elle est parfaite : dix doigts, dix orteils, le compte est bon ! s'écria-t-elle, jubilante.

Ann et sa mère fondirent en larmes puis se serrèrent fort dans les bras l'une de l'autre. De son côté, Cara coupa le cordon ombilical, lava le bébé puis effectua les tests d'Apgar.

Elle enveloppa ensuite la petite dans une couverture et la déposa dans les bras de sa mère.

— Comme elle est belle ! murmura Ann.

La demi-heure suivante fut chargée, car Cara devait administrer des soins à sa patiente.

— Je t'envoie à l'hôpital pour la nuit, lui expliqua-t-elle. Les médecins effectueront tous les examens nécessaires à un nouveau-né.

Ann parut inquiète, mais Cara la rassura : il s'agissait de la procédure habituelle. Puis elle rejoignit Sherese à qui elle demanda d'appeler une ambulance.

Elle avait d'autres patients à examiner. Aussi laissa-t-elle Ann aux bons soins de sa mère.

Elle s'occupa alors du petit garçon, à qui elle prescrivit des antibiotiques. Mais, au moment où elle l'accompagnait vers la sortie, l'alarme d'une voiture se mit en marche, un peu plus loin dans la rue.

Le policier en faction fronça les sourcils.

— Je vais y jeter un coup d'œil, lança-t-il.

Cara acquiesça, et le jeune homme partit en trottinant tandis qu'elle regagnait sa salle d'examen.

L'ambulance arriva peu après, et Sherese dirigea les infirmiers vers Ann et son nourrisson. Alors qu'ils la préparaient pour son transfert, une fenêtre située sur le côté du bâtiment vola en éclats.

Alertée, Cara alla voir ce qui s'était passé. Une bombe artisanale gisait à terre et risquait d'exploser à tout moment.

16

Mason se gara à la station-service où le pompiste avait reconnu Morningside. Accompagné de Julie Whitehead, il observa machinalement les clients qui se trouvaient dans le libre-service.

Un jeune homme portant des dreadlocks et dont le bras arborait un grand tatouage représentant un serpent tenait la caisse.

— Je suis l'inspecteur Blackpaw, et voici l'agent Whitehead, du FBI. Avez-vous pris contact avec la police au sujet d'une enquête criminelle ?

Le jeune homme, manifestement impressionné, se redressa légèrement.

— Ouais.

Mason lui montra une photo du suspect.

— Est-ce l'homme que vous avez vu ?

Le caissier fronça les sourcils.

— Non, il ne ressemblait pas vraiment à ce type.

— C'est une photo prise à l'armée, expliqua Mason. Ses cheveux sont plus longs maintenant, et il portait certainement des vêtements civils.

— Possible. Mon bonhomme avait des cicatrices au-dessus de l'œil, précisa le jeune homme.

Mason échangea un regard avec Julie. Elle acquiesça.

— Des éclats d'obus, dit-elle à mi-voix.

— A quelle heure est-il passé ? reprit Mason.

— Tard hier soir. J'ai fait la fermeture, donc il devait être aux environs de minuit.

— Vous a-t-il dit quelque chose en particulier ?

— Pas vraiment. Il a acheté des rasoirs jetables, de la mousse à raser et quelques boîtes de conserve. Ah, et du câble électrique.

Comme s'il partait camper, ou se cacher, songea Mason. Mais que comptait-il faire avec du câble ? Cela ne lui disait rien qui vaille.

— Vous a-t-il dit où il se rendait ?

— Nan.

Le caissier indiqua d'un signe du menton un présentoir situé à l'entrée de la boutique, au moment où un homme hispanique très corpulent passait le seuil.

— Mais il a acheté une carte de l'Etat et m'a demandé s'il y avait des chalets dans les environs.

Intéressant, se dit Mason.

— Et que lui avez-vous répondu ?

— Qu'il y en avait un en retrait de l'ancienne route menant à Hawk's Crossing.

— Avez-vous remarqué s'il portait une arme ? demanda Julie.

— Je n'ai pas vu de pistolet.

— Une arme blanche, peut-être ? insista Mason.

Il lui montra alors un autre cliché, représentant le couteau à dépecer.

— Avait-il un couteau de ce genre ?

Le caissier secoua la tête.

— Pas à ma connaissance, mais il portait une veste épaisse. Il aurait pu le cacher en dessous.

Mason remarqua la caméra de surveillance située au-dessus de la caisse, puis une autre, à l'arrière du magasin.

— Je peux jeter un œil aux enregistrements vidéo ?

Le jeune homme rougit.

— Les caméras ne tournent pas, expliqua-t-il. Le patron, monsieur Darnell, les a installées pour dissuader les voleurs.

Mason jura mentalement. A quoi bon avoir des caméras si elles n'enregistraient rien ?

Le client hispanique arriva à la caisse, un carton de bières à la main, puis deux adolescents vinrent rejoindre la file.

— Dernière question, insista Mason. Quel type de véhicule conduisait-il ?

— Un vieille Jeep. Noire, je crois.

L'homme qui patientait derrière eux s'éclaircit la gorge.

— Vous pouvez abréger ? Je dois retourner au boulot.

Mason lui adressa un regard tétanisant, puis sortit son badge.

— Et vous êtes autorisé à apporter ce genre de boisson sur votre lieu de travail ?

Le client marmonna quelque chose entre ses dents, mais leva une main : il patienterait.

— Dessinez-moi un plan pour arriver jusqu'à Hawk's Crossing, reprit Mason.

Le caissier retourna la feuille sur laquelle était imprimée la photo du couteau. Il y traça une carte sommaire des environs et ajouta quelques indications. Mason le remercia, puis quitta les lieux, suivi de près par Julie.

— Croisons les doigts pour qu'il s'y trouve, déclara-t-il.

— Nous allons l'arrêter, lui assura sa collègue.

Il faillit répliquer de manière sarcastique. Après tout, pour elle, ce n'était qu'une enquête parmi tant d'autres… Alors que lui en faisait une affaire personnelle, extrêmement personnelle.

De la fumée s'élevait en volutes, et le bruit d'un tic-tac résonnait aux oreilles de Cara. Bon sang, cet engin était sur le point d'exploser !

Elle se précipita vers la réception et cria à Sherese :

— Il y a une bombe dans la clinique ! Vite, fais sortir tout le monde !

Les infirmiers réagirent immédiatement et emmenèrent Ann, son bébé et sa mère loin de la bâtisse. Sherese saisit l'une des patientes par le bras, tandis que Cara s'occupait de la seconde, même si son ventre l'empêchait de se déplacer aussi vite qu'elle l'aurait souhaité.

Connie, la femme soutenue par Sherese, se mit à pleurer, mais la réceptionniste la guida vers la porte.

— Allez, ma belle, il ne faut pas traîner, lui ordonna-t-elle gentiment, mais sans ralentir le pas.

Bailey, la deuxième patiente, était tétanisée, les yeux écarquillés par la peur.

— Que se passe-t-il, docteur Winchester ?

— Je vous expliquerai plus tard, mais pour le moment, sortons d'ici.

Elle aida Bailey à quitter la salle d'attente et l'emmena vers la sortie. Derrière elles, la fumée devenait plus dense. L'un des infirmiers revint en courant pour leur porter assistance.

— Eloignez-les le plus possible du bâtiment, lui ordonna Cara.

Une fois dehors, l'homme escorta Bailey, pendant que son collègue installait Ann, son bébé et sa mère dans l'ambulance.

— Y a-t-il encore quelqu'un à l'intérieur ? demanda-t-il à Cara.

— Non, répondit-elle. Assurez-vous que tous les patients sont en sécurité, j'appelle des secours.

Les infirmiers et Sherese mirent les deux femmes enceintes à l'abri, et quelques secondes plus tard, la bombe explosa.

Cara se trouvait encore près de la porte lorsque le souffle la projeta à terre. De la fumée emplit l'air, les vitres éclatèrent et le pignon droit du pavillon des femmes fut vite dévoré par les flammes.

Cara atterrit dans l'herbe, avalant de la poussière et de la terre. Un filet de sang coulait le long de sa joue.

Mason suivit l'itinéraire fourni par le jeune caissier et s'engagea sur de petites routes qui les menèrent à travers bois. Morningside avait fait ses emplettes tard la veille. Il avait donc plusieurs heures d'avance sur eux, songea Mason.

Il pesta intérieurement. Probablement Julie et lui faisaient-ils fausse route, au propre comme au figuré. Mais ils ne pouvaient ignorer cette piste.

La plaine s'étalait maintenant devant eux, ponctuée de cactus, d'acacias et de buissons épineux dont la contemplation lui apportait d'habitude une certaine sérénité. Mais à présent, ils représentaient surtout des cachettes potentielles.

— Tournez ici, lui indiqua Julie, qui tenait le plan. Nous ne sommes plus qu'à quelques kilomètres.

Mason s'engagea sur un autre chemin de terre, et son véhicule se mit à rebondir sur d'innombrables nids-de-poule. Au-dessus de leurs têtes, des vautours décrivaient des cercles, lui rappelant le premier corps qu'il avait découvert, celui de Nellie.

Bon sang ! Faites que Morningside n'ait pas inhumé une autre victime là-bas ! se dit-il aussitôt.

Un arbre tombé en travers de la route l'obligea à freiner brusquement.

— Comment Morningside est-il parvenu à franchir cet obstacle ? s'exclama Julie.

— C'est peut-être son œuvre, avança Mason. Un moyen d'empêcher quiconque de venir le déranger.

Julie tortilla ses cheveux dans un chignon.

— Que fait-on, à présent ?

— On continue à pied !

Il coupa le moteur et commença à marcher. Julie lui emboîta le pas, et ils se dirigèrent vers les vautours. Le pépiement d'oiseaux ainsi que les déplacements furtifs d'autres petits animaux attiraient de temps à autre leur attention, tout comme les brindilles que le vent faisait parfois craquer.

Ils atteignirent le bouquet d'arbustes au-dessus duquel les charognards s'activaient, et Mason ne put retenir un soupir de soulagement : c'était la carcasse d'un chevreuil, et non le cadavre d'une femme, qui attirait leur convoitise.

— C'est dégoûtant, éructa Julie, le nez pincé.

— Mieux vaut un animal qu'un humain, rétorqua-t-il.

Il étudia de nouveau le plan et se dirigea vers la droite. Ils grimpèrent une petite colline boisée qui menait à une clairière bordée d'un ruisseau qu'ils longèrent vers l'est.

Le clapotis de l'eau aurait dû avoir un effet relaxant, mais à chaque pas, ils avaient la sensation d'aller se jeter tête la première dans un traquenard.

Julie s'essuya le front du revers de la main.

— Regardez, il y a un chalet là-bas.

— Allons-y !

Des gravillons glissaient sous leurs semelles tandis qu'ils descendaient la pente abrupte.

— Sapristi ! grogna-t-elle. J'aurais dû mettre mes chaussures de marche.

Mason ne prit pas la peine de lui répondre. Les fédéraux et leurs costumes à la noix l'avaient toujours irrité, même si jusqu'à présent Julie avait été plutôt efficace comme partenaire. Au moins, elle n'était pas l'une de ces pleurnicheuses et n'avait pas pipé mot lorsqu'ils s'étaient retrouvés cernés par une nuée d'insectes.

Il marqua une pause derrière un arbre pour examiner le chalet, et elle fit de même.

— Vous avez vu quelque chose bouger ? demanda-t-il.

Elle secoua la tête.

— Mais je ne vois pas non plus de Jeep.

— Il est peut-être déjà parti.

— Je ne connais qu'un moyen d'en avoir le cœur net, conclut-elle.

Il acquiesça, puis serra les dents lorsqu'ils glissèrent jusqu'au bas de la pente. Ils se servirent de buissons en guise de paravent tandis qu'ils approchaient, puis se faufilèrent jusqu'à l'une des fenêtres et jetèrent un œil à l'intérieur.

Le chalet paraissait rustique et abandonné, il était meublé de manière spartiate. Des oiseaux avaient construit leur nid sous le porche, et des écureuils avaient creusé un trou à l'angle de la toiture.

Mason fit signe à sa collègue de vérifier ce qui se passait à l'avant, pendant qu'il faisait le tour de la cabane en rondins. Par la fenêtre située sur le côté, il aperçut un lit placé dans une petite chambre jouxtant une salle de bains décrépite. Personne à l'horizon.

Il hésita, puis tendit l'oreille, à l'affût du moindre son, mais l'endroit était étrangement silencieux.

La rage lui nouait les entrailles tandis qu'il atteignait l'arrière du chalet. Sans l'ombre d'une hésitation, il poussa la porte arrière. Celle-ci s'ouvrit à toute volée, l'exposant brutalement à des effluves nauséabonds.

Il dégaina son arme et fit un pas en avant. Pourvu qu'il n'y ait pas de cadavre à l'intérieur, songea-t-il. La cuisine regorgeait de cartons provenant de fast-foods et dont les reliefs avaient pourri, expliquant les remugles qui l'avaient assailli. Des crottes de souris jonchaient le sol à proximité de l'évier. Une vieille table en Formica était couverte d'un véritable fatras qu'il n'eut pas le temps d'examiner. Il devait en premier lieu s'assurer que le champ était libre. Il avança à pas de loup dans la pièce suivante, prenant garde à rester à couvert autant que possible. Mais le salon était vide, ainsi que les chambres à coucher.

Il ouvrit la porte d'entrée et fit signe à Julie de le rejoindre.

— L'oiseau s'est envolé, lança-t-il.

Elle marmonna quelques mots qui exprimaient son irritation.

— Cherchons un indice qui pourrait nous mettre sur sa trace, reprit-il.

Julie acquiesça et entreprit une fouille du salon pendant qu'il retournait dans la cuisine.

Il tressaillit en observant ce qui se trouvait sur la table : des tuyaux métalliques, du câble électrique, et des produits chimiques, ou plus précisément, de la poudre noire. Tout le matériel nécessaire à la confection d'un engin explosif !

Dieu Tout-Puissant ! Qu'avait-il donc en tête ?

Lorsque le parquet grinça, Mason se figea sur place, puis se retourna subitement.

Mais c'était Julie qui se tenait sur le seuil.

Son expression le mit encore plus mal à l'aise.

— J'ai appelé McRae pour le prévenir que nous avions raté Morningside, et lui aussi m'a annoncé une mauvaise nouvelle.

Mason s'attendit au pire.

— Que s'est-il passé ?

— Une bombe vient d'exploser à la clinique Winchester.

La nouvelle lui coupa pratiquement le souffle.

— Y a-t-il des blessés ? demanda-t-il d'une voix étranglée.

— Non, heureusement. Les pompiers sont déjà sur place.

— Il faut que j'y aille.

— Et ces preuves ? demanda Julie.

Il était si éperdu que sa vision semblait devenir floue.

— J'enverrai quelqu'un, pesta-t-il. Il faut que je me rende à la clinique.

L'agent du FBI semblait passablement contrarié, mais il feignit de ne pas s'en rendre compte et se dirigea vers la porte.

— Le shérif est sur place, tenta-t-elle en dernier recours. Nous devons perquisitionner ce chalet.

Mason lui lança un regard noir.

— Dans ce cas, restez ici. J'enverrai quelqu'un vous chercher.

— Je ne comprends pas…

Il s'en fichait éperdument. Cara et son bébé avaient frôlé la mort. Il devait s'assurer de ses propres yeux qu'ils allaient bien.

Cara s'était relevée lentement, les oreilles endolories par la déflagration. Elle avait titubé jusqu'à Sherese. Celle-ci prenait soin des patientes affolées.

Quelques minutes plus tard, le camion des pompiers s'était garé devant la bâtisse, suivi de près par une ambulance. Les hommes en combinaison pare-feu déroulèrent prestement les tuyaux d'aspersion et commencèrent à éteindre les flammes.

Une infirmière s'approcha alors de Cara.

— Vous êtes très pâle, et vous saignez. Ne restez pas debout. Mon nom est Billy Jo. Je vais m'occuper de vous.

Elle accompagna sa phrase d'un sourire serein, puis prit Cara par le bras et la mena jusqu'au véhicule médicalisé. Un de ses collègues venait d'en ouvrir les portes arrière, et Cara s'assit sur le marchepied.

— Je vais bien, protesta-t-elle doucement. C'est le bien-être des patientes qui compte en ce moment.

— Ann et son bébé ont été transférés vers l'hôpital, lui rappela Sherese, qui l'avait suivie. Et les autres vont bien.

— Maintenant, il faut vérifier que votre bébé n'a pas souffert, conseilla Billy Jo, en nettoyant le sang qui coulait sur la joue de Cara. Cette coupure a sûrement été causée par un éclat de verre. Heureusement, elle est superficielle, aussi vous n'aurez pas besoin de sutures. Avez-vous d'autres blessures ?

Cara secoua la tête.

— Non. Le souffle m'a projetée à terre, mais je vais bien.

Sherese lui serra la main.

— Cara, s'il s'agissait de l'une de tes patientes, tu insisterais pour l'examiner, alors cesse de te montrer si têtue.

— Je suis désolée, dit-elle en lui adressant un sourire contrit.

— Je sais que tu aimes être la chef, mais cette fois c'est moi qui prends les décisions, commanda Sherese.

Cara se mit à rire, ce qui détendit considérablement l'atmosphère, puis elle laissa l'infirmière l'ausculter.

— Votre pression sanguine est un peu haute, commenta cette dernière.

— Cela me paraît normal, étant donné les circonstances, répliqua placidement Cara.

Billy Jo écouta ensuite le cœur du bébé.

— Le battement est puissant, c'est parfait, lança-t-elle. Avez-vous mal quelque part ?

— Mes oreilles sifflaient un peu, mais cela semble s'atténuer.

— Avez-vous des vertiges ?

— Non, je suis juste un peu secouée, mais je vais beaucoup mieux.

— Voulez-vous passer quelques heures en observation ? lui demanda l'infirmière.

Elle secoua la tête.

— Je connais les signes annonciateurs de complications. Si je ressens des douleurs ou des contractions, j'appellerai les secours.

A cet instant, une camionnette arborant le logo d'une chaîne de télévision arriva sur le parking. La journaliste qui avait interviewé l'agent Whitehead, Dayna Lipton, en descendit et se dirigea vers Cara, un caméraman sur les talons.

— Docteur Winchester ! s'exclama-t-elle. Pouvez-vous nous dire ce qui s'est passé ?

Cara détestait ces interrogatoires impromptus, mais elle

ne pouvait guère se défiler. Une foule s'était déjà massée autour du bâtiment, et les propriétaires des magasins alentour, ainsi que leurs clients, avaient accouru pour voir l'incendie.

— Quelqu'un a jeté une bombe dans la clinique, confia-t-elle. Heureusement, tout le personnel ainsi que les patients présents ont pu être évacués à temps, et personne n'a été blessé.

— Pensez-vous que l'auteur de cet acte est le meurtrier qui a été surnommé « le tueur à l'amulette » ? reprit la journaliste.

Cara n'avait pas eu le temps d'y réfléchir, mais cela paraissait plausible.

— Je l'ignore, répondit-elle en toute honnêteté.

— La police recherche activement Lapu Morningside à des fins d'interrogatoire. Avez-vous un commentaire à faire à ce sujet ?

— Je ne suis pas habilitée à parler de cette enquête, répliqua-t-elle.

En dépit de cela, elle en avait assez de se cacher et de se sentir coupable pour les crimes que commettait ce déséquilibré. Il ne lui fallut qu'un quart de seconde pour prendre sa décision.

Elle se tourna vers l'objectif de la caméra, un éclat de défi dans les yeux.

— J'aimerais m'adresser directement à celui qui a fait ça. Il est clair que vous avez une dent contre moi. Aussi, je vous demande de laisser mes patientes tranquilles, et si nous avons des comptes à régler, eh bien, venez me chercher. Il n'y a aucune raison de faire souffrir les autres inutilement.

Lorsqu'elle leva les yeux, elle aperçut Mason. Il avait dû fendre la foule pour parvenir jusqu'à elle et avait de toute évidence entendu sa déclaration. La rage enflammait ses yeux et il repoussa la caméra pour venir se planter devant elle.

— Fichez le camp ! grommela-t-il à l'intention de Dayna Lipton. Laissez la police et les pompiers faire leur boulot !

La journaliste lui sourit, comme si elle avait obtenu ce qu'elle escomptait, puis, accompagnée de son collègue, interviewa les passants.

Mason agrippa le bras de Cara.

— Nom de nom, qu'est-ce qui t'a pris ?

— J'essaie de mettre un terme à ce carnage.

Elle fit un geste en direction de la clinique. Les pompiers étaient parvenus à en sauver une bonne moitié, mais une grande partie du pavillon des femmes était réduite à un tas de braises incandescentes et un nuage de fumée qui s'élevait vers le ciel.

— Il aurait pu blesser des dizaines d'innocents aujourd'hui, dit-elle dans un soupir. Et pas seulement des femmes, mais aussi des enfants, et Sherese. S'il faut lui tendre une embuscade pour l'arrêter, eh bien allons-y. Je ne supporterai pas d'avoir d'autres morts sur la conscience.

Il se tenait à l'avant de la foule et sourit en voyant ce brave Dr Winchester perdre son sang-froid. Elle avait du tempérament, cela ne faisait aucun doute. Ce qui ne serait que plus amusant lorsqu'il l'aurait enfin prise au piège.

Mais cet incendie, cette bombe… ils étaient de fieffés imbéciles s'ils pensaient que c'était son œuvre. De pauvres idiots.

Blackpaw s'approcha alors de Winchester, et il se délecta de le voir passer un bras protecteur autour de ses épaules.

Un rire puissant enfla dans sa gorge, mais il le réprima. Hors de question d'attirer l'attention sur lui. Pas encore.

Cependant, quel plaisir de les voir faire fausse route et se mordre la queue !

Sans parler de la jouissance qu'il tirerait à voir ce Blackpaw souffrir tout autant que Winchester lorsqu'il lui ferait payer la monnaie de sa pièce.

17

Mason serra les mâchoires pour contrôler sa colère.

— Pour quelle raison as-tu fait ça ? Comment peux-tu inciter ce maniaque à s'en prendre à toi ?

— Il le fera de toute façon, tôt ou tard, répondit-elle, le regard traversé d'une multitude d'émotions. Alors autant prendre les devants. Cela nous permettra peut-être de l'empêcher de blesser d'autres personnes.

— Et toi ? dit-il d'une voix brisée, en baissant les yeux vers son ventre. Et notre fils ? Tu te fiches de mettre sa vie en danger ?

Cara lui lança alors un regard noir.

— Bien sûr que non, mais je n'ai guère le choix. Je suis déjà une cible pour lui, alors autant épargner la vie de quelques femmes en le forçant à attaquer celle qu'il cherche vraiment à briser.

L'espace d'un battement de cœur, ils se regardèrent droit dans les yeux, et il sentit à la fois leur peur et leur colère mêlées d'incertitude. Le shérif s'était approché d'eux et cette satanée journaliste ne devait pas être loin non plus. Même Morningside était peut-être parmi les badauds, à les observer.

Il marmonna alors une litanie de jurons, puis lâcha le bras de Cara et pivota brusquement. Il avait agi en parfait idiot, mû par ses émotions et l'angoisse qu'il éprouvait pour Cara et leur bébé, si bien qu'il avait fait preuve de négligence. Morningside était de toute évidence à proximité. C'était un comportement typique de certains criminels, notamment ceux qui cherchaient à attirer l'attention du public, en posant une bombe par exemple. Il devait prendre plaisir à voir la police et les autres services de secours s'affairer sur les lieux de son exploit, et se délecter de la peur et du chaos causés par ses soins.

Et lui, il n'avait rien trouvé de mieux à faire que de jouer le jeu de ce malade… Au lieu de se présenter sur les lieux en agissant en professionnel, il avait laissé la peine qu'il éprouvait prendre le dessus. Il avait ainsi dévoilé son jeu et son implication personnelle dans cette affaire.

Une erreur de débutant…

… qui aurait pu lui coûter la vie, mais aussi mettre en danger Cara et leur enfant.

D'un coup d'œil, il scruta la foule. Il y distingua un groupe d'adolescents, deux femmes âgées, un couple avec leur bébé dans une poussette, trois routiers qu'il avait croisés sur le parking du restaurant, et quelques autres curieux encadrant le pasteur Parch.

Un mouvement brusque attira son attention. Il se tourna vers la gauche et remarqua un homme vêtu d'une veste à capuche qui s'éloignait hâtivement de l'attroupement.

— Ne bouge pas. Je reviens immédiatement, lança-t-il à Cara.

Il se dirigea vers l'homme à grandes enjambées. Mais tout à coup, celui-ci se retourna et regarda dans sa direction. Le cœur de Mason s'emballa lorsque ses yeux croisèrent ceux, hagards, de Lapu Morningside.

Nom de nom ! Il était sous son nez. Il venait de faire exploser une bombe et s'en allait, mine de rien !

Mason sortit son arme et traversa le groupe de paroissiens en accélérant encore le pas. Morningside s'engageait dans une ruelle.

Il continua au pas de course, mais lorsqu'il arriva là où il avait perdu de vue le fuyard, celui-ci avait disparu.

L'adrénaline monta d'un cran. Ce type n'avait pas pu aller bien loin. Il regarda à gauche, puis à droite, et pensa repérer un mouvement.

D'autres bâtiments délabrés bordaient la petite route. Décidément, le cabinet de Cara ne se trouvait pas dans le quartier le plus chic de la ville. Il les longea sans leur prêter plus d'attention, puis crut voir Morningside à quelques centaines de mètres.

Il traversa l'intersection en courant alors que le suspect disparaissait au coin de la rue. Il décida donc de couper à travers un lotissement miteux. Des vêtements battaient au vent sur des cordes à linge, si bien que pour se frayer un chemin il dut repousser quelques draps en traversant l'un des jardinets. Un chien se mit à aboyer, tandis qu'un autre se précipitait déjà vers lui.

— Tout doux, les gars ! dit-il doucement, en levant une main pour les calmer.

Le plus gros des deux, un doberman, retroussa les babines et grogna de plus belle, tandis que l'autre, une espèce de chien de berger, s'apprêtait à bondir sur lui.

— Hé, les gars, je ne vous ferai pas de mal, murmura-t-il.

Un type enrobé, portant des vêtements surdimensionnés, et dont les yeux vitreux trahissaient un état second dû à l'usage de drogue, apparut au bout du jardin.

— Je suis policier, s'exclama Mason. Rappelez vos chiens !

— Quoi ?

La colère fit marmonner quelques jurons à Mason.

— Rappelle tes molosses ou je t'embarque au poste !

L'homme leva à son tour une main pour l'apaiser. Il lui suffit d'un sifflement pour que ses chiens se mettent à trottiner vers lui et se couchent à ses pieds.

Mason reprit sa course, mais lorsqu'il arriva à la sortie du lotissement, Morningside s'était volatilisé.

Il se pencha, calant ses mains sur ses genoux, et s'efforça

de reprendre son souffle. Nom de nom ! Morningside avait mis les bouts !

Sans compter qu'avec le défi que lui avait lancé Cara, il ne tarderait pas à venir la harceler. Mais où et quand frapperait-il ?

Cara s'assura que ses patientes étaient assez en possession de leurs moyens pour rentrer chez elles, puis les mit en garde :

— C'était une attaque dirigée contre moi. Mais vous devez rester sur vos gardes tant que le tueur à l'amulette n'a pas été arrêté.

Elle fit une pause, puis reprit :

— Appelez-moi si vous avez des contractions, ou le moindre problème.

Les jeunes femmes étaient à deux mois de leur terme, si bien que l'événement du jour, quoique traumatisant, n'avait que peu de risques de véritablement influer sur leur grossesse.

Mason réapparut alors au bout de la ruelle. Sa silhouette se découpait sur le soleil couchant. Il paraissait découragé et toujours en colère contre elle. Pour autant, elle n'avait aucune intention de faire machine arrière. Elle voulait mettre un terme à cette folie afin que ses patientes et elle puissent vivre normalement.

Elle se tourna vers Sherese.

— Merci beaucoup pour ton aide, ma belle, mais à présent, il faut que tu rentres chez toi.

Sherese secoua la tête.

— J'ai besoin d'accéder à nos dossiers afin de passer ces coups de fil.

Sherese s'était déjà tant investie qu'elle était tentée de la relever de sa mission. Mais après cette explosion, il semblait indispensable d'avertir les patientes des dangers qu'elles couraient.

— Je t'enverrai la liste de mon ordinateur, insista Cara. Il n'est pas très prudent de remettre les pieds dans la clinique tant qu'elle n'a pas été inspectée par des professionnels.

— Et tes patientes ?

— Annulez tous ses rendez-vous, intervint Mason, qui s'arrêta brusquement à leur hauteur.

— C'est impossible, tu le sais. Je pratique des accouchements, et les bébés n'arrêteront pas de naître parce que j'ai des problèmes.

— Dirige les patientes qui requièrent des soins urgents vers l'hôpital, rétorqua-t-il avec véhémence. Hors de question que tu remettes les pieds ici tant que ce malade n'est pas à l'ombre !

Cara, à contrecœur, se rangea à son avis.

L'un des pompiers les rejoignit à ce moment.

— Nous avons déjà regroupé quelques indices, annonça le capitaine Ben Filmore. Il y avait des débris métalliques, ainsi que des résidus de poudre noire au lieu d'impact.

— C'est précisément ce qui se trouve dans le chalet où semblait s'être caché Morningside, ajouta Mason. L'agent Whitehead est restée sur place pour attendre la brigade criminelle.

Cara se croisa les bras sur la poitrine. Ces éléments paraissaient désigner Morningside, sans nul doute possible, comme le poseur de bombe. N'ayant vu cet homme qu'une fois, elle tenta de se rappeler à quoi il ressemblait. Comme Mason, il était d'ascendance comanche, même si ses caractéristiques physiques étaient moins prononcées. Lorsqu'elle l'avait rencontré, il avait des cheveux bruns en bataille et arborait une barbe. Son visage, tout comme ses bras, était constellé de cicatrices. A l'époque, il rentrait d'Afghanistan, où il avait été prisonnier durant les trois mois précédents. Inutile d'imaginer les atrocités qu'il avait dû endurer.

Cela lui donnait-il le droit de faire voler en éclats une clinique où des femmes et des enfants innocents auraient pu périr ? Si seulement il avait accepté le suivi psychologique que lui avait suggéré Isabella…

— Quand pourrons-nous rouvrir le cabinet ? demanda Cara.

— Pas dans l'immédiat, je le crains, répondit le capitaine Filmore. Même les salles qui n'ont pas été détruites par l'incendie ont été endommagées par l'eau et la fumée.

Elle ressentait un mélange de déception et de frustration. Son seul but était d'aider les gens, contrairement à ce malade qui ne songeait qu'à leur faire du mal.

— Je demanderai au shérif de poster des hommes en permanence autour du bâtiment, ajouta Filmore. Tout cela en attendant que nous ayons mis à l'abri votre stock de médicaments et l'équipement qui peut être sauvé.

— Je vous remercie.

Malgré cela, l'angoisse l'étreignait de plus en plus. Comment allait-elle reconstruire ? Même avec la prime d'assurance, il faudrait du temps et beaucoup d'argent pour remplacer le matériel du laboratoire. Le projet n'avait abouti que grâce à l'intervention de généreux donateurs et à plusieurs levées de fonds.

Tout était à refaire… mais elle ne laisserait pas cet homme gagner la partie. Elle ne baisserait pas les bras !

Sherese la serra dans ses bras, puis se dirigea vers son véhicule, et Cara poussa un soupir las.

— Allez, je te ramène à la maison, lui proposa Mason. Tu ne tiens plus debout.

— Je suis mortifiée à l'idée de laisser la clinique dans un tel état.

— Le shérif va faire en sorte que personne n'approche, insista-t-il. Tu as besoin de repos. N'est-ce pas ce que tu suggères à tes patientes dans ce genre de situation ?

Elle lui lança un regard noir, mais elle n'avait aucun argument valable à lui opposer.

— D'accord, souffla-t-elle.

Comment pourrait-elle fermer l'œil en sachant que Morningside rôdait toujours ? Qu'il pouvait s'en prendre à elle au beau milieu de la nuit ? Ou qu'il était aux trousses d'une autre femme à qui il ferait payer le prix fort parce qu'elle avait osé le défier devant les médias ?

Mason fit un arrêt à la cafétéria du BBL pour acheter leur dîner. Mademoiselle Ellen emballa deux belles parts de sa célèbre tarte à la noix de coco pendant que Cara discutait avec Kim, une des psys du BBL. Elle tenait à vérifier auprès d'elle que les garçons présents lorsque Mason avait découvert le corps de Nellie Thompson surmontaient leur traumatisme.

— Comment se porte le Dr Winchester ? demanda mademoiselle Ellen à Mason. A la télé, tout à l'heure, elle semblait épuisée.

— C'est la raison pour laquelle je suis passé prendre quelques assiettes. Je veux être sûr qu'elle mange correctement, et qu'elle se repose bien ce soir.

— Appelez-moi si elle entre en travail, lui proposa-t-elle. Je ne suis pas médecin, mais j'ai déjà aidé un ou deux petits gars à venir au monde.

Mason lui sourit gentiment. C'est Johnny Long qui l'avait fait venir au BBL, et tout le monde l'adorait, sans compter qu'elle était une cuisinière hors pair.

Il lui tapota affectueusement l'épaule.

— Merci beaucoup, c'est un vrai soulagement pour

moi. Je ne sais pas comment je réagirais si je devais m'en charger.

Mademoiselle Ellen éclata de rire, et Brody se joignit à eux.

— J'ai vu les infos, et ce reportage à propos de l'incendie à la clinique Winchester. Heureusement qu'il n'y a pas eu de victimes.

— Oui, nous avons évité le pire, reconnut Mason.

Cara avait eu la présence d'esprit et le courage de faire évacuer tout le monde, comme à son habitude. Mais qui prenait soin d'elle comme elle le faisait avec les autres ?

Ce soir, il s'en chargerait.

— Elle n'a vraiment pas froid aux yeux… Défier Morningside de la sorte…, reprit Brody.

— Ne m'en parle pas, s'il te plaît, grommela Mason.

— Mon équipe de surveillance sera sur le pont toute la nuit, lui assura Brody. Et je posterai quelqu'un près de son chalet.

— De toute façon, je reste là jusqu'à ce que nous ayons arrêté ce type, renchérit Mason. S'il veut s'en prendre à elle ou à son bébé, il aura d'abord affaire à moi.

Brody acquiesça d'un regard complice. Mason le remercia, puis alla retrouver Cara.

— Prête ?

— Oui, répondit-elle en se massant les lombaires.

Le silence s'installa entre eux durant le trajet les menant chez Cara. Lorsqu'ils arrivèrent, il lui enjoignit de patienter dans le véhicule pendant qu'il inspecterait les pièces.

Il revint la chercher quelques minutes plus tard, et il s'affaira aussitôt à mettre la table.

— Mange, lui ordonna-t-il, encore furieux contre elle et sa provocation en direct à la télévision.

Son portable sonna au même moment.

— C’est Julie Whitehead, dit-il en regardant le numéro qui s’était affiché. Je ferais mieux de décrocher.

Cara acquiesça, puis s’attabla, alors que Mason sortait sous le porche, profitant de l’occasion pour inspecter les environs du regard.

— Blackpaw.

— Les gars de la brigade criminelle ont fouillé le chalet, et ils vont transporter tous les éléments collectés vers le labo, pour analyse. Comment évoluent les choses de votre côté ?

Il lui relata l’intervention du capitaine Filmore.

— En résumé, reprit Julie, Morningside a construit cette bombe dans le chalet, puis il est allé la jeter dans la clinique, avant de filer à l’anglaise.

— Il se trouvait parmi la foule venue assister au spectacle, précisa Mason, dont la frustration était de plus en plus grande.

— Ça correspond à son profil, commenta Julie. Mais il y a un détail qui me chiffonne.

Mason se crispa.

— Lequel ?

— Cela concerne la déclaration de Cara. Elle l’a défié de venir s’en prendre à elle, puisqu’elle pense être la source de sa colère. Or, s’il est juste que Morningside lui impute sa rupture, au fond de lui, c’est à son ex-femme qu’il en veut.

Mason sentit un frisson lui parcourir le dos.

— Vous pensez qu’il risque de s’en prendre à son ex ?

— C’est possible, même si nous savons qu’il est instable. Nous ne devons écarter aucune éventualité.

— Vous avez raison, admit-il, mais je refuse de laisser Cara seule.

— Je comprends parfaitement. Je suis en route vers le domicile d’Isabella, et j’y passerai la nuit, au cas où notre suspect déciderait de lui rendre visite.

— Parfait. Dans ce cas, vous pouvez relever Runninghorse. Cela lui permettra de patrouiller dans la réserve.

Il raccrocha, puis rejoignit Cara à l'intérieur. Elle n'avait avalé que la moitié de son assiette, mais ses paupières semblaient lourdes.

Elle avait l'air si douce et si vulnérable qu'il n'eut pas le cœur de la prendre à partie.

— Va te reposer, lui conseilla-t-il.

Il lui saisit le bras et l'aida à se lever. Elle lui adressa un sourire reconnaissant, en dépit de la fatigue qui tirait ses traits.

Il l'accompagna jusqu'à sa chambre, et le souvenir de son corps nu, entre ses bras, revint le tarauder. Il mourait d'envie de retirer ses vêtements et de se glisser sous les draps auprès d'elle, puis de la serrer contre lui jusqu'à ce qu'elle s'endorme.

Or, il ne pouvait se le permettre. Ce soir, il n'était ni l'amant de Cara, ni le père de son bébé, mais un représentant de la loi qui traquait un tueur sadique.

Il devait rester en mode alerte.

Un dernier nom sur sa liste avant qu'il ne règle son compte au brave Dr Winchester…

Il fit glisser ses doigts sur le manche du couteau qu'il portait à la ceinture, puis son attention se focalisa sur la petite maison dans laquelle elle vivait. Cela faisait des jours qu'il l'observait. Aussi connaissait-il sa routine.

Elle ne voyait jamais son bébé durant la journée. C'était à ce moment-là qu'elle dormait, car elle occupait un poste de nuit. Et elle laissait ses parents élever le petit afin de mener la vie qu'elle voulait.

Il crocheta la serrure de la porte arrière, s'introduisit dans la maison et avança à pas de loup dans le salon avant d'atteindre la porte de sa chambre. Soucieux de ne toucher à rien, il s'étendit sur son édredon blanc si moelleux pour l'attendre.

Le sang de sa tribu coulait dans les veines de cet enfant. Pourtant, elle avait renié leur mode d'éducation. Il était temps qu'elle paie pour ses errements.

18

Alors qu'elle pensait ne jamais trouver le sommeil, Cara sombra à peine sa tête avait-elle touché son oreiller. Des heures plus tard, elle fut réveillée par un rai de lumière filtrant entre les nuages. Elle roula sur le dos, déçue : Mason ne l'avait pas rejointe, alors que le souvenir de lui dans son lit l'emplissait de désir.

Elle se releva en position semi-assise, enfila une robe de chambre et alla jeter un œil dans la cuisine, mais la pièce était vide. Par la fenêtre, elle l'aperçut installé sous le porche, sirotant son café, les traits tirés.

Elle ouvrit la porte et mit un pied dehors.

— Tu as passé la nuit ici ?

Il secoua la tête.

— Non, je viens de sortir.

— Tu n'as pas dormi ?

— Ne t'en fais pas pour moi, je me rattraperai quand Morningside sera derrière les barreaux.

Le portable de Cara se mit à sonner, et elle se précipita pour décrocher. Ce pouvait être une urgence. Au bout du fil, elle reconnut la voix de Kim.

— Cara, j'ai quelques garçons qui se plaignent de démangeaisons. Je pense qu'ils ont touché des arbres urticants, genre sumac. Tu pourrais venir les examiner ?

— Je m'habille et j'arrive.

Mason l'avait suivie à l'intérieur.

— Que se passe-t-il ?

— Rien de grave. Seulement quelques campeurs qui souffrent d'irritations cutanées. J'ai promis à Kim de passer.

Mason acquiesça, puis retourna à son poste d'observation.

Elle se prépara une tasse de thé, puis s'habilla tout en le buvant, et avala une tartine de pain grillé à la sauvette.

Mason l'escorta jusqu'au pavillon d'accueil du camping et patienta à l'extérieur pendant qu'elle examinait les garçons.

Ceux-ci étaient installés sur de petits lits. Leurs mains et leurs visages étaient couverts de plaques rouges, leurs yeux gonflés, et ils se tortillaient en grattant furieusement les zones irritées.

— Mes pauvres petits, leur dit-elle doucement. Ne vous inquiétez pas, vous allez vite être soulagés.

A cet instant Mason frappa à la porte, puis passa sa tête dans l'encadrement.

— Cara ?

Son ton était bourru : quelque chose n'allait pas.

— Excusez-moi, jeunes gens, je serai à vous dans un instant.

Elle tapota affectueusement l'épaule du plus jeune et se dirigea vers Mason.

— Qu'y a-t-il ?

— Liam Runninghorse vient d'appeler. Un incident s'est produit.

Cara sentit la panique la gagner.

— C'est Isabella ?

— Morningside a mis Julie hors jeu, et il retient Isabella. Je dois y aller.

— Attends une minute, je t'accompagne !

— Certainement pas ! Reste ici, tu y seras en sécurité. Je t'appellerai dès que nous l'aurons maîtrisé.

Cara était si terrifiée qu'elle lui agrippa le bras. Elle aurait voulu le supplier de ne pas y aller, mais cela aurait été inutile. D'ailleurs, personne ne serait en sécurité tant que Morningside courrait en liberté, et elle ne pouvait supporter l'idée qu'il puisse tuer Isabella.

— Je t'en prie, sois prudent.

Elle lui saisit alors une main et la posa sur son ventre.

— Ton fils a besoin de toi, ajouta-t-elle.

Leurs regards se croisèrent, et elle vit l'émotion voiler ses yeux, puis un sourire s'esquisser sur sa bouche. Il l'embrassa furtivement et se rua vers la sortie.

Mason traversa la réserve sur les chapeaux de roues, et l'adrénaline pulsa encore plus fort dans ses veines lorsqu'il se gara près de la case traditionnelle en terre où habitait Isabella. Whitehead avait vu juste : la véritable cible était en fait l'ex-femme.

Il remarqua alors Runninghorse et le chef Pann. Ils se tenaient derrière leurs véhicules, ainsi que Carter Flagstone et Sadie Whitefeather.

Sadie prodiguait des soins à Julie. Celle-ci était adossée à un arbre, quelques mètres plus loin. Et en avançant vers elles, il vit Sadie lui poser un bandage sur une plaie située à l'arrière de la tête.

— Que s'est-il passé ? demanda-t-il.

L'agent du FBI poussa un soupir d'irritation. De toute évidence, elle se sentait responsable de la tournure qu'avaient prise les événements.

— J'ai entendu du bruit, alors je suis sortie faire une ronde. Ce salaud m'a alors assommée d'un coup de bûche.

— Etes-vous certaine qu'il séquestre Isabella ?

Elle fit oui de la tête, manifestement déconfite.

— Je me suis réveillée attachée à un poteau, assise dans la terre, et j'ai entendu Isabella pleurer.

Mason fronça les sourcils. Au moins, le forcené n'avait pas abattu sa collègue. Mais pour quelle raison l'avait-il épargnée ?

Carter les rejoignit, suivi de près par Liam.

— Jusqu'à présent, personne n'est au courant, commença Liam. Mais si ça s'ébruite, nous aurons une foule de curieux qui se presseront aux alentours.

— Si tu croises quelqu'un, lança Mason, ordonne-lui de se tenir à l'écart de cette zone. Trouve une raison quelconque. Nous ne voulons pas que les journalistes viennent fourrer leur nez ici, ou qu'un innocent soit blessé pendant que nous arrêtons Morningside.

— Comment souhaites-tu mener cette intervention ? demanda le chef Pann.

Liam, qui s'était appuyé contre un tronc, observait la case.

— Et si on appelait un négociateur ? suggéra-t-il.

— Nous n'avons pas le temps, répondit Mason. Il est à moitié indien, comme moi. Apportez-moi un porte-voix, et je lui parlerai.

— J'y vais tout de suite, acquiesça le chef Pann.

Julie repoussa alors la main de Sadie et se releva promptement.

— Rappelez-vous son profil, inspecteur. C'est un ancien militaire, et il souffre de syndrome de stress post-traumatique. Il doit être sujet aux cauchemars, à l'insomnie, et est sûrement dépressif. Il a totalement perdu le contrôle de sa vie. Il a peut-être des flash-back récurrents ou des hallucinations. Il n'a plus aucun repère.

— Vous sous-entendez qu'il ignore ce qu'il est en train de faire, et où il se trouve ?

Elle haussa les épaules.

— Dans les cas les plus sévères, le patient se revoit en plein combat, et considère tout le monde comme un ennemi potentiel. Ce qui expliquerait pourquoi il a posé une bombe à la clinique.

Mason aurait voulu éprouver de la compassion pour lui, mais cet homme avait fait souffrir trop de monde et devait être mis hors d'état de nuire.

Le chef Pann réapparut alors, tenant un porte-voix ainsi que des oreillettes afin qu'ils puissent communiquer plus facilement. Mason s'équipa sans tarder, puis fit un geste en direction de Julie et de Liam.

— Faites le tour de la maison, et regardez par les fenêtres, afin de déterminer dans quelle pièce ils se trouvent. Mais interdiction d'ouvrir le feu sans mon autorisation.

Il se tourna alors vers Carter.

— Va mettre Sadie en sécurité, et veille à ce qu'aucun civil n'approche.

Tous se conformèrent à ses instructions, et Carter emmena Sadie se mettre à couvert derrière le 4x4 du chef.

Mason approcha le porte-voix de ses lèvres.

— Morningside, je suis l'inspecteur Blackpaw. Nous devons parler.

— Allez-vous-en ! hurla l'ancien militaire. Vous vous trouvez sur mes terres, et vous encerclez ma maison !

— Vous avez raison, répliqua Mason sur un ton calme qui se voulait apaisant. Je sais que vous traversez une période difficile, Lapu. L'armée n'a pas été correcte envers vous, mais nous pouvons vous aider.

— Qu'en savez-vous ? rugit le forcené. Vous n'y étiez pas.

— Non, mais je sais que vous avez pris part à des combats, et que vous avez beaucoup souffert. J'ai aussi appris que vous aviez été retenu prisonnier ; ça a dû être terrible.

Un silence un peu tendu s'ensuivit.

— J'étais un soldat, j'étais préparé à ce genre d'éventualité.

— Mais même les plus forts psychologiquement peuvent craquer sous la torture, reprit Mason. En plus, quand vous êtes rentré, vous pensiez avoir retrouvé votre liberté, n'est-ce pas ? Mais ces expériences vous poursuivent. Les cauchemars ont commencé, et vous ne pouvez plus fermer l'œil.

— C'est vrai, reconnut Morningside, la voix teintée de

douleur. J'ai survécu à la prison parce que je croyais que ma femme m'attendait. Comme je me trompais !

— Votre femme, Isabella, elle va bien ? osa Mason. Je sais que vous l'aimez sincèrement et que vous ne souhaitez pas lui faire de mal.

— Ne parlez pas de celle-là ! Elle n'a rien compris !

— Comment aurait-elle pu ? Elle n'était pas là-bas. Il est encore temps de tout lui raconter. Asseyez-vous près d'elle et parlez-lui. Je suis persuadé qu'elle est prête à en discuter, pas vrai, Isabella ?

— Oui, répondit la jeune femme d'une voix brisée.

Mason soupira de soulagement. Au moins, elle était vivante.

— Il est trop tard pour parler, vitupéra Morningside. Trop tard pour nous deux.

— Pas du tout, contra Mason. Vous avez simplement besoin qu'on vous aide.

— Vous mentez ! hurla Morningside. Comme ceux qui étaient là-bas. Vous êtes des ennemis, tous !

— Ce n'est pas vrai, repartit Mason, craignant de perdre son homme. L'ennemi se trouve dans votre tête, Lapu, mais je peux vous aider à vous libérer de ces voix, et faire disparaître ces cauchemars.

Soudain, le bruit d'une vitre volant en éclats les fit sursauter. Mason aperçut une silhouette agenouillée derrière une porte-fenêtre, et le canon d'un fusil apparut à travers le trou béant.

— Reste où tu es, Blackpaw ! Je t'ai dit qu'il était trop tard. Cette affaire ne concerne que ma femme et moi.

La main de Mason glissa vers son arme. Sa mission principale était de protéger des innocents, et il ne pouvait laisser cet homme supprimer Isabella.

Il fit donc un pas en avant, le cœur serré. Cette journée ne devait pas être sa dernière.

*
* *

Cara était très inquiète pour Mason et avait grand mal à rester concentrée sur sa tâche.

— Ça me démange ! geignait Buddy, un garçon de dix ans qui se grattait le ventre.

— Je le sais, mon grand, mais essaie de ne pas frotter les zones irritées, répéta-t-elle en appliquant une lotion apaisante sur les plaques rouges.

Elle désigna ensuite d'autres bouteilles posées sur le comptoir et s'adressa à la monitrice des enfants.

— Emportez-les et renouvelez l'application aussi souvent que nécessaire. Normalement, tout devrait s'arranger rapidement, mais vous allez devoir les tenir occupés afin qu'ils ne pensent pas à se gratter.

Pour toute réponse, la monitrice leva les yeux au ciel, comme si c'était une demande extravagante.

Cara sentit alors son téléphone vibrer dans sa poche et elle en profita pour s'éloigner, tout en saluant de la main les garçons qui se dirigeaient déjà vers la sortie.

— Dr Winchester à l'appareil.

— Cara, c'est Sherese. J'ai interrogé le répondeur téléphonique de la clinique, et Delia Nez a laissé un message disant qu'elle s'inquiétait pour son petit garçon. Comme sa voiture est en panne, elle ne peut pas se déplacer, et elle aimerait savoir si tu peux passer chez elle pour examiner le petit.

— J'y vais tout de suite, répondit Cara.

Elle voulut prévenir Brody, mais il était parti en randonnée avec Johnny Long et Brandon Woodstock. Aussi lui laissa-t-elle un message : elle partait pour une consultation à domicile.

Elle saisit sa sacoche et monta dans son véhicule, puis composa le numéro de Delia en démarrant. Mais la jeune femme ne décrocha pas. Aurait-elle eu un souci ? Si seulement Sherese lui avait donné plus de précisions ! pesta Cara.

Alors qu'elle s'éloignait du BBL, elle songea à Mason, puis à Morningside. Celui-ci risquait de faire du mal à Isabella. Mason était-il arrivé à temps pour éviter le pire ? Avait-il convaincu Morningside d'accepter son aide ?

Si elle l'avait accompagné, elle aurait sûrement pu l'épauler. L'angoisse la tenaillait.

Mason était si héroïque qu'il n'hésiterait pas à investir les lieux, au risque de se faire tirer dessus.

A cette idée, ses poumons se comprimèrent. Non… Mason devait s'en tirer. Son fils avait besoin de lui.

Elle avait besoin de lui.

Son ventre se contracta comme si le bébé ressentait son anxiété. Durant un bref moment, elle crut être sur le point d'accoucher, puis balaya cette pensée d'un revers de la main. Ce devait être une autre de ces fausses contractions. Cela faisait des jours qu'elles allaient et venaient.

Une seconde plus tard la douleur disparut.

Peu après, elle quitta l'autoroute et roula quelques kilomètres sur une petite route, puis bifurqua dans la rue menant chez Delia.

L'année précédente, celle-ci avait acheté une maison près de chez ses parents afin qu'ils puissent garder son bébé lorsqu'elle travaillait de nuit. Il y avait eu de grosses tensions entre elle et le père du petit garçon lorsqu'elle avait refusé de s'installer dans la réserve.

Une nouvelle contraction lui serra le ventre alors qu'elle approchait de la petite maison de briques. Elle fronça les sourcils : la bâtisse était plongée dans la pénombre. Seul un faible halo éclairait la chambre donnant sur l'arrière.

Delia avait-elle finalement appelé ses parents ou une amie afin qu'on la conduise à l'hôpital ? Elle n'avait pas clairement expliqué de quoi souffrait son bébé de cinq mois…

Cara était rongée par l'inquiétude. Son dos pulsait, et elle dut marquer une pause pour reprendre son souffle lorsqu'une contraction se manifesta. Puis elle emprunta l'allée recouverte de pierres. La voiture de Delia était stationnée devant le garage, avec deux pneus crevés. La jeune femme était bien dans l'impossibilité de se rendre à la clinique.

Elle se présenta à la porte et tendit l'oreille, à l'affût d'un bruit, mais seul le silence l'accueillit. De plus en plus intriguée, elle frappa à la porte. Tout en patientant, elle se massa le bas du dos, mais personne ne vint ouvrir. Delia avait dû se trouver un chauffeur…

Malgré tout, elle tourna la poignée, et la porte s'ouvrit. Son cœur se mit à battre très vite, mais elle entra tout de même.

— Delia ?

Elle crut entendre un bruit venant de la pièce du fond. Le bébé qui se réveillait, peut-être ?

Alarmée, elle se précipita vers l'une des chambres. Elle jeta un regard dans la pièce, mais le bébé n'était pas dans son berceau. Puis elle entendit de l'eau couler. Delia lui faisait sûrement prendre un bain et ne l'avait pas entendue.

Vaguement soulagée, elle l'appela de nouveau puis se tourna vers la gauche, en direction de la seconde chambre. Une lampe était allumée au pied du lit, et elle fut immédiatement tétanisée par l'horreur.

Delia gisait sur le lit, couverte de sang, tout comme les draps. Elle fit de son mieux pour retenir un cri de panique.

Puis elle remarqua une pierre posée au sommet de la tête de la jeune femme et sur laquelle se trouvait une amulette de naissance.

Luttant contre la nausée, elle se tourna vers la sortie, mais quelque chose vint heurter l'arrière de son crâne. Elle hurla de douleur et chercha à se diriger vers l'extérieur, mais elle titubait dangereusement et un second coup s'abattit sur elle.

Tout se mit alors à tourner, puis l'obscurité envahit son champ de vision et elle s'écroula sur le sol, inconsciente.

19

Morningside tenait Isabella devant lui, un bras serré autour de sa gorge, son fusil toujours pointé vers la fenêtre béante.

— Ecoutez Morningside, lança Mason, vous n'allez pas faire de mal à la mère de votre enfant, voyons !

— Elle m'a pris mon petit garçon ! vociféra l'homme.

— Je n'ai pas fait ça ! cria Isabella.

La voix de Julie résonna dans l'oreillette de Mason.

— La porte arrière est verrouillée. Je peux la forcer, mais je risque de le faire paniquer.

Mason murmura dans le micro :

— Non, attendez. Laissez-moi essayer de le convaincre de libérer Isabella.

— Très bien, répondit l'agent du FBI.

Mason tenait à une conclusion pacifique, mais si Morningside s'entêtait, ils devraient le neutraliser, en prenant garde à ne pas blesser Isabella durant l'assaut.

— Je suis persuadé qu'Isabella tient à ce que vous participiez à l'éducation de votre enfant, poursuivit-il, en baissant intentionnellement la voix tandis qu'il approchait de la porte-fenêtre. Mais si vous lui faites du mal, ce ne sera pas possible.

— De toute façon, sa charmante avocate et elle m'ont déjà fait mettre sur la touche, aboya-t-il. Après tout ce que j'ai enduré pour ma patrie, ma famille ne veut même plus de moi.

— Ce n'est pas vrai, le contredit Isabella. Je veux simplement que tu te fasses soigner, afin que tu ailles mieux.

— Réfléchissez bien, dit Mason en faisant un pas de plus. Vous n'allez pas faire souffrir la mère de votre enfant.

— Je t'en supplie, Lapu. Rends-toi. Nous irons voir un psychologue, et lorsque tu iras mieux, nous nous mettrons d'accord, afin que tu puisses voir Jimmy.

— Vous l'avez entendue ? reprit Mason. Elle veut que vous retrouviez votre place au sein de la famille. Vous en avez assez enduré, Lapu. Inutile d'aggraver votre cas.

— Il est déjà désespéré, ironisa Morningside.

Mason était maintenant tout près et voyait Isabella trembler sous l'emprise de son ex-mari.

— Il n'est pas trop tard, répéta-t-il. Pensez aux fêtes qui approchent. Vous n'avez pas envie de voir Jimmy ouvrir ses cadeaux le matin de Noël ?

— Si je me rends, je serai incarcéré, et non aux côtés de mon petit.

— Mais si vous résistez, votre enfant risque de perdre son père ou sa mère. Est-ce ce que vous voulez ?

Mason pouvait à présent lire dans les yeux de Morningside : le dilemme auquel il était confronté, ainsi que l'angoisse de ce qu'il avait fait et de ce qu'il était devenu.

— Je vous en conjure, posez cette arme, lança Mason, et libérez Isabella. Tous les enfants ont besoin de leur maman.

Un sanglot douloureux s'échappa de la poitrine du forcené. Mason lui tendit alors la main.

— Allons, Lapu, faites ce qui est dans l'intérêt de votre fils. Offrez-lui la famille qu'il mérite.

L'homme semblait sur le point de céder et de lâcher son arme, mais un bruit se fit entendre à l'arrière. Subitement, il pivota et ouvrit le feu. Isabella hurla et se jeta à terre. Mason poussa un juron et ouvrit la porte-fenêtre d'un coup d'épaule.

— Morningside, posez ce fusil !

Du coin de l'œil, il regarda Isabella : elle était indemne. Le forcené se tourna alors vers lui et le mit en joue.

— Que s'est-il passé ? demanda Julie dans l'oreillette.

— Un bruit, et Morningside a tiré. Où est le shérif ?

— Je suis là, intervint McRae. Et le bruit, c'était un chien qui fouillait les poubelles.

— Détendez-vous, suggéra alors Mason à Morningside. Ce n'était qu'un chien. Maintenant, posez cette arme avant que quelqu'un ne soit blessé. Parce que si vous m'abattez, vous ne reverrez jamais votre fils.

Bien sûr, il encourait déjà une très lourde peine à cause des trois meurtres, de l'attentat à la bombe et des coups de feu tirés sur Cara, mais il se garda bien de le lui rappeler.

— Je t'en prie, renchérit Isabella, qui se tenait maintenant à genoux. Lapu, je ne veux pas, un jour, avoir à expliquer à ton fils que son père a tué un policier.

L'homme se mit à trembler, les yeux voilés par l'émotion, et il retourna l'arme vers lui.

Nom de nom ! Cet idiot ne savait pas s'arrêter !

Mason se jeta sur lui, tentant de lui arracher l'arme des mains, et une lutte s'ensuivit. Un coup partit et percuta le plafond, provoquant une pluie de plâtre. Isabella se mit à couvert derrière le canapé, alors que Julie et le shérif faisaient irruption dans la pièce.

Mason parvint alors à se saisir du fusil et le fit glisser au sol, loin d'eux, puis asséna un coup de poing bien senti à Morningside. Celui-ci cracha un filet de sang, et Mason profita de son hébètement pour le plaquer ventre à terre et lui passer les menottes.

Ce salaud dormirait à l'ombre.

Cara reprit lentement conscience, mais sa tête pulsait. Son dos aussi la faisait souffrir, et son abdomen semblait totalement noué.

Elle ouvrit les yeux et regarda autour d'elle, mais la pièce était obscure et sa vision encore floue. Elle essaya de se rappeler ce qui s'était passé. La panique l'étreignit dès qu'elle se souvint…

Elle avait aperçu le cadavre de la jeune femme, puis tout était devenu noir.

Soudainement prise de nausées, elle se sentit ballottée. Elle tenta de se relever, en vain : elle se cognait systématiquement la tête contre une surface dure, et ses mains et ses chevilles étaient attachées.

Mon Dieu, elle se trouvait dans le coffre d'un véhicule ! Le moteur ronronnait et les pneus crissaient sur des gravillons. Ils cheminaient donc sur une route de campagne. Ce n'était pas ce qui manquait au Texas.

Elle tressaillit lorsque les images de ses patientes mortes défilèrent devant ses yeux. Il les avait toutes poignardées au niveau du bas-ventre… Mais elle était enceinte… Allait-il s'en prendre à son bébé dans le seul but de la punir ?

Une autre douleur lancinante la saisit, et elle dut se faire violence pour réprimer un sanglot de panique et se forcer à réfléchir.

Qui était donc au volant de ce véhicule ?

Mason était censé se trouver à la réserve où Morningside retenait Isabella en otage. Mais si le mari d'Isabella était de l'autre côté de la ville, qui l'avait donc kidnappée ? L'inconnu avait-il tué Delia puis attendu qu'elle tombe dans le piège qu'il lui avait tendu ?

De nouveau, ses yeux se voilèrent et une autre contraction l'assaillit. Le véhicule passa sur un nid-de-poule si profond qu'elle rebondit, puis glissa sur un côté, heurtant de son épaule la paroi métallique du coffre.

Des larmes coulèrent sur ses joues, et la peur lui coupa le souffle. Elle voulait tenir son bébé dans ses bras. Avoir le temps d'aimer son fils, de le bercer tendrement, et de le voir grandir.

Luttant contre une crise de panique imminente, elle respira lentement. Hors de question de craquer nerveusement ! Cependant, l'image du corps brutalisé de Delia la hantait, et elle craignait de ne pas être en mesure de négocier avec l'homme qui avait assassiné la jeune femme.

Mason obligea Morningside à se lever et l'escorta jusqu'au véhicule du shérif.

— Vous avez dit que vous m'aideriez à voir mon fils, se plaignit le forcené, alors qu'une espèce de méfiance lui emplissait les yeux.

Une pointe de compassion vint tarauder Mason. Il devait cependant faire fi de ses émotions. Morningside avait été blessé, traité de manière injuste par sa hiérarchie, mais il aurait pu choisir de se faire aider au lieu de semer la destruction autour de lui.

— Nous en reparlerons lorsque vous aurez fait votre déposition. Je veux connaître tous les détails à propos de la bombe qui a détruit la clinique Winchester et surtout de ces femmes que vous avez harcelées puis assassinées.

— Quoi ?

Le visage de l'homme se décomposa.

— C'est vrai que j'ai lancé cette bombe, reprit-il, mais personne n'est mort.

— Vous auriez pu blesser le Dr Winchester, son bébé, les patientes ainsi que son assistante, une femme avec un enfant en bas âge qui a besoin d'elle autant que votre fils a besoin de sa mère.

Les paupières de Morningside se plissèrent, ne laissant plus filtrer qu'un regard un peu lointain.

— Ce sont mes ennemis, dit-il d'une voix légèrement croassante. Ils ont pris mon petit garçon, nous devons les détruire !

— Les patientes du Dr Winchester n'étaient pas vos ennemies, aboya Mason.

Il plaça une main sur le crâne de l'ancien militaire et le força à s'asseoir sur la banquette arrière de son véhicule.

— Ni Nellie Thompson, ni Yolanda Farraday ou Angelica Mansfield, ajouta-t-il, furieux.

— Mais de quoi parlez-vous, sapristi ?

Morningside se démenait contre ses menottes, les faisant s'entrechoquer, tout en donnant des coups de pied dans le siège.

— Je parle des femmes que vous avez assassinées, gronda Mason. Celles que vous avez enterrées sous des monticules de pierres.

— Vous vous trompez complètement ! s'insurgea Morningside, dont les yeux étaient maintenant écarquillés par la panique. Je n'ai pas tué ces femmes !

La rage s'empara de Mason.

— Vous les avez poignardées au bas-ventre et avez déposé des amulettes de naissance chez le Dr Winchester.

Morningside secoua la tête en signe de dénégation et continua de clamer son innocence tandis que Mason claquait la portière, en prenant soin de la verrouiller électroniquement.

— Bon travail, inspecteur Blackpaw, le complimenta l'agent Julie Whitehead.

— Il me reste à lui faire avouer ces assassinats. Je ne veux pas que ce salaud revoie la lumière du jour !

L'expression de l'agent fédéral le mit soudain mal à l'aise.

— Quelque chose ne colle pas, tiqua celle-ci.

Mason tourna le dos à l'homme qui vociférait tout en frappant de l'épaule contre la vitre.

— Ne me dites pas que vous le croyez, s'agaça-t-il.

Elle se mordit la lèvre inférieure.

— Manifestement, reprit-elle, cet homme est un déséquilibré, mais je l'ai entendu avouer être l'auteur de l'attentat à la bombe, et je ne cesse d'y repenser. Généralement, un tueur en série suit toujours le même mode opératoire. Or, Morningside a clairement choisi un lieu public pour se manifester en lançant cette bombe. Cela ne ressemble vraiment pas au raisonnement d'un individu qui massacre une femme de sang-froid puis l'inhume de manière rituelle.

Mason jeta un regard vers l'homme qui continuait à clamer son innocence avec véhémence, et une peur incommensurable lui noua les entrailles. Ils avaient trouvé toutes ces photos sur son mur. Cela le faisait apparaître comme un coupable et il s'apprêtait à lui extorquer une confession par n'importe quel moyen. Mais s'ils avaient fait fausse route ?

De la sueur perla sur son front, et il fit signe au shérif.

— Emmenez-le au poste et gardez-le au frais. Il faut que j'appelle Cara et que je m'assure qu'elle va bien.

L'agent Whitehead s'éloigna, et il composa le numéro frénétiquement. A sa stupéfaction, la messagerie vocale s'enclencha automatiquement. Où était-elle, nom d'un chien ?

Pris de panique, il appela Brody.

— Elle n'est pas là, vieux. Elle m'a laissé une note disant qu'elle se rendait au domicile d'une patiente.

— Il y a combien de temps ?

— Environ deux heures, répondit Brody. Pourquoi cette question ? Il y a un problème ?

Mason lui relata les derniers événements, ainsi que ses doutes concernant Morningside : le véritable tueur à l'amulette était peut-être encore en liberté.

— Je vais aller jeter un œil à son chalet, proposa Brody.

— Préviens-moi si elle y est.

Mason faisait les cent pas à côté de son 4x4, alors que le shérif prenait place dans la voiture de patrouille.

Mille possibilités se bousculaient dans sa tête. La clinique était fermée, et Sadie était avec eux. En revanche, Sherese saurait sûrement où était Cara. Il composa son numéro en toute hâte. Son cœur battait à tout rompre en attendant que l'assistante décroche. Quatre sonneries plus tard, Sherese prit l'appel.

— Sherese, c'est l'inspecteur Blackpaw à l'appareil. Savez-vous où se trouve Cara ?

— Oui, l'une de ses patientes, Delia Nez, a appelé pour dire que son bébé était malade et qu'elle ne pouvait se rendre à la clinique. Cara est allée à son domicile.

Mason se pinça l'arête du nez.

— Vous a-t-elle donné de ses nouvelles depuis ?

— Non, dit Sherese d'une voix alarmée. Pourquoi ? Quelque chose ne va pas ?

— Je n'en sais rien. Donnez-moi l'adresse de cette patiente.

Sherese la lui dicta, et il se hâta de se mettre au volant.

L'agent Whitehead s'approcha alors de lui.

— Que se passe-t-il ?

— Je l'ignore. Cara est partie rendre visite à un malade, et je veux être sûr que rien de fâcheux ne lui est arrivé.

— Voulez-vous que je vous accompagne ?

— Non, suivez le shérif, et voyez ce que vous pouvez tirer de Morningside. S'il a tué ces femmes, faites-lui cracher le morceau.

Elle acquiesça et se dirigea vers son véhicule.

L'adresse indiquée par Sherese se trouvait à l'autre bout de la ville, à plus de dix kilomètres. La respiration saccadée, il baissa la vitre, alors que les cadavres des femmes assassinées venaient le tarauder à chaque kilomètre parcouru. Il ne pouvait laisser pareil supplice être infligé à Cara. Pas à la femme qu'il aimait.

Et s'il arrivait trop tard ?

Des tremblements agitaient tout son corps, et ses bras bougeaient si frénétiquement qu'il fut pratiquement contraint de s'arrêter. Maudite faiblesse ! se morigéna-t-il. Il ne fallait pas craquer, pas maintenant.

Il traversa le centre-ville, se faufilant entre les véhicules, puis emprunta des routes secondaires jusqu'au domicile de Delia Nez.

Il essuya la transpiration qui perlait à son front en reconnaissant le 4x4 de Cara garé dans l'allée. Mais l'angoisse reprit de plus belle au fur et à mesure qu'il approchait de la bâtisse.

La maison était plongée dans l'obscurité, à l'exception d'un halo lumineux provenant d'une pièce située à l'arrière.

Mauvais signe…

Il sortit son arme et avança à pas feutrés, tous les sens en éveil, espérant entendre des voix ou les pleurs d'un nourrisson.

Rien.

Tout était étrangement calme.

Le rythme cardiaque totalement affolé, il poussa la porte et se faufila à l'intérieur. Le salon était sombre, et apparemment vide.

La lumière venait d'une autre pièce. Progressant à pas de loup, il traversa la maisonnette. Sur la gauche, il distingua une chambre de bébé, vide elle aussi.

Cependant, une odeur âcre s'échappait de l'autre chambre, une odeur qu'il avait dû supporter un peu trop souvent à son goût dernièrement.

Les relents de la mort.

Pourvu qu'il ne s'agisse pas de Cara.

Il leva son arme, au cas où ce serait une embuscade, puis il scruta la pièce. Il avait vu de nombreux cadavres au cours de sa carrière, mais ceux des femmes qu'il avait exhumées récemment l'avaient bouleversé.

Comme celle qui se trouvait maintenant face à lui, sur le lit.

Mais celle-ci n'avait pas reçu de sépulture. Au lieu de cela, son assassin l'avait laissée baigner dans son sang, une amulette posée sur une pierre au niveau de son front.

La nausée le prit. Morningside n'était pas le tueur à l'amulette.

Non, il s'agissait d'un autre déséquilibré, qui s'était servi de Delia Nez pour attirer Cara dans un traquenard.

20

La peur immobilisa Mason le temps d'un battement de cœur, jusqu'à ce que ses réflexes professionnels prennent le dessus. Il n'avait pas le droit d'hésiter. Chaque seconde perdue rapprochait Cara d'une mort certaine.

Il composa le numéro de l'agent Whitehead, tout en inspectant la pièce à la recherche d'indices pouvant le mener jusqu'à Cara. Sa sacoche médicale était par terre, fermée : cette femme était donc déjà morte à son arrivée, et Cara était bien tombée dans une embuscade.

Une sueur glacée perlait sur sa peau, et il grogna à l'encontre du téléphone, jusqu'à ce que Julie se décide à décrocher.

— C'est Blackpaw. Avez-vous tiré quelque chose de Morningside ?

— Rien de nouveau. Il a été placé en cellule et continue à clamer qu'il n'a rien à voir avec ces assassinats.

— Je pense qu'il dit la vérité. Cara était censée faire une visite à domicile, mais je me suis rendu chez cette patiente, et elle est morte. Même mode opératoire que les précédentes.

— Le Dr Winchester est avec vous ?

— Non, elle a disparu, répondit Mason, en essayant de ne pas trembler. Elle est entre les mains du véritable tueur à l'amulette.

L'agent du FBI poussa un soupir d'angoisse.

— Que puis-je faire pour vous aider, Mason ?

— Envoyez une équipe ici. Et prévenez-moi si vos collègues localisent le portable de Cara. Sa sacoche est à côté de moi, mais elle doit avoir son téléphone sur elle.

Cette piste était bien mince, mais il ne voyait pas quelle autre exploiter dans l'immédiat. S'ils étaient chanceux, le tueur n'avait pas songé à se débarrasser du portable.

Mason lui fournit ensuite l'adresse de Delia Nez, puis il enfila ses gants de latex et pressa deux doigts sur le corps de la jeune femme. La rigidité cadavérique était déjà avérée.

En se redressant, il aperçut la photo d'un bébé sur la table de nuit et tressaillit. Jusqu'à présent, le meurtrier n'avait touché à aucun enfant. Pourvu que cela ne change pas, pria-t-il. Mais où était donc le petit ?

Le cœur battant à tout rompre dans sa poitrine, il se précipita dans la salle de bains. La baignoire et le placard étaient vides. Soulagé, il fouilla le reste de la maison, la chambre d'enfant et le garde-manger. Une pensée dérangeante le traversa soudain, le souvenir d'affaires où des gens assassinaient des enfants puis jetaient leur cadavre aux ordures. Il se rua à l'extérieur. Mais les conteneurs situés à l'extérieur étaient vides eux aussi. Où se trouvait donc le bébé ? Le tueur l'avait-il emmené ?

Le véhicule s'arrêta brusquement et Cara fut si violemment secouée qu'une vive douleur lui contracta tout l'abdomen. Et si le travail avait effectivement commencé ?

La panique l'assaillit et des larmes roulèrent sous ses paupières, mais elle les réprima. Elle devait être forte et trouver un moyen de s'échapper, puis de prendre contact avec Mason.

Se rappelant le portable à sa ceinture, elle batailla pour l'attraper, en dépit de ses mains attachées. Elle releva les genoux, essayant de se contorsionner pour atteindre l'appareil, mais son ventre était trop gros.

Elle se tournait dans tous les sens, essayant de libérer ses mains, mais soudain le coffre s'ouvrit. Il avait fait si sombre jusqu'alors qu'elle dut cligner plusieurs fois des yeux pour que ceux-ci s'adaptent à la luminosité.

Une main glacée s'empara de son poignet, l'obligeant à se lever.

— Allez, docteur, il est temps de régler nos comptes.

La gorge de Cara se contracta davantage en entendant cette voix grave si familière. Pas étonnant que le tueur connaisse ses patientes ainsi que leur parcours personnel !

Elle se débattit comme un beau diable tandis qu'il la forçait à s'extraire du coffre.

— Pourquoi ? murmura-t-elle. Pour quelle raison faites-vous cela ?

Il ne répondit pas. Il la regarda des pieds à la tête d'un regard froid, puis l'emmena vers les bois.

Le panneau marquant l'entrée du club de pêche de Devil's Creek battait au vent, et une boule d'angoisse se forma dans sa gorge. Ce lieu était à des kilomètres de tout. Personne ne remarquerait leur véhicule ni ne les entendrait.

Elle hurla quand même pour qu'on lui vienne en aide. Il allait l'assassiner et l'inhumer sous un tas de cailloux. Qu'arriverait-il ensuite à son bébé ?

Mason attendait la police scientifique sur le pas de la porte. Il reconnut Jody ainsi que le jeune homme qui l'accompagnait, bientôt rejoints par l'agent Whitehead.

— J'espérais que nous en avions fini avec cette série noire, lui dit Julie d'un air contrit.

— Et moi donc ! rétorqua sèchement Mason.

Il se tourna vers l'agent du FBI pendant que Jody et son technicien examinaient le corps de Delia Nez.

— Vous avez repéré le téléphone de Cara ?

— Pas encore.

— La victime avait un bébé, il faut que nous le retrouvions.

Julie pâlit.

— Vous pensez qu'il l'a emmené ?

— Je l'ignore, mais je vais compulser le répertoire de la victime et prendre contact avec ses proches.

Elle acquiesça.

— Je vais envoyer un de mes gars inspecter les abords de la propriété.

Mason fouilla le sac à main de Delia Nez, dans lequel il trouva son portable. Il parcourut l'historique d'appels et appela sans tarder Polly et Larry Nez. La sonnerie retentit plusieurs fois avant que le répondeur ne prenne le relais. Il leur laissa un message, leur demandant de le rappeler dans les plus brefs délais, au sujet de leur fille.

— Mes gars vont chercher l'adresse des parents, intervint Julie.

Elle observa un instant le cadavre puis pivota, tout en se mordant la lèvre inférieure.

— Nous avons raté quelque chose, soupira-t-elle. Si on fait abstraction de cette bombe, Morningside correspondait parfaitement au profil.

— Il faut croire que quelqu'un d'autre y correspond aussi, répliqua Mason.

Il traversa à grandes enjambées le salon, puis sortit sur le perron. Des nuages annonciateurs d'orages moutonnaient dans le ciel, obscurcissant le soleil. Il ferait bientôt nuit, et il n'était pas près de retrouver Cara et son bébé.

Mentalement, il passa en revue toutes les caractéristiques du profil et du mode opératoire suivi par le meurtrier. Julie le rejoignit peu après, mais garda le silence durant un moment.

— Nous avons raté quelque chose, répéta-t-elle. Je ne cesse de repenser aux blessures infligées à ces femmes. Il les a laissées se vider de leur sang.

Mason se passa une main dans les cheveux. Tout à coup, il sursauta, puis claqua des doigts.

— Et si notre tueur avait des connaissances en physiologie, ou en médecine ? Il savait de toute évidence que ses coups provoqueraient des hémorragies massives, menant vers une mort certaine, en plus de leur impact symbolique.

Sa collègue écarquilla les yeux.

— Vous avez mis le doigt sur quelque chose, je pense. Les autres éléments de son profil seraient identiques, mais s'il a reçu une formation médicale, cela réduirait le nombre de suspects potentiels.

Elle attrapa son téléphone.

— Je vais appeler ma consœur qui a accès aux dossiers militaires.

Il agrippa de toutes ses forces la rambarde métallique devant la maison et écouta d'une oreille distraite l'exposé fait par Julie à sa collaboratrice.

— Comme auparavant, nous pensons qu'il s'agit d'un autochtone, souffrant probablement de syndrome de stress post-traumatique, ancien militaire. Il a vraisemblablement perdu sa famille pendant qu'il se trouvait en mission. Sa femme l'a quitté, ou a eu un enfant qu'elle a fait adopter. Mais il faudrait maintenant restreindre ta recherche aux soldats ayant une formation d'ordre médical.

Puis elle marqua une pause.

— Très bien, rappelle-moi dès que tu as du nouveau.

— Je vais contacter l'assistante de Cara, dit alors Mason. Elle connaît les patientes, et qui sait ? L'un des maris ou petits amis peut correspondre à cette description.

Lorsqu'elle décrocha, Sherese semblait complètement bouleversée.

— Vous l'avez retrouvée ?

— Non, lui avoua Mason. Delia a été assassinée, et Cara est introuvable.

Un sanglot s'étrangla dans la gorge de Sherese.

— Vous pensez qu'il la retient prisonnière ?

Il déglutit à deux reprises pour que sa voix redevienne normale.

— Oui, et Morningside est au commissariat. Ce n'est donc pas lui qui a tué Delia. Le meurtrier a le même profil que Lapu, mais a en outre des connaissances dans le domaine médical. Connaissez-vous quelqu'un de ce genre ?

— Il faudrait que je consulte les dossiers des patientes, mais ils ont été détruits dans l'incendie.

Nom de nom ! pesta Mason. S'il avait l'ordinateur de Cara, il aurait pu lui transmettre les fichiers. Il alla vérifier s'il ne se trouvait pas dans la voiture de Cara, mais celle-ci était vide.

— Si un nom vous vient en tête, Sherese, rappelez-moi.

— Je n'y manquerai pas. Mason, je vous en prie, ramenez-nous Cara !

— C'est bien mon intention, lui assura-t-il, même si le découragement le gagnait.

Combien de temps le tueur avait-il séquestré ses autres proies avant de les tuer ? Il n'en avait aucune idée. Et si aux yeux de celui-ci l'enlèvement de Cara était l'apogée de son œuvre, il voulait peut-être prendre son temps… ou se montrer encore plus sadique.

Son portable sonna. C'étaient les parents de Delia. Il décrocha rapidement. Au même moment, le médecin légiste se présenta à la porte, et Mason lui fit signe d'entrer.

— Inspecteur Blackpaw ? demanda une voix masculine à l'autre bout de la ligne. Je suis Larry Nez. Vous m'avez appelé au sujet de ma fille ?

Mason détestait ce genre de moments.

— Monsieur Nez, pourriez-vous d'abord me dire où se trouve votre petit-fils ?

— Il est avec nous, répondit l'homme dont la voix était montée dans les aigus. Pourquoi ? Où est notre fille ?

— Monsieur Nez, je suis désolé de vous annoncer cette

terrible nouvelle, mais votre fille est décédée. Je me trouve à son domicile.

— J'arrive.

— Non…

L'homme avait raccroché avant que Mason n'ait fini sa phrase. L'agent Whitehead, elle, était encore en ligne, visiblement tendue. Elle écrivait précipitamment sur un bloc-notes.

— Merci, fit-elle en raccrochant.

— Larry Nez est en route, lui annonça Mason.

L'inquiétude barrait le front de Julie.

— J'ai deux individus qui pourraient nous intéresser. Le premier s'appelle Les Williams. Sa mère était à moitié comanche et il a grandi dans une réserve des environs de Houston. Il a suivi une formation médicale lorsqu'il était militaire, mais il a été démobilisé car il a perdu une main. Il n'est plus apte à pratiquer des opérations chirurgicales.

— Cet homme avait effectivement des raisons d'être aigri, commenta Mason. Où habite-t-il ?

— Il souffre de dépression et a sombré dans l'alcoolisme. La dernière adresse mentionnée dans son dossier est celle d'un centre de désintoxication pas très loin d'ici.

— Et l'autre homme ?

— Farr Nacona, qui était infirmier, a été démobilisé à la suite d'une blessure. Il comptait reprendre des études médicales mais a été débouté de sa demande à cause de problèmes psychologiques liés à sa mauvaise expérience dans l'armée. Aux dernières nouvelles, il vivait près du fleuve.

Mason fronça les sourcils. Où avait-il déjà entendu ce nom ? A la réserve ?

— Je vais essayer de retrouver Williams, proposa Julie. Occupez-vous de Nacona.

Mason accepta d'un hochement de tête.

Une seconde plus tard, une voiture arriva sur les chapeaux

de roues et ses freins crissèrent lorsque le conducteur stationna le long du trottoir. Un homme d'une cinquantaine d'années en sortit précipitamment, le visage déformé par l'angoisse.

— Où est ma fille ?

Mason l'empêcha d'entrer dans la maison, tandis que Julie le prit par le bras.

— Monsieur Nez ? demanda-t-elle. L'homme tenta de se dégager.

— Où est-elle ? Je veux la voir !

— Je vous présente mes condoléances, poursuivit Julie. Mais il vaut mieux que vous restiez à l'extérieur.

— Je veux voir ma petite fille ! insista-t-il.

— Faites-moi confiance, intervint alors Mason. Il est préférable que vous gardiez une belle image de votre enfant.

— Un médecin est venu l'examiner, expliqua Julie. Il va prendre soin d'elle et la faire transporter à la morgue pour l'autopsie.

Le père de Delia fondit alors en larmes.

— Que lui a-t-on fait ?

Il leva les yeux vers Mason : ils étaient empreints d'horreur.

— Ne me dites pas que c'est ce monstre, celui qui a assassiné les autres femmes ?

Mason échangea un regard avec sa collègue.

— Nous n'en sommes pas encore certains, avança-t-elle prudemment. Mais nous avons une piste qui pourrait nous mener jusqu'au tueur. Nous devrions l'interpeler sous peu.

— Cela aurait déjà dû être fait ! gronda l'homme. Ma fille serait encore vivante à l'heure qu'il est !

Mason déglutit, rongé par la culpabilité. Oui, ils auraient pu être plus efficaces. A cause de leur incompétence, Cara risquait de mourir, elle aussi.

Le médecin légiste, dont la bonhomie légendaire était accentuée par ses cheveux blancs et ses petites lunettes, avait dû surprendre leur conversation, car elle les rejoignit.

— Je vous en prie, monsieur Nez, intervint-elle. Rentrez chez vous prendre soin de votre femme et de votre petit-fils. Laissez les policiers retrouver celui qui a fait ça.

L'homme s'écroula presque sur les marches, enfouissant sa tête dans ses bras, le corps parcouru de sanglots. La légiste s'assit à côté de lui pour le réconforter, et fit signe à Mason et Julie de s'en aller.

— Je vous promets que nous l'arrêterons, assura Mason au père de Delia. J'y consacrerai toute mon énergie.

L'homme ne prit pas la peine de lui répondre, mais Mason ne s'en offusqua pas. Le pauvre venait de perdre sa fille.

L'agent Whitehead courut vers son véhicule, et lui au sien, tout en composant le numéro de l'assistante de Cara.

— Sherese, connaissez-vous un homme qui s'appelle Farr Nacona ? Est-il un proche de l'une de vos patientes ?

— Mon Dieu ! Vous croyez que c'est lui, le tueur à l'amulette ?

— C'est possible. Pourquoi ? Vous le connaissez ?

— Oui, mais il n'a rien à voir avec nos patientes. Cara a eu pitié de lui parce qu'il a été blessé en Afghanistan, et elle l'a embauché.

Mason sentait sa poitrine se contracter.

— A quel poste ?

— C'est l'homme à tout faire de la clinique.

Mason poussa un juron. Ce salaud avait été sous leur nez depuis le début. Pis : il avait profité du poste que Cara lui avait confié dans sa clinique pour établir la liste de ses futures victimes. Ainsi que pour surveiller Cara, dont il pouvait prévoir le moindre déplacement.

— Je vous en supplie, Farr, ne faites pas ça, implora Cara.

Il avait délié ses chevilles afin qu'elle puisse marcher, et il l'escortait de plus en plus loin au milieu des bois. De hauts arbres s'élevaient autour d'elle, masquant toute lumière. Où était-elle ? Où se rendaient-ils ? Elle n'en avait aucune idée.

— Ferme-la ! persifla-t-il.

Devant elle, Cara distingua les contours de l'ancienne cabane de pêche et soupira de soulagement. Il n'avait peut-être pas prévu de la supprimer dans l'immédiat. Et si elle était chanceuse, il la garderait vivante assez longtemps pour que Mason vienne la libérer.

Mais comment parviendrait-il jusqu'à elle ? Tous étaient persuadés que Morningside était le tueur. Une fois qu'Isabella serait hors de danger, ils penseraient l'affaire bouclée. D'ailleurs, Mason ne savait même pas qu'elle avait été enlevée.

Une branche lui égratigna le bras, et elle serra les dents puis se baissa pour en éviter une autre. Son dos la faisait souffrir, d'autant qu'une autre contraction venait lui presser l'abdomen. Elle grimaça, s'obligeant à avancer tout de même, mais Farr, impatient, se mit à la pousser brutalement.

Ils traversèrent une clairière, puis arrivèrent au pied de l'escalier menant à la cabane.

Farr la força à monter.

— S'il vous plaît, supplia-t-elle. J'ai besoin d'aide. Le travail a commencé.

Il poussa un juron, puis ouvrit la porte avec fracas et la poussa à l'intérieur.

— Pour quelle raison m'infligez-vous cela ? demanda-t-elle, sa voix de plus en plus fluette alors qu'elle respirait par à-coups. Je vous ai tendu la main, je vous ai même donné du travail.

— Vous me faites faire votre ménage, rétorqua-t-il, ses yeux flamboyant d'un éclat rageur dont elle n'avait jamais été témoin. J'étais un héros de guerre, un infirmier. Vous et vos amies, vous n'avez aucun respect pour moi. Vous me faites laver les sols !

— J'ignorais que cette situation vous faisait souffrir, se défendit Cara.

— Ensuite, je vous ai entendue, lorsque vous disiez à ces femmes d'abandonner leur enfant. Dans notre culture, les mères sont censées être bonnes et aimantes. Vous, vous les poussez à se débarrasser de leur bébé. La famille n'a plus la moindre importance.

C'est faux, voulut-elle crier. Mais un nouveau spasme lui coupa le souffle.

— Je vous en prie, souffla-t-elle. Aidez-moi. Il faut que je me rende à l'hôpital.

Farr donna libre cours à un rire empreint d'amertume.

— Vous n'écoutez donc pas, docteur Winchester ? Je vais faire naître votre bébé. Et après, je vous ferai payer pour vos péchés.

21

Mason se rendit aussi rapidement que possible au domicile de Nacona. *Faites que celui-ci y ait emmené Cara*, pensait-il.

Son portable sonna et il décrocha sans attendre. C'était Julie Whitehead.

— Inspecteur Blackpaw, je suis au centre de désintoxication mentionné dans le dossier de Les Williams. Il a un alibi pour toutes les dates auxquelles ont été perpétrés ces meurtres. Et la directrice affirme qu'il n'a pas quitté les lieux depuis deux semaines.

— Nacona est notre homme, renchérit Mason. Sherese, l'assistante de Cara, m'a dit qu'il travaillait comme homme à tout faire à la clinique Winchester ainsi qu'au dispensaire de la réserve.

— Ça colle, poursuivit Julie. Après avoir été décoré pour les services rendus, et avoir suivi une solide formation dans le domaine médical, il a dû trouver dégradant d'occuper ce genre de poste.

— Je me rends à l'adresse que vous m'avez fournie. Demandez à vos gars de fouiller un peu, au cas où il aurait une propriété isolée où il serait susceptible de séquestrer Cara.

— Je m'y mets, acquiesça Julie.

— Rien à propos du téléphone de Cara ? s'enquit-il, en essayant de masquer son inquiétude.

— Pas encore, mais je vais voir où ils en sont.

Il la remercia et raccrocha, puis appela son collègue Miles McGregor. Celui-ci avait pris quelques jours de congé qu'il comptait passer avec son épouse Jordan, mais il avait besoin de lui immédiatement.

— McGregor, commença Mason, sans autre préambule. Le Dr Winchester a été kidnappé par le tueur à l'amulette.

Miles répondit par un mot grossier, puis ajouta :

— Comment puis-je t'aider ?

— On pense que ce type s'appelle Farr Nacona. Il travaille pour Cara. Je me rends à son domicile, où j'ai bon espoir de les trouver, mais comme il a commis son premier crime au BBL, il se peut aussi qu'il ait décidé de retourner là-bas.

— J'appelle Brody, et avec son équipe de surveillance, nous allons passer la zone au peigne fin.

— Merci, McGregor. Je vais aussi alerter la police tribale.

Il raccrocha, puis appela Liam Runninghorse, tout en s'engageant sur une petite route en gravillons. La case traditionnelle dans laquelle vivait Nacona se trouvait à l'extrémité de la réserve, dans une zone pratiquement déserte, assez éloignée de ses voisins pour que personne ne perçoive les cris d'une femme.

Runninghorse décrocha au bout de quelques sonneries, et Mason lui fit un résumé de la situation.

— Veux-tu que je te rejoigne chez Nacona ?

— D'abord, laisse-moi m'assurer qu'il s'y trouve. Pendant ce temps, accompagne le chef Pann, et demande-lui d'inspecter le reste de la réserve. Les cases qui sont inoccupées, par exemple. Et puis posez des questions autour de vous. Il y a peut-être des gens qui savent où il a pu se rendre.

— Bonne idée. Je te préviendrai si j'ai du nouveau.

Liam marqua ensuite une pause.

— Et appelle-moi si tu as besoin de renforts, Blackpaw.

— Je n'y manquerai pas.

Si ce salaud avait blessé son fils ou touché un cheveu de Cara, il l'étranglerait à mains nues.

Il raccrocha. Appuyant sur l'accélérateur, il contourna des buissons épineux, puis fonça à travers un terrain aride sur lequel étaient éparpillées quelques cases abandonnées et dans un état de délabrement avancé. Un mauvais pressentiment l'assaillait, aussi ralentit-il, espérant apercevoir un véhicule, mais en vain. Il décida tout de même d'inspecter rapidement les bosquets, au cas où Nacona aurait dissimulé son véhicule de la route principale, mais une fois encore, ce fut sans succès.

Décidant de ne pas s'attarder inutilement, il appuya de nouveau sur l'accélérateur, faisant bondir son véhicule sur chaque nid-de-poule.

Dès qu'il aperçut la maisonnette à l'orée du bois, ses mâchoires se serrèrent. Mais aucune voiture n'était en vue.

L'homme avait pu l'abandonner quelque part. Il connaissait certainement des chemins secondaires où il s'était garé, avant de poursuivre à pied, dans l'espoir de flouer ceux qui se lanceraient à sa poursuite.

Arme au poing, Mason sauta de son véhicule et s'élança vers la construction de bois qui donnait l'impression d'être totalement vermoulue. Un vieil enjoliveur traînait sur un côté, accompagné d'outils de jardin. Le pourtour du chalet était envahi par de hautes herbes, et deux vitres étaient brisées.

Cela n'avait rien de rassurant.

Il progressa alors discrètement, l'oreille à l'affût des voix de Cara ou Nacona. Mais le vent faisait se mouvoir la vieille balancelle installée sous le porche. Elle grinçait de manière si sinistre qu'elle semblait poussée par un revenant.

Des gravillons crissèrent sous ses bottes lorsqu'il se glissa jusqu'à une fenêtre pour jeter un œil à l'intérieur. Des meubles protégés par de vieilles couvertures poussiéreuses étaient stockés dans la pièce principale. La maison semblait vide. Mais il tint à s'en assurer.

Il prit une grande inspiration, et, avec mille précautions, poussa la porte d'entrée. Elle n'était pas verrouillée. De toute façon, il n'y avait pas grand-chose à dérober, songea-t-il.

Il entra lentement, tous les sens en alerte, et inspecta rapidement la salle de bains, puis la chambre et le salon. La maison était vide. Il avait bel et bien fait chou blanc.

Où était donc Cara ?

Cara tressaillit lorsqu'une nouvelle vague de douleur la submergea, puis elle sentit une espèce de chaleur humide glisser le long de ses cuisses. Inutile de baisser les yeux : elle perdait les eaux. Nacona l'avait fait asseoir sans ménagement sur une vieille chaise, puis s'était tenu à bonne distance, ne perdant pas une miette du spectacle de sa souffrance, chaque fois qu'une contraction se produisait.

— J'ai perdu les eaux, lui lança-t-elle en relevant le menton avec défiance. Laissez-moi utiliser la salle de bains, j'aimerais aller me rafraîchir.

Il croisa les bras et la fixa du regard, puis ouvrit un sac en toile dont il sortit un pyjama d'hôpital qu'il lui lança.

— D'accord, mais ne traîne pas.

Il avait donc tout prémédité, pensa-t-elle. Et l'idée qu'il avait ainsi tout planifié lui donna la nausée.

Il la poussa vers la salle de bains. Elle trembla au contact de sa peau, le souvenir de ce qu'il avait infligé aux autres femmes venant la hanter un peu plus chaque seconde.

— Vous devez me détacher, lui rappela-t-elle lorsqu'elle arriva devant la porte.

Leurs regards se croisèrent, et l'insensibilité qu'elle y lut la terrifia davantage que n'auraient pu le faire les mots les plus violents.

— Tu ne peux pas t'échapper, alors n'essaie pas, tonna-t-il.

De toute façon, elle était déjà au calvaire, et bien trop éreintée pour courir. Lentement, il défit ses liens, et elle massa ses poignets endoloris, puis entra dans la salle de bains en prenant soin de refermer la porte derrière elle.

Soulagée de bénéficier de quelques instants de relative intimité, elle retira son pantalon de maternité, pas mécontente de quitter ses vêtements souillés. Heureusement, son T-shirt long avait couvert son portable. Aussi Nacona ne l'avait-il pas remarqué. C'était certainement sa dernière chance, songea-t-elle en frissonnant.

Elle l'alluma et composa le numéro de Mason, mais, entendant Farr s'impatienter de l'autre côté de la porte, elle le dissimula dans le pantalon mouillé et poussa celui-ci dans un recoin de la pièce.

Elle ôta ensuite son T-shirt mais conserva son soutien-gorge, puis enfila le pyjama à taille coulissante.

Une contraction la relança alors. Elle dut s'appuyer contre le lavabo et contrôler sa respiration pour atténuer la douleur. Lorsqu'elle se vit dans le miroir, elle eut du mal à se reconnaître. Ses cheveux étaient en bataille et couverts de transpiration, de la terre venant du coffre lui marbrait le visage, et ses yeux étaient rouges et gonflés à force de retenir les larmes qu'elle refusait de laisser couler devant son ravisseur.

Pas question de le voir se délecter de sa terreur !

Elle s'aspergea le visage d'eau froide, puis, ayant remarqué une serviette apparemment propre, elle l'humidifia et la pressa sur sa nuque.

Tout à coup, la porte s'ouvrit en grand, et le regard méprisant de Nacona se posa sur elle. Déterminée à ne pas se laisser déstabiliser, elle l'ignora et se rinça le visage. Mais son agresseur la fit sortir de la pièce, la poussant vers le lit métallique installé dans la chambre.

L'envie de pleurer l'assaillit de plus belle, mais elle

refoula ses larmes. Elle allait sûrement donner naissance à son bébé ici, mais elle ne mourrait pas aujourd'hui.

Elle trouverait un moyen d'échapper à cet homme et de sauver son fils.

Mason sentait le désespoir le gagner. Mais soudain, son téléphone sonna, et il fut soulagé de reconnaître le numéro de Cara.

— Allô, Cara ? Tu vas bien ?

Personne ne répondit. Il reprit cependant espoir. Si elle l'avait appelé, cela signifiait qu'elle était en vie.

Il mit cette ligne en attente, puis appela Julie pour lui demander de localiser l'appareil.

— Je vous rappelle dès que j'en sais plus, lui assura-t-elle.

Il raccrocha, la poitrine oppressée. Cara n'était pas au domicile de Nacona. Où l'avait-il donc emmenée ?

Faites que je n'arrive pas trop tard ! pensa-t-il.

Mais il ne pouvait pas se permettre de craquer nerveusement. Aussi se força-t-il à fouiller tout le chalet, à la recherche d'indices qui le mèneraient à la cachette du tueur.

Il ouvrit chaque tiroir, chaque armoire de cuisine, puis se focalisa sur le bureau et enfin les placards. Les trouvailles qu'il y fit lui glacèrent le sang : des photos des sépultures étaient punaisées sur un battant, et un uniforme militaire auquel il manquait un bouton était suspendu à un cintre.

Nacona avait dû garder une mèche de cheveux de chacune de ses victimes, se rappela-t-il. Il ouvrit donc les boîtes à chaussures, ainsi qu'une vieille boîte à cigares, mais sans rien y dénicher. Le couteau à dépecer n'était pas là non plus. Evidemment, il devait l'avoir sur lui, afin d'en faire usage sur Cara. Cette pensée lui donna des vertiges.

Il scruta ensuite les murs. Le meurtrier ayant utilisé les cheveux dans le tissage de ses petits sacs, il en avait peut-être suspendu quelque part, en attente de nouvelles victimes. Son regard se posa alors sur l'arc placé au-dessus de la tête de lit, et ses soupçons se précisèrent.

Il traversa la pièce, le cœur battant à la vue de la corde multicolore. Une mèche pour chacune des victimes. Nom de nom ! Il ne le laisserait pas toucher à un cheveu de Cara !

Son portable sonna, détournant son attention des éléments qui venaient confirmer la culpabilité de Nacona.

Le nom de l'agent Julie Whitehead s'afficha sur son écran.

— Dites-moi que vous avez trouvé quelque chose…

— Nous avons localisé le portable de Cara. Le signal semble provenir de la cabane de pêche de Devil's Creek.

Il ressentit une soudaine poussée d'adrénaline.

— Je sais où ça se trouve. Je regagne mon 4x4. Pendant ce temps, envoyez-moi les coordonnées précises par texto.

— Une équipe est déjà en route. Je vous y rejoindrai aussi, mais cela risque d'être un peu long. Un accident s'est produit à quelques kilomètres d'ici, et la circulation est complètement bloquée.

Mason s'installa au volant tout en relatant à Julie ce qu'il avait découvert.

— J'appelle McRae, lança-t-elle, et je lui dis d'envoyer des renforts. Quand nous aurons mis la main sur ce tordu, nous le passerons à la moulinette.

Mason mit les gaz. Devil's Creek ne se trouvait qu'à quelques kilomètres, mais à l'écart des chemins les plus praticables en voiture.

Le fait que Nacona l'ait emmenée là lui rappela les mots qu'il avait écrits en lettres de sang, et son cœur se serra.

Il avançait à tombeau ouvert, tentant de suivre le tracé des sentiers. Après un premier virage sur la droite, il s'engagea sur un autre chemin de terre et dépassa le panneau indiquant la direction du vieux chalet où se réunissaient chasseurs et pêcheurs en quête de sérénité. Il remarqua aussi un véhicule hors d'âge sur le bas-côté, vide, et aussitôt le soulagement le disputa à la terreur.

Il suivit le sentier étroit, ses phares éclairant les alentours, son périple ponctué de temps à autre par le cri d'un animal nocturne. Les secondes se transformaient en minutes qu'il savait précieuses, et le mettaient dans un tel état d'angoisse qu'il avait du mal à se concentrer.

Il devait retrouver Cara à temps. Hors de question de la perdre, elle ou son fils !

Les contractions se succédaient, au point qu'elle avait à peine le temps de reprendre son souffle entre deux élancements douloureux.

— S'il vous plaît, emmenez-moi à l'hôpital, implorait-elle. J'ai mis au monde suffisamment de bébés pour savoir que cela peut mal se passer.

Farr refusa d'un clappement de langue.

— Tu ne me fais donc pas confiance ? ajouta-t-il en la tirant par le bras. Accoucher est un acte naturel, et son issue ne reflète que la volonté de Dieu.

— Où m'emmenez-vous ? demanda-t-elle, alors qu'il la traînait vers la porte.

— Tu verras bien. Ton bébé fait partie de notre tribu, et il viendra au monde de manière traditionnelle.

Secouée par une nouvelle contraction, elle serra les dents. Nacona n'éprouvait aucune compassion. Il la poussa sans ménagement à l'extérieur, puis l'entraîna à travers bois. Au bout de quelques mètres, elle se plia en deux, respirant par à-coups, figée sur place par la douleur.

Si Mason ne la trouvait pas avant qu'elle accouche, que ferait Nacona ? Allait-il l'assassiner et lui prendre son bébé ?

Mason poursuivait sa progression, les mains agrippées au volant en dépit de la sueur d'angoisse qui les rendait moites. La poussière et les graviers se soulevaient dans son sillage, alors que des nuages noirs encombraient le ciel, et que le bruit du tonnerre déchirait parfois le silence.

Faites que la pluie attende un peu, songea-t-il. Une averse le ralentirait considérablement, et chaque minute comptait. Heureusement, à quelques centaines de mètres, il distingua enfin les contours du chalet décrépit. Ils devaient être là. *Pourvu qu'il ne soit pas trop tard !* psalmodia-t-il.

Il descendit de son 4x4 et sortit son arme de son holster, inspectant les environs du regard. Si Nacona se trouvait à l'intérieur et qu'il l'avait entendu arriver, il devait l'attendre de pied ferme.

D'ordinaire, Nacona se servait d'une arme blanche. Mais cela ne signifiait pas qu'il rechignait à utiliser un fusil, simplement qu'il préférait ce type d'arme pour tuer. La prudence était donc de mise, jugea Mason.

A première vue, tout semblait calme, à tel point que son rythme cardiaque s'emballa. Si Nacona n'était pas là, où diable avait-il emmené Cara ?

Sa respiration se fit plus saccadée alors qu'il approchait de la cabane. Il jeta un regard par la fenêtre située sur le côté, mais la pièce était plongée dans l'obscurité. La cabane étant bâtie de plain-pied, avec des chambres réparties autour d'un salon central, il décida de les inspecter les unes après les autres. Mais plus il progressait, plus il avait l'impression que la cabane était vide. D'ailleurs, il n'entendait que le ruisseau qui glougloutait derrière lui.

Il entra par la porte arrière, un peu déstabilisé par l'état de délabrement des pièces désertées. Un craquement se produisit, et il tendit une oreille attentive, puis se dirigea vers l'endroit d'où semblait venir le bruit.

Une chambre à l'écart des autres était autrefois le bureau d'accueil, mais il n'y distingua qu'une couverture. La pièce avait une salle de bains attenante, qu'il inspecta brièvement : personne. Cependant, dans un coin, il crut reconnaître les vêtements de Cara.

Un cri s'étouffa dans sa gorge.

Que lui avait donc infligé ce salaud ?

22

Rendu fou de rage, Mason fouilla chaque pièce. Mais la pile de vêtements constituait le seul indice de leur passage au chalet.

L'adrénaline prenait le dessus, et il dut se forcer à raisonner en homme de loi, et non en homme qui venait peut-être de perdre les deux êtres qui comptaient le plus à ses yeux. Se reposant sur ses instincts de pisteur, il observa les traces de pas sur le sol poussiéreux. Des pas semblaient mener vers la porte, tandis que d'autres marques, plus longues, semblaient suggérer qu'une personne avait été traînée dans la même direction. Les émotions se bousculèrent dans sa tête lorsqu'il imagina le déroulement de la scène, mais il en fit abstraction, autant que possible.

Il suivit les traces à l'extérieur. Elles menaient vers la droite, en direction des bois qui bordaient le ruisseau. Il se mit en quête, tous les sens en alerte, cherchant des indices de leur passage, que ce soit une brindille cassée ou des feuilles écrasées par des semelles.

Peu après, il aperçut un morceau de tissu bleu qui ressemblait à celui des vêtements portés à l'hôpital.

Il repérait facilement les traces laissées par Nacona, mais celles de Cara étaient irrégulières, parfois profondes, parfois moins, jusqu'à ce qu'il remarque un endroit où elle semblait être tombée à genoux.

Etait-elle blessée ?

Il se rappela alors les vêtements humides qui jonchaient le sol de la salle de bains. Elle avait perdu les eaux…

Une seconde plus tard, il se ressaisit et reprit sa progression. A quelques pas de là, il perçut des voix. Puis un cri de douleur lui retourna les entrailles. Son cœur se serra, mais au moins Cara était-elle vivante.

Sa détermination s'amplifia, et il se mit à courir en direction du cri. Il repoussait branchettes et arbrisseaux qui se trouvaient sur sa trajectoire, sautant par-dessus les rochers ou les troncs d'arbres tombés à terre lors d'une précédente tempête. Le bruit du tonnerre se mêlait à celui de sa respiration saccadée.

Un autre cri résonna : il se rapprochait de Cara et Nacona. Il ralentit donc son allure, puis s'arrêta en repérant un tipi installé au bord du ruisseau.

Cara était à quatre pattes, tout le corps crispé par la douleur.

— Je vous en supplie, le bébé va arriver.

Nacona était debout à côté d'elle, la toisant avec toute la condescendance d'un vieux guerrier face à un ennemi déchu. Son couteau à dépecer scintillait parfois dans la pénombre.

— Rampe jusque dans le tipi. Nous allons faire naître cet enfant, aboya Nacona.

— Ne faites pas de mal à mon bébé, implora-t-elle une fois encore.

Mason respirait à un rythme effréné. Avançant à pas feutrés, comme on le lui avait enseigné à la réserve, il traversa les derniers buissons, l'angoisse l'étreignant lorsque Cara poussa un autre cri.

— Je sens sa tête, haleta-t-elle. Je vous en prie, promettez-moi que vous ne lui ferez pas de mal.

— Ne t'inquiète pas. Je l'élèverai comme s'il était le mien.

Nacona semblait si absorbé par ses projets machiavéliques qu'il ne l'entendit pas approcher.

Mason mit alors l'homme en joue, mais au même instant, celui-ci pivota dans sa direction. Tenant son couteau au-dessus de la tête de Cara, il la poussa plus avant dans le tipi.

La fureur l'incitant à se montrer plus téméraire, Mason fit rapidement le tour de la tente pour surprendre Nacona de l'autre côté. Cara hurlait, tandis que Nacona, sentant probablement une présence hostile dans son dos, fit brusquement volte-face. Mason se jeta alors sur lui de tout son poids. Nacona éructa quelques phrases dans leur dialecte, alors que Mason le dépossédait de son couteau.

L'arme blanche atterrit à quelques mètres des deux hommes. Nacona asséna alors un coup à Mason et rampa jusqu'à l'arme pour la récupérer. A la dernière seconde, Mason pressa le canon de son pistolet sur la tempe du tueur.

— Un seul geste, et je te descends, espèce de salaud !

Nacona leva les yeux vers lui, puis cracha à terre, écœuré par sa défaite.

— Tu es une disgrâce pour notre peuple. Mon père était un vrai Comanche, fier et courageux. Lorsque j'étais enfant, il m'a appris à chasser et à pêcher…

— T'a-t-il aussi appris à tuer des femmes ? gronda Mason.

— Il m'a enseigné que les Comanches considèrent leurs enfants comme leur bien le plus précieux. Ils les punissent rarement, et se montrent très protecteurs.

Ses yeux semblaient cracher du venin.

— Quant aux filles, poursuivit-il, on leur apprend la couture et la cuisine, et comment prendre soin de leurs bébés.

— C'est précisément ce que fait le Dr Winchester, rétorqua Mason.

— Non ! Elle les incite à les abandonner. Lors de ma cérémonie de passage à l'âge adulte, alors que je n'avais que quinze ans, mon futur m'est apparu. Ma mission sur cette Terre est de débarrasser le monde de ces mères qui rejettent nos traditions ancestrales.

— Comment oses-tu utiliser notre culture pour justifier tes atrocités ? Tu n'es rien d'autre qu'un vulgaire meurtrier.

Les yeux de Nacona flamboyaient de rage, il perdait pied avec la réalité.

— Je ne fais qu'honorer nos traditions. La mère…

— Est censée être vénérée parce qu'elle donne la vie et prend soin de sa famille, le coupa Mason. Il est indigne de l'abattre tel un animal.

Cara gémit plaintivement, et le cœur de Mason s'emballa. Le bébé arrivait.

Nacona profita de cette seconde d'inattention pour pousser Mason. Ils roulèrent dans la poussière, échangeant des volées de coups. Nacona se battait comme un animal sauvage. Il se dégagea de l'emprise de Mason en lui envoyant un coup de pied dans le ventre, puis rampa vers le ruisseau. Mais Mason le rattrapa. Cette fois, Nacona le frappa au visage, et du sang se mit à couler du nez de Mason, dont la fureur redoubla d'intensité en entendant les cris de Cara.

Il rejeta Nacona sur le dos, puis lui asséna un coup de crosse sur le crâne, avec une telle violence que les yeux de l'homme se révulsèrent. Les mâchoires serrées, il le fouilla prestement, à la recherche d'une arme dissimulée, puis le traîna jusqu'à un arbre autour duquel il le menotta.

Un cri déchirant le fit alors sursauter, et il se précipita vers le tipi.

Cara se focalisait sur sa respiration. Bien d'autres femmes avaient donné naissance dans de telles conditions et avaient survécu, se rappela-t-elle. Elle y arriverait aussi.

Une autre contraction l'élança violemment : il était temps de pousser. Des larmes roulèrent sur ses joues. Et si un problème survenait ? Parviendrait-elle à empêcher

Nacona de lui prendre son bébé ? S'il la tuait, elle n'aurait jamais la joie de le tenir dans ses bras, de l'aimer et de le voir grandir…

Soudain, la toile du tipi s'écarta, et elle hurla à son ravisseur :

— Ne faites pas de mal à mon fils, je vous en supplie !

— Je te le promets.

Elle sursauta en reconnaissant la voix de Mason, puis son visage qui venait d'apparaître sous la tente.

— Mason…, murmura-t-elle.

Il tomba à genoux à côté d'elle.

— Je suis là, Cara, tout va bien se passer.

— Mais Nacona…

— Il est vivant, et menotté à un arbre, la rassura-t-il.

Son ton suggérait plutôt une colère froide. Mais Cara n'eut pas le loisir d'en dire plus, elle avait l'impression qu'on l'écartelait.

— Il arrive, c'est imminent…, dit-elle d'une voix paniquée.

— Dis-moi ce que je dois faire, répondit-il calmement.

Son ton rassurant, ainsi que la main qu'il venait de poser sur la sienne firent affluer mille émotions.

— Je n'arrive pas à croire que tu m'as retrouvée.

— Moi, je n'arrive pas à croire que nous allons avoir un bébé, dit-il en esquissant un sourire.

La douleur s'intensifia.

— Aide-moi à retirer mon pantalon, lui demanda-t-elle.

Mason acquiesça et s'acquitta prestement de cette tâche, tandis que Cara relevait les genoux.

— Je vais devoir pousser. Est-ce que tu as un vêtement propre sur lequel recueillir le bébé ?

Il ôta aussitôt sa veste, puis remarqua un sac en toile au fond du tipi.

— C'est à lui, expliqua Cara. Il a peut-être des instruments qui pourraient nous être utiles.

Mason sembla hésiter, les yeux rageurs.

— Mason, dépêche-toi, murmura-t-elle.

Il se ressaisit et se précipita vers le sac, puis le lui tendit. Comme elle l'avait prévu, il y avait des serviettes, ainsi qu'une petite couverture et des ciseaux chirurgicaux.

— Déplie les serviettes sous mes hanches, Mason.

Il s'exécuta et elle se mit à pousser.

— Je vois sa tête, balbutia Mason.

— Lorsque les épaules apparaîtront, attrape-les et tire doucement pour l'aider, lui expliqua-t-elle.

Leurs regards se croisèrent. L'émotion transparaissait dans les yeux de Mason, et l'amour qu'elle éprouvait pour lui la submergea.

Elle reprit sa position, serra les dents et poussa de toutes ses forces, y mettant son plus bel effort. Tout à coup, elle sentit son fils s'échapper de son corps.

— Je l'ai ! s'exclama Mason. Il est là !

Cara, à l'affût du premier cri de son enfant, céda à la panique lorsqu'il se fit attendre.

— Retourne-le et masse-lui la poitrine, dit-elle. Vérifie qu'il respire.

L'espace d'un instant la peur voila les yeux de Mason, mais il suivit les instructions de Cara et peu après, un vagissement puissant retentit.

Le plus beau qu'elle ait jamais entendu.

Mason nettoya sommairement le nouveau-né et l'enveloppa dans la couverture, puis le lui confia. Elle embrassa son fils sur le front et des larmes de joie brouillèrent sa vue tandis que Mason prenait place à leurs côtés.

— Je vais l'appeler Maska, annonça-t-elle en levant les yeux vers lui. Cela signifie qu'il sera fort.

Mason lui repoussa une mèche de cheveux derrière l'oreille, bouleversé.

— Oui, il sera aussi coriace que sa mère.

Il déposa ensuite un baiser sur la tête du bébé et les serra tous deux dans ses bras.

Cara se laissa aller contre lui, enfin soulagée.

Mason était si touché par la vue de son bébé dans les bras de Cara qu'il ne pouvait parler. En plus, elle avait choisi un prénom amérindien… Il voulait lui jurer qu'il l'aimait et qu'il prendrait toujours soin de son fils, mais il fut vite rappelé à la réalité lorsqu'il entendit Nacona chanter dans son dialecte.

— Je vais appeler une ambulance, lança-t-il, et prévenir le shérif que Nacona est maîtrisé. Les renforts devraient arriver d'une minute à l'autre.

Cara saisit son bras, comme si elle rechignait à le voir s'éloigner, mais il devait s'acquitter de sa mission jusqu'au bout. Après tout, elle avait besoin de soins, et Nacona avait suffisamment profité de sa liberté.

Elle porta ensuite le bébé à son sein et Mason sentit quelque chose de nouveau s'épanouir en lui, un lien et un instinct protecteur qu'il savait indéfectibles. Il finit par sortir du tipi pour passer ses appels téléphoniques, mais cet instant resterait à tout jamais gravé dans sa mémoire, il le savait.

Cependant, l'angoisse revint le tarauder pendant qu'il attendait l'arrivée du shérif. Cara et lui n'avaient pas encore discuté de leur situation. Quelle serait sa place dans la vie de Cara, et dans celle de son fils ?

Tout ce dont il était sûr, c'est qu'il voulait être avec eux. Mais comment pourrait-il avoir une famille et poursuivre ce genre de carrière ? D'ailleurs, même s'il trouvait un compromis, Cara lui pardonnerait-elle de ne pas avoir cru en leur avenir, exactement neuf mois plus tôt ?

Cara ne s'était jamais sentie aussi bouleversée de sa vie. Entre le calvaire que lui avait fait subir Nacona, les poussées hormonales, et le fait de tenir enfin son petit garçon dans ses bras, les larmes lui montèrent aux yeux. Son bébé était parfait, il n'avait pas seulement dix doigts et dix orteils, mais aussi le teint mat, les pommettes saillantes et les cheveux noirs de son père.

Le bruit d'une sirène déchira la nuit et l'ambulance arriva enfin.

Mason choisit alors de superviser l'arrestation de Nacona plutôt que de l'accompagner jusqu'à l'hôpital. Elle masqua à peine sa déception.

Prenait-il déjà ses distances, ou essayait-il de lui rappeler que son travail serait toujours prioritaire ?

23

Le shérif tarda à arriver, et le transfert de Nacona parut interminable à Mason. Le déséquilibré s'était enfermé dans un silence maussade, manifestement conforté dans son raisonnement névrotique justifiant ses actes par les visions qu'il avait eues lors de sa cérémonie de passage à l'âge adulte.

Or sa présence insupportait Mason. Chaque fois qu'il se rappelait qu'il avait pratiquement tué Cara, il était tenté de l'égorger.

Lorsqu'il se rendit enfin à l'hôpital, Cara et le bébé étaient déjà installés dans une chambre. Il entrouvrit la porte et jeta un regard dans la pièce, Cara ainsi que le petit étaient endormis. Il les observa durant de longues minutes, se délectant de leur contemplation.

Mais Cara et lui n'avaient pas éclairci leur situation et il hésitait à entrer. Cara et son bébé formaient une famille. Y trouverait-il sa place ?

Ils seraient peut-être mieux sans lui, car son métier engendrerait une constante incertitude et les mettrait en danger. Cependant, son père absent le hantait toujours. Comment accepterait-il de laisser son fils grandir en pensant que son père ne voulait pas de lui ?

Tôt le matin suivant, Cara fut réveillée par les pleurs de son bébé. Un sourire s'esquissa sur ses lèvres lorsqu'elle saisit son petit pour le mettre au sein. Il téta immédiatement, et elle caressa doucement sa chevelure de jais, encore étonnée de le tenir dans ses bras.

Elle n'avait jamais connu un tel bonheur. Certes, une pointe de tristesse venait atténuer sa joie. Elle aurait souhaité que Mason soit avec eux et qu'ils constituent réellement une famille. Mais il n'était pas venu leur rendre visite la veille, et ce matin, il n'était pas là non plus.

Certes, la veille, il était en mission officielle et devait faire en sorte que Nacona soit effectivement mis sous les verrous. Mais des heures s'étaient écoulées depuis, et il n'avait même pas téléphoné. Avait-il finalement pensé qu'il ne voulait pas d'une famille ? Est-ce qu'il ne l'aimait pas ?

Elle caressa du bout du doigt la joue de son bébé et refoula les larmes qui affluaient sous ses paupières.

— Je t'aime, petit Maska.

Après tout, si Mason ne voulait pas d'eux, son amour serait suffisant.

Mason observa attentivement les visages des garçons qui participaient au camp, satisfait. Ils avaient apprécié la leçon qu'il leur avait enseignée ce matin. Pour un groupe de préadolescents plutôt chahuteurs, ils avaient suivi avec attention ses explications des techniques de traque et avaient pris plaisir à vagabonder dans les grands espaces où il leur avait demandé de mettre en pratique leurs nouvelles connaissances.

Mais lorsqu'il eut pris congé du groupe, il songea à son fils. Un bébé minuscule, aujourd'hui, mais qui avait besoin de repères. De la présence d'un homme, et plus précisément d'un père.

Que lui arrivait-il ? Pour quelle raison faisait-il du bénévolat auprès des enfants des autres, alors qu'il devrait s'occuper de son fils ?

Le visage de Cara, si beau, si déterminé, si courageux, apparut devant ses yeux. Elle avait affronté un tueur sadique, puis donné naissance à son fils, et qu'avait-il fait ?

Il l'avait abandonnée, comme un lâche ?

Pour quelle raison ? Parce qu'il avait trop peur d'admettre qu'il l'aimait, et qu'il avait besoin d'elle ?

En réalité, il l'aimait plus que sa propre vie. Plus encore que son métier.

Tout en se traitant de triple idiot, il monta sur son cheval, chevaucha jusqu'à son chalet, et prit une douche. Il ferait quelques arrêts en chemin, mais ensuite, il irait dire à Cara ce qu'il ressentait pour elle. En espérant qu'il ne soit pas trop tard.

Cara venait de finir d'allaiter son bébé lorsqu'un coup retentit contre sa porte. Elle repoussa une mèche de cheveux derrière son oreille, et son cœur s'affola lorsque le visage de Mason apparut dans l'encadrement de la porte.

— Je peux entrer ?

L'espoir se mêlait à l'inquiétude lorsqu'elle acquiesça, même si les yeux de Mason débordaient de tendresse.

— Comment te sens-tu ? s'enquit-il.

— Bien, répondit-elle, étonnée que ce soit vrai.

Mais sa béatitude était probablement due à l'afflux d'hormones provoqué par le fait de tenir son fils.

— Est-ce que Nacona est en cellule ? reprit-elle.

Un éclat rageur traversa les yeux de Mason.

— Nous avons passé de longues heures à l'interroger hier soir, et nous avons réuni toutes les preuves dont nous avions besoin. Il n'est pas près de sortir de prison.

Cara tenta de faire fi du malaise que les souvenirs de la nuit précédente lui inspiraient. Elle ne voulait que se rappeler la joie incommensurable de voir son petit garçon pour la première fois, et oublier le traumatisme d'avoir été kidnappée par un tueur sanguinaire.

Un silence un peu gêné s'ensuivit, et lui fit regretter d'avoir posé une telle question.

— Cara, je suis désolé de t'avoir fait tant de mal.

Il avança lentement vers elle. Il tenait un poney en peluche dans ses mains.

— Et aussi de n'être pas venu hier soir, ajouta-t-il.

— Pourquoi ? demanda-t-elle, un peu inquiète.

Allait-il lui signifier que leur relation n'avait guère plus d'avenir qu'un an plus tôt ?

Mason, visiblement embarrassé, se mit à glousser.

— Parce que je suis un imbécile. J'avais peur, tout simplement.

— Tu avais peur de moi ?

— Non, j'avais plutôt peur de te décevoir.

Il se pencha sur elle et passa délicatement ses doigts sur le front du nourrisson, puis déposa le poney dans le berceau.

— C'est pour toi, p'tit gars. Je suis ton papa.

Le cœur de Cara enfla au son un peu rauque de sa voix.

— C'est pour cette raison que tu es venu ? demanda-t-elle doucement. Tu veux faire partie de sa vie, c'est ça ?

Il se tourna vers elle, des émotions plein les yeux.

— Oui.

Elle acquiesça : elle acceptait ce qu'il désirait lui offrir. De toute façon, elle l'aimait trop pour refuser. Puis il se plaça juste à côté du lit et la stupéfia en posant un genou à terre.

— Mason ? bafouilla-t-elle.

Il leva alors la main, et elle resta bouche bée en découvrant la magnifique bague ornée d'une turquoise qui reposait dans sa paume.

— Cara, je me suis vraiment comporté comme un goujat l'année dernière, mais maintenant que nous avons un bébé, je voudrais faire les choses dans les règles de l'art. Acceptes-tu de m'épouser ?

La déception lui serra la gorge.

— Mason, nous n'avons pas besoin de nous marier pour que tu sois le père de Maska.

Le sourire qu'il affichait jusqu'alors se dissipa d'un coup.

— Tu ne veux pas devenir ma femme ?

— Je n'ai pas dit cela. Mais je refuse que tu me le proposes parce que tu te sentirais pris au piège ou parce que nous avons un enfant.

Il se releva, son expression à la fois étrangement tendre et absolument furieuse. S'asseyant sur le bord du lit, il lui prit la main.

— Ecoute-moi, Cara. J'étais un triple idiot.

Il marqua ensuite une pause pour lui embrasser les doigts.

— Je t'aime, poursuivit-il, et je ne t'ai pas demandée en mariage par obligation. Je veux simplement que nous soyons ensemble.

L'amour submergea alors le cœur de Cara.

— Moi aussi je t'aime, Mason, et depuis bien longtemps.

Un sourire vint alors adoucir les traits du visage de Mason.

— Dans ce cas, épouse-moi ! lança-t-il.

Refusant de donner libre cours aux larmes qui lui brûlaient les yeux, elle sourit et lui tendit sa main.

D'un geste habile, il fit glisser la bague à son doigt.

Le 1er décembre

Black Rose n°279

En proie au doute - Alice Sharpe

Série *Trois frères, trois destins 3/3*

Tel est pris qui croyait prendre...
Cole est désemparé. En séduisant la jolie Skylar Pope, il n'avait qu'un objectif : approcher l'oncle de la jeune femme, un criminel dont il est à la recherche depuis des mois. Pas un seul instant il n'avait imaginé qu'il tomberait amoureux d'elle ! Mais Skylar, en plus d'être d'une beauté à couper le souffle, est terriblement attachante... Charmé malgré lui, et se sentant désormais en devoir de lui apprendre la vérité sur cet oncle qu'elle pense intègre, Cole se retrouve bientôt confronté à un cruel dilemme. Doit-il continuer à mentir à Skylar, ou lui révéler qu'il l'a manipulée... au risque de la perdre ?

Une troublante enquête - Julie Miller

Annie ne décolère pas : on l'envoie, un 31 décembre, enquêter sur un meurtre aux côtés de Nick Fensom ? Ce macho de la pire espèce a intérêt à prendre son avis en compte, sinon elle exigera un autre coéquipier ! Une fois sur place, pourtant, elle est surprise de constater que Nick se montre extrêmement prévenant à son égard. Et comprend bientôt pourquoi : le tueur en série qui terrorise les femmes de Kansas City vient à nouveau de frapper, et Nick lui apprend qu'il veut se servir d'elle comme appât... Décontenancée, mais résolue à prouver à Nick qu'elle est un aussi bon flic que lui, Annie accepte de relever le défi...

Black Rose n°280

Une vie en jeu - Charlotte Douglas

Qui est vraiment Trace Gallagher ? Depuis que ce mystérieux inconnu s'est présenté chez elle en prétendant être un ami de Ryan, son fiancé tragiquement disparu cinq ans plus tôt, Catherine est bouleversée : bien qu'ayant des traits différents de ceux de Ryan, il lui ressemble de façon troublante. Et puis, surtout, il fait renaître en elle des sentiments qu'elle pensait ne plus jamais pouvoir éprouver... Malgré tout, Catherine décide de se méfier. Car Trace reste étrangement énigmatique sur son passé et les raisons de sa présence dans le Montana. Comme s'il cachait de sombres secrets... Résolue à en avoir le cœur net, Catherine se met à enquêter sur lui : il y va de sa sécurité, mais aussi et avant tout de celle de Megan, sa fille de quatre ans...

Une précieuse protection - Anna Perrin

Venez avec moi. J'ai été chargé de vous protéger.
Lorsque l'agent du FBI Brent Young lui apprend qu'un dangereux criminel qu'elle a fait interner en hôpital psychiatrique deux ans plus tôt vient de s'évader, le Dr Claire Lamont sent la peur la gagner. Ce fou ne lui a-t-il pas en effet promis qu'un jour, il la retrouverait et la tuerait ? Aussi n'a-t-elle d'autre choix que de suivre Brent dans le chalet perdu en pleine forêt où il a décidé de la cacher. Même si son séjour aux côtés de cet homme qui éprouve visiblement le plus grand mépris pour la psychologie et ses praticiens risque de s'avérer des plus désagréables...

L'île du danger - Jill Sorenson

Accoudée au bastingage du ferry, Daniela l'aperçoit soudain : le vieu phare des îles Farallon vient d'apparaître. Elle est arrivée, enfin. Ici, parm les scientifiques qui, comme elle, étudient les animaux marins, elle v tenter d'oublier ses problèmes... Pourtant, quand ses nouveaux collègue viennent l'accueillir, c'est le choc : Sean, son ex-mari, se trouve parm eux. Bouleversée, Daniela sait cependant qu'elle devra s'accommoder d sa présence. Mais elle est loin d'être au bout de ses surprises. Car bientô Sean lui révèle que d'étranges événements sont survenus sur l'île, et qu'i se pourrait que quelqu'un, au sein de l'équipe, soit un assassin...

J'ai tant besoin de toi - Rita Herron

En voyant Julie Whitehead, son amour d'adolescence, s'avancer ver lui, Brody retient son souffle. Julie est encore plus belle que dans so souvenir... Mais pourquoi est-elle venue le trouver, alors qu' elle lui juré autrefois qu'elle ne voudrait plus jamais le revoir ? Elle est devenu agent du FBI, lui explique-t-elle, et elle a besoin de sa coopération. Ca elle a découvert au cours d'une enquête que Will – le jeune frère d Brody qui a été enlevé, sept ans plus tôt – pourrait bien être toujour vivant...

Un mystérieux étranger - Amanda Stevens

Impossible. En croisant le regard brun – si familier – de l'homme qu vient de frapper à sa porte, Jessica est sous le choc : il s'agit bien d Pierce, son mari, qui a disparu cinq ans plus tôt sans explicatior Pierce, dont elle était alors enceinte... Aujourd'hui, tandis qu'il affirm n'avoir aucun souvenir de ce qui lui est arrivé pendant son absence Jessica comprend qu'elle va devoir remonter le fil du passé. F découvrir ce qui lui est arrivé durant ces cinq longues années...

A la place d'une autre - Debra Webb

Le jour où, sans être vue, elle assiste au meurtre d'Ann, sa meilleur amie, Kelly est terrifiée. Car elle comprend immédiatement que ce n'es pas Ann, mais bien *elle* qui était visée, et qu'elles ont été confondues Persuadée que les tueurs vont très vite s'apercevoir de leur erreur, Kell décide de se faire passer pour Ann. Et remet son sort entre les mains d Trent Tucker, un privé qui prétend être le seul à pouvoir la protéger...

Le miroir du passé- Marilyn Pappano

Jake Norris, le célèbre écrivain réputé pour tirer ses romans d'histoire vraies, est en ville? Kylie est intriguée. Mais sa curiosité fait place à d l'étonnement quand Jake demande à la rencontrer. D'abord flattée, pu séduite malgré elle par son charme, Kylie ne tarde pas à déchanter. Ca Jake lui révèle bientôt qu'il enquête sur un double meurtre commis ving ans plus tôt, et soupçonne son père, juge au moment des faits, d'avo volontairement fait condamner un innocent pour servir ses intérêts...

BLACK ROSE

Best-Sellers n°585 • suspense

Jamais je ne t'abandonnerai - Antoinette Van Heugten

Son enfant est innocent. Elle le sait comme seule une mère peut en avoir la certitude. Pour défendre Max, elle aura tous les courages.

Que se passe-t-il ? Danielle Parkman ne reconnait plus son fils. Plus du tout. Pourtant, elle n'imagine pas un instant que la terrible maladie dont Max souffre ait pu transformer le petit garçon tendre et attentionné qu'il était en adolescent au comportement inquiétant. Certes, l'autisme est un mal étrange mais, quoiqu'en disent les médecins, elle seule connaît le cœur de son enfant. Et elle a confiance en lui.

Jusqu'au jour où Max est accusé du meurtre d'un patient hospitalisé dans le même établissement que lui. Sous le choc, Danielle est aussitôt assaillie par un terrible doute : se pourrait-il qu'elle se soit trompée ? Non, c'est impossible. Max n'a fait de mal à personne. Par chance, l'avocat Tony Sevillas, le seul qui semble la croire, fait tout pour défendre sa cause : avec lui, Danielle est prête à braver la peur et le doute pour que la vérité triomphe. Et jamais, jamais, elle n'abandonnera Max.

Best-Sellers n°586 • suspense

L'inconnu de Home Valley - Karen Harper

Une famille à chérir, un champ de lavande à cultiver, et la prière pour la guider. Ella connaît son bonheur de vivre auprès des siens, dans la paisible communauté amish de Home Valley, Ohio. Aussi est-ce avec une certaine inquiétude qu'elle voit arriver chez elle un *ausslânder*, un étranger que ses parents ont accepté d'héberger à la demande du FBI. Cible de dangereux criminels contre lesquels il va témoigner, Andrew devra vivre caché sous l'identité d'un amish jusqu'au jour du procès.

Face à cette intrusion dans son univers, Ella se sent perdue. Car si elle est prête à aider Andrew, elle pressent aussi que ce dernier représente une menace pour sa communauté. Pour sa communauté, et pour son cœur, si elle en croit le trouble qui s'empare d'elle chaque fois qu'elle pose les yeux sur lui. Une crainte qui ne fait que se confirmer, lorsque la violence fait soudain irruption dans la vallée, la contraignant à fuir en compagnie du seul homme qu'il lui est interdit d'aimer…

Best-Sellers n°587 • thriller

Le couvent des ombres - Lisa Jackson

La cathédrale de La Nouvelle-Orléans… Au pied de l'autel gît le corps sans vie d'une jeune novice vêtue d'une robe de mariée jaunie. Autour de son cou, un collier de perles écarlates…

Camille, sa petite sœur adorée, est morte. Si seulement Valerie avait pu convaincre sa cadette de quitter ce couvent austère et angoissant, Camille serait vivante aujourd'hui !

Bouleversée, révoltée par ce meurtre, Valerie Renard, une ex-policière, décide de mener sa propre enquête, parallèlement à celle de Rick Bentz et Ruben Montoya, les inspecteurs chargés de l'affaire. Car Valerie le sait : le couvent Sainte-Marguerite n'est pas la paisible retraite que tout le monde imagine, et tous ceux qui y résident, du séduisant père Frank O'Toole à la sévère mère supérieure, semblent avoir quelque chose à cacher. Camille elle-même avait une vie secrète, des zones d'ombre que Valerie ne soupçonnait pas.

Une découverte qui pourrait faire d'elle, si elle découvrait la vérité, la prochaine proie du tueur.

Best-Sellers n°588 • roman

Retour au lac des Saules - Susan Wiggs

A présent que sa fille a quitté la maison, Nina Romano s'apprête à réaliser son rêve de toujours : racheter et rouvrir l'auberge du lac des Saules. Aussi est-elle furieuse d'apprendre que le domaine vient d'être vendu à Greg Bellamy, qu'adolescente elle aimait en secret. En secret, car Greg, le fils de riches propriétaires de la région, était d'un autre monde que le sien. Inaccessible et hautain, il l'avait fait souffrir, et à présent, de retour après un divorce mouvementé, il parvenait encore à lui voler sa part de bonheur…

Pourtant, quand il lui propose de s'associer avec lui, Nina hésite, déchirée entre sa méfiance envers ce rival déloyal, et son attirance pour un Greg encore plus séduisant qu'autrefois…

Best-Sellers n°589 • roman

Le parfum du thé glacé - Emilie Richards

Alors qu'une tempête menace les rivages coralliens de la presqu'île de Happiness Key, cinq femmes vont mettre à l'épreuve leur amitié et, en chemin, découvrir l'amour.

La vie amoureuse de Tracy Deloche, ancienne jet-setteuse, traverse une sérieuse zone de turbulences… Mais heureusement pour elle, elle a le soutien complice de quatre de ses amies, qui louent les petits pavillons qu'elle possède en bord de mer. Il y a la pétulante Wanda, toujours prête à rire, qui régale tout le monde de ses pâtisseries décadentes. Mais aussi Janya, la jeune et superbe Indienne qui, malgré un mariage arrangé compliqué, rêve de devenir mère. Ainsi qu'Alice, la courageuse Alice, qui élève seule sa petite-fille bientôt adolescente. Sans oublier Maggie, l'ex-policière et discrète fille de Wanda, dont la vie sentimentale chaotique n'a rien à envier à celle de Tracy.

Et tandis qu'histoires d'amour et de famille s'enchevêtrent avec tumulte, une tempête tropicale se prépare, rabattant en rafales secrets et surprises vers les rives de Happiness Key. Pour les cinq amies, c'est l'occasion de découvrir qu'elles ont plus que jamais besoin les unes des autres…

Best-Sellers n°590 • roman

Coup de foudre à Icicle Falls - Sheila Roberts

Avec consternation, Samantha découvre que la chocolaterie familiale, installée à Icicle Falls depuis des générations, est au bord de la faillite : la gestion fantaisiste et les dépenses mirobolantes du précédent directeur ont eu raison des finances de l'entreprise à laquelle elle est passionnément attachée. Pour l'aider à redresser la situation, Samantha ne peut guère compter sur ses deux sœurs, certes aimantes mais totalement incompétentes en la matière, ni sur sa mère, incapable d'accepter la réalité. Aussi n'a-t-elle qu'un seul espoir : convaincre le directeur de la banque de la soutenir. Sauf que le directeur en question, Blake Preston, est un arrogant play-boy totalement insensible. Et bien trop beau pour se donner la peine d'aider une jeune femme comme elle…

Best-Sellers n°591 • historique

Les secrets d'une lady - Nicola Cornick

Londres, novembre 1814.

Lady Merryn Fenner mène une double vie. Aux yeux de tous, elle est une lady comme les autres, une femme délicate et raffinée qui fréquente les salons et les salles de bal. Qui pourrait croire que sous ses dehors fragiles se cache une femme bien différente qui ne craint pas de travailler en sous-main pour le détective Tom Bradshaw, un homme au passé louche ? Ce travail, elle ne l'a accepté que pour une seule raison : trouver les preuves qu'elle cherche. Douze ans plus tôt, en effet, son frère a été tué en duel par Garrick Farne, un homme qu'elle aimait en secret. Or, elle a aujourd'hui toutes les raisons de croire qu'il s'agissait en réalité d'un assassinat. Un crime qu'elle veut absolument voir puni.

Best-Sellers n°592 • historique

Le clan des MacGregor - Nora Roberts

Glenroe, Ecosse, 1745.

Dix ans se sont écoulés depuis que, par une nuit glacée, Serena a vu les soldats anglais faire irruption dans le fief des MacGregor à la recherche de Ian MacGregor, son père, injustement accusé de meurtre. Dix ans qui n'ont rien effacé de la terreur qu'elle a éprouvée alors, et de l'horrible humiliation subie par Fiona, sa mère, violée par un officier lâche et cruel. Lors de cette nuit tragique, Serena est devenue une autre : la petite fille douce et innocente qu'elle était a brusquement connu la haine et la soif de vengeance, et s'est juré de ne jamais pardonner…

Depuis dix ans, pas un Anglais n'a franchi le seuil du manoir familial. Aussi est-ce avec une hostilité farouche que, sur ordre de son père, Serena accueille Brigham Langston, le fier et impétueux comte d'Ashburn, à qui son frère aîné doit la vie. Un aristocrate anglais qu'elle considère comme son pire ennemi, mais qui va la contraindre à un impossible choix…

Composé et édité par les

éditions HARLEQUIN

Achevé d'imprimer en Italie (Milan)
par Rotolito Lombarda
en octobre 2013

Dépôt légal en novembre 2013